CW00688295

Nouvelles de l'année 2018 (Tome I)

FSC
www.fsc.org
MIXTE
Papier issu
de sources
responsables
Paper from
responsible sources
FSC® C105338

Un concours de nouvelles policières vient d'être lancé

L'association lectouroise « Le 122 », qui a créé en 2013 le Festival polars et histoires de police, lance un nouveau concours de nouvelles policières en langue française, dont le cadre est le département du Gers. Le texte doit compter entre 3 et 9 pages. Le sujet est libre : un crime, un délit, un méfait, une infraction, une tromperie, une vengeance, une fraude, un complot, etc. De même que le genre : énigme, mystère, texte noir, espionnage, suspense, contemporain ou historique. Ce concours est gratuit et s'adresse à tous, quels que soient sa nationalité ou son lieu (pays) de résidence. En fonction de leur âge, les participants concourent en deux catégories : jeunes (moins de 18 ans) ou adultes (plus de 18 ans). Les textes retenus dans chaque catégorie seront récompensés par une publication dans le recueil édité chaque année par l'association Le 122. Les textes rédigés doivent être adressés par mail (pierre.leoutre@gmail.com) et aussi par courrier postal (concours de nouvelle policière, association « Le 122 », chez Pierre Léoutre, 15, rue Jules de Sardac 32700 Lectoure) avant le 31 octobre 2018. Les résultats seront proclamés lors de la prochaine édition du Festival polars et histoires de police qui aura lieu à Auch, dimanche 2 décembre. La marraine de ce concours est Line Ulian, dont les romans ont la Gascogne pour décor.
Renseignements par mail (pierre.leoutre@gmail.com) et sur : www.facebook.com/salondupolarethistoiresdepolice.

Préface

Line Ulian, responsable du comité de lecture, revient sur la sélection de nouvelles 2018 dont les gagnants ont été dévoilés lors du Festival Polars d'Auch qui s'est tenu à Auch samedi 1er décembre 2018 :
"Baudelaire a écrit : « La nouvelle a sur le roman à vastes proportions cet immense avantage que sa brièveté ajoute à l'intensité de l'effet. » La nouvelle se doit donc d'être claire, précise et intense dès les premières lignes. Ces « mini-histoires » n'en sont pas pour autant tronquées. Tant s'en faut. Elles percutent en général vite et bien ! Les nouvelles que nous avons reçues en sont l'illustration.
Pour cette deuxième édition du salon du polar à Auch, le concours de nouvelles 2018 est un réel succès. Plus de 70 écrits sont parvenus au comité de lecture. Autant dire que le choix fut malaisé. Ici réside bien la difficulté d'un concours. Trancher.
Cette profusion de nouvelles policières et d'autant d'auteurs est bien la preuve d'un engouement certain pour la littérature policière basée sur l'observation, le raisonnement, la réflexion, la déduction.
Le plaisir tient à nos peurs primitives, à la fascination de l'interdit mais également à la fascination de la rationalité de l'enquête policière et de l'intelligence humaine.

Et les nombreux auteurs qui nous ont fait l'honneur de nous proposer leurs écrits cette année ont réveillé avec jouissance ces peurs et ces plaisirs.
Nous avons priorisé les nouvelles dont l'histoire se déroule tout ou partie dans le Gers.
- Dans la catégorie « adultes », notre choix s'est porté sur la nouvelle « Le poisson d'or », proposée par Émilie Kah. Au-delà de l'intrigue, ce texte empli de poésie, remarquablement écrit, émouvant et délicat, réveille en nous ce qui subsiste d'enfance.
- Dans la catégorie « moins de 18 ans » a été retenue la nouvelle « Le braquage de trop » d'Anna Ceccato dont l'histoire se trame à Lectoure. Qui a dit que les jeunes manquaient d'imagination ?! L'intrigue est finement menée jusqu'à son dénouement. La narration est précise et le style percutant avec des phrases courtes et bien construites.
Bravo à tous les auteurs pour leur capacité de créativité, de style, de sensibilité et de ténacité. Et vive l'écriture !"

Line Ulian, responsable du comité de lecture avec Ingrid Marquier.

Le Jury a également décidé de nominer :
2e place du concours adultes : « L'hallali » de Dominique Ciarlo

3e places ex aequo du concours adultes :

- « Le spectre de l'autocar » de Cyrille Thiers
- « Danse avec les loups » de Jean-Luc Guardia

Le recueil 2018 est édité en 2019 par l'association "Le 122" et disponible sur les boutiques en ligne (Fnac, Amazon, Chapitre, etc.) ou via votre libraire habituel.

Née en 1965, **Line Ulian** est l'auteur de trois polars « Cœur de pierre », « La morsure de la salamandre » et « Bien plus que tu le penses... », édités aux Presses Littéraires. Dans son troisième écrit « HP – Chambre 217 », elle nous livre un récit vrai, un carnet de bord sur ses pensées les plus intimes durant les quatre semaines que dura son hospitalisation au Centre Hospitalier du Gers.

Un nouveau livre de Line Ulian : « Bien plus que tu le penses... ».

L'écrivaine auscitaine Line Ulian vient de publier un nouveau livre, « Bien plus que tu le penses... ». Entretien.

Q. - Qui êtes-vous ?
R. - Je suis une passionnée d'enquêtes policières, de thrillers sous toutes ces formes : lecture, cinéma, reportages,... Native de l'Aude, je demeure dans le Gers depuis mon enfance. Ma

principale occupation, voire passion, en dehors de l'écriture, est la macrophotographie.

Q. - Pourquoi avoir publié cet ouvrage ?

R. - La publication de cet ouvrage me tient particulièrement à cœur car il est différent des deux premiers polars que j'ai écrits dans le sens où la psychologie des personnages et plus particulièrement celle d'« Ange » est la clé de l'histoire au-delà de l'enquête policière plus ténue. Je dirais que « Bien plus que tu le penses... » est avant tout un thriller psychologique dans lequel la personnalité des personnages est au centre de l'intrigue.

Q. - Est-ce votre premier livre ?

R. - « Bien plus que tu le penses » est mon troisième roman publié aux Presses Littéraires, après « Cœur de pierre » et « La morsure de la salamandre », polars historiques se déroulant dans le Gers.

Q. - Une suite à prévoir ?

R. - Non.

Q. - Comment l'idée de ce livre est-elle née ?

R. - L'idée du livre est née suite à la lecture de documents relatifs aux tueurs en série en m'attachant plus particulièrement aux notions de psychopathie et de perversité. J'imaginais une histoire plus sombre, plus intuitive aussi, que celle que j'avais imaginée pour mes deux précédents romans.

Q. - Pensez-vous créer d'autres livres ?

R. - Pas pour l'heure, mon activité professionnelle ne me le permettant pas. Peut-être un livre sur la macrophotographie…
Q. - Combien de temps vous a pris l'élaboration de ce livre ? Avez-vous rencontré des difficultés ?
R. - L'écriture de ce roman m'a pris environ un an. Période assez longue qui peut s'expliquer par le fait que, en débutant « Bien plus que tu le penses… », je n'avais pas encore imaginé la fin, ce qui ne fut pas le cas pour mes deux précédents romans. L'issue du livre ne m'est apparue que très tardivement dans l'écriture. Écrire un livre sans en connaître la fin n'est pas des plus aisés et je ne le recommanderais pas !

Line Ulian est la marraine du concours de nouvelles policières organisé par l'association « Le 122 ».

Préface de Ronny Mazzoleni

C'est avec plaisir que je vous livre les conclusions de mes investigations concernant l'affaire : Salon du Polar. Elles sont empreintes d'admiration et d'enthousiasme à l'égard de la prévenue : l'Association le 122 ; qui, cela est avéré, a un mobile : participer au développement du territoire gersois et une arme (formidable au demeurant) : la culture.

En effet ces deux qualificatifs qui résument mes sentiments, sont en l'occurrence indissociables, tant les méfaits de Pierre Léoutre et de ses complices qui œuvrent avec désintéressement, pertinence et opiniâtreté sont connus et forts. En créant et développant un événement qui rassemble auteurs, passionnés et simples curieux sur le thème si classique et pourtant méconnu au fond, de l'univers du roman policier, ils sont engagés dans l'action au grand jour et la proximité et la convivialité toute gasconne, renforcée par les produits du terroir qu'ils font connaître démontre combien culture et ruralité ne sont pas antinomiques.

Diverses preuves viennent étayer la thèse de leur culpabilité à se démener pour faire perdurer une action d'intérêt général avec des moyens associatifs. Voilà trois ans que Le salon du polar prend de l'assurance pour ne pas dire de l'ampleur ; les écrivains sont au rendez-vous (accessibles et communicatifs), le public devient protagoniste de l'intrigue puisqu'au détour d'une flânerie il peut assister à des conférences, enrichir les débats en y participant, certains sont même entendus par la Gendarmerie Nationale qui fidèlement est présente avec son stand criminel.

C'est ainsi qu'à l'aune des faits qui lui ont été reprochés et que je viens de citer, l'Association Le 122 est assurée du soutien de diverses collectivités au rang desquelles on doit compter la région Occitanie. Car son implication sur le terrain correspond au combat (entre autres) que mène notre présidente Carole Delga ; reconnaître et favoriser l'engagement des citoyens, du milieu éducatif, des professionnels à créer, développer l'Art sous toutes ses formes et à destination de tous. Je suis convaincu que pour parvenir à la concorde universelle il faut faire tomber les préjugés, rapprocher les peuples par le dialogue, la découverte de celui qui est différent, faire de la diversité une richesse. Ainsi depuis le début de notre mandature nous avons soutenu la vitalité des territoires non seulement en renforçant chaque année le budget dédié à la culture (plus de 53 millions d'euros en 2019) et aussi en multipliant les dispositifs pour que toutes les sensibilités, les techniques et initiatives s'expriment (résidences d'artistes, appels à projets, etc.).

Enfin pour démontrer sa bonne foi l'Association Le 122 a rassemblé divers témoignages, ils sont nombreux et ne manquent pas de piquant. Ils sont surtout la marque de l'amour de nos concitoyens pour la langue française, la manifestation de leur inventivité ainsi que du plaisir que chacun d'entre nous peut trouver en écrivant et en partageant le fruit de son émulation en toute simplicité.
Parcourez, Mesdames et Messieurs les jurés, les pages suivantes avec attention, peut-être trouverez-vous des circonstances atténuantes mais n'en doutez pas il faut que vous soyez présents pour l'édition 2019 !

Ronny MAZZOLENI
Conseiller Régional Occitanie

Anna Ceccato

Le braquage de trop

L'ancien commissaire, M. Foster, a été choisi pour cette enquête par les policiers, débordés ces jours-ci. Il est à présent détective mais les policiers décident de temps à autre de lui confier une affaire. Il a son bureau, à Lectoure, et tente, par le biais de cet article de journal du Sud-Ouest, donné par la veuve Edverti, de commencer à résoudre cette affaire.

« 21 h 34. Un homme bien assis dans son siège, un cigare coincé entre les dents et le journal du jour dans les mains. Quoi de plus normal ? Pourtant, lorsqu'une coupure de courant se produit et que la ville de Lectoure, dans le Gers, est plongée dans le noir, ce vieux monsieur devient une cible pour un meurtre. Une victime bien trop innocente.
21 h 45. Une ombre longe le mur de la rue Saint Gervais et s'engouffre dans la rue Lagrange. Elle se dirige vers le Bastard où s'est installé ce bon vieux Victor, qui lit son journal.
21 h 47. Tout le restaurant a été déserté pendant la coupure. Seul Victor, un excellent client du restaurant, reste pour attendre sa commande. Sous son long

vêtement noir, le meurtrier cache un revolver chargé, prêt à l'attaque.
21 h 49. L'ombre s'engouffre dans le restaurant et attrape son arme. Le vieux monsieur, s'étant levé pour allumer une lampe à pétrole, se rassoit, reprenant son journal qu'il avait posé sur sa table pour dîner.
21 h 52. Le parquet grince sous les chaussures du meurtrier qui arpente les salles du restaurant. Victor lève la tête en voyant la porte s'ouvrir.
21 h 56. Un coup de feu retentit dans le Bastard puis c'est le silence.
21 h 59. Le cuisinier arrive sur les lieux et voit son client mort, la tête reposant contre l'accoudoir de son fauteuil, le torse en sang et le journal qu'il avait acheté le matin même, étendu au sol avec une seule page arrachée. La page 10 du Sud-Ouest du dimanche. Pas de trace de meurtrier, ni de témoins du crime… »
Alain Dubois, Sud-Ouest, lundi 16 juin.

*

M. Foster posa le journal du lundi sur son bureau et regarda la femme de Victor Edverti, Évelyne, en pleurs, assise en face de lui. Le détective froissa le journal et lança à la femme de la victime : « Madame, cet article n'a aucun sens. Il ne nous sera d'aucune aide.

—Mais... mais... il retrace au mieux le meurtre de mon mari ! s'exclama Évelyne.
—Je ne connais pas ce journaliste mais c'est un sacré romancier, l'interrompit le détective.
(Il se leva prestement en enfonçant son chapeau melon.) Je ne vois pas comment l'auteur de cet article pouvait savoir à l'avance qui était le meurtrier, puis l'avoir suivi et écrire qu'il n'y avait pas de témoins. Or s'il sait tous ces détails, il peut être un témoin. Et pourtant il ose mentionner que personne ne connaît l'identité du meurtrier, par-dessus le marché ! Sérieusement, il y en a qui devrait se mettre à écrire des nouvelles et pas des articles de journaux ! Et cette précision... avec l'heure, n'en parlons pas. (Il mit ses lunettes de soleil sur le nez puis ouvrit la porte de son bureau.)
L'idiot, il a signé l'article. Je vais lui rendre une petite visite pendant que vous, vous restez ici, s'il vous plaît.
(La femme voulut protester mais la porte se refermait déjà. Celle-ci se rouvrit brusquement et la tête du détective réapparut à l'angle pour ajouter :)
—Madame Edverti, si cet article de journal vous suffisait pour comprendre le meurtre de votre mari, pourquoi me demandez-vous d'enquêter ? »
La veuve plissa des yeux et se massa les tempes. Ce qu'il disait était vrai. Elle attendait la version d'un professionnel du crime. Évelyne se demanda tout de même si elle avait fait le bon choix. Il lui semblait que ce

détective avait une drôle de manière de travailler. Mais quel dingue avait-elle engagé ?

Le détective descendit la Rue Nationale et passa devant le Bleu de Lectoure, le magasin où il avait acheté son foulard de la teinte propre de Lectoure. Il avait dit à sa cliente qu'il allait chez ce pseudo-journaliste mais avant, ce n'était pas dans le centre d'édition du Sud-Ouest qu'il se rendait, mais au Bastard, où avait eu lieu le crime. Il tourna à la rue Subervie puis bifurqua ensuite dans la rue Lagrange, où se tenait le fameux restaurant. *Voyons voir quelles informations allait-il recueillir du cuisinier.*

Un détail interpella M. Foster lors de l'interrogatoire. Des journalistes étaient venus mais pas un seul du Sud-Ouest. Il tenait enfin l'incohérence de l'article. Du moins, en partie. *Si aucun journaliste du Sud-Ouest n'était venu, comment avaient-ils pu écrire un article sur le sujet ?*

Le cuisinier récita tout de même une grande partie de l'histoire que le détective savait déjà. La coupure de courant, les gens qui s'étaient tous enfuis, le corps du vieux monsieur sur le fauteuil et le journal au sol avec la page 10 arrachée. Il n'apprit malheureusement aucun autre détail. Peut-être devait-il passer voir les habitants des rues adjacentes.

Il sonna à toutes les portes et seule une vieille femme qui passait ses journées au bord de la route lui confirma qu'un drôle de personnage encapuchonné avait remonté la rue entre neuf et dix heures du soir. Il décida de ne pas prêter d'attention à ces dires car il lui semblait qu'elle était éméchée. Il ne poursuivit d'ailleurs pas non plus son interrogatoire pour lui demander ce qu'elle faisait et où est-ce qu'elle était le soir du meurtre de Victor Edverti. Il rentra à son agence sans trop d'informations en plus.

La femme de Victor Edverti était toujours là, blême, lorsqu'il revint. Victor lui narra en bref sa visite au Bastard et elle fut découragée de voir que l'affaire n'avançait guère. Il sortit un dossier où il rangea l'article défroissé du Sud-Ouest et écrivit dessus : « Affaire Victor Edverti ».

Évelyne rentra chez elle et le détective dut en faire de même, après une brève recherche sur le Net afin d'élucider le mystère de la page 10. Il ne survola que le titre de l'article : « Braquage de 10 000 euros à Lectoure »

*

Mardi

M. Foster, alias Gaston, se rendit de nouveau à son bureau de bon matin. La nuit et le trajet en voiture avaient été de bon conseil. Il avait décidé de retourner chez le cuisinier du Bastard avec les bonnes questions en tête cette fois-ci. D'Auch, là où il résidait, avec un ami, employé du BricoMarché de Lectoure, ils circulèrent par la Rue Nationale et la descendirent. Gaston continua de descendre la Rue Nationale mais cette fois-ci, à pied et il bifurqua à gauche, dans la rue de Tané pour louer un vélo dans le magasin de cycles. Il arriva à son bureau et rentra pour récupérer un bloc-notes et un stylo, pour un nouvel interrogatoire au Bastard.

Le cuisinier ne fut pas surpris de le revoir. M. Foster jeta un coup d'œil aux personnes qui fréquentaient le restaurant. Cette vieille femme toujours éméchée ! Elle était assise là, avec un journal du Sud-Ouest à la main. Il inspecta la date qui y était inscrite. Dimanche 15 juin.
« Bonjour, M. Foster ! lança le chef, joyeux.

—Oui, bonjour, M. Legrand, répondit poliment le détective en stoppant son intérêt pour le journal de la grand-mère. Je suis venu vous réinterroger sur le meurtre de Victor Edverti.

—Bien sûr, j'ai tout mon temps, dit le chef cuisinier. Franc Bost ! S'il te plaît, peux-tu me remplacer ?

—Aucun problème, chef, s'écria Franc.

—Monsieur Legrand, Victor Edverti, venait-il souvent dans votre restaurant ? reprit Gaston.

—Au moins une fois par jour, souffla le chef. Il ne prenait quelques fois qu'un café mais il passait toujours nous dire bonjour. C'est un habitué. Oh pardon ! C'était un habitué...

—Il n'avait aucun problème d'argent ? tenta M. Foster.

—Il a toujours payé sa note sans broncher et il nous donnait même de temps à autre des larges pourboires, voire de très larges pourboires. Je ne pense pas qu'il en avait, déclara le jeune chef cuisinier. D'après ce que je connais de lui, c'était un honnête citoyen.

—Il venait toujours seul ? le questionna de nouveau le détective.

—Durant les dix dernières années, il a toujours été seul à déjeuner mais depuis moins d'un mois, il était accompagné d'une drôle de femme brune avec les yeux verts. Elle était toujours habillée chic. On passait sous cape certaines tenues vulgaires puisqu'elle nous donnait toujours dix ou vingt voire cent euros en plus sur la note, alors... (Le cuisinier caressa sa moustache avant de reprendre :)

Au début, on lui a dit qu'on ne pouvait pas accepter de tels pourboires... Je me suis demandé si c'était pour se permettre de s'habiller sexy mais elle nous disait que c'était pour nous récompenser de notre travail. Alors on a accepté l'argent. La dernière fois, que nous l'avons vu, c'était le samedi 14 juin. J'ai décidé de compter l'argent que nous avions reçu de cette femme et le résultat est de 10 000 euros. Quelques jours après, c'était pile la somme du braquage à Lectoure. Il y a des coïncidences, comme ça !

—Pourquoi coïncidence ? le coupa Gaston Foster, relevant une seconde son stylo de son calepin.

—J'ai fait ma petite enquête sur les gros pourboires en liquide, qu'elle nous donnait. Je n'avais aucune preuve que cet argent venait bien de son compte bancaire. Et lorsqu'elle payait sa note, j'avais remarqué des cartes bancaires différentes dans son portefeuilles. Un jour, elle a jeté un grand de nombre de tickets de caisse dans ma poubelle. Je les ai regardés tous pour savoir son nom et quelques autres indications. J'avais retenu l'intitulé d'une de ses cartes bancaires : Crédit Agricole. J'ai appelé la banque pour me renseigner sur cette Audrey Nicole. Comme je m'y attendais, la banque me dit, malgré le secret professionnel sur les comptes, aucune Audrey Nicole n'avait possédé un compte dans celle-ci. « je ne peux pas accuser cette femme sans preuves. Je n'avais aucune raison de me plaindre puisque c'était moi le gagnant dans l'histoire, alors j'ai renoncé à fouiner. » dit-il à Gaston.

—Le comportement de Victor Edverti après cette affaire a-t-il changé ? s'enquit le détective.

—Oui, un peu. Pourquoi cette question ? reprit le cuisinier.

—Oh, pour rien. Simple curiosité. Pouvez-vous poursuivre ?

—Bien sûr. Avant, il portait des tailleurs achetés dans le boui-boui du coin. Après avoir rencontré cette femme, je l'ai vu porter des vêtements de marques, il s'est même mis à fumer des Havanes et à porter la moustache bien taillée. Je pensais simplement qu'il était riche mais j'ai toujours eu des doutes concernant cette mystérieuse Audrey Nicole. Comme je le voyais dépenser des sommes astronomiques pour posséder la dernière montre à la mode, Victor devenait un snob ! Un jour, il nous a donné 100 euros pour lui servir un café noir. Je suis allé lui parler en disant qu'il ne fallait pas jeter l'argent par la fenêtre comme cela. Il fallait rester raisonnable. C'était un simple café quand même ! Je lui ai rendu l'argent, je ne pouvais l'accepter. Il l'a repris et il est parti. J'ai dit à Franc : il commence à perdre les oies, le vieux. J'ai vite oublié son comportement.

—Puis-je vous poser une question personnelle ?

—Allez-y, lui intima le chef cuisinier.

—Pensez-vous que M. Edverti ait pu commettre un vol ? lui demanda Gaston.

—Un vol ? Enfin, M. Foster, il a travaillé dur toute sa vie ! C'est un homme fort intelligent, il a dû gagner sa vie de manière honnête. Je ne pense pas qu'il ait pu voler qui ou quoi que ce soit.
—Merci M. Legrand, lâcha le détective en rangeant son bloc-notes dans la poche arrière de son pantalon. Vous m'avez été d'une grande aide. »

Il jeta un dernier coup d'œil à la vieille dame et vit son journal, grand ouvert à la page 9, n'arborant pas la page 10. Lorsqu'elle se retourna pour lui faire face en refermant le journal, il aperçut la page 10, scotchée sur la Une du journal. *C'est une plaisanterie ?* se mit à penser M. Foster. Il voulut se rapprocher pour la questionner mais celle-ci avait déjà disparu. *Curieux...* Il renonça à la rechercher et il rentra à son bureau afin de taper ses notes à l'ordinateur.

*

Mercredi

M. Foster se rendit alors à la morgue, inspecter le corps de Victor Edverti.
Il réussit à récupérer le veston qu'il portait le jour de son assassinat, son pantalon, son portefeuilles et le fameux journal. Dans son veston, il recueillit un vieux mouchoir et une vingtaine de billets de vingt euros, une carte

bancaire au nom de Victoria Carill. Cousu dans le revers de l'ourlet de son pantalon, un détail intéressant : un message : « Prochaine fois, 22 h 56, 20/06, Caisse D'épargne de Lectoure ».
Un braquage ?
Il sortit également un téléphone portable où une dizaine d'appels manqués émanant de la police figuraient sur l'écran de verrouillage.
Les dates inscrites dans le message et celle du journal que lisait la grand-mère dans le Bastard avaient-elles un rapport ?
Il prit ensuite le porte feuille où figuraient des cartes de visites de nombreuses personnes. Il y avait aussi, une page de calepin manuscrite, destinée à Pierre Desgras : « j'ai coincé le gang, plus qu'à les prendre sur le coup. Viens vendredi 20 juin à 23 h 40 à la Caisse D'épargne de Lectoure. »
Victor Edverti travaillait donc pour Pierre Desgras.
Ce dernier semblait vouloir coincer un gang mais quel était le rapport avec Audrey Nicole ?
Il reprit les cartes de visite. À leur lecture, il tomba sur quelque chose de surprenant : **A.N.** *Cela pourrait être les initiales d'Audrey Nicole ?*
Il chercha le numéro dans l'annuaire inversé et découvrit le nom de Victoria Carill.
Tout devenait clair !

Audrey Nicole et Victoria Carill ne faisaient qu'une.
M. Foster conclut que Victor était un agent double : Il jouait sur deux tableaux : la préparation du braquage avec Victoria Carill alias Audrey Nicole et l'indic pour Pierre Desgras afin de l'aider à coincer le gang. En effet, quelque temps plus tôt, Gaston avait tapé « Pierre Desgras » dans la barre de recherche de son ordinateur et celui-ci lui avait affiché : « Commissaire Pierre Desgras, nommé il y a quelque mois dans la police. »
Voilà pourquoi il ne le connaissait pas ! C'était un nouveau !
M. Foster inspecta, en dernier, le journal. *La page n'était pas arrachée ! Elle était soigneusement découpée ! Encore une ânerie de l'article de cet Alain Dubois...*

*

Jeudi

Gaston Foster décida de composer le numéro de Pierre Desgras. L'homme lui expliqua enquêter lui aussi sur le gang de Victoria Carill. Gaston, lui expliqua qu'il enquêtait sur le meurtre de Victor Edverti.
La discussion fut très enrichissante pour M. Foster. Il eut la réponse à une grande partie des questions qu'il se posait sur le gang.

Il avait à présent la certitude que le gang appartenait à Victoria Carill, recherchée par Interpole. Ce groupe braquait bien des banques et Pierre Desgras, reprenant le dossier depuis quelques mois, savait que le gang agissait depuis dix ans, sans être inquiété par la police. Victor, son indic, avait intégré le gang, depuis un mois, pour réussir à l'arrêter enfin.
Malheureusement, comme le redoutait Pierre Desgras, le gang a démasqué Victor et l'a éliminé pour qu'il ne les trahisse pas. Restait à savoir qui l'avait tué et si le projet de vol de la Caisse d'épargne pouvait être stoppé.
Pour le détective Foster, seul l'identité du meurtrier l'intéressait. Or même si Victoria Carill était une voleuse recherchée, rien ne prouvait qu'elle était une meurtrière. Il ne pouvait pas classer l'affaire. Gaston partit pour faire le tour de la ville, espérant avoir des informations auprès des villageois.
Même après avoir arpenté la rue Saint Claire, Corhaut, Frères Danzas, Fontélie, Capucins, et bien d'autres encore en long, en large et en travers, personne ne lui apporta de renseignements. Il revint à son bureau, bredouille de ses heures de recherches dans la ville, mais avec des indications intéressantes de Pierre.

*

Gaston réfléchissait.
Victoria Carill et Victor Edverti étaient-ils complices ou non ? Victor était-il vraiment un indic ou jouait-il un drôle de jeu ? Victoria avait dû croire que Victor avait craché le morceau à quelqu'un.
Cependant, M. Foster n'avait aucune preuve de ce qu'il avançait, cela restait des suppositions.

Il revint à la morgue et demanda le compte rendu de l'autopsie de Victor. Une balle de 9 mm logée dans le cœur.
Non, je ne trouverais rien de plus dans l'autopsie. Je vais plutôt regarder le corps de Victor.
Il s'approcha, regarda son cou et ses poignets. *Pas de chaîne ni de montre par contre... ce tatouage ! Curieux...*
Son poignet arborait une étoile entourée de deux cercles à l'encre noire. M. Foster ne comprenait pas sa signification.

Il appela le numéro de la carte de visite A.N. Il tomba sur son répondeur. Peut-être le rappellerait-elle plus tard.

Il appela la veuve Edverti et l'informa de ses découvertes et conclusions, avant de rentrer au bureau à vélo. Il passa devant le Crédit Agricole et la banque était fermée. Il y retournera pour les questionner sur un compte au nom de Victoria Carill. Il poursuivit sa route en passant plusieurs restaurants avant de sortir de Lectoure et d'atteindre par la succession de routes départementales et nationales, Auch, dont les lampadaires à la lumière jaunâtre l'accueillirent dans cette nuit fraîche.

*

Vendredi

Mais comment savoir qui était le meurtrier ? Gaston se posait cette question dans chacune de ces enquêtes et pourtant, cette fois-ci, même après quatre jours de recherches, il n'avançait pas. Peut-être même qu'il ne trouverait pas le véritable coupable. Pourtant, il en était certain, Victoria Carill avait tué Victor Edverti parce qu'elle avait découvert qu'il travaillait avec la police pour neutraliser leur gang. Mais quelque chose le chiffonnait. Il aimait à croire que cette histoire de vol n'était qu'un subterfuge.

Il avait reçu un message ce matin, dans sa boîte vocale. Anonyme soit-il, il savait que cela venait de Victoria Carill alias Audrey Nicole. Elle lui avait tout avoué. Le meurtre, le mobile... il savait tout. Il savait aussi qu'elle n'était pas une voleuse comme semblait l'accuser le cuisinier.
Gaston s'était trompé sur toute la ligne. Victoria Carill avait tué Victor Edverti parce que c'était lui, le voleur.

Gaston décida de vérifier cette information sur-le-champ et le Crédit Agricole lui apprit qu'il détenait un compte au nom de Victoria Carill et non pas à Audrey Nicole, son nom d'emprunt. Le message incitait Gaston à fouiller la maison de Victor Edverti, il trouverait de nombreuses cartes de crédit.

Quand Gaston la rappela pour lui poser d'autres questions, celle-ci répondit. Elle admit avoir été complice d'un braquage, il y a une dizaine d'années et être recherchée par la police mais ce n'était pas elle mais Victor, le cerveau du gang.

« Nous l'avons tous suivi, disait-elle, mais nous avons compris qu'il ne comptait pas partager l'argent du prochain braquage. Nous avons découvert, qu'il travaillait pour Pierre Desgras, commissaire, c'en était trop. Il comptait nous laisser faire le braquage à 22 h 56 et nous vendre à la police juste après à 23 h 40 afin d'avoir une couverture idéale auprès de Pierre Desgras. Il avait prévu de faux sacs d'argent pour la police et récupérer le vrai argent pour le transférer sur des comptes cachés. Ces cartes bancaires qui sont chez lui étaient censées abriter les 1 000 000 euros de notre prochain braquage, dans différentes banques étrangères.

Pendant que nous croupissions en prison, lui aurait pu profiter de l'argent. Nous avons décidé de l'éliminer.
– Mais que faisaient vos cartes bancaires chez lui ? Sa femme ne devait pas être contente de vous voir arriver pour récupérer vos cartes, l'interrogea Gaston.
—Enfin, M. Foster ! Êtes-vous idiot ? Évelyne Edverti faisait partie de notre gang ! Qu'avez-vous cru ? Vous avez été une formidable couverture. La pauvre veuve qui pleure son mari défunt. Vous êtes bien tombé dans le panneau ! N'avez-vous pas remarqué son signe d'appartenance au gang sur son poignet ? Un tatouage que vous avez dû voir sur le Victor... Et puis ce formidable article de journal du Sud-Ouest signé Alain Dubois, je me doutais que vous trouveriez cela curieux. Vous aviez raison puisque c'était elle-même qui l'avait écrit, sous le nom d'emprunt d'Alain Dubois...
—D'accord, d'accord, je n'ai rien vu venir mais pourquoi me dîtes-vous tout cela ?
—J'étais amoureuse d'An Liu, un membre du gang. C'est An Liu, qui a découvert le double jeu de Victor et de sa femme. Ils l'ont descendu. C'est ma vengeance. C'est pour lui que je fais cela », marmonna-t-elle.
Gaston voulut lui demander pour le journal et celle-ci marmonna : « cette vieille folle » avant de raccrocher. Il savait de qui elle voulait parler. Il ne lui restait plus qu'à faire son rapport à la police mais il avait sa petite idée sur « cette vieille folle »...

Émilie Kah

Le Poisson d'Or

nouvelle policière fantastique

à Fabienne

— Allô, Jacqueline ? C'est Marie.
— Ah, bonsoir Marie. Bien contente de vous entendre, ce n'est pas si souvent.
— Est-ce que Paul est chez vous ?
— Non, pourquoi ?
— Je le cherche.
— Ça ne m'étonne pas, une vraie anguille, ce garçon !
— Je veux dire qu'il a disparu.
— Disparu, envolé peut-être !
Les relations entre Marie et sa belle-mère n'avaient jamais été bonnes. Elles étaient devenues exécrables depuis que Paul et Marie s'étaient installés en bordure de Baïse, dans un endroit pourtant charmant.
— Quelle idée, non mais quelle idée, la maison est humide ! Si encore vous aviez choisi Valence-sur-Baïse même, vous auriez été moins perdus !
— Perdus, perdus ! Mais enfin Maman, le travail de Marie est à cinq minutes de chez nous, en vélo. Et tu oublies que j'aime l'eau. Nous serons très bien.

Marie, spécialiste de l'histoire des monuments cisterciens, avait trouvé un travail pour la saison touristique : guide à l'abbaye de Flaran. La vérité était que Jacqueline ne supportait pas que son fils chéri ait quitté la propriété familiale, située non loin de Condom, pour vivre avec Marie.
— Jacqueline, c'est sérieux ! Paul est introuvable depuis quarante-huit heures.
— Vous vous êtes disputés, il est allé faire un tour.
— Pas du tout. Son casque, son blouson avec son portefeuille, son téléphone : tout est là. Sa moto est dans le garage. Son patron m'a appelée pour me dire qu'il n'était pas venu
travailler.
— Vous l'avez cherché ?
— Bien sûr, jusque dans les hôpitaux. Personne ne l'a vu.
— Et c'est seulement maintenant que vous me prévenez !
— Excusez-moi, Jacqueline, mais il me semble que vous êtes en froid avec Paul. Je n'ai pas pensé qu'il pouvait être chez vous. Maintenant, je vous informe que je vais signaler son absence inexpliquée à la gendarmerie.
— Vous êtes sûre que vous m'avez tout dit ?
— Il me reste juste à vous dire bonsoir. Bonsoir Jacqueline !
— Marie, Marie, si vous avez du nouveau...

Trop tard la jeune femme avait raccroché.

*

Non, Marie n'avait pas tout dit à Jacqueline et elle ne dirait pas tout à la gendarmerie.
Comment parler de ce qui était arrivé ?
Tout avait commencé quelques mois avant leur déménagement. Paul voulait s'installer près de l'eau. Il disait que ses sens s'étaient modifiés, que sa peau avait besoin d'humidité. Ses goûts alimentaires étaient devenus saugrenus. Il lui prenait des envies loufoques, abracadabrantes, comme celle de gober des mouches. C'était comique, cocasse, voire grotesque ! Et ce n'était pas tout ! Il voyait des couleurs surprenantes, inimaginables, sans être interloqué par ces fantasmagories. Ses oreilles devenaient de plus en plus aptes à entendre des sons paradoxaux, inaccoutumés. Ce qui le déstabilisait le plus était ces émotions fantasques, lunatiques, qui le submergeaient de façon inexplicable et capricieuse. Son univers amoureux devenait chaotique, ses pulsions irrégulières. Jusqu'au soir où :
— Marie, j'ai envie de changer de peau.
— En voilà une idée qu'elle est bonne, avait ironisé Marie.
— Ne te moque pas, je sens ma peau qui cherche à se soulever de ma chair.
— N'importe quoi !
Marie avait haussé les épaules pour masquer son inquiétude. Paul perdait les pédales. Il allait devoir consulter un médecin...

*

Le gendarme de Valence-sur-Baïse avait pris un air navré, vaguement compatissant.
— Votre compagnon est majeur. Une absence de deux jours n'est pas une disparition inquiétante. Il n'a pas laissé de lettre. Un suicide peut-être ?

Les questions routinières en tel cas. Marie avait déposé une main courante. Elle était rentrée chez elle avec son secret.
L'affaire avait suivi son cours. Jacqueline avait affirmé au commissariat de police d'Auch qu'elle soupçonnait Marie d'avoir éliminé son fils. On avait consulté les comptes bancaires de Paul, ceux de Marie, on avait fouillé les messageries de leurs deux téléphones. La maison avait été perquisitionnée. Un chien de police avait reniflé l'odeur de Paul, il s'était mis à l'arrêt au grenier. On avait déménagé le grenier. Rien ! Jacqueline avait fait tant de tapage qu'une équipe de plongeurs avait sondé la Baïse sur plusieurs centaines de mètres. Rien !
Tout le pays s'était ému de l'affaire. Et le temps était passé. Marie restait seule dans la petite maison. À chaque fin de jour, elle s'asseyait au bord de l'eau pour écouter Jacques Brel.

Ay Marieke Marieke je t'aimais tant
Entre les tours de Bruges et Gand
Ay Marieke Marieke il y a longtemps
Entre les tours de Bruges et Gand

Dès que la chanson commençait, un gros poisson arrivait. Il faisait de grands cercles, frôlait le bord de la rive. Un éclair doré surgissait, faisant pleuvoir des gouttelettes de diamant, avant de plonger à nouveau dans un claquement sec qui sonnait comme un bonjour. C'était magnifique, si vivant que, au milieu de ses larmes, il arrivait à Marie d'applaudir.
Ce que ne savait pas Marie, c'est que quelqu'un s'intéressait toujours à la disparition de Paul : un commissaire de police retraité, qui vivait dans les coteaux, non loin d'Agen.
— Bonsoir, Madame, je suis Ange Giuliani, dit une voix derrière Marie, alors qu'elle se trouvait au bord de la rivière.

Marie coupa le sifflet à Brel. Un homme vieillissant, les yeux clairs et malicieux au-dessus d'une grosse moustache, la regardait, un casque sous le bras.
— Giuliani, Giuliani ! Mon compagnon Paul, m'avait parlé de vous, il me semble. Il ne vous arrivait pas de faire de la moto ensemble.
— C'est ça. Je vous dois des excuses, Madame, j'aurais dû venir vous exprimer ma sympathie plus tôt. Toujours pas de nouvelles de Paul ?
— Non aucune.
— Que faites-vous au bord de l'eau avec votre musique ?
— J'apprivoise un poisson ! Vous voulez le voir ?
— Bien sûr !

Marie fit repartir la chanson :

Ay Marieke Marieke le soir souvent
Entre les tours de Bruges et Gand
Ay Marieke Marieke tous les étangs
M'ouvrent leurs bras de Bruges à Gand

Et le poisson arriva.
— Incroyable ! Éblouissant ! Ce doit être une carpe japonaise, une koï. Quelqu'un l'aura relâchée dans la rivière. Elle est énorme. Trop grosse pour craindre le bec des hérons. Les carpes s'apprivoisent très bien, vous savez. J'ignorais qu'elles aimaient Jaques Brel. Vous avez essayé avec une autre musique ?
— Le Poisson d'Or n'aime que cette chanson.
— Le Poisson d'Or ! Que c'est beau ! Vous l'avez appelé comme ça.
— Oui, il étincelle autant que le Pavillon d'Or de Kyoto. Paul et moi avions projeté d'aller un jour au Japon pour l'admirer.
— J'ai lu Le Pavillon d'Or de Mishima. Un livre qu'on n'oublie pas.
— Je l'ai lu aussi. La beauté de mon poisson me fait mal parfois, comme celle du Pavillon d'Or torturait Mizoguchi, le moinillon disgracieux du roman. Il m'arrive d'être si malheureuse.
— Je comprends.

La grande affaire de la vie de Giuliani avait été et était toujours les femmes. Il avait vécu de belles histoires avec certaines. Il en avait surtout beaucoup croisé dans son métier. Il se targuait de bien les connaître. Il regardait Marie, son minois espiègle, ses cheveux bruns « à la garçonne », sa minceur adolescente. Les noisettes de ses yeux étaient tristes, mais sa voix s'éclairait dès qu'elle parlait de son poisson. La compagnie d'un animal aide beaucoup à supporter la solitude, pensait le vieux commissaire. Marie était originale, un peu fantasque, délicieusement mystérieuse. Elle avait lu Mishima. Était-elle, de plus cachottière ? Quand elle lui proposa un café, Giuliani la suivit dans la maison.

*

Et il revint souvent. Au début pour essayer d'en savoir davantage sur la disparition de Paul, ensuite parce que se mêlait à son plaisir d'élucider un mystère une réelle sympathie pour Marie et son Poisson d'Or.
— Et comment avez-vous rencontré Paul ?
— Lors d'un voyage scolaire à Bruges.
— Ah, voilà pourquoi vous aimez tant cette mélancolique chanson de Brel !

Marie avait souri tristement.
— Puisque vous voulez tout savoir : j'ai rencontré Paul sur un banc. Le professeur qui organisait le voyage nous avait

donnés quartier libre pour deux heures. J'avais perdu mes copines dans la foule des touristes et je m'étais assise sur un banc au bord d'un canal. Et sur ce banc, il y avait Paul. Nous avons bavardé et échangé nos numéros de téléphone.
J'avais oublié l'heure ; j'ai dû courir pour rejoindre le groupe sous le beffroi !
— Il était où ce banc ? Je connais bien Bruges.
— Tout près du centre, devant l'hôtel Die Swaene.
— Je vois très bien. Rassurez-moi, Paul ne vous a proposé d'aller à l'hôtel ?
— Oh, non ! Il m'a seulement dit : « Mademoiselle, vous voyez cet hôtel ; un jour je vous y emmènerai. »
— Et il l'a fait ?
— Bien sûr, nous y avons passé notre première nuit.

Non, Marie n'avait pas tué Paul ; en entendant le récit de leur rencontre Ange Giuliani en acquit la conviction définitive.

*

Et le temps passait. L'automne survint, dans sa splendeur. Le matin, des écharpes de brume s'alanguissaient sur la Baïse. Le soleil les soulevait pour éclairer l'onde. Les jaunes, les rouges, les verts finissants de la végétation rivalisaient pour sublimer, en s'y reflétant, la beauté de l'écrin dans lequel évoluait le Poisson d'Or.

Giuliani se faisait plus rare. La fraîcheur réveillait ses vieilles douleurs. Il n'avait guère envie de rouler à moto et n'avait jamais eu d'autre moyen de locomotion. Pourquoi ce matin-là décida-t-il de rendre visite à Marie ? Un mystère de plus... Toujours est-il qu'il le fit. La petite maison était fermée et, sur la grille, était suspendu un panonceau « À louer », avec un numéro de téléphone. Giuliani téléphona. On lui apprit que Marie avait résilié son bail et avait quitté la maison la veille. Pour où ? On ne le savait pas. Giuliani pénétra dans le jardin et marcha jusqu'à la rivière. Il se pencha, chantonna :

Ay Marieke Marieke je t'aimais tant
Entre les tours de Bruges et Gand

Le Poisson d'Or ne se montra pas. Giuliani eut un pressentiment. Il appela Roger, son ancien collègue du commissariat d'Agen.
— Salut vieux ! Ange à l'appareil.
— J'avais reconnu ta voix rocailleuse ! Tu vas bien ?
— Oui, oui. J'ai besoin que tu me rendes un service, c'est urgent.
— Je t'écoute.
— Peux-tu « géolocaliser » un portable ?
— Bien sûr, si tu me donnes son numéro.
— Je te l'envoie par SMS, réponds-moi aussi par SMS. Merci Vieux ! Encore une chose : je peux laisser ma moto au

commissariat et me faire conduire à la gare. Je ne serais pas étonné de devoir prendre le premier TGV pour Paris.
— D'accord, à tout à l'heure.
— N'oublie pas le SMS. Il faut que j'achète mon billet par Internet.

Giuliani ne prit pas le temps de retourner chez lui. Il partit pour la Belgique, comme il était.
Le soir même il était à Bruges. Le lendemain, à la première heure, il était assis sur le banc devant le Swaene.
Il ne faisait pas chaud et Bruges était grise. Les logis étaient clos, les pavés luisaient d'humidité, une petite bise bien mordante balayait les feuilles mortes. L'eau des canaux sentait la vase. Les carillons des églises égrenaient, monotones, leurs notes acidulées. Giuliani attendait Marie.

ooo

— Bonjour Commissaire, dit Marie en l'embrassant. Je suis contente de vous voir.
— Bonjour Marie. Mais vous n'êtes pas frigorifiée ; vous êtes à peine habillée et vos cheveux sont mouillés.
— Je sors de ma douche. Pas d'importance, depuis quelque temps je n'ai jamais froid.
— Votre poisson est là ?
— À vous, je peux bien le dire : il est là ! Mais, allons dans un bar, je dois vous parler.

Giuliani n'était pas près d'oublier ce que Marie lui raconta.
— Le soir où Paul a disparu, j'ai trouvé un mot sur la table de la cuisine : « J'ai dû changer de peau, pardonne-moi. Je t'aime. Paul. » C'est au grenier que j'ai trouvé sa peau. Toute sa peau. Paul l'avait laissée là, tel un serpent. Ce ne fut pas l'étonnement qui m'envahit, ce fut la tristesse. Paul avait mué. Muté ? Il était parti. J'ai ramassé la dépouille humaine de mon amour. Je l'ai prise aussi délicatement que possible. Ce qui restait de Paul était léger, délicat, fragile. Je le portais comme on tient un corps inanimé, bras ballants, tête rejetée en arrière, jambes pendantes. Quand je me suis assise sur la malle qui se trouvait là, j'ai senti le tronc de Paul s'affaisser sur mes cuisses ; c'est alors que mes larmes ont giclé. Ma robe était courte de sorte que la peau de Paul se trouvait en contact avec mes cuisses nues. Et nos deux peaux se reconnaissaient. J'avais tant aimé le corps de Paul, doux, nacré, aussi lisse que celui d'un enfant. J'ai tenté de caresser la mue, mais ce n'était pas possible car elle n'était plus tendue sur une chair pleine, et jeune, et dense. Elle avait gardé un peu de chaleur. Lorsque je l'ai portée à mes narines pour la respirer longuement, j'ai senti, j'ai humé, je me suis emplie d'une odeur familière, faite de transpiration et d'une petite note d'eau de toilette, très lointaine, très tenue, au bord de l'oubli. Paul avait sûrement dû faire beaucoup d'efforts pour changer de peau… J'ai cherché dans les plis de la mue, la place du ventre de mon amoureux et je l'ai léchée. Elle avait gardé son goût sucré salé. Que c'était bon de le

retrouver ! La peau n'avait que faire de ma nostalgie ; elle se rétractait en crissant, comme du papier de soie. J'ai commencé à me demander ce que je devais en faire...

Ange Giuliani écoutait le récit de Marie avec sidération. Pas une seconde il ne douta de sa véracité.
— Vous comprenez, Commissaire, Paul ne m'avait pas signifié qu'il était lassé de moi. Il n'avait pas eu le choix. Son corps avait été contraint de s'extirper de cette peau qui finissait de mourir dans ce grenier. Où était-il allé ? Et comment ? Sur deux jambes, en rampant, en volant ? J'avais ma petite idée. Depuis plusieurs semaines, Paul prenait plusieurs douches par jour et passait de plus en plus de temps dans la Baïse, pourtant pas très propre puisqu'on était en été. Dès qu'il pleuvait, il se précipitait dehors, et pataugeait pieds nus dans les flaques. Il ne craignait plus le froid et dépensait un argent fou à acheter des brumisateurs d'eau pour s'humecter le visage.
— Je vois, murmura Giuliani, abasourdi et ému.
— Dans mes bras, la mue n'était plus qu'un ruban. Je l'ai regardée rétrécir encore et noircir. Quand elle fut de la taille d'un bâton de vanille, je l'ai serrée dans mes mains, je l'ai embrassée longuement sur toute sa longueur, je l'ai grignotée avec gourmandise. Son odeur était excitante et elle avait bon goût : je l'ai dévorée. Je dois vous dire, Monsieur Giuliani, que je fus un peu effrayée de cette bizarrerie. Sans réfléchir davantage, je me suis précipitée hors du grenier, j'ai

dévalé les escaliers, j'ai couru à la Baïse. J'ai fouillé la #rivière du regard ; il m'a semblé voir un poisson doré évoluer dans l'eau verte. J'ai fini par comprendre que c'était Paul.

— Paul ! Comme c'est étrange ! Et pourquoi Paul aurait-il voulu changer d'univers ? Il n'aimait plus sa vie ?

— Allez savoir. Vous vous souvenez de nos conversations à propos du roman de Mishima. Et bien, se demander pourquoi Paul est devenu un poisson, c'est comme chercher à expliquer pourquoi Mizoguchi a brûlé le Pavillon d'Or. Il n'y a pas de réponse rationnelle. C'est justement là que réside la beauté de l'histoire, dans son mystère.

— Vous allez partir, vous aussi, n'est-ce pas ? Vous allez rejoindre le Poisson d'Or.

— Oui, bientôt. Je sens que ma métamorphose est en cours.

*

Le lendemain matin, très tôt, Ange Giuliani trouva la mue de Marie, au bord du canal, devant le Swaene. Il la ramassa et la posa délicatement sur l'eau. Deux magnifiques poissons, des seigneurs, surgirent des profondeurs, la saisirent et l'entraînèrent sous l'eau. L'un était d'or, l'autre d'argent.

Dans le train qui le ramenait vers Agen, Giuliani pensa : « Les disparitions de Paul et Marie resteront des mystères. Après tout, je ne suis pas chargé de l'enquête ! »

Lalande, septembre 2018

[illegible] les [illegible] à la Ruse. J'ai fouillé la rivière [illegible] il m'a semblé [illegible] donc [illegible] dans [illegible] pour [illegible]

— Paul [illegible] ? Le [illegible] Paul [illegible] chaque [illegible] d'univers ? Il [illegible] plus [illegible]

— [illegible] de nos conversations [illegible] propos [illegible] de [illegible] le [illegible] demander [illegible]

[illegible]

[illegible]

[illegible]

[illegible]

Dominique Ciarlo

L'HALLALI

PROLOGUE

Comme à Paris, Lyon, Marseille, Toulouse, Montpellier, Bordeaux, Lille, Nantes… il avait fallu pousser les murs de la salle des Cordeliers pour accueillir les nombreux lecteurs et simples curieux venus saluer Muriel Lestoc, auteure à succès et Auscitaine d'adoption. Il faut dire que son livre « Cauchemar », premier roman publié dans sa soixantième cinquième année, avait été salué par les médias comme un véritable phénomène d'édition. Mêlant polar noir, science-fiction, fantastique et thriller, sa plume trempée dans le sang et la rage découpait au scalpel des personnages écorchés vifs pris au piège de leurs démons intérieurs. D'une même voix, les critiques de tous bords vantaient l'imaginaire flamboyant de cette dame de province aussi réservée à l'heure de promouvoir son livre et son image que douée lorsqu'il s'agissait de tricoter des mots, des phrases et des chapitres issus du chaos. Loin de frustrer ses admirateurs, ses silences les comblaient en les invitant à imaginer le pire derrière chaque non-dit. Le moment de la séance de signatures venu, hommes et femmes égrainait en leurs prénoms sitôt gribouillés par Muriel sur la page de garde. Fiers, ses amis, voisins et anciens collègues de la Clinique du Gers repartaient selfies et ouvrage en poche après quelques phrases échangées et une dédicace personnalisée qui faisaient d'eux des complices, des privilégiés. Portée par sa présence, l'édition 2018 du Festival du Polar d'Auch promettait d'être un succès retentissant.

Cinq ans plus tôt...

L'accident

Par un beau soir d'automne, la vie de Sébastien Cazals avait éclaté en mille morceaux en même temps que son pare-brise, façon puzzle. Lui qui anticipait en permanence n'avait pas flairé l'apparition du cerf. Non content de lui couper la route, le cervidé s'était immobilisé au milieu du bitume, fixant le crossover d'un regard lourd. Le temps pour Sandrine de hurler un *Attention !* sorti des tripes et pour les jumeaux, Léa et Théo, d'écarquiller leurs jeunes prunelles pour la dernière fois de leur courte existence. Par réflexe, l'homme avait écrasé la pédale de frein et donné un brusque coup de volant pour éviter la masse, puis un second pour tenter de retrouver sa trajectoire. Parti à droite, puis à gauche avant de grimper sur un talus, le véhicule avait fait plusieurs tonneaux avant de terminer sa course sur le toit dans un nuage de fumée, de terre et de poussière. Tachés de sang, les airbags frontaux et latéraux donnaient une dimension surréaliste à la scène, les corps des siens apparaissant comme des poupées de chiffon cernées de bouées de sauvetage dérisoires. Aucun des passagers ne répondit à ses appels, lancés malgré la douleur qui lui transperçait le crâne et la cage thoracique. Horrifié, à bout de forces, Sébastien entendit le chant des sirènes avant de perdre connaissance.

Fait divers

La correspondante de La Dépêche du Gers était arrivée sur les lieux de l'accident dans le sillage des gendarmes et des sapeurs pompiers. Seul le conducteur, dans un état grave, avait pu être évacué vers le centre hospitalier, évoquant en boucle, une fois réanimé, la présence d'un cerf. Mais aucune trace de collision sur la calandre, le bouclier, le capot, ni traînée de sang sur la route ou les bas-côtés. Une hallucination probablement due au choc. Le pronostic vital du blessé, classé en urgence absolue, ne fut toutefois pas engagé. Un miracle vu l'état des autres passagers, tous trois morts sur le coup malgré le port des ceintures de sécurité. Par respect pour les victimes, la pigiste se contenta de quelques clichés du véhicule pris à une distance qui ne révélerait aucun des détails sordides attendus par les lecteurs-voyeurs. En quittant les lieux, pompiers et gendarmes étaient meurtris, elle aussi. Personne n'oublie jamais un corps d'enfant sans vie. Le lendemain, la photo du drame fit la une du quotidien régional, avec pour légende la probable vitesse excessive du véhicule de Sébastien Cazals, hypothèse rapidement confirmée par la gendarmerie après enquête. En page quatre se trouvait le portrait du brillant architecte urbaniste fauché en pleine ascension sociale. Porteur du projet d'aménagement du quartier Matabiau à Toulouse, nouveau cœur de l'économie tertiaire de la métropole voisine, l'homme aimait les défis. L'engagement coulait dans ses veines, d'où son soutien aux rouges et blancs du Rugby club Auch et sa présence amicale lors des fêtes organisées par cette cité gasconne qui l'avait vu grandir. Avec pour point d'orgue l'insoutenable cérémonie des obsèques, la ville, comme recouverte d'une chape de plomb, sombra pour quelques jours dans un néant mortifère.

L'œil du cerf

Puis la routine du quotidien reprit ses droits et les habitués des cafés, bars, brasseries et commères des marchés de la haute et de la basse ville trouvèrent d'autres sujets de conversation, à commencer par Noël, ses agapes et ses cadeaux. Trois mois après l'accident, seuls deux bouquets régulièrement déposés au pied du talus rappelaient la tragédie. Un de couleur blanche pour les enfants, un de couleur rose pour leur mère, ainsi en avaient décidé les parents de Sébastien Cazals, très inquiets pour l'état de santé de leur fils. La diaphyse fémorale fracturée, ce dernier se remettait mal de l'ostéosynthèse pratiquée par un grand ponte de la chirurgie osseuse. Des lésions viscérales et thoraciques s'ajoutant au tableau, il était clair que son hospitalisation durerait plusieurs mois encore. Mais leur crainte la plus forte était ailleurs, dans ce regard absent, vide, qu'il posait maintenant sur les êtres et les choses entre deux crises d'angoisse. Atteint d'un trouble de stress post-traumatique, emmuré dans ses monstrueux souvenirs, il revivait l'accident en continu au fil de d'images, de sons, d'odeurs et de sensations d'une extrême violence qui le laissaient dans un état émotionnel et physique proche de la paralysie. L'œil du cerf le hantait, lui dévorait les nerfs et le cerveau jour et nuit jusqu'à un léger mieux lorsque le docteur Laffargue lui proposa de suivre une thérapie EMDR.

Retour à la vie

Suivre régulièrement par des stimulations sensorielles et des mouvements oculaires de plus en plus rapides le stylo tenu par le praticien, tout en exprimant ce qu'il ressentait, avait fait reculer les démons de Sébastien. Ces plongées en apnée au cœur de lui-même lui permettaient de découvrir les perceptions, émotions et névroses cachées au plus profond. Avec le temps viendraient la consolidation, l'effacement progressif des souvenirs traumatisants et enfin l'éclosion de pensées positives, avait assuré le spécialiste. En attendant, la poursuite d'un traitement médicamenteux assez lourd et un séjour en établissement de soins de suite et de réadaptation s'imposaient. Diminué physiquement mais moins fragile psychiquement, Sébastien ne sursautait plus au moindre bruit, ne subissait plus d'attaques de panique, ne luttait plus contre le sommeil pour éviter les cauchemars et – surtout – ne se sentait plus totalement responsable de la mort de Sandrine, Léa et Théo. L'idée nouvelle qu'il avait fait de son mieux allégeait le sentiment de culpabilité qui l'étouffait les mois précédents. Tout doucement, il refaisait surface.

Art-thérapie

Muriel Lestoc animait depuis plus de vingt ans les ateliers d'art-thérapie de la Clinique du Gers, où elle avait accompagné vers un mieux-être fragile et incertain des hommes et des femmes souffrant de pathologies diverses. Sexagénaire alerte au caractère bien trempé, elle encadrait chaque jeudi, à la même heure et dans la même salle, des groupes thérapeutiques d'une dizaine d'individus venus exprimer leurs souffrances, leurs rêves, leurs désirs de s'en sortir. Élever le processus de création artistique au rang de thérapie en initiant au dessin, au collage ou à la peinture ces êtres malmenés par la vie était sa raison d'être. Sans jamais perdre patience ni se décourager, elle attendait le déclic, l'instant magique où la main assurée ou hésitante tracerait un trait de crayon ou de fusain sur la feuille, oserait un coup de pinceau sur la toile. Y parvenir n'était pas chose simple, mais Muriel avait acquis un solide savoir-faire et un sens de l'humain qui lui valaient le respect de tous. Lorsqu'elle vit pour la première fois Sébastien Cazals à la cafétéria de la clinique, elle sut immédiatement de qui il s'agissait et se souvint du terrible accident survenu l'an dernier. Le regardant à la dérobée, elle sentit son estomac et sa gorge se nouer en imaginant son existence fracassée. Élégant, il se leva lentement en prenant appui sur sa canne, fit quelques pas vers elle, puis s'arrêta à sa hauteur un court instant avant de repartir. Le cœur de l'art-thérapeute se mit à battre plus fort. Elle ne comprit pas pourquoi mais sut d'instinct qu'un lien particulier les unirait bientôt.

Double je

De retour dans sa chambre, Sébastien regretta de ne pas avoir tendu la main à l'art-thérapeute, de ne pas s'être présenté plus cordialement. Parce qu'elle l'avait épié pendant le repas, peut-être. Il espérait que dessiner ou peindre chaque semaine à ses côtés lui permettrait d'aller mieux, l'aiderait à repousser les vagues de désespoir qui le submergeaient encore si souvent. Les premiers mois, il avait compté pour cela sur l'écriture, mais s'était vite retrouvé englué dans une aventure délirante portée par des héros qui lui imposaient leurs agissements barbares au fil de nuits blanches trempées de sueur. Habité par les créatures déjantées qu'il avait créées, il laissait courir son stylo sous leur dictée, sortant de là hébété, pantin au cerveau lessivé.

Au petit matin, il glissait l'enveloppe contenant le manuscrit derrière le réservoir d'eau des toilettes et regagnait sagement la salle du petit-déjeuner. Marionnettiste de ses monstres, grisé par la sensation d'échapper incognito aux normes, aux différents thérapeutes et aux psys, il s'était progressivement laissé prendre au côté Jekyll et Hyde de ce double je. Une écriture salutaire, à laquelle il s'adonnait également en toute discrétion lors des week-ends passés chez ses parents, dans sa chambre d'adolescent.

Le pacte

Le jeudi d'après, Cazals fut le premier à passer la porte de l'atelier d'art-thérapie. Observant Muriel mettre en place les tables, les chaises et les matériels de dessin et peinture, il fit le tour de la pièce sans la saluer, les mots qu'il voulait lui adresser restants prisonniers de sa bouche. Habituée aux comportements différents, elle ne s'en offusqua pas et décida de le laisser venir à elle. Ou pas. Assis au fond de la salle, il ne prêta aucune attention aux autres participants qui arrivaient par petits groupes, surpris par la présence de ce nouveau venu dont la pointe du stylo caressait sa feuille de Canson avec aisance et légèreté. Après quoi il sortit lentement d'un coffret d'esquisse un crayon fusain, une mine de plomb et une craie carrée sanguine. Finis les croquis d'archi basés sur l'observation, la patience et la rigueur, Sébastien dessinerait à partir de ce jour en toute liberté, sans ligne d'horizon, points de fuite, ni cohérence. Intriguée, Muriel osa une première approche.

—Une forêt après un incendie ?

—Peut-être, je ne sais pas encore

—Si vous avez besoin de quoi que ce soit...

—Seulement de votre parole que ce dessin ne finira pas sur le bureau du psy

—Parole

Le regard droit dans les yeux et la poignée de main qu'ils échangèrent ne laissaient aucun doute, un pacte venait d'être signé.

Les pôles contraires

Les jeudis suivants, il partagea quelques mots, quelques phrases, un pinceau, des tubes de
peintures acryliques et un chiffon avec ses voisins. S'interdisant depuis toujours par déontologie de fantasmer sur l'impact de l'atelier sur le moral des troupes, Muriel nota avec satisfaction le changement de comportement de Sébastien. Bien que cet homme à l'esprit assiégé l'attire comme un aimant dans son champ magnétique, elle avait, pour l'instant, réussi à garder ses distances, craignant à la fois une perte de crédibilité professionnelle et une chute irréversible dans les ténèbres de Cazals. Mais chez les aimants, comme chez les amants, les pôles contraires s'attirent jusqu'à devenir inséparables. Il ne s'agissait pas de

pulsions sexuelles ou de manque affectif à combler dans l'esprit de Muriel, mais d'un besoin vital de connaître Sébastien plus intimement dans le but de l'aider à chasser ses fantômes, à éloigner la folie qui le menaçait. À la fin du cours, en sortant de sa poche de parka un post-it inconnu collé à son paquet de Kleenex, elle eut la confirmation qu'il savait déjà tout ça et composa son 06 le soir même.

Hors les murs

Mieux portant et nettement moins gavé de médicaments en tout genre, Sébastien bénéficiait désormais d'autorisations de sortie sur avis du médecin en semaine et automatiquement chaque week-end. Profitant de l'éloignement de ses parents partis faire le circuit des cités impériales du Maroc et goûter à la magie du grand sud version quatre étoiles *all inclusive*, il invita Muriel à prendre un thé dans la maison de son enfance. La rencontrer hors les murs de l'atelier et de la cafétéria lui apporta une bouffée d'oxygène, un brin de réconfort. Bizarrement, il lui accorda immédiatement sa confiance. Elle aussi. Sans réserve ni fausse pudeur, elle lui raconta le choc de sa vie, son mec adoré parti du jour au lendemain vivre l'amour fou avec un homme, en l'occurrence son coiffeur. Tombée de la lune et cabossée de partout, elle avait quitté Arcachon et son bassin pour Auch, terre mousquetaire et capitale de la Gascogne où elle avait trouvé un nouvel art de vivre, un travail passionnant et des amis. Elle lui raconta qu'elle revoyait son ex et son conjoint une fois ou deux par an dans leur jolie maison de Lège-Cap-Ferret pour prendre de leurs nouvelles et voir grandir leur petite fille Margot, yeux de jais et cheveux bruns et épais comme ceux de ses ancêtres vietnamiens. Marraine civile, Muriel avait pris l'engagement de se substituer aux parents en cas de défaillance ou de disparition. Sébastien lui prit la main. En frère.

Soleil noir

Leur complicité était devenue si forte que l'atelier du jeudi devenait difficile à gérer, tant pour l'une que pour l'autre. Nettement plus à l'aise, Sébastien donnait des conseils à ses camarades, nettoyait et rangeait les tables, plaisantait. Rarement, mais quelquefois. Heureuse de le voir ainsi, Muriel, sans le laisser paraître, n'en était pas moins préoccupée par la toile grand format qu'il venait d'achever. Elle aurait préféré des formes moins torturées, des teintes plus claires, style rayon de lumière illuminant une clairière. Au lieu de cela, sa forêt apparaissait couleur de suie, les ramures des arbres lançant vers le ciel leurs silhouettes calcinées. Sous leur écorce partiellement arrachée suintait un liquide brunâtre que l'on retrouvait en couche épaisse sur la lame d'une hache posée au sol, sur un tapis de feuilles mortes. Du sang. Dans le ciel violet brillait un soleil noir semblable à un œil maléfique. Celui du cerf, sans doute.

Malgré leurs liens d'amitié naissants, Muriel n'osa pas aborder le sujet avec Sébastien.

Malaise

Le fait que les parents de Sébastien soient rentrés de leur périple obligea Muriel à le recevoir dans son deux-pièces du centre-ville, endroit beaucoup moins discret que leur belle demeure de la ville haute. Qu'ils se rencontrent en dehors de la clinique de temps à autre était une chose, mais des retrouvailles chaque week-end ne manqueraient pas de faire du bruit dans Landerneau. Elle y risquait sa réputation et sa place, mais pas question de le lâcher. Convoquée par le psychologue pour faire un point sur Cazals, elle souligna avec une neutralité remarquable l'évolution du comportement de ce patient, son investissement et sa parfaite intégration au sein de l'atelier. Outrepassant ses prérogatives, elle alla même jusqu'à déclarer qu'aucun incident n'avait été signalé à l'occasion de ses nombreuses sorties en ville, dans la famille et chez des amis. Là, elle avait poussé le bouchon un peu loin et fut obligée d'essuyer discrètement sur son jean les paumes de ses mains devenues moites. Silence radio, il n'était pas encore au courant. Lunettes sur le bout du nez, le médecin souligna alors d'un air perplexe le côté apocalyptique du dernier tableau réalisé en art-thérapie qu'il avait exigé de voir, le malaise poussé à son paroxysme. Muriel se contenta d'approuver d'un hochement de tête tout en regrettant de ne pas pouvoir lire les appréciations qu'il venait de verser au dossier. Comme promis, elle appela Sébastien en sortant.

Sine qua non

Son loft de Toulouse ayant été vendu la veille, Sébastien débarqua chez Muriel le samedi soir avec une bouteille de champagne, un bloc de foie gras d'oie, un pain d'épice, un Pinot gris d'Alsace vendanges tardives, une croustade aux pommes et un bouquet de roses jaunes, symbole de joie, d'amitié et d'amour platonique, lui dit-il. Définitivement rassurée sur ses intentions et inquiète des effets du cocktail alcool, agapes, médicaments, elle lui proposa d'emblée de dormir dans le canapé du salon, ce qu'il accepta sans la moindre hésitation. Propice aux aveux, la nuit les invita à se livrer de nouveaux secrets, un avortement à dix-sept ans et une tendance à l'onanisme depuis sa séparation pour elle, sa passion du jeu et l'accouchement d'un roman la semaine dernière pour lui. Alors qu'elle exigeait pour plaisanter un exemplaire dédicacé à parution, il annonça d'une voix grave qu'elle seule serait autorisée à lire ce manuscrit, à la condition sine qua non de le détruire immédiatement après. *Et de pouvoir déchiffrer mes pattes de mouche*, ajouta-t-il maladroitement pour détendre l'atmosphère.

Régression

En se levant autour de neuf heures, Muriel trouva le canapé replié, les draps, la taie d'oreiller, le gant et la serviette de bain pliés déposés sur la machine à laver, le lave-vaisselle chargé en mode « éco » et la table du petit-déjeuner dressée avec un seul couvert. Un petit mot glissé au milieu des roses lui disait « Merci pour tout ». Blessée par cette formule passe-partout doublée d'une solitude imprévue, elle se paya un coup de déprime et dut rester un long moment sous la douche afin de parvenir à se détendre. Et si Sébastien était toxique pour elle ? Pour effacer cette idée dérangeante, elle fila au stade nautique de l'avenue des Pyrénées, avec pour objectif de se laver le corps et l'esprit à coups de longueurs de bassin. Elle passa ensuite le dimanche après-midi en position fœtale sur son canapé, entre Michel Drucker et son chien, un bouquin de Musso et un pot de Nutella. Au programme, régression totale.

Le jeudi midi, elle déjeuna à la cafétéria à deux tables de Sébastien, qui lui dit avoir discrètement déposé dans son casier le matin même une enveloppe kraft contenant un truc bizarre qu'il lui dédiait. Comme le bruit courait dans les couloirs que Cazals quitterait prochainement l'établissement, elle décida d'attendre son départ pour tourner les pages. A priori, lui seul n'était pas encore au courant, à moins qu'il ne fasse semblant.

Au pays des ours

La nouvelle était finalement vraie et l'émotion de Sébastien, lorsqu'il apprit sa « libération » prochaine, faisait plaisir à voir. Il se sentait bien sûr toujours obscur et lézardé, mais prêt à renaître de ses cendres, à y croire encore. En attendant sa sortie, ils passèrent, avec Muriel, de longues soirées et des week-ends entiers à dessiner son avenir, à tirer des plans sur la comète en riant comme deux gamins. Il avait décidé de partir tout là-bas au Canada, dans le grand froid, au pays des ours, des castors et du sirop d'érable. Un vieux copain de l'École Nationale Supérieure d'Architecture de Paris-Belleville lui proposait un job et un petit appart' à Montréal. Muriel irait y passer ses vacances d'été, et plus si affinités. Quoi qu'il en soit, Sébastien avait apprécié qu'elle attende son départ pour lire son histoire de fous, qu'il regrettait parfois de lui avoir donnée. La connaissant, il était possible qu'elle ne lui en parle plus jamais et c'était mieux comme ça.

ÉPILOGUE

Le succès inattendu du livre embarrassait Muriel Lestoc. Après avoir déchiffré les pages manuscrites noircies et raturées par Sébastien Cazals lors de son passage à la Clinique du Gers, elle s'était amusée, l'heure de la retraite venue, à les retranscrire sur son ordinateur.

Se prenant au jeu, elle avait modifié les lieux, les noms et certaines scènes pour en faire une partition à quatre mains qui la rapprochait de son ami. Inquiète car sans nouvelles, elle lui avait écrit à plusieurs reprises à Montréal sans obtenir la moindre réponse. Même punition pour ses parents, auxquels il avait imposé une absence et un silence lourds de sens qui avait achevé de les détruire. Muriel n'en pouvait plus de ces interviews et de ces dédicaces au kilomètre, elle ne voulait ni de ce succès qui lui était tombé dessus comme la foudre alors qu'elle voulait juste s'amuser un peu, ni de cette pantomime grotesque dans laquelle elle jouait un rôle principal usurpé. La salle des Cordeliers se vidait doucement lorsqu'un lecteur en sweat à capuche lui tendit un exemplaire à dédicacer au nom de Sébastien. Le souffle coupé, elle reconnut la voix de Cazals, immédiatement reparti pour laisser la place à une certaine Mireille, suivie de Mathieu, Corinne et Jérôme. Prétextant un malaise, elle échappa au repas organisé en son honneur et regagna la rue. En entendant les pas s'accélérer derrière elle, biche aux abois, elle s'affola. Poignardée en plein cœur par une dague de chasse, elle eut juste le temps de croiser le regard de Sébastien. Se penchant sur elle, il fredonna à son oreille une comptine pour enfant *« Dans sa maison un grand cerf... Regardait par la fenêtre... »*. La bête qui l'avait trahi était morte. Sans état d'âme, il regarda la dépouille dévaler les marches de la pousterle des Couloumats dans un bruit feutré. Illuminée, la cathédrale Sainte-Marie se découpait dans la nuit.

Cyrille Thiers

Le spectre de l'autocar

« Un trésor dans votre bibliothèque ! »

La petite affiche publicitaire jaune vif obstruait l'une des deux fenêtres arrière du vieux fourgon. En s'approchant, on pouvait également lire, écrit en plus petit : « Rachat à bon prix de toute collection de livres et BD ».
Jacques Monastir, libraire installé à Toulouse, avait déjà roulé presque deux heures, à vive allure, pour parvenir dans cette partie nord-ouest du Gers, pas encore dans les Landes mais presque, en plein pays du canard. Pour l'instant, il roulait doucement en essayant de trouver une indication, voire un autochtone qui pourrait lui indiquer sa destination. Mais au milieu de tous ces champs, pas la moindre présence n'était visible. Pourtant, il savait qu'il n'était pas loin puisqu'il avait laissé le panneau de sortie d'Eauze deux kilomètres derrière lui. C'est d'ailleurs à cet endroit que la dernière barre témoin de réseau avait disparu de son smartphone.
Soudain, il aperçut ce qu'il cherchait. Comme annoncé, il y avait bien un panonceau de bois qui indiquait « La Bouzeille ». Mais heureusement qu'il avait eu la présence d'esprit de regarder dans son rétroviseur, sinon il serait passé

devant sans le voir. Le bouquiniste enclencha la marche arrière et recula jusqu'au niveau du petit chemin.
Très longtemps auparavant, cela avait sans doute été une belle voie bitumée mais aujourd'hui, il ne subsistait plus qu'une succession de trous et de bosses. Tout en progressant avec précaution sur le chemin à peine carrossable qui semblait se perdre derrière le petit bois, le conducteur pestait tout haut :
« Mais qu'est-ce que je suis venu foutre dans ce trou ! Je n'aurais jamais dû accepter ce rendez-vous. En plus, la vieille m'a parlé de vieilles bandes dessinées de valeur mais je parie qu'ils sont tous moisis ses bouquins ! Mais quel con je suis ! Quel con ! ».
Après quelques minutes à rouler au pas pour éviter d'endommager son véhicule, il parvint enfin à sa destination, une ferme totalement dissimulée derrière les bois.
En franchissant l'entrée, il se sentit instantanément hors du monde, dans une autre dimension. Certes, à première vue, il s'agissait bien d'une ferme avec notamment cette foule de canards qui gambadaient librement dans une cacophonie digne d'une cour d'école maternelle. Mais au milieu de ce paysage d'apparence bucolique, une dizaine de carcasses de très vieilles voitures reposaient de façon totalement aléatoire. Certaines commençaient à disparaître, littéralement dévorées par la rouille. D'autres, comme cette magnifique DS, conservaient encore leur peinture d'origine

et, de loin, pouvaient donner l'impression d'être simplement garées.
Et puis, au milieu de tout ça, on pouvait observer le clou du spectacle : une gigantesque presse hydraulique occupait la partie centrale de la cour. Juste derrière, reposait un autocar des années cinquante dont tous les sièges, ainsi que le tableau de bord, avaient disparu. À l'avant, dans ce qui avait été le poste de conduite, trônait, telle un César géant, une compression de voiture qui était sans doute là pour rappeler la fonction originelle de l'immense presse.
Une ferme dans une ancienne casse automobile ! Cette vision surréaliste lui fit oublier instantanément tous les déboires qu'il venait de cumuler pour parvenir jusqu'ici.
Il n'avait même pas encore ouvert la portière de son utilitaire qu'un homme au physique improbable surgit, accompagné d'un chien qu'il semblait maîtriser avec peine. Le molosse montrait ses crocs autant qu'il le pouvait et des litres de bave s'écoulaient de sa gueule menaçante. Pourtant, le visiteur était bien plus impressionné par l'homme qui tenait la laisse : il n'avait peut-être pas de bosse, néanmoins, tout en lui faisait penser au monstre le plus célèbre de la littérature française.
Ce n'était pas le hasard qui avait mené Jacques Monastir à son métier de chercheur de trésors comme il aimait le décrire. Pendant les premières années de sa vie professionnelle, il avait exercé, avec un plaisir sans cesse renouvelé, le magnifique métier d'employé de librairie. La

plupart des grands classiques de la littérature étaient passés entre ses mains et il les avait tous lus : même ceux qui ne trouvaient pas grâce à ses yeux, il les avait parcourus en lecture rapide pour enrichir sa culture littéraire.
Il se souvenait parfaitement de sa découverte de *Notre-Dame de Paris* et de la façon dont Victor Hugo l'avait subjugué dès le début avec sa description de la fête des fous suivie de l'entrée en scène de Quasimodo : « On eût dit un géant brisé et mal ressoudé ». Il tenait là exactement le portrait de l'homme qui lui faisait face. Son unique œil valide était dissimulé sous un épais circonflexe de poils d'une rousseur extrême que l'on retrouvait dans les rares touffes qui parsemaient son cuir chevelu. La forme étrange de sa bouche était probablement due à une dentition quasi inexistante : la grosse incisive qui émergeait en chevauchant sa langue était sans aucun doute la seule dent dont il disposait encore. Mais c'était surtout sa démarche qui venait parachever son aspect monstrueux : non seulement, ses jambes en croix faisaient s'entrechoquer ses genoux à chacun de ses pas mais surtout, ses pieds gigantesques étaient eux aussi forcés de se toucher pour qu'il puisse avancer à une vitesse raisonnable. Et puis que dire de ses mains : atteintes du même gigantisme que ses pieds, chacune d'elles aurait certainement pu lui broyer le crâne comme un vulgaire citron.

D'un grognement incompréhensible, l'homme lui fit signe de le suivre. Le bouquiniste attrapa son vieux cartable fétiche sur le siège passager et, non sans appréhension, prit le pas du chien et de son monstre.
La vieille femme épluchait des légumes sur la table de la cuisine. La nappe vichy plastifiée, l'Opinel, le journal local étalé pour recueillir les épluchures : on se serait cru dans un vieux documentaire sur la vie des paysans tellement le cliché était flagrant. Elle leva la tête et sans un regard pour son visiteur, hurla : « Hervé ! Va me chercher un lapin ! ». Le libraire crut que ses oreilles allaient éclater.
—Désolée dit-elle, mon fils est un peu sourd.
—Pas de problème répondit Monastir, soulagé.
—Vous avez trouvé facilement ?
—Oui, oui. Vos explications étaient parfaites, Madame Moreau. Et puis je suis déjà venu plusieurs fois à Eauze pour le festival de la bande dessinée.
—Je vous sers un café ?
—Ce n'est pas de refus !

Elle posa rapidement une cafetière cabossée sur la gazinière et alluma le feu. Au bout de deux minutes, elle lui servit un café bouillant dans un verre Duralex qu'elle déposa devant lui, sur la table. Dans l'instant, il sentit remonter en lui d'anciens souvenirs de repas à la cantine scolaire où ses copains et lui s'amusaient à comparer leur âge à l'aide du fameux numéro visible au fond de ces verres : « Eh !

Regardez les gars, c'est Jacquot le plus vieux, il a eu le 50 ! Trop de chance ! ».
La vieille toussa sèchement pour le ramener à la réalité et le fixa d'un air sévère comme pour le défier de boire son café encore fumant. Il tenta alors de le saisir mais n'osa même pas finir son geste en sentant l'extrême chaleur qui s'en dégageait. Histoire de gagner du temps pour que son breuvage commence à refroidir un peu, il lui demanda :
—Vous auriez du sucre ?
—Non.

Elle se leva dans la foulée :
—Venez, je vais vous montrer la collection de mon mari.

Soulagé de ne pas devoir affronter la fournaise de son verre, il la suivit sans la moindre hésitation. Ils croisèrent le fils qui revenait avec un lapin encore gigotant dans la main. On entendit nettement les os du cou de la petite bête craquer sous la pression des doigts de Quasimodo. Le monstre saisit alors l'animal inerte par les oreilles et le laissa balancer négligemment tout en continuant son chemin vers la cuisine de sa démarche irréelle.
Ils sortirent de la maison et se retrouvèrent rapidement cernés par les canards.
—Si vous voulez, je peux aussi vous vendre du foie gras : vous aimez ça, j'espère !
—Euh, oui, bien sûr.

—Ça fait longtemps que je ne commercialise plus mes produits : c'est juste pour mon fils et moi. D'ailleurs, je n'en tue presque plus : la grande majorité de mes bêtes meurent de vieillesse. Vous savez, des canards heureux, ça fait du bon foie !

Effectivement, on était loin de l'image des animaux stressés par le gavage. Ils se promenaient en liberté totale, passant sans contrainte du bâtiment qui leur servait d'abri à la cour immense couverte de bonne herbe bien grasse. Certains regardaient les épaves de voiture d'un œil perplexe, d'autres s'enhardissaient à l'intérieur profitant des trous créés par le temps. Mais c'était dans le vieux bus que l'on trouvait le plus grand nombre de palmipèdes : une petite rampe avait été installée qui leur permettait de grimper très facilement à bord.
En passant justement à proximité de l'autocar : il put ainsi mieux observer le fameux César géant. Il s'agissait en fait de la carcasse compressée d'un véhicule qui avait arboré, du temps de sa splendeur, une couleur vert olive du plus bel effet. Une étrange sensation de malaise monta en lui. C'était impossible à expliquer mais il ressentait une présence en contemplant cette pseudo œuvre d'art. Il mit cette sensation sur le compte de sa lecture récente de *Christine*, l'angoissant roman de Stephen King dans lequel la voiture hantée finit elle aussi compressée.

Afin d'éliminer ses pensées morbides, il tenta d'engager la conversation :
—C'est très surprenant cette ferme dans un décor de casse automobile.
—Quand mon mari est mort, je suis revenue ici chez mes parents qui géraient une casse. Dans ma jeunesse, j'ai toujours vécu dans un environnement rempli d'épaves. Et donc quand ils ont cessé leur activité, j'ai voulu en conserver quelques-unes en souvenir.

Ils pénétrèrent dans une sorte d'atelier qui contenait du matériel agricole ainsi qu'une magnifique 4 CV toute rutilante. Un bref coup d'œil lui permit de se rendre compte du parfait état de l'intérieur : cette merveille était très certainement en état de rouler.
Sans lui laisser le temps d'émettre le moindre commentaire, la vieille jeta un bref
—C'était la voiture de mon père.

Elle lui désigna au fond de la pièce un escalier qui montait dans ce qui étaient sans doute des combles. Arrivé en haut, il souleva la large trappe et, sur les conseils de la vieille dame, actionna un interrupteur situé juste sur sa gauche.
Ils se trouvaient dans un grenier typique, rempli à ras bord par un capharnaüm qui invitait à l'exploration. Cependant, dans un coin, son regard fut attiré par un espace propre, rangé et parfaitement éclairé par une grosse lampe d'une

modernité étonnante dans ce lieu. Une table, une chaise, deux immenses armoires. Encore un nouvel endroit très étrange !
La mère Moreau sortit deux grosses clés de la poche de sa blouse et s'en servit pour déverrouiller les armoires. Une fois, les portes ouvertes en grand, des centaines de bandes dessinées parfaitement alignées apparurent. L'œil d'expert du bouquiniste brilla instantanément de mille feux.
Il sortit une sorte de gros dictionnaire de son vieux cartable tout élimé :
—- C'est ce qu'on appelle le BDM, il contient la côte de toutes les bandes dessinées de collection. Je vais m'en servir pour vous proposer un prix pour chaque volume que je jugerai intéressant. Je vous laisse vous débrouiller, j'ai des légumes à éplucher et un lapin à préparer, lui lança-t-elle en redescendant les marches.

Jacques Monastir jubilait. C'était typiquement ce genre de moment qui faisait tout le sel de ce métier. Découvrir une collection comme celle-ci était un rêve.
Il prit un premier exemplaire au hasard. La tranche, ce que les collectionneurs appellent le dos, présentait un blanc immaculé : cet exemplaire quasi neuf du *Tour de Gaule d'Astérix* était donc une édition originale. En l'ouvrant à la première page pour vérifier l'absence d'inscription qui aurait pu diminuer la valeur de l'album, il tomba bouche bée sur une extraordinaire dédicace qui prenait la forme

d'Astérix en pied avec les bras écartés en signe de bienvenue. Elle était signée conjointement par Goscinny et Uderzo. Une côte à cinq cents euros, doublée grâce à l'état parfait de conservation, à laquelle on pouvait rajouter facilement entre mille et deux mille euros pour le dessin : bingo !
Il prit un carnet et un stylo dans son cartable et commença à noter :
—Tour de Gaule – EO dédicacée – état neuf PA 1 200 PV 2000-3000

Déjà au moins huit cents euros de bénéfice sur un seul album ! Les affaires s'annonçaient plutôt bien et le bouquiniste avait déjà oublié toutes les vicissitudes de la journée. D'autant plus que pour cet album-ci, il avait déjà un client en tête...
Une heure plus tard, il avait passé en revue la moitié de la collection. *Tintin*, *Astérix*, *Buck Danny*, *Boule et Bill*, *Les Schtroumpfs*, *Blake et Mortimer, Spirou et Fantasio, Gaston, Lucky Luke, Blueberry* : tous les plus grands classiques de la BD franco-belge étaient représentés avec des anciennes éditions magnifiques, quasiment toutes à l'état neuf. Sans parler de certaines dédicaces qui valaient à elles seules une fortune... Examiner un à un tous les albums commençait à devenir épuisant mais le plaisir de découvrir ces merveilles compensait largement la fatigue ressentie. Il s'accorda néanmoins une petite pause et pendant qu'il soufflait un peu, il aperçut, en bas d'une des armoires, un carton à dessins

qu'il n'avait pas vu jusqu'ici car il était plaqué au bord du meuble, coincé par les bandes dessinées. Après avoir enlevé quelques livres, il réussit à saisir la farde et la déposa sur la table. Elle contenait trois grandes feuilles très légèrement jaunies par le temps. Jacques Monastir sut instantanément à quoi il avait affaire. Il tenait dans ses mains le Graal de tout collectionneur de bandes dessinées.

Un trésor ! Il avait déniché un trésor dans cette bibliothèque !

Le corps tremblant, submergé par l'émotion, il ne lui fallut que quelques secondes pour prendre la décision qui allait changer sa vie.

Les marches de l'escalier craquèrent. Se retournant instantanément, il vit Quasimodo détaler. Il l'avait sans doute vu examiner les dessins mais de toute façon, cela n'avait aucune importance : il ferait comme il avait prévu...

Après avoir terminé son recensement, fébrile, l'antiquaire descendit pour aller chercher la fermière. Il l'aperçut dans la cour, nourrissant les canards avec l'aide de son fils.

—- Madame Moreau ! J'ai terminé et j'ai une bonne nouvelle pour vous !

—- Tant mieux, tant mieux !

Elle le suivit vers le grenier. Quasimodo leur emboîta le pas comme il put.

Tous les trois étaient réunis autour de la table. La vieille feuilletait le carnet rempli par les annotations du bouquiniste.
—- Comme je vous l'avais dit, tout est transparent. Je vous ai noté les prix d'achat et les prix auxquels je peux espérer revendre sachant que, sur tout ceci, j'aurai ensuite des charges à payer puisque, de mon côté, tout est déclaré. On arrive donc à un total de vingt-deux mille quatre cents euros. Par contre, je tiens à vous prévenir que je ne vais pas être capable de vous payer en une seule fois : je n'ai pas les reins assez solides et mon banquier ne voudra pas me faire un prêt pour ça.

Alors qu'elle examinait avec attention toutes les lignes, l'une après l'autre, elle tomba en arrêt :
—- Dites, c'est quoi ces sérigraphies « Ottokar » ?

Le libraire se concentra pour ne pas tressaillir. Il sentait des gouttes énormes de transpiration lui dégouliner dans le cou mais il réussit néanmoins à ne rien laisser paraître.
—- Oh... Il s'agit des trois affiches qui sont dans le carton à dessin.
—- Cent vingt euros chacune ?
—- Oui, malheureusement, elles ne sont ni numérotées ni signées, sinon leur valeur aurait pu être multipliée par dix.
—- C'est étrange...

Jacques Monastir, troublé, préféra ne pas répondre mais Madame Moreau se mit brusquement à lui raconter sa vie :
—- Quand je me suis mariée, en 1969, j'ai suivi mon mari qui avait trouvé un poste très intéressant à Saint-Germain-en-Laye. Notre fils est né un an plus tard. Nous étions très heureux. Je ne travaillais pas : je m'occupais d'Hervé et de mon mari que je laissais assouvir sa passion pour la bande dessinée qui n'avait jamais été très coûteuse. D'ailleurs, à ce propos, il me reste un souvenir très marquant de l'été 1976, vous savez pendant cette terrible canicule. Un homme qui avait entendu parler de mon mari par l'intermédiaire d'autres amateurs de bandes dessinées est venu sonner chez nous en pleine nuit car tous ceux qui pouvaient l'éviter ne sortaient plus pendant la journée. Il transportait une farde de taille conséquente d'où il a sorti une vingtaine de grandes feuilles. Je l'ai laissé discuter avec mon mari. Après le départ de l'homme mystérieux, il m'a expliqué qu'il lui en avait acheté trois pour cent francs chacune. Il aurait bien voulu en prendre davantage mais l'homme avait déjà passé un accord avec une galerie d'art pour le reste. Je marquais ma surprise mais il coupa net la discussion et me dit simplement : « Je vais louer un coffre à la banque pour les conserver et s'il devait m'arriver quelque chose, sache que tu devrais pouvoir les revendre une fortune dans vingt ou trente ans ».

Madame Moreau jeta un regard en coin vers le libraire qui semblait de moins en moins à son aise. Il avait croisé les bras pour tenter de le cacher mais on sentait une telle crispation dans tous ses membres que le subterfuge s'avérait totalement inefficace et donc inutile.

—Un mois plus tard, en rentrant d'un salon de bande dessinée à Bruxelles, il s'est tué en voiture. Mon fils était avec lui, il dormait sur la banquette. À l'époque, la ceinture n'était pas obligatoire à l'arrière : il a été projeté contre le tableau de bord puis à travers le pare-brise pour finir encastré dans le camion qu'ils ont percuté. Il n'est sorti de l'hôpital que quinze mois plus tard avec les séquelles que vous pouvez voir.

À l'annonce de cette tragédie, Monastir sentit une boule lui remonter dans la gorge.

—Très rapidement, nous sommes venus nous installer dans le Gers, chez mes parents. Et depuis leur mort, il y a plus de dix ans, je m'occupe toute seule de mon fils qui a besoin d'une attention constante. Mais maintenant que je suis vieille, je redoute le jour où il se retrouvera sans personne pour le surveiller. C'est pourquoi je souhaite vendre la collection qu'avait constituée mon mari : je veux être certaine qu'après ma disparition, Hervé pourra être accueilli dans un établissement où on pourra prendre soin de lui. Bien sûr, tout ceci a un coût et ce n'est pas en héritant de la ferme et de la 4 CV qu'il aura de quoi payer. L'an dernier, j'ai donc contacté Monsieur Fourcart, un spécialiste en bandes dessinées pour voir ce qu'il pourrait me proposer. Vous le connaissez ?

—Oui je le connaissais très bien : il était bouquiniste, comme moi : c'est lui qui m'a initié à la bande dessinée quand j'ai créé ma boutique. Mais c'était avant qu'il ne disparaisse de façon inexpliquée. La dernière fois que je l'ai vu, il était tout fier de me montrer son nouveau fourgon tout neuf avec sa splendide couleur... Sa splendide couleur vert olive !

L'affolement se lut dans le regard de Jacques Monastir.

—Dans l'autocar... la voiture compressée... c'est... c'est la sienne ?

—Apparemment, il vous a bien initié : lui aussi a essayé de me faire le coup des sérigraphies !

—Mais... Mais qu'avez-vous fait de lui ?

Sans répondre, la veille se dirigea vers un petit meuble du genre chevet et ouvrit le tiroir. Elle en sortit une enveloppe qui contenait des coupures de journaux.

—Je suis abonnée au « Canard du Gers » depuis toujours. D'ailleurs depuis que j'ai arrêté mon commerce de foie gras, le facteur est la seule personne qui nous rend visite. Avant, j'adorais les articles de Fulgence Versailles, vous savez le célèbre reporter qui est ensuite monté à Paris. Et depuis quelque temps, j'aime bien lire les articles de Mona Sadoul sur la bande dessinée... Ainsi, j'ai pu apprendre l'histoire de

ces trois fameuses « feuilles » qui se sont avérées être des doubles planches originales qu'Hergé a dessinées de sa main entre 1938 et 1939 pour l'album de Tintin « Le sceptre d'Ottokar ». En 1946, une vingtaine de ces planches ont été dérobées par un homme dans une imprimerie et trente ans plus tard, une fois son forfait prescrit, c'est donc ce même individu qui est venu les proposer à mon mari. Et regardez cet article très intéressant qui date de 2016 :
« Une double planche de Tintin appartenant à Renaud vendue 1,05 million d'euros.
***Enchères** - Le chanteur français s'est séparé samedi 30 avril, d'une grande partie de sa collection de bandes dessinées. Sa double planche du Sceptre d'Ottokar, estimée entre 600 000 et 800 000 euros, est partie entre les mains d'un collectionneur européen pour un peu plus d'un million d'euros... »*

Le bouquiniste était piégé ! La mère Moreau avait compris qu'il avait tenté de l'arnaquer. Tout ce qui lui restait à faire, c'était de s'éclipser sans demander son reste. Il se relevait lentement quand le fils lui écrasa une main sur l'épaule pour le forcer à se rasseoir et écouter sa mère :
—Attendez Monsieur Monastir, vous vouliez savoir ce qu'était devenu votre collègue, n'est-ce pas ?
—Euh... oui.
—Eh bien, figurez-vous qu'il semblait tellement tenir à son fourgon tout neuf que nous n'avons pas pu nous résoudre à l'en séparer !

Le libraire eut un haut-le-cœur :
—Vous l'avez... Il est dans le César géant ?
—C'est bien ça.

Il comprenait maintenant son malaise devant l'autocar : le corps de son confrère, de son ami, était à l'intérieur de cette chose !
Il se leva brusquement pour s'enfuir mais Quasimodo le rattrapa immédiatement par le cou. Monastir sentit les doigts du monstre se resserrer et songea avec angoisse au lapin. Deux secondes plus tard, il avait perdu connaissance.
Sans donner l'impression de forcer outre mesure, Hervé Moreau poussa le fourgon dans le trou béant de la presse. Le choc réveilla Jacques Monastir qui comprit instantanément où il était et pourquoi il était attaché. Il n'eut pas le temps d'avoir peur : au même moment, la vieille actionna la machine qui se mit en branle dans un grincement sinistre.
Lorsqu'il sentit l'habitacle se refermer sur lui comme une pince de crabe, la pensée qui lui vint fut assez naturellement une phrase lue dans une bande dessinée, la dernière réplique de l'ultime aventure inachevée de son héros favori.

« Allons, debout ! En avant ! L'heure a sonné de vous transformer en César... »

(Hergé – Tintin et l'Alphart)

Jean-Luc Guardia

Danse avec les loups

Juste à l'instant où l'orchestre fit une pause et s'arrêta de jouer, la nouvelle se répandit dans le parc Lannelongue comme une traînée de poudre. Carine Rouquette, une fille du village voisin que tout le monde connaissait bien, venait de se faire agresser, en allant rejoindre sa voiture garée au bord de la route qui menait à Bonas.
- Quelqu'un a vu le gars s'enfuir dans le village...
- Un brun, avec une moustache.
- Le salaud ! Pas question d'attendre l'arrivée des gendarmes !

Tout un groupe de joyeux fêtards, baratineurs et légèrement éméchés se transforma, dans l'instant, en une meute de loups prêts à se mettre en chasse. Tout flirt, drague et affaires cessants, ils se mirent à courir dans la nuit.

Il essayait, lui, de presser le pas mais sa hanche le faisait de plus en plus souffrir. Il traînait la jambe droite et celui lui donnait une démarche chaloupée, chaotique, un peu comme un infirme. Il n'aurait jamais dû rester si tard. Les fêtes locales, l'été, attirent toujours beaucoup de monde. Celle de Castera-Verduzan ne faisait pas

exception à la règle. La foule constitue toujours une menace...
Il était plus d'une heure du matin. Pour rentrer au camping, il lui suffisait de retrouver la route qui menait au lac et de la suivre sur un petit kilomètre mais dans son dos, au bout de la grande rue encore pas mal animée, la rumeur grossissait. Il jeta un regard en arrière. Toute une troupe gesticulante arrivait et au train où elle se déplaçait, elle n'allait pas tarder à le rattraper. Il valait mieux leur céder le passage...

Il arriva sur une petite place où tout était beaucoup plus calme. Les maisons alentour étaient figées en d'imposantes masses sombres, assoupies. Seule la guirlande d'ampoules multicolores de Chez Titeuf égayait la nuit. Il entra dans le café et s'assit le plus loin possible de la porte. La serveuse était paresseusement accoudée au comptoir et un couple de touristes attablé devant la dernière bière. Il commanda un Perrier rondelles. Les alcools forts ingurgités en début de soirée ne lui avaient pas vraiment réussi.

Il comprit que sa chemise était trempée de sueur, que son cœur cognait encore fort dans sa poitrine. Trop d'adrénaline... Il ferma les yeux, s'obligea à maîtriser sa respiration, tenta de faire le vide dans son esprit.

- Rondelles et Perrier bien frappé !

La voix un peu rauque le fit sursauter. Cheveux blonds coupés court, visage agréable, la fille ne semblait guère plus âgée que lui. Trente ans à peine... Elle se pencha pour poser le verre et la bouteille sur la table. Son débardeur échancré laissait voir deux seins menus en totale liberté. Magnifiquement bronzés. Elle lui sourit. Elle avait depuis longtemps l'habitude de ces regards qui dérapaient pour plonger de biais dans son décolleté. Elle repartit vers le bar sans se presser. Corps élancé, athlétique. Denim stretch taille basse sur fesses musclées. Elle savait exactement ce qu'il était en train de regarder.
Une effervescence sonore s'anima au dehors, faite de cris, d'appels, de vociférations. Derrière les vitres, des ombres n'arrêtaient pas de passer et repasser. Elles finirent par pénétrer à l'intérieur du café.
- Une fille s'est fait agresser tout à côté du parc...
- On essaie de retrouver celui qui a fait ça !

Cinq hommes étaient entrés, les yeux pleins de colère et de détermination, une sourde émotion dans la voix :
- Le salopard a massacré la gamine avec un couteau !
- Un type très brun avec une moustache
- Âgé d'une trentaine d'années.
- Vous n'avez vu personne passer en courant ?

La serveuse dit que non, que de toute façon avec la nuit elle ne voyait pas ce qui se passait dehors, qu'il fallait peut-être demander au client qui venait juste d'arriver. Tout le monde se tourna vers lui et les visages se figèrent. Masques de haine inquisiteurs, farouches et hostiles. Il était brun avec une moustache.

Ils se regroupèrent autour de lui. Le cercle malveillant se referma comme un piège.
- On peut savoir d'où tu viens ? T'es tout seul ?
- Où est-ce que t'étais y'a une demi-heure ?
- Fais voir tes mains !
- Ces taches sur ta chemise, là, c'est quoi ?
- Putain, les mecs ! C'est du sang ! On l'a trouvé ! On le tient, l'ordure !!!

Il se leva en hâte pour être à leur hauteur. La table se renversa, le verre et la bouteille se brisèrent sur le carrelage. Il tenta de repousser ces bras qui se tendaient, ces doigts qui le désignaient, ces mains menaçantes qui voulaient le saisir et le frapper.
- J'ai saigné du nez ! Ça m'arrive quand il fait chaud, quand je passe la journée à bronzer au soleil.

Sa voix avait grimpé dans les aigus, saturée d'une frayeur incontrôlable et cela les renforçait dans leurs certitudes.
- Saigné du nez ! Tu crois qu'on va avaler ça...
- T'as suivi la fille jusqu'à sa voiture et tu l'as menacée avec ton couteau.

- Tu voulais la violer mais elle s'est défendue et tu l'as plantée.
- Tu t'es acharné sur ses cuisses et sur son ventre avec ta lame, espèce d'enfoiré !
- Faut être complètement tordu pour faire ça !
- C'est pas moi, je vous dis ! C'est pas moi. J'ai jamais violé personne !

De sa voix haut perchée, il gémissait, il implorait. Tous ceux qui étaient dehors s'étaient rués à l'intérieur. Ils étaient plus d'une vingtaine autour de lui, à présent.
- On va le ramener là-bas. On verra si quelqu'un le reconnaît !

Les plus proches se jetèrent sur lui. Il tenta de se débattre, de les repousser en suppliant.
- Laissez-moi, je vous en prie, laissez-moi !

Une multitude de mains le saisirent. Il reçut un coup violent sur le visage, un autre sur le haut du crâne. Il s'écroula. Des bras puissants le remirent debout avec force. Sa chemise se déchira. On lui emprisonna les jambes pour le soulever et l'emporter. Dans le mouvement, quelqu'un s'accrocha à son bermuda, dénuda ses hanches et son sexe.
- Merde ! Un infirme...

Ils le reposèrent à terre. S'écartèrent en silence. Tous les regards se portaient sur son entrejambe ravagé. Chairs torturées, peau boursouflée, sexe minuscule, pas plus grand que celui d'un jeune enfant, perdu au milieu de muscles atrophiés, de tout un entrelacs de cicatrices rayant le ventre et le haut des cuisses.
- Y'a méprise...
- On pouvait pas savoir.

Il se tortilla sur le sol pour se rhabiller, tout dissimuler à nouveau. Une fois relevé, il expliqua, donna quelques détails qui renforcèrent leur gêne :
- Quand j'étais gosse, un engin agricole, une botteleuse pour le foin... Je suis passé dessous et mon père n'a pas réussi à arrêter le tracteur à temps. Les toubibs ont fait ce qu'ils ont pu mais toutes les greffes n'ont pas pris.

Ils hochaient la tête, atterrés, compatissants. Encore sous le coup de ce qu'ils venaient de voir et terriblement honteux. Pauvre gars ! Dire qu'ils l'accusaient de vouloir violer une gamine, le malheureux ! Dans l'état où il était, ça risquait pas... Ils ne savaient pas quoi faire pour rattraper leur méprise. Difficile de trouver les mots pour s'excuser et ne pas blesser dans des circonstances pareilles.

Sur le pas de la porte, quelqu'un cria soudain :

- Hé, venez vite ! Je vois une silhouette en train de cavaler tout au bout de la rue !

Ils se précipitèrent dehors pour reprendre la chasse, entraînant dans leur sillage le couple de touristes. Il resta seul au milieu des tables et des chaises renversées, du verre brisé.

La serveuse lui demanda si ça allait, si elle pouvait faire quelque chose. Il ne répondit pas. Il s'approcha de la fenêtre.

- J'espère qu'ils vont réussir à l'avoir, dit la fille dans son dos.

Il hocha la tête. Ils avaient tous disparu. Le calme était revenu. Dans quelques instants, il allait pouvoir retourner au camping en toute sérénité.

Elle entreprit de remettre un peu d'ordre dans la salle. Il vint l'aider à redresser les chaises et la table.

- Il faut les excuser. À leur place, vous auriez fait la même chose.

Il bredouilla que oui, peut-être, sûrement... Il ne perdait rien du déplacement de ses seins dans ses efforts pour tout remettre en place et quand elle s'accroupit, le haut du string blanc émergeant du jean attira son œil immanquablement. Tout cela le troublait. Un désir irréel lui faisait oublier ce qu'il était et ce qu'avait toujours été sa vie. Un désir qui, peu à peu, se chargeait d'images terribles.

La fille partit chercher de quoi ramasser les éclats de verre. Les yeux accrochés aux rondeurs de ses fesses en mouvement, il sentit une tension inhabituelle envahir ses cellules et ses nerfs. Une envie pressante prenait à nouveau possession de son corps et de son esprit avec une force et une ampleur de plus en plus exigeantes, comme si le contrôle qu'il avait réussi à rétablir lâchait prise, se désagrégeait inexorablement en paliers successifs.

Elle revint avec pelle et balai et un sourire mielleux scotché en travers du visage.

- Je vais fermer maintenant. Est-ce que vous voulez que je vous dépose quelque part avec ma voiture ? Ça vous évitera de marcher.

- Non, merci, c’est gentil. Je vais me débrouiller.

L'autre aussi, plus tôt, dans la soirée, avait eu la même gentillesse, les mêmes sourires jusqu'à ce que... C’était plus fort que lui, la vague toxique était en train de le submerger à nouveau, de transformer sa perception des choses et des gens.

Elle se baissa pour tout ramasser. Elle était là, à ses pieds. Soumise, offerte... Ses seins hyperbronzés, ses cuisses musclées, ses fesses à un mètre à peine... Il suffirait de poser la main pour sentir la chaleur et la douceur de sa peau... Puis...

C'était comme un raz-de-marée sur le point d'emporter tout sur son passage. Dans son cerveau, déferlaient des tas d'images de chairs lacérées, de sang, de corps déchirés, de visages déformés par la peur et la souffrance. Le plaisir avait été trop fort tout à l'heure, trop intense. Il avait une envie folle de revivre cela à nouveau, cette métamorphose fantastique de tout son être, ce paroxysme de violence et de cruauté.

Personne ne reviendrait ici ce soir. Ils étaient seuls. En tête à tête... À corps perdu... Le temps était venu d'aller jusqu'au bout, jusqu'aux limites ultimes de la jouissance. Il était prêt, à nouveau, au plus profond de lui-même, à lâcher prise, à laisser ses pulsions les plus secrètes, les plus inavouables prendre vie, quels qu'en soient les risques.

La fille éteignit la salle. Il la suivit. Derrière le bar, il saisit une bouteille vide. Il suffirait d'en briser le fond pour que les tessons acérés remplacent la lame du couteau qu'il avait utilisé derrière le parc. Il repensa à la scène voluptueusement effroyable qui s'était jouée là-bas tout à l'heure.

Puis l'image disparut pour laisser place à l'action et, en lui, explosa la quête frénétique, incontrôlable...

Denis Fouquet

Sang blouse blanche à Lectoure

« Lectoure, Gers. Recherchons médecin. Logement et déménagement offerts. En cadeau de bienvenue, une année de foie gras. ».
Avant son problème, jamais Aline n'aurait remarqué cette petite annonce dans le Quotidien du médecin. Elle se sentait si bien dans le Nord et n'avait jamais vraiment songé à quitter Lille. Certes, les lauréats des concours dans la fonction publique essayaient de trouver toutes les astuces possibles pour aller dans le Sud, ou pour y rester. Aline avait une autre façon de voir les choses. Ici, les gouttes pouvaient couler sur son blouson, l'essentiel était ailleurs. Les gens étaient sympas, sincères. Sa ville était agréable, vivante. Il était aisé d'y faire des rencontres.
Mais voilà, elle devait partir.
Alors, autant viser des horizons connus. Elle se rappelait son enfance où, des années durant, elle avait passé des vacances avec ses parents à Barbotan les Thermes. Elle se remémora ses balades à vélo sur ces vallons colorés, les trésors insoupçonnés de la gastronomie locale, ainsi que les innombrables concours lors des fêtes de village. Elle avait hurlé pour faire gagner son escargot à la course.
À l'époque, elle n'avait pas imaginé y vivre, et encore moins y mourir.

Pendant ses longues études de médecine, le corps avait pris une autre signification. Selon elle, cet ensemble de muscles, d'os et de nerfs ne devait pas être au service du seul cerveau. Le corps avait une vie propre, des besoins différents. Sport et sexe étaient devenus nécessaires à son équilibre. De façon rationnelle, trop parfois, elle expliquait sa théorie à ses partenaires. De nombreux prétendants avaient caressé sa peau pâle, touché sa crinière rousse, sans autre espoir qu'une prouesse physique sans lendemain. Elle ne recherchait rien d'autre que du plaisir, du court terme.
Théo avait voulu autre chose. À la fois plus patient et plus persévérant, ses sentiments l'avaient empêché de se contenter du seul côté physique. Avec lui, elle avait cédé un peu, puis un peu plus. Elle le trouvait plein d'esprit, il la trouvait rationnelle. Elle était sportive, il était un peu poète, un peu écrivain, passionné de théâtre.
À la fin de leurs études, il avait réussi à la convaincre de vivre en colocation à un lit. Non sans une liste de règles à respecter, ils s'étaient installés dans une petite maison du vieux-Lille.
Généraliste, elle n'était pas avare de son temps pour ses patients. Gériatre, il pratiquait à l'hôpital. Hélas, quelques mois suffirent à révéler la nature jalouse et possessive de Théo. Sans s'en rendre compte, il enfermait sa muse. Certes, il n'avait pas bâti un château imprenable

autour d'elle, mais son emprise était plus insidieuse, une sorte de filet invisible, rempli d'Amour.
Côte sexe, elle ne s'était éclatée avec Théo que quelques semaines. Comme avouer cela lui avait semblé impossible, elle avait commencé à simuler. Ses envies bestiales l'envoyaient chasser régulièrement dans les bars, pendant les nuits de garde de Théo. Elle ne faisait que satisfaire ses besoins croissants, jusqu'au jour où elle découvrit, post-coïtum, l'identité de sa conquête nocturne. Un jeune interne travaillant avec Théo.
Dès le lendemain, dans la salle de repos de l'hôpital, il ne sut cacher ses ébats sportifs avec une toubib sportive, rousse de la tête aux pieds. Théo explosa le nez de ce mâle trop vantard.
La soirée fut un crépuscule. Théo et Aline savaient que leur quotidien les avait éloignés, que les dialogues étaient devenus rares ou électriques. Mais ce soir il avait eu le besoin de savoir. Aline ne nia rien. Elle prit même un malin plaisir à rentrer dans le détail de ses nuits chaudes. Elle poursuivit en récitant la liste de ses frustrations.
Cette infidélité, malencontreusement révélée, provoqua chez Théo une colère non maîtrisée. D'ordinaire calme et froid, il n'avait jamais utilisé la force. Hélas, à l'évocation de son supposé manque d'imagination, de son manque de vie et d'envie, il ne sut se maîtriser. À peine avait-elle prononcé ces mots offensants qu'il la frappa à plusieurs reprises.

Nez cassé, arcade en sang, elle se releva difficilement pour le défier du regard.
– Tu attendais ce moment depuis longtemps ? Moi aussi. Tout n'est pas fini entre nous, car pour moi, ça n'avait jamais vraiment commencé.

Ces paroles lui valurent une ultime bordée de coups. Hors de lui, puis honteux, il eut les larmes qu'elle avait su retenir.
– Je t'aime trop. Pardonne-moi tout. Frappe-moi. Repartons du bon pied. Donne-moi une chance.

Silencieuse, calme, elle monta rassembler ses affaires dans deux valises. Elle n'ajouta rien afin d'éviter de nouvelles brutalités ou des supplications médiocres.
C'est après deux semaines dans un hôtel lillois qu'elle lut cette annonce. Immédiatement, la décision s'imposait. Elle allait retrouver les tournesols, le bleu de Lectoure et un horizon nouveau. Pas besoin de magazine pour lui expliquer comment recommencer sa vie, elle fonctionnait à l'instinct.
Elle voyait Lectoure comme une terre d'accueil, pleine d'histoire, d'activités sportives, culturelles et une gastronomie authentique. De plus, des thermes venaient de s'ouvrir dans un château rénové.
Aline réussit à convaincre le maire, un homme dont la famille était ancrée dans la région depuis plusieurs

générations. Professeur des écoles, il était le dernier de cordée d'une longue famille d'instituteurs. Lors de l'entretien, il l'avait questionnée sur sa motivation pour rejoindre la Gascogne. Elle avait répondu rupture, reconstruction personnelle et foie gras. L'échange avait été savoureux entre les accents ch'ti et gascon, mais chacun y avait trouvé son compte.
Elle s'intégra rapidement. Adoptée par des habitants trop heureux d'avoir une généraliste chevronnée, ils aimaient l'attention qu'elle leur portait. Le vendredi, sur le marché, elle était décrite comme sympathique. Voire charmante si on était un homme. En moins d'un mois, sa compétence, sa disponibilité et sa gentillesse avaient séduit le canton. On la trouvait moins arrogante que le docteur précédent. Parti le jour de ses soixante-deux ans, il n'avait pas voulu rester un mois de plus dans cette région. Aveuglé par une promesse de vie meilleure sur les bords de la Méditerranée, il avait méprisé ces habitants si sincères. Nice-Matin écrirait quelques semaines plus tard, qu'un retraité, le Docteur Morand, était décédé d'un accident de voiture près de Cannes.
Pendant quelques semaines, elle eut une vie sexuelle inexistante. Quelques objets, devenus ses compagnons, avaient réussi à maintenir une activité minimale. Pour conserver son équilibre, elle avait augmenté sa dose hebdomadaire de sport.

Pourtant, à son arrivée, personne n'avait remarqué ses hématomes, si ce n'est un gendarme venu quémander un certificat médical. Immédiatement, elle avait été séduite par ce grand gaillard, garant de l'ordre sur la commune. Avec humour, Alex lui expliqua qu'ici, c'était un pays de vin, pas de bière. Elle rétorqua qu'elle voulait le voir en slip faire des pompes, car elle ne délivrait aucun document de complaisance. Les battements de son cœur s'accélèrent aussi vite que ceux du représentant de l'ordre. Clignotant interne ? Il eut aussi du mal à cacher son trouble. Ce moment inattendu prit fin avec la délivrance de ce sésame. Au moment de partir, il ne put s'empêcher de décrire un parcours d'entraînement sympa dans la forêt, autour d'un étang. Une boucle de 10 kilomètres qu'il pratiquait très régulièrement...
Ils savaient qu'ils allaient se revoir. Dès le lendemain, tôt, elle courait sur ces sentiers, sans doute avec l'espoir de le croiser. Ce ne fut pas le cas. Les jours suivants, elle arpenta le même parcours, sans plus de réussite.
Théo
À Lille, Théo avait troqué sa sollicitude et ses sourires pour une dureté, parfois proche de la violence. Ainsi, les vieux subirent quolibets et humiliations. Un jour, une infirmière alertée par des cris, vit son docteur préféré tirer les oreilles à un patient, en lui crachant dessus. Pris en flagrant délit, il s'enfuit en l'insultant. Certain qu'elle allait dénoncer ses actes, il décida de se cacher dans le

vestiaire afin de la surprendre. Effectivement quelques minutes plus tard, il la prit en photo sans sa blouse, la menaçant de la mettre en valeur sur les réseaux sociaux si elle parlait.
Sa nuit suivante fut alcoolisée. Deux cachets de Temesta, quelques heures de sommeil et une douche avaient à peine refroidi sa colère. Depuis le départ d'Aline, il ne vivait plus, ne dormait plus. Il s'était mis à détester toutes les femmes du monde, sa bonne ville du Nord et tous les vieux de l'hôpital. Sachant qu'il ne pouvait continuer ainsi, dès le lendemain, il présenta ses excuses à sa collègue et sa démission avec effet immédiat.
Il lui fallait s'attaquer à son mal.
Lectoure
Quelques jours plus tard, à Lectoure, un habitant attentif aurait pu apercevoir une vieille « Clio » immatriculée 59. Il en aurait vu sortir un conducteur mal peigné, mal habillé, s'extirpant difficilement tout en grognant. La recherche avait été facile. Théo avait retrouvé la cause de ses malheurs. Il était venu à elle, elle allait revenir vers lui. Il ne voyait pas d'autre choix.
Certes, une phase de reconquête allait être nécessaire. Pour ne pas la brusquer, il devait prendre son temps. Pour cela, il avait réservé une chambre non loin de là, près Fleurance. Le nom de l'hôtel était gascon : « Castelnau des Fieumarcon ». Il n'allait quand même

pas résider dans le millième hôtel en France s'appelant Hôtel de Paris...

Alex

Le beau gendarme était revenu au cabinet médical. Il s'était dit inspiré par le blanc de sa blouse doctorale et le « Bleu Lectoure » ornant les murs. Cette fois-ci, Alex avait eu besoin d'un nouveau certificat. Pour le cyclisme en compétition. Pas dupe mais troublée, Aline avait terminé son examen en lui suggérant de revenir aussi pour la natation. Ainsi, il serait en règle pour ses futurs triathlons. Elle avait ajouté ne pas l'avoir vu sur son parcours préféré... Il ne révéla pas son souhait de douche avec elle.

À peine dehors, il savait qu'ils ne pourraient en rester là, qu'il succomberait ou qu'il la ferait succomber. Il n'osait pas encore s'avouer qu'il allait saborder son mariage. Sa femme, une Toulonnaise mal acclimatée à la région, était connue pour ses réactions violentes. Il l'avait déjà vue se comporter de façon agressive lors d'un dîner de Noël avec ses collègues. Il avait eu le tort de regarder avec insistance une ravissante collègue. Cette dernière avait vu un thé brûlant atterrir sur sa robe. Geste disproportionné pour une œillade à peine appuyée. Depuis, ses amis hésitaient à les inviter. Le côté explosif de sa femme avait fini par les lasser. Tout ça ne collait pas avec l'esprit convivial de la région.

Il en était là de ses réflexions, quand il croisa un homme mâché et éméché. Garant de l'ordre, il ne pouvait laisser un individu dans cet état :

– Bonjour, Puis-je vous aider ?

– Non, ou plutôt, un peu. J'ai une petite douleur au dos. Vous ne connaîtriez pas un médecin ?

– On voit que vous n'êtes pas d'ici. Nous n'avons pas eu de toubib pendant des mois, avant de passer une petite annonce. Depuis un mois, une généraliste a quitté les brumes du Nord pour nos tournesols. Elle exerce dans la rue principale.

– Ah... Oh... merci.

Les deux hommes venaient de se voir vivants pour la première et dernière fois.

La soirée préparait un orage. Aline avait identifié sa prochaine aventure. Elle s'y préparait avec gourmandise. Alex prit la foudre en rentrant chez lui. Sa Toulonnaise, suspicieuse, avait peu apprécié son retour enjoué. Elle lui reprocha tout, même ses compliments. Théo rentra péniblement dans sa chambre d'hôtel avant de transformer son oreiller en victime innocente. Personne ne dormit vraiment cette nuit-là.

La journée fatale commença par un jogging en forêt puis autour de l'étang. Comme attendu, Alex et Aline se trouvèrent. Après quelques foulées et deux trois banalités, ils se ruèrent l'un sur l'autre. Au pied d'un

chêne centenaire, ces moments furent intenses, plein de promesses. Sans un mot, ils reprirent leur boucle après leur dernier moment de plaisir. Les corps en sueur, ils se séparèrent à l'issue de l'entraînement. Comme n'importe quel autre groupe de coureurs l'aurait fait. Ils avaient la certitude qu'une nouvelle route s'ouvrait devant eux.
Aline se rendit directement à son cabinet. Rendue joyeuse par cette perspective de vie nouvelle, elle ne vit pas la Clio garée devant. Elle allait vite comprendre ce qui l'attendait. Ou plutôt, qui l'attendait. Débarrassée de sa tenue de course, elle fonçait vers la douche quand elle entendit un bruit. Avant même d'esquisser un geste, elle le vit, ses yeux pleins de folie. Elle se dit qu'il avait bu, qu'il serait difficile à contrôler.
– Que fais-tu ici ?
– Tu es à moi. Rien ne pourra jamais plus nous séparer. J'ai fait plus de mille bornes pour toi.
– Dégage. Tu le sais, tout est fini entre nous. Tu m'as frappée, je suis partie. Fin de l'histoire. D'ailleurs, il n'y en a jamais vraiment eu.
– Je te suis depuis deux jours. Tu crois que je n'ai pas vu ton manège ? Tu te la joues gersoise, tu imites leur accent, mais tu es ch'ti. Arrête de te renier. Tu ne sais même pas découper un canard. Et maintenant, tu testes un nouveau sex-toy ? Un gendarme ? Sans doute un peu rugbyman ? Je t'ai vue dans les bois.

Il y a peu encore, il aurait eu d'autres envies en la voyant dans cette tenue. Aujourd'hui, seules la haine et la violence émergeaient de ce regard. L'ayant aperçu avec son amant, il savait qu'il l'avait perdue pour toujours. Sa vengeance sortit dure comme la pierre :
– Rassure-toi, cette fois, je ne vais pas te toucher. Ce n'est pas moi qui vais te punir.

Aline savait qu'elle devait intervenir. À peine eut-elle bougé son bras qu'il lui envoya une petite décharge de Tazer. Elle était à sa merci.
Théo avait joué le corbeau auprès de la femme d'Alex. Il l'avait appelée en envoyant une photo des deux amants. Comme prévu, la furie varoise arriva tel un frelon. La rade débarquait sur la paisible terre des capitouls. Il n'avait pas anticipé qu'elle viendrait avec des hachoirs. À peine arrivée, elle aperçut sa rivale à terre et n'eut aucune hésitation. Le premier lancer eut pour effet de séparer la main droite du reste du corps d'Aline. Le second, plus précis découpa net sa tête. L'acte terminé, elle se mit à genoux. Un premier sanglot rauque sortit de sa gorge, bientôt suivi de lamentations incompréhensibles et de hauts hurlements.
Théo sortit de son état. Il comprit qu'il avait joué avec la jalousie destructrice d'une femme. Maintenant, il était tétanisé. Que faire face à la folie, face à cette violence incontrôlée ? Un type hébété, une femme en proie à la

folie, une autre assassinée, la scène n'aurait su être complète sans l'arrivée d'Alex.
Parmi les survivants, personne ne fut surpris de le voir pénétrer dans ces lieux rougis par le sang. La meurtrière retrouva un calme surprenant en le voyant ainsi débarquer. Obnubilé par le corps sans vie de sa compagne d'entraînement, il ne fit pas attention au geste désespéré de son épouse.
L'ultime cible du hachoir volant vint terminer sa course dans son cœur meurtri.
« Drame au cabinet médical : Trois morts ». La Dépêche du Midi présenta ses condoléances à la famille du gendarme. Le journaliste défendait la mémoire d'Alex. Il aurait été tué « par erreur », par sa femme. Regrettant son geste, elle se serait enfoncé un hachoir dans le cœur. Il s'interrogeait sur l'assassinat de leur nouvelle médecin, pourtant si appréciée de la population La présence d'un personnage venu du Nord sur les lieux du crime ne fut même pas mentionnée.
Persuadé d'avoir trouvé la bonne formule, il décrivit le rouge du sang sur le bleu Lectoure des murs et le blanc des blouses. Une semaine plus tard, le Quotidien du médecin publiait une annonce : « Lectoure, Gers. Recherchons médecin. Logement et déménagement offerts. En cadeau de bienvenue, une année de foie gras. ».

Denis Lamaison

Le mort de trop

Tout s'était passé comme prévu. Les trois hommes s'étaient endormis relativement
rapidement. Ces jeunes ne refusaient jamais une partie de dés à la taverne. Les entraîner ensuite dans une beuverie avait été un jeu d'enfant. Ironie du sort, entre le vin de Lestagnac et ses mises, Marcus avait perdu une sacrée somme cette nuit. Non sans avoir préalablement rempli sa gourde de l'alcool restant, il se leva en titubant et quitta la table. Il savait qu'il avait déjà trop bu mais le vin appelait le vin. Il fit un signe entendu au cabaretier. Ce dernier avait l'habitude. Les clients incapables de rentrer chez eux n'étaient pas rares. Avec la belladone qu'il avait pris soin de mélanger à la boisson, ses trois compagnons resteraient cuver jusqu'au lendemain.
Marcus sortit et prit le chemin de la domus de son maître. Hormis quelques ivrognes, les rues d'Elusa étaient désertes. Située dans les beaux quartiers, la maison était assez éloignée mais il espérait sans y croire que la marche lui éclaircirait l'esprit. Comme les trois hommes d'armes qu'il venait de laisser dans la taverne, et comme son ami Kalendio, Marcus était l'un des gardes du corps de Julius Libo, le marchand d'esclaves. Ce dernier avait ramené Marcus et Kalendio de Britannia vingt années

auparavant. Il leur avait donné un semblant d'éducation mais, surtout, il les avait formés au métier des armes. À seize ans, les deux garçons étaient devenus gladiateurs. Pendant près de dix ans, et pour la seule gloire de leur maître, ils avaient gagné tous leurs combats dans les plus beaux amphithéâtres du sud de la Gaule : à Aginnum, Burdigala, Divona, Tolosa. La paire de combattants qu'ils formaient était alors inégalable : Marcus, l'impulsif, était devenu un secutor, le combattant au glaive et au lourd bouclier ; Kalendio, le stratège, était un rétiaire, implacable avec son filet et son trident. Femmes, argent, banquets, leur maître leur avait beaucoup offert, allant même jusqu'à les traiter comme des fils.
Marcus s'arrêta. Il cracha par terre avant de reprendre une gorgée de vin. S'il se souvenait de toute cette époque avec une certaine nostalgie, il n'avait jamais été dupe. Autant il aurait donné sa vie pour Kalendio, qui était pour lui bien plus qu'un frère d'arme, autant il n'avait jamais considéré Julius Libo comme un père. D'ailleurs, à leur retraite de bretteurs, quelques années plus tôt, leur "pater familias" ne les avait pas même affranchis. Devenus ses nervis, ils touchaient à peine plus que les quatre jeunes germains recrutés récemment. Mais cela n'était rien... Deux jours auparavant, ils avaient appris, avec le reste de la maisonnée, que leur maître quittait la région pour Bologna. Marcus et Kalendio se doutaient depuis quelque temps qu'il se tramait quelque chose.

Depuis la prise du pouvoir en Gaule par le général Postume, Julius Libo était fébrile. Fidèle parmi les fidèles de l'empereur légitime Gallien, il craignait pour sa vie. Ne se disait-il pas que Postume avait fait assassiner Salonin, l'un des fils de l'empereur ?
Marcus s'arrêta une nouvelle fois pour boire. Il s'enivrait pour oublier son dépit. Si les deux anciens gladiateurs n'avaient pas été surpris par la décision de Julius Libo, il en fut tout autre lorsqu'ils apprirent qu'ils ne suivraient pas leur maître en Italie. Leur "père bien aimé", celui pour qui ils avaient risqué leur vie sur le sable des arènes, les abandonnait : il partait avec les quatre germains. Bien sûr, il leur confiait la garde de sa belle demeure à Elusa mais les deux hommes savaient qu'ils perdraient rapidement les quelques privilèges qui les élevaient au-dessus de leur condition : leur maître éloigné, ils redeviendraient de simples esclaves, pour qui plus personne n'aurait aucune considération.
La veille, les deux hommes avaient pris la décision de remettre leur avenir entre les mains de la déesse destinée. Julius Libo était immensément riche, peut-être même l'homme le plus fortuné d'Aquitaine. Ces derniers mois, Marcus avait vu les esclaves de la maisonnée préparer des coffres remplis de pièces en or et en argent, de bijoux, de pierres et statuettes précieuses, d'objets de toutes sortes en ivoire et en perles. Ce véritable trésor que leur maître

s'apprêtait à amener avec lui, ils avaient décidé de lui ravir.
Julius Libo avait fait charger son trésor dans le plus beau char qu'il possédait, une *raeda* placée dans la remise attenante à l'habitation. Kalendio et l'un des germains devaient le garder toute la nuit. Libo partait le lendemain accompagné de ses quatre gardes et d'une cohorte de légionnaires prêtée par un ami tribun. Après un bref passage à Elimberris, pour régler quelques affaires, il allait rejoindre la Narbonnaise, une province toujours contrôlée par Rome. Les deux comparses avaient donc planifié leur coup pour cette nuit. Marcus devait empêcher que les trois germains de repos ne rentrent trop tôt. Kalendio se chargeait du quatrième garde. Ils attelleraient ensuite les chevaux à la raeda et iraient enterrer leur pactole en dehors de la cité avant l'aube. Ils fuiraient au nord et reviendraient dans quelques mois s'emparer de ce qu'ils considéraient comme leur dû. « Nous serons alors quittes avec Libo, avait déclaré Kalendio. » « Vengeance serait faite, avait alors approuvé Marcus. » Maintenant, il n'en était plus si certain.
Arrivé devant l'entrée principale de la domus, il frappa quelques coups sur la large porte en bois. Il termina lentement sa gourde. Capturé trop jeune, il ne se rappelait plus de son véritable père. Mais, il s'interrogeait, celui-ci l'aurait-il envoyé se battre à mort

dans l'arène pour son plaisir ? La porte s'ouvrit. Marcus regarda l'enfant esclave ouvrir la porte en s'arc-boutant sur ses frêles jambes : il n'était guère plus âgé quand Libo l'avait acheté.

Après avoir passé le vestibule, Marcus tourna à gauche et déboucha directement sur une grande cour carrée entourée d'un péristyle. Il suivit ensuite l'étroit couloir qui rejoignait l'espace de la maison réservé à la famille. Il ne jeta pas un regard vers les tentures ornant le bureau du maître, ni même vers les peintures vives décorant l'une des salles de réception. Il ne s'arrêta pas près des magnifiques statues embellissant un petit jardin. Il revoyait sa capture, enfant, son entraînement aux armes, son premier mort, le sourire satisfait de Julius Libo. Il arriva devant un lourd rideau, entra dans une petite pièce, puis dans une chambre. Son maître dormait. Marcus ne fléchit pas. Sortant son glaive, il l'enfonça jusqu'à la garde dans la poitrine de celui qui se prétendait son père. Ce dernier n'eut qu'un soubresaut avant de rejoindre le royaume de Pluton. Marcus murmura :

— Qualis pater, talis filus.

Marcus resta un instant sans rien faire. À nouveau conscient, il frissonnait. Il avait la nausée.

Il essuya son glaive sur un drap et reprit son chemin en sens inverse. Après le dortoir des esclaves, il arriva devant la remise. Celle-ci était ouverte comme convenu.

Kalendio était assis à côté du corps sans vie du germain OEnomaüs. Il tenait encore son pugio ensanglanté à la main.
— Je t'attendais.
— Que s'est-il passé ?
— Ils nous ont trompés Marcus.
— Qu'est-ce que tu veux dire ?
— Libo a fait déplacer son trésor. Il n'a jamais pensé l'emporter à Bologna. Quand je suis arrivé pour prendre mon service, OEnomaüs n'a pu tenir sa langue : il m'a avoué que nous ne gardions rien.

Marcus inspecta rapidement l'intérieur du char. Il n'y trouva aucun coffre mais les cadavres de deux esclaves de la maison.
— Ils étaient déjà morts à mon arrivée. Parmi les trois à savoir où a été caché le trésor, ces deux-là ne risquent plus d'en parler à qui que ce soit. Quant à celui-ci...

Marcus regarda d'un air effaré le germain étendu sur le sol. Kalendio continua ses explications en souriant.
— À ta tête, je vois que tu te demandes si ce n'est pas le mort de trop. Non, tu n'as pas à t'en faire. OEnomaüs a parlé avant de... enfin... il a seulement pu me dire que le trésor est caché dans le quartier des potiers mais il n'en savait pas plus. Non, je t'attendais car tu vas finalement pouvoir assouvir ta vengeance.

Marcus blêmit en regardant Kalendio.
— De quoi parles-tu ?
— Ne poses-tu que des questions mon ami ? Réfléchis un peu. Tu connais la réponse. Avant son trépas, OEnomaüs m'a également appris qui avait accompagné les deux esclaves. Le dernier à connaître l'emplacement de notre trésor... Marcus, c'est notre maître, c'est Julius Libo.

Milady

Kidnapping en pays d'Auch

Mardi

Chloé Perrouti roulait à toute allure sur l'Occitane. Sa vieille Diane orange vibrait et grinçait, mais Chloé n'en appuyait pas moins vigoureusement sur la pédale d'accélérateur en doublant dès que possibles les rares camions et véhicules un peu plus lents qu'elle.
Pestant et maugréant, elle arriva tout de même à la sortie l'amenant sur les routes un peu moins rapides du Gers, plus adaptées à la cylindrée de cette satanée Diane. Elle la tenait de l'héritage d'une lointaine arrière-grand-tante qui n'avait conduit de toute sa vie qu'une seule voiture, c'est-à-dire l'âge de cette antiquité ! À la nuit maintenant tombée s'ajoutaient des trombes d'eau qui se déversaient en un rideau impénétrable que la faible lueur des phases peinait à percer.
« Regarde-moi ça comment il pleut ! et on dit que c'est le Sud... J'avais le même temps à Paris ! » grommela-t-elle entre ses dents.
Le tonnerre grondait à travers les nuages. Au moment où la jeune femme prenait un peu rapidement un virage sec, un éclair zébra le ciel, éclairant une armée de morts encadrant la route. Chloé sursauta et pila. Puis elle se mit

à rire nerveusement : en fait de macchabées, ce n'était que des tournesols pliant la tête, après une chaude journée d'été. Les conditions d'orages en faisaient cependant une ambiance terrifiante.
Elle reprit la route un peu plus lentement. Son GPS la guida sans faire trop de détours jusqu'au centre d'Auch, où elle se gara du premier coup dans une rue en pente. Rouspétant contre la pluie, s'abritant tant bien que mal sous un mini-parapluie, elle prit sa valise élimée et marcha d'un pas énergique jusqu'à une porte monumentale.
La porte s'ouvrit immédiatement après son coup de sonnette retentissant. Chloé arriva ainsi dans une entrée sombre et triste, où l'attendait un couple de cinquantenaires assez austère.
« Merci d'être venu si vite ». La formule d'accueil de base, prononcée du bout des lèvres, l'accueillit froidement.
Chloé enregistra rapidement la scène : l'homme et la femme – le père et la mère du disparu, supposa-t-elle – se tenaient très droit devant elle, vêtements sombres, traits tirés et mine lugubre.
« Avec un accueil aussi chaleureux, je suis ravie ! » les tacla-t-elle avec un grand sourire « Allez, racontez-moi tout autour d'un bon café ».
Choqués, ils écarquillèrent les yeux et la regardèrent vraiment. La femme se déglaça légèrement et se dirigea

machinalement vers une porte et lui enjoignant du geste à la suivre : « Entrez ici, ce sera plus simple ».
L'invitée et l'homme la suivirent ainsi dans la cuisine, où ils s'attablèrent tous autour d'une table en bois ancien, avec le café demandé qui arriva dans les quelques minutes. Visiblement, le couple ne savait par où commencer. Chloé souffla une mèche de cheveux auburn qui lui tombait dans les yeux et attaqua, la tasse bien chaude dans les mains.
« Bon, voici ce que je sais », commença-t-elle « J'ai été appelée ce matin par mon boss, un vieux de la vieille, qui est en train de se bronzer sur la côte d'azur. Il m'a dit que des huiles de sa connaissance – vous – étiez très inquiets car votre fils unique a disparu. » A ces mots, le couple tressailli, mais acquiesça de la tête. Satisfaite de ce début de communication, Chloé continua, toujours gouailleuse : « Vous avez prévenu les forces de l'ordre il y a quelques jours, mais ils ne bougent pas vraiment les fesses pour l'instant – normal, c'est un jeune adulte, pas exclu que ça soit une fugue de rébellion adolescente tardive qui va se résoudre tout seul quand il aura décuvé. »
Le regard de l'enquêtrice nota une crispation des lèvres désapprobatrice sur les visages des parents. Elle continua cependant sur le même registre. « Donc vous avez appelé votre pote le détective Malégnan qui vous en doit une, et lui m'a appelé pour me dire que je devais descendre sur le

champ pour démerder tout ça. Alors, par où je commence ? »
Un sourire angélique aux lèvres, elle regarda avec aplomb le couple qui restait toujours perplexe. Péniblement, le mari rassembla ses idées et commença à répondre :
« Dimanche dernier, Thomas nous a annoncé qu'il partait avec des copains en randonnée pendant une semaine. Nous lui avons interdit, car il sort beaucoup trop ses derniers temps et doit commencer à réviser pour la rentrée – ses notes du dernier trimestre ont été particulièrement catastrophiques. » Il déglutit. « Thomas est rentré dans une colère noire. Lundi matin, il n'était plus dans sa chambre. Nous avons appelé ses amis, personne ne sait où il est ». La mère prit la parole et compléta d'un ton monocorde : « Son téléphone est sur messagerie – la dernière localisation est sa chambre. Ses amis ont tous été interviewés par la police et aucun n'était au courant de cette randonnée. »
Sceptique, Chloé posa quelques questions complémentaires mais sans trouver un début d'idée. Ses parents semblaient persuadés que leur enfant était blanc comme neige. Se renseignant sur les connaissances et les habitudes du jeune disparu, elle reçut de la part de ses parents une liste d'amis chez qui il allait souvent, ainsi que les coordonnées de son club d'échecs l'échiquier de l'Armagnac.

Fatiguée, Chloé termina abruptement la conversation : « Bon, c'est pas tout ça, mais je suis vannée moi ! » Elle bâilla sans discrétion et précisa candidement : « Je crèche où ? »
Visiblement pris au dépourvu par cette question très concrète, ses hôtes lui proposèrent machinalement la chambre d'ami – même s'ils avaient visiblement pensé qu'elle dormirait à l'hôtel.
« Parfait ! Je me débrouille, à demain ! » Sur ces paroles assez cavalières, Chloé se saisit de sa valise et monta s'installer sans plus de façon.

Mercredi

Le lendemain matin, après un petit-déjeuner royal, la détective se rendit au poste de police pour aller à la pêche aux infos. Les forces de l'ordre furent vexées d'apprendre qu'une enquête parallèle commençait, lui donnèrent le minimum d'information et essayèrent de la dissuader de mener sa propre initiative. Tout ceci ne fit bien sûr que renforcer son envie de les coiffer au poteau.
En début d'après-midi, elle se plongea dans la liste communiquée la veille : le premier nom était un certain Théo, domicilié à Réjeaumont avec adresse et numéro de téléphone. Elle appela, laissa un message sur le répondeur et décida sans plus de complication d'aller directement interroger ce premier témoin.

Trois quarts d'heure plus tard, elle arriva dans le petit village gersois et ne mit pas trop de temps à localiser la ferme en question. Théo était tranquillement dans le jardin à s'entraîner au diabolo. Un peu surpris mais flatté qu'une jeune femme énergique s'intéresse à lui, il se plia à ses questions, mais sans lui apporter de début de piste. Quelques détails de la vie étudiante du fugitif furent précisés, mais sans rien d'extraordinaire.
Le jeune homme lui proposa cependant de rester lors de la fête du village le soir, dans la propriété du vigneron les 3 domaines, où une dégustation de vins et produits locaux était prévue. « Tous les copains de Thomas viendront », précisa-t-il. Séduite par l'idée et peut-être aussi par son premier suspect, elle acquiesça : « Parfait ! Et comme j'ai pas de vacances, ça va me faire prendre le soleil ». Sans plus de façon, elle s'allongea et entama une sieste prolongée, sous le regard surpris de Théo.
En fin d'après-midi, elle fut réveillée par une voix inconnue qui l'appelait. Groggy, elle mit un peu de temps à se rappeler où elle était mais la mémoire lui revint en posant son regard sur le visage de son suspect. « Ah oui, c'est vrai ! » Elle se redressa vivement
Lors de ce marché à la ferme, Chloé s'émerveilla de la variété des alcools proposés. Théo la présentait au fur et à mesure aux connaissances qu'il croisait. « Elle enquête sur la disparition de Thomas », disait-il de façon sibylline. Elle posa ses questions routinières à chaque

fois, mais s'intéressait surtout aux différents breuvages disponibles. Son guide improvisé était d'ailleurs toujours de bon conseil – elle apprécia en particulier le vin blanc moelleux appelé le « Cupidon » - et la fit boire plus que de raison.
Vers onze heures, son téléphone sonna. Chloé sursauta et jura en voyant l'appel « Merde, les darons ! » Sous les rires des compagnons de Thomas, elle décrocha : « M. de Tregnac, quelle bonne surprise ! Oui, je suis sur une piste » proclama-t-elle d'une voix qui se voulait assurée mais était déjà assez pâteuse. « Vous en saurez plus demain. » Sur ce, elle raccrocha sans laisser à son interlocuteur le temps de poser une autre question.
Au fur et à mesure que la soirée s'avançait, il était de plus en plus certain qu'elle n'était plus en état de reprendre le volant. D'une voix innocente et sous les regards narquois de ses amis, Théo lui proposa de rester dormir chez lui. Le sourire aux lèvres, elle accepta. Son enquête commençait décidément à prendre une tournure qui lui plaisait de plus en plus ! Elle défia les jeunes à qui tient le plus l'alcool et, sans surprise, elle gagna. Malgré son degré d'ébriété avancée, la détective en herbe restait vigilante sans toutefois réussir à saisir une faille dans les discours des différents suspects.
Toutes les bonnes choses ayant une fin, ils firent la fermeture de la soirée et chaque membre de la bande rentra plus ou moins directement chez lui. Pouffant et

avec une démarche assez chaotique, Théo et Chloé arrivèrent jusqu'à la maison du jeune homme, et se glissèrent dans sa chambre de ce dernier. Quand à ce qu'ils y firent, nous vous laissons donner libre cours à votre imagination.

Jeudi

Le lendemain matin, Chloé se réveilla seule dans un lit inconnu, avec un mal de crâne assez prononcé. « Ah là là... Toi, tu as encore fait la bringue ! », se morigéna-t-elle sans beaucoup de conviction. Les souvenirs de la veille refirent lentement surface et elle examina la pièce où elle se trouvait : c'était une chambre d'étudiant pas trop rebelle, avec posters de groupe de rocks au mur et un bazar raisonnable.

Elle sourit franchement, prompte à transformer n'importe quelle situation en opportunité : « Parfait ! Maintenant que je suis dans la place, et dans le même état que mon fugitif, allons à la pêche aux infos... »

Titubant légèrement en se redressant, elle fouilla rapidement la chambre de Théo, regroupant par la même occasion ses affaires. C'est alors qu'elle découvrit, à demi dissimilée sur le bureau, une photo de Thomas.

« Mais qu'est-ce que c'est que ça ? » s'exclama-t-elle.

Elle extrait complètement la photo – relativement étrange. Thomas et Théo y figuraient, dans une tenue quasi moyenâgeuse, tête couverte d'un étrange chapeau parsemé de symboles divers et avec un grand sourire. Une inscription manuscrite figurait au verso : « A mon frère d'or sang ». Chloé dégaina rapidement son téléphone portable pour photographier le recto et le verso de cet élément intriguant.

Un rapide coup d'œil lui permit de s'assurer qu'elle n'avait rien oublié. Elle mit en évidence la photo sur le bureau du jeune homme et y joignit un post-it l'incitant à la rappeler immédiatement – en sous-entendant une récompense qui pouvait être en nature ou monétaire.

De retour chez les parents de Thomas, elle chercha sur internet la phrase manuscrite « à mon frère d'or sang » et tomba assez facilement sur un forum dédié assez présomptueusement à « la confrérie de la défense du haut Armagnac ». Son téléphone retentit à ce moment-là. « Théo ! Tu tombes bien ! Raconte-moi ce que tu sais sur la confrérie de la défense du haut armagnac » s'exclama-t-elle joyeusement.

Théo poussa un long soupir. « Comment as-tu déjà trouvé ça ? » lui demanda-t-il résigné.

« Avec internet mon chou, on retrouve vite la trace de tout... », répondit-elle. « Mais j'aimerais avoir ta version ».

« Mais cela n'a aucun lien avec la disparition de Thomas ! » se défendit-il faiblement.

« Théo ? Ne m'oblige pas à insister. » La voix de Chloé balançait subtilement entre cajolement et menace.

« Sinon, je vais être obligée de prononcer des gros mots tels que rétention d'information et entrave à enquête, par exemple ». Il finit par lui expliquer que cette confrérie avait pour but de préserver quelques secrets de fabrication du haut armagnac, mais que c'était surtout un prétexte pour organiser des soirées privées ou le vin local et l'armagnac coulaient à flots.
Le rite d'initiation était cependant assez exigeant. Il fallait être recommandé par au moins deux membres de la confrérie, être mis à l'épreuve pendant 2 mois via des épreuves plus ou moins intelligentes telles que le gobage du plus grand nombre possible de crèmes renversées en un temps limité et être reçu à la cérémonie d'adoubement.
Cette dernière se faisait en présence du grand prêtre : il fallait être capable de reconnaître les yeux fermés un bas armagnac, un haut armagnac et un Ténarèze, réciter le serment de la confrérie, donner son sang et en boire une partie mélangée avec du haut armagnac. Si ces différentes étapes étaient passées, le nouveau membre recevait alors son nom de frère ou de sœur (souvent un jeu de mots pas très évolué) qui était ainsi inscrit sur son chapeau rituel qui pouvait également s'orner de symboles décrits dans le livre des confrères du haut armagnac.
Chloé ne put s'empêcher de rire aux éclats à la fin de cette explication. « Pardon », s'excusa-t-elle en anticipant sa

remarque vexée. « Tu sais quoi ? J'ai l'impression que ceux qui ont montés tout ça ont été formatés dans des écoles d'ingénieurs... c'est exactement le même principe de bizutage ! », clarifia l'enquêtrice. Le sourire dans la voix, elle s'interrogea cependant « Sauf le don du sang. Là c'est quand même fort... et vous le faire boire en plus ! Pouah ! Et que font-ils du reste du sang ? » demanda-t-elle.
Vexé, Théo répondit sèchement qu'il n'en savait rien. Seuls les prêtres & prêtresses en avaient connaissance. Après un silence et étant donné que Chloé ne posait plus de questions, il raccrocha sans hésiter, avec le sentiment de s'être fait berner.
Chloé hocha la tête en posant son téléphone, amusée. Décidément, cette région était riche en surprise ! À la réflexion, elle descendit demander à la mère de Thomas le groupe sanguin de ce dernier.
Lise était dans le salon. Plongée dans son ordinateur, elle sursauta en entendant Chloé parler.
« Excusez-moi ! » demanda cette dernière. « Je voulais juste connaître le groupe sanguin de Thomas, s'il vous plaît ».
Lise leva un sourcil et lui demanda le pourquoi de cette question. Chloé lui expliqua rapidement ses dernières découvertes, ce qui entraîna une stupéfaction de la part de la mère de l'intéressé.

« Quoi ??? Mon fils ???? Membre d'une secte !! » s'exclama Lise. « C'est impossible ! »
Elle n'accepta de le croire qu'après avoir eu l'assurance de la détective comme quoi ce n'était pas une blague, et après avoir vu photo et site internet.
« Alors, son groupe sanguin ? » Chloé revint à la charge.
Lise la regarda étrangement. « C'est surprenant que vous posiez cette question. Il a effectivement un groupe sanguin extrêmement rare... » Elle s'interrompit brusquement. « Vous pensez qu'il aurait été enlevé à cause de cela ? »
« Aucune piste n'est à exclure à ce stade de l'enquête », Chloé sourit intérieurement en s'entendant prononcer cette phrase qu'elle avait entendue tant de fois dans des sitcoms américaines ou européennes. Mais chose à souligner, elle le pensait vraiment, au vu des péripéties inattendues de son enquête. Et elle ne fut pas peu fière de voir dans le regard de son interlocutrice un respect qui n'y figurait pas quelques minutes auparavant.
De retour dans sa chambre, elle rappela Théo pour lui demander quand aurait lieu la prochaine soirée de la confrérie. Lui ayant fait promettre qu'elle ne ferait pas de vague, il lui indiqua qu'une cérémonie aurait lieu le lendemain soir.
Intriguée par le sujet, elle continua à fouiller en ligne et fini par découvrir grâce à des regroupements le nom du grand maître, qui n'était nul autre qu'un membre

éminent d'un cabinet médical de la ville. De fil en aiguille, elle trouva des informations sur son passé et sa famille – femme et enfants. Une fois cette première base de données constituée, elle la testa en vérifiant les hypothèses officielles. Il semblait bien être à la clinique – le secrétariat à l'accueil lui indiquant qu'il était en rendez-vous toute la journée mais qu'un créneau pouvait être envisagé en fin de matinée si son cas constituait vraiment une urgence. Sa femme était bien à la mairie – elle lui avait raccroché au nez peu aimablement quand elle l'avait jointe en se faisant passer pour une journaliste d'investigation trop zélée. Leur fille aînée était bien en colonie de vacances – des photos sur les réseaux sociaux l'attestait. Concernant le fils cadet, Chloé se rendit alors compte qu'elle se heurtait à un mur digital. Aucune trace récente de lui. Selon son lycée, il avait quitté l'établissement en fin de première et n'était pas revenu. Ses parents avaient indiqué qu'il suivait des cours par correspondance, mais le C.N.E.D. niait l'avoir en élève ce que les bases de données qu'elle avait craquées confirmaient. Bref, cet autre jeune homme s'était également volatilisé.

Chloé fronça les sourcils : il lui semblait voir là le début d'une piste, mais elle allait devoir se déplacer pour continuer à creuser. Elle ferma les yeux et fit le vide en se concentrant sur sa respiration. Quelques minutes de méditation plus tard, elle se redressa, attrapa son sac à

main et son téléphone et descendit les marches quatre par quatre pour sauter dans sa voiture. Suivant une association d'idées qui lui était venue, elle se dirigea vers la clinique du grand maître, et profita d'une inattention du service d'accueil pour se glisser dans les bureaux administratifs. Ils étaient vides – l'heure du déjeuner était bien choisie. Se glissant derrière un ordinateur, Chloé ne mit que quelques minutes pour rentrer dans les bases de la clinique, et découvrit que le fils caché y faisait de fréquents séjours. Ravie, elle continua la pêche aux informations, en faisant des sauvegardes régulières sur son disque dur. En ouvrant le dossier médical du jeune homme, elle sursauta : il souffrait d'anémie chronique, et avait le même groupe sanguin que Thomas. Ayant trouvé ce qu'elle cherchait, la détective enregistra ce complément d'information et s'éclipsa aussi discrètement qu'elle était entrée.
Une fois à l'extérieur, Chloé réfléchit. Elle n'avait pour l'instant qu'un faisceau de suppositions, mais aucune preuve. Consciente cependant d'avoir maintenant besoin d'un relais, elle se dirigea vers le commissariat. Refroidie par le premier accueil qu'elle avait reçu, elle localisa une jeune femme qui lui avait semblé assez ouverte et lui proposa un café. De fil en aiguille autour de la machine à café, Chloé lui révéla ses dernières découvertes, en omettant soigneusement toute

information sur les moyens peu classiques qu'elle avait employés.
Vivement intéressée, son interlocutrice accepta de se trouver par hasard avec une brigade près de l'endroit où aurait lieu la cérémonie du vendredi soir. Selon la façon dont se déroulerait la soirée, les forces de l'ordre pourraient ainsi intervenir. Avec un sourire, elle précisa : « Il faut bien s'entraider, entre femmes ! ». Ravie, Chloé échangea ainsi son numéro de téléphone avec sa nouvelle alliée inattendue. La sonnerie tonitruante de la détective fit se retourner toutes les personnes autour d'elles et la sortie de Chloé fut ainsi moins discrète que son arrivée.
Une fois dehors, elle conclut pour elle-même : « Bon, maintenant que ça s'est fait... il faut passer le temps ! »
Elle appela alors Théo et lui donna rendez-vous au club de billard qui venait juste de s'ouvrir, le « 8 pool 32 ».
Conforme à la réputation du patron, les tables de billards étaient impeccables et la restauration délicieuse. Théo et Chloé passèrent ainsi une soirée à enchaîner les parties et finirent la nuit dans la chambre de la jeune femme.

Vendredi

Toute la journée du vendredi, elle tourna en rond. Il ne lui avait fallu qu'une demi-heure pour apprendre le serment de la confrérie, et elle connaissait maintenant

par cœur les plans du lieu de la cérémonie, ainsi que les rues alentour.
L'heure du rendez-vous fini cependant par arriver, et elle se présenta dans l'arrière-cour d'un vieil immeuble, accompagné de Théo et d'un certain Clément, qu'elle avait rencontré également la veille à Réjeaumont. Ses deux pseudo-gardes du corps jurèrent sans sourciller qu'elle avait bien suivi ses deux mois d'initiations, qu'ils se portaient garant d'elle et qu'elle était prête à passer l'initiation. À sa grande surprise, elle passa ce premier test et fut incitée d'un bref signe de la tête à rejoindre les futurs membres de la confrérie. Refrénant à grand-peine un fou rire, elle marcha solennellement vers la grande salle en suivant les autres candidats.
Le grand maître entra au son d'une musique ténébreuse, accompagné de ses grands prêtres et grandes prêtresse. Un bref sermon plus tard, les candidats passèrent les uns après les autres la cérémonie d'initiation.
Ce fut assez rapidement le tour de Chloé. Elle récita sans problème le serment, mais la dégustation à l'aveugle ne fut pas aussi simple. Consciente au vu du brouhaha soudain d'avoir été démasquée, la détective ôta le bandeau qui lui cachait les yeux et s'exclama alors brusquement : « Votre grand maître a kidnappé l'un des vôtres ! Il séquestre Thomas pour son sang, afin de transfuser son fils malade ! »

L'assemblée la regarda avec stupéfaction. Mais le plus surprenant fut la réaction du grand maître. Pétrifié, il laissa tomber le verre qu'il tenait à la main. Celui-ci se brisa en mille morceaux dans un fracas d'autant plus assourdissant qu'un silence de mort régnait dans la salle. À ce bruit, le grand maître tressaillit, et sans explication, tourna le dos à l'assemblée et s'élança en courant vers la sortie la plus proche de lui.
« Attrapez-le ! » La voix ferme de Chloé fit sursauter tout le monde, et les plus proches commencèrent alors à se mettre timidement à la poursuite de leur gourou.
L'enquêtrice les harangua en se mettant également à courir « Plus vite ! Il va s'échapper... Faut vraiment tout faire soi-même, ici ! » La course-poursuite s'engagea alors vraiment. Après quelques centaines de mètres, ils arrivèrent à retenir le grand maître qui s'engouffrait dans sa voiture.
« Vous êtes en état d'arrestation » annonça alors Chloé, essoufflée et ravie. « Tenez-le bien, les gars ! » Tous fiers, les jeunes gens étaient en effet agglutinés autour de leur proie qui pouvait à peine respirer.
Menées par la comparse de Chloé, les forces de l'ordre arrivèrent rapidement en renfort et emmenèrent le suspect au commissariat d'Auch. Après quelques protestations de forme, le grand prêtre se mit à table assez rapidement au fur et à mesure que la détective

dévoilait ses indices et indiqua où Thomas était retenu prisonnier.

Les policiers prirent leurs véhicules et se dirigèrent rapidement vers le lieu présumé de séquestration. Chloé suivait avec sa fidèle Diane – ayant embarqué au passage Théo qui ne tenait pas sur place. Ils arrivèrent ainsi devant un immeuble ancien du centre d'Auch, où les services de l'ordre commençaient à mettre en place le périmètre de sécurité – qui avait pour conséquence directe de faire affluer le nombre de badauds. Chloé s'engouffra dans l'escalier, Théo sur ses talons. Ils arrivèrent ainsi jusqu'au 5e étage et arrivèrent juste à temps pour assister à la fracture de la porte d'un appartement par les forces de l'ordre.

Thomas était allongé, inconscient, dans la même chambre que le fils du grand maître. Livide, un cathéter planté dans le bras, il avait cependant meilleure mine que son voisin de chambrée, qui n'avait que la peau sur les os. Voyant que sa mission était accomplie et sans se soucier de l'expression atterrée de Théo qui découvrait l'état de son ami, Chloé s'exclama joyeusement : « Mission accomplie, les ouistitis ! ». Sur ce, elle tourna les talons et appela son boss pour lui indiquer qu'elle avait brillamment rempli en un temps record la difficile tâche qu'il lui avait confiée, que cela méritait une augmentation et qu'elle restait cependant une semaine de plus pour finaliser la paperasse indispensable.

Interloqué bien qu'ayant l'habitude de son caractère enflammé, son supérieur acquiesça brièvement.
Une fois ceci acté, elle attrapa Théo par les épaules et lui chuchota à l'oreille : « Il est solide, ton copain, il va s'en remettre. Moi, par contre, j'ai un petit creux... Tu m'accompagnes pour une dégustation de foie gras ? » Le jeune homme se tourna vers elle, mi-choqué, mi-ravi. Elle lui adressa un sourire radieux et conclut : « J'ai négocié une semaine au frais de la princesse, tu continues à me faire découvrir les trésors du coin ? »

Mathias Alcaine

Le choix de la Liberté

Jean-Pierre leva la tête pour regarder par la fenêtre. Il faisait nuit. Il voyait le flot incessant des gouttes défiler sous la lumière du lampadaire qui éclairait le parking du cabinet où il travaillait. 17 h 23, il restait encore plus d'une heure selon les horaires officiels, plus d'une heure à compiler des chiffres, à vérifier des balances, à jongler avec des centaines de milliers d'euros avant de retomber sur un chiffre juste, un chiffre prouvant la santé fiscale d'une énième entreprise. Il était expert-comptable depuis près de vingt ans. Employé d'un cabinet, il avait réfléchi pendant un long moment à se mettre à son compte, à devenir son propre patron et ne plus avoir à répondre aux demandes et aux ordres d'un autre. Mais la vie avait suivi son cours, et aux désirs professionnels de l'homme s'étaient imposées les responsabilités inévitables d'un père de famille. Jean-Pierre avait quarante-deux ans, trois enfants, une femme à laquelle il est marié depuis quinze ans déjà. Cette dernière, femme au foyer, s'occupait de la gestion de la maison au même titre que M. Morel, le patron de Jean-Pierre, dirigeait son cabinet. Et, comme pour renforcer davantage l'analogie, sa femme laisser la gestion des finances du ménage à Jean-Pierre, si tant et si bien que la vie de Jean-Pierre n'était faite d'aucune décision et ne consistait qu'à tourner inlassablement autour des chiffres. Des entrées d'argent et des sorties, des balances entre les revenus et les dépenses, les investissements et les amortissements. Au bureau, Jean-Pierre devait s'assurer que la colonne de gauche était égale à la colonne de droite, chez lui, il devait faire en sorte que le solde de la fin du mois permette à la famille de mettre quelque somme de côté, pour alimenter leur réserve dédiée aux imprévus, aux vacances, aux nécessités soudaines de renouveler le mobilier, la garde-robe ou la vaisselle.

L'horlogerie de sa vie lui convenait jusque-là, il se reposait sur la cadence quotidienne que la société avait choisie pour lui. En cette fin du mois d'octobre les avis d'imposition se bousculaient dans sa boîte mail, il les étudiait les uns après les autres avec un sentiment d'impuissance totale. Pour la première fois en vingt ans d'activité, Jean-Pierre prenait conscience de l'incohérence de sa vie. Signer, cacheter, mandater, virer, payer, les impôts, les factures, les contraventions, les cadeaux, Noël, tout, tout revenait au saint sacre pécuniaire. Le monde semblait graviter autour de lui, panier d'aumône à la main, le requérant sans cesse d'y verser pièce après pièce, billet après billet, l'argent qu'il avait gagné, en vérifiant celui des autres.

À quel moment avait-il accepté de faire part de cette machination à laquelle tout le monde semblait se

soumettre sans contrainte ? Quel cerveau magnifique avait pu trouver les ressources pour faire plier sous le joug de la valeur des millions et des milliards d'êtres humains ? Et par quel prodige, celui qui avait réussi à mettre ce stratagème en place avait-il pu réussir à le faire reproduire par ceux-là mêmes qui en étaient victimes ? À l'exemple de la femme de Jean-Pierre, qui au même titre que l'état, lui ponctionnait inlassablement son bien. Comment elle, plus que les autres, pouvait l'asséner inlassablement de cette tyrannie financière, lui en demandant toujours plus, négociant pour dépenser les euros qu'ils n'avaient déjà plus au 10 de chaque mois, pourquoi insistait-elle pour dépenser l'argent qui ne finirait pas dans leur épargne, pourquoi ne voyait-elle le bonheur de l'argent que dans sa dépense ?
Pour Jean-Pierre en ce jour d'octobre tout paraissait plus insensé que la veille, mais de cette perception de la folie commune il pressentait pour la première fois la logique primaire qui faisait tourner tous les rouages du monde. Il ne s'en sortirait pas, il n'aurait aucune échappatoire, personne d'ailleurs n'en aurait jamais. Les milliers de Jean-Pierre étaient condamnés à poursuivre leur monotonie, à alimenter le flot incessant de monnaie généré par la société, consommé par cette dernière, chaque individu comme lui n'étant que la mèche d'une bougie, dont personne ne voit la disparition, tous

hypnotisés par la lueur de la flamme ou occupés à jouer avec la cire fondue.
Mais alors, quel intérêt ? Pourquoi passer ses journées cloîtré derrière un ordinateur, calculette à la main, partir dans le froid matinal, quittant sa maison endormie pour plonger dans l'obscurité des dernières heures de la nuit, et ne la retrouver que tard le soir, aussi calme qu'à son départ, les enfants déjà couchés et sa femme somnolant devant la télévision. À quoi bon continuer à tourner dans cette ronde insensée ? Il n'en avait pourtant pas toujours été ainsi. N'avait-il pas été heureux avant ? N'avait-il pas déjà connu l'excitation du jour, le départ tonique pour le bureau, l'envie quotidienne d'aller gravir les défis professionnels, la perspective des moments de détente à partager avec ses proches. Tout cela n'avait-il été qu'une douce illusion ? Ou cela n'avait-il pas plutôt été un autre aspect de cette machination ? Sa femme, ne lui avait-elle pas fait miroiter elle aussi que c'était là ce qu'il voulait "On pourra s'en sortir avec ton salaire seul, si je reste à la maison pour m'occuper des enfants ce sera toujours l'argent de la nourrice d'économiser" avait-elle dit. Mais maintenant qu'ils étaient tous à l'école, la nourrice ne faisait plus partie du tableau, alors quel argent son "sacrifice" de l'époque leur permettait-il d'économiser aujourd'hui ? Quelle justification pouvait-elle bien avoir ? À profiter du confort de leur maison, à recueillir toujours plus de reconnaissance de la part de ses enfants

et à lui en demander toujours plus à lui. Ses enfants d'ailleurs, qui voyaient en elle la sainte qui les éduquait, qui les avait fait sortir de ses entrailles, la madone qui avait mis sa vie entre parenthèses pour se consacrer à leur bien-être pendant que leur indigne de père jamais ne les levait, jamais ne les couchait, n'était bon qu'à refuser les sorties au zoo, celles au cinéma, celles à la pizzeria, refusant tous les plaisirs que leur mère, elle, défendait bec et ongles pour procurer ce bonheur légitime à des enfants adorables.
Jean-Pierre se souvenait lui de son enfance, du respect qu'il avait à l'égard de son père, ouvrier dans le bâtiment, qu'il voyait rentrer chaque soir épuisé par sa journée, lessivé par des heures à démolir, vider, reconstruire. Il n'allait pas le harceler dès son arrivée pour demander un nouveau jeu, une nouvelle robe, ou une sortie au restaurant. Lui était heureux d'avoir une place dans ce foyer chaleureux qu'était sa famille. Ses enfants étaient-ils aussi aveugles que leur mère ? Gâtés depuis leur plus jeune âge à en être devenus pourris jusqu'à la moelle ? Tout cela faisait sens, c'était après tout leur mère qui leur inculquait ses valeurs de cigale frénétique, qui par ses caprices sans fin auprès de son mari donnait à leurs enfants l'image d'un père irrationnellement avare. Mais tout cela devait prendre fin aujourd'hui. Toutes ces années à laisser les rennes aux autres étaient finies. Il prendrait le contrôle de sa vie et de ce qui l'entourait, il

ferait le choix de s'échapper de cette routine incessante, de ces responsabilités aliénantes, il sortirait de l'assouvissement mondial auquel tous, sauf une poignée, s'étaient résignés.

Au fur et à mesure que son esprit voguait au travers des injustices du quotidien Jean-Pierre sentait monter en lui une fureur latente, une colère léthargique, qu'on l'avait poussé à laisser enchaînées et avilies au plus profond de son être. Le feu qui naissait dans ses entrailles se nourrissait de toutes les humiliations qu'il avait subies, chez lui, au travail, et même dans les situations les plus quotidiennes, dans les files de supermarchés par exemple, où on le doublait comme s'il n'existait pas, sur la route, quand on lui coupait la priorité en l'insultant en prime et où il ne répondait rien. Tous ces souvenirs arrivaient par wagons entiers depuis sa mémoire, se bousculaient sur le quai de son esprit bouillonnant de rage.

Il se leva d'un seul élan, ne ferma pas son ordinateur, ne mit pas sa veste, ne dit au revoir à personne, il sortit sous la pluie sans avoir l'air de la sentir tomber sur sa peau. Son esprit tournait en boucle sur tout ce qui chaque jour tentait de le faire tomber tout en exigeant de lui qu'il continuât à actionner la manivelle universelle. Il monta dans sa voiture, mis le contact et démarra, il conduisit calmement mais fermement jusqu'à la zone commerciale la plus proche. Il était imperméable aux événements extérieurs. Jusque-là il s'écrasait, à cet instant précis il n'en avait tout simplement plus rien à faire. Au doigt d'honneur lancé par un automobiliste en colère, il n'adressait même pas un froncement de sourcil, étant persuadé que ce dernier prendrait ce stoïcisme pour le plus haut niveau de dédain. Au magasin de bricolage, il ne tint pas compte de l'hésitation des autres clients lorsqu'une nouvelle caisse s'ouvrit, il s'y dirigea d'un pas assuré pour y passer en premier, il ne ressentit aucune gêne lorsque la caissière dut faire appel à un agent de rayon pour lui donner le prix de la pelle qu'il voulait acheter.

Jean-Pierre retourna au cabinet, sorti la hache qui traînait sur sa banquette arrière et pénétra dans le cabinet. Comme chaque soir il n'y avait plus personne, il était le dernier à partir, il ne dérogerait pas à la règle aujourd'hui. Tous ceux qui l'imaginaient encore penché sur son écran, à se rougir les yeux pour abattre plus de travail que les autres, n'auraient pu se tromper davantage. Ce ne sont pas ses yeux qui rougirent mais ses mains. Un par un il brisa chacun des dix bureaux en aggloméré. Il ne toucha pas au matériel électronique qui s'endommagea par la force des choses lorsque les bureaux s'effondrèrent. Il s'arrêta devant son poste qu'il s'était réservé pour clore sa pulsion destructrice, et y déposa un petit pot de terre contenant une pensée qu'il avait sorti de sa poche. Il se dirigea vers la sortie, admira l'open space où un amas de débris de bois compressé et d'écran renversés jonchait le sol. Seul, dans un coin, son bureau resté debout, trônant au-dessus de tous les autres, révélant à la face du monde qui était le gagnant et qui était le perdant de la grande manigance universelle. Il retourna à sa voiture et apprécia l'air glacé du début de soirée, au contact duquel il ne frissonna pas, simplement vêtu de sa chemise, sa volonté libératrice l'inhibait de toute sensation. Il remonta dans sa voiture, mit le contact et calmement roula vers son domicile.

Arrivé chez lui, Jean-Pierre était toujours dans le même état hermétique déclenché par son illumination. Il poussa la porte, n'enleva pas ses chaussures comme sa femme lui imposait chaque soir. Il pénétra dans la cuisine où cette dernière se trouvait. Il ne vit pas les enfants dans la pièce et ne s'en étonna pas, il savait pertinemment qu'ils étaient tous scotchés sur les écrans de leur téléphone ou de leur console. Sa femme lui fit une remarque qu'il n'entendit pas, probablement sur ses chaussures trempées et toujours à ses pieds alors qu'elle lui avait dit cent fois de les enlever sur le pas de la porte, trop occupé à trouver quelles remontrances lui faire elle ne vit pas la hache se lever avant de s'abattre sur elle. Les plaintes cessèrent immédiatement. Jean-Pierre accompagna involontairement le corps au sol, où il s'y déposa sans fracas, le mutisme de sa femme ayant été la seule variation sonore de ce geste. Une fois l'outil dégagé du crâne, il se dirigea vers la chambre de sa première fille, allongée sur le ventre elle était comme il l'avait anticipé en train de taper un message sur l'écran tactile de son smartphone, qui fut bientôt recouvert de son sang, s'écoulant lentement depuis la fracture béante qu'elle avait à l'arrière de la tête, où ses cheveux blonds se mêlaient à de la matière cérébrale. Il passa dans la chambre de sa deuxième fille, vide celle-ci. Sans rien changer à son rythme il alla trouver son fils, assis en tailleur au milieu de la chambre, lorsqu'il s'en approcha de dernier ne quitta pas sa console des yeux, comme sa mère et sa sœur avant lui il ne vit pas la hache prendre de l'élan et venir lui ôter la vie. Jean-Pierre sortit par la porte de derrière qui donnait sur le jardin. Méthodiquement il entreprit d'abattre le pommier que sa femme avait voulu planter deux ans plus tôt malgré l'avis contraire de Jean-Pierre. Elle n'avait pas voulu planter un pommier mâle en face, laissant logiquement l'arbre vierge de fruit, ce qui en cet instant soulignait sa profonde stupidité. En une dizaine de coups l'arbre s'effondra. Jean-Pierre retourna à la voiture et se munit de la pelle qu'il avait achetée un peu plus tôt et commença à creuser un trou. Son esprit n'était plus occupé par les révoltes qui l'avaient habité plus tôt dans la soirée, il se concentrait seulement sur la tâche qu'il avait à accomplir devant lui. Une fois que la profondeur creusée lui sembla suffisante il retourna à la voiture et revint les bras chargés d'un oranger de 1 m 20 de haut. Il sortit l'arbuste de son pot et le plaça dans le trou qu'il recouvrit de terre. Il la tassa et s'empara du tuyau d'arrosage afin de l'humidifier. Une fois qu'il jugea la quantité d'eau versée suffisante il contempla son œuvre. Il avait toujours voulu un oranger, mais sa femme avait toujours refusé, prétextant que le climat de la région ne s'y prêtait pas alors que bon nombre de leurs voisins en avaient eux-mêmes dans leur jardin. Un sourire apparut sur son visage et pour la première fois depuis longtemps dans sa vie il était satisfait.

Il retourna dans la maison, la traversa sans jeter de regards aux pièces qui abritaient les scènes d'horreur, et sortit par la porte principale. Il s'assit sur les marches du perron, sortit son téléphone portable et appela la police.

Une fois les forces de l'ordre sur place il leur expliqua qu'aujourd'hui il avait pris conscience que la vie en attendait trop de lui, qu'il ne pouvait plus subir des exigences qu'il n'arrivait jamais à atteindre, que, quand bien même il essayait de faire son maximum pour combler de bonheur ceux qui comptaient sur lui, il n'était pour eux qu'une vaste blague. Il ne voulait plus devoir être responsable de ce que la société lui demandait, et afin d'échapper à tout ça, la solution lui était apparue avec une clarté soudaine, il lui suffisait d'être emprisonné à vie, sans famille derrière lui. Il n'aurait plus à se préoccuper des factures, des dossiers en cours, des

déclarations à faire, de tous ces montants à vérifier, écrire, envoyer... Il serait libre, enfin.
Quand on lui demanda ce qu'il avait fait de sa fille cadette qui n'apparaissait pas parmi les victimes, Jean-Pierre ne put répondre. Dans son dernier geste il avait oublié que Mariette n'était pas dans sa chambre quand il y était passé. Il espéra que sa fille le haïrait assez pour ne jamais venir le voir, il avait gagné sa liberté, il ne voulait plus gérer aucune sorte de problème, il espérait qu'elle comprendrait ça.
Quand il monta à l'arrière de la voiture de police, il regarda la lumière des gyrophares danser sur la façade de sa maison, il les contempla et sourit, il ne s'était pas senti aussi bien depuis qu'il était enfant, depuis la dernière fois où il s'était cru libre et heureux.

Aurore Suzanne

L'enquête de Noémie

Ce soir-là, Noémie parcourait les rues d'Auch d'un pas traînant. Sa semaine avait été difficile, tout comme la précédente, et elle ne savait plus vraiment où elle en était. Elle n'était lieutenant de police que depuis quelques mois, et, déjà, elle se posait des questions sur son avenir et sur ses choix. Était-ce vraiment un métier qui lui correspondait ? Elle commençait à en douter. Il faut dire que ses collègues et supérieurs ne l'aidaient pas à s'épanouir dans son travail. Au contraire, ils lui menaient la vie dure depuis quelque temps. Pas plus tard que cet après-midi encore, on lui avait demandé de ranger l'intérieur de l'armoire, celle des affaires en cours. Plus d'une centaine de dossiers à vérifier et classer. Malgré plusieurs heures passées à trier, photocopier, numériser et contrôler les documents, elle n'avait pas encore terminé. Elle devra s'y remettre demain. Alors oui, bien sûr, elle savait depuis le début que dans cette profession on passait beaucoup de temps à la paperasse, mais il lui semblait en avoir plus que les autres, et cela l'agaçait.
Elle revoyait encore Paul, le capitaine, qui tout à l'heure était entré dans leur bureau en lui lançant un « alors, ça avance ton tri ? », d'un air narquois. Il n'avait pas vu le regard noir qu'elle lui avait jeté tant il était occupé à

prendre ses aises dans son fauteuil XXL. Elle n'avait pas répondu à sa provocation. De toute façon sa réponse ne l'intéressait pas. Noémie était une chose insignifiante à ses yeux, quelqu'un avec qui il était obligé de cohabiter – ordre du commandant ! – et rien de plus.
Elle se savait en partie responsable du désamour de ses collègues. Pour commencer, elle était arrivée à une période difficile, en remplacement d'un jeune lieutenant qualifié d'héroïque qui était décédé au cours d'un braquage. Elle n'y pouvait rien, bien sûr, mais son équipe avait eu du mal à accepter la situation. Pour eux, personne ne remplacerait le lieutenant Cazal, et surtout pas une gamine de vingt-cinq ans comme Noémie.
Et puis il n'y avait pas que ça. Elle avait joué de malchance et avait été maladroite, à la fois dans les enquêtes et dans son comportement. Un jour, un journaliste avait réussi à lui soutirer – assez facilement, elle l'admettait – des informations sur une instruction en cours. L'affaire avait fait la Une du journal dès le lendemain. Et pour couronner le tout, elle avait essayé de cacher sa responsabilité en accusant un de ses collègues qui travaillait avec elle sur le cas. Évidemment, cela avait fini par se savoir. Le commandant et le commissaire l'avaient convoquée, ils étaient furax. Tout le monde lui avait tourné le dos. À raison, sans doute. Ce n'était pourtant pas ce qu'elle avait voulu, au départ. Mais elle avait toujours manqué de confiance en elle et redoutait qu'on

la juge sur les erreurs qu'elle pouvait faire. Elle s'était toujours appliquée dans son travail. Toujours donner une bonne image d'elle, tel était son objectif quotidien. Alors elle n'avait pas pu assumer cette fuite qui l'aurait directement mise dans la catégorie des incompétents. Était-ce si grave, au fond ?
Malheureusement sa bêtise ne s'était pas arrêtée là. Elle avait fait foirer une arrestation quelques semaines plus tard en révélant à un suspect qu'on le soupçonnait de meurtre. Il s'était enfui la nuit suivante, sans doute à l'étranger. On ne l'avait pas encore retrouvé.
Il y avait sans doute d'autres choses encore, dans sa façon de parler ou ses activités, qui faisait qu'elle ne ressemblait pas aux autres ; elle ne se trouvait pas de point commun avec eux. Difficile de discuter de sa vie lorsque l'on n'avait rien à partager.
Rue Bazillac, elle s'arrêta à une boulangerie pour s'acheter un sandwich. Un éclair au chocolat lui fit de l'œil et vint compléter son repas. Peu après, son sac en papier dans la main, elle remonta la rue et s'installa sur un muret en bordure d'un jardin. Même s'il faisait encore plutôt bon pour cette période de l'année, on sentait que l'hiver n'était plus très loin. En cette soirée de début novembre, la nuit était tombée tôt et les Auscitains étaient déjà chez eux. L'endroit était calme, ce qui convenait parfaitement à Noémie. Elle avait besoin de réfléchir.

Depuis quelque temps maintenant, elle cherchait un moyen de se rattraper auprès de la hiérarchie, de retrouver la confiance de ses collègues. Elle en avait besoin pour être bien et pour avancer. Ce n'était pas en passant ses journées à trier des documents que la situation évoluerait.

Noémie mangea son sandwich et son éclair lentement. La jeune femme n'était pas pressée ; personne ne l'attendait chez elle et elle n'avait pas prévu de rentrer avant un bon moment. Ce soir, elle travaillait. Son action était officieuse, elle ne l'avait dit à personne au bureau. De toute façon ils l'auraient empêché de faire cela. Et elle aurait sans doute eu droit à quelques vannes aussi. Peut-être auraient-ils eu raison. Et oui, après tout, pourquoi elle, Noémie, lieutenant de police depuis moins d'un an, elle si effacée, si insignifiante, si anonyme, pourquoi réussirait-elle à arrêter l'assassin le plus recherché de la région là où d'autres plus expérimentés se cassaient le nez ?

Parce qu'elle était là, son idée, à Noémie, pour redorer son blason : aider son équipe, en charge de l'enquête, à trouver la solution de l'énigme qui les occupait depuis des mois.

Tout avait commencé le 3 mars dernier. Une femme avait été retrouvée étranglée à proximité de la gare. A priori, cela s'était passé dans la rue, mais il n'y avait aucun témoin. Et peu d'indices sur la scène de crime. Le sac à main de la victime était resté sur place, le portefeuille rempli de billets, donc le vol n'était de toute évidence pas le mobile. Ils ne savaient rien de plus. Cela sentait l'affaire classée, jamais résolue, et une fois l'enquête de voisinage et les analyses terminées sans donner aucun résultat, ils avaient fini par ranger ce dossier sous une pile d'autres, puis par l'oublier.

Jusqu'à ce jour du 5 mai, soit deux mois plus tard. Une seconde femme avait été retrouvée dans les mêmes circonstances que la précédente, dans un quartier voisin. Son équipe et les médias avaient tout de suite fait le rapprochement. À Auch, les crimes ne sont si fréquents, alors deux identiques dans un intervalle si court, c'était hautement improbable. Tout de suite, la population s'était affolée. De nombreux habitants avaient appelé le standard pour donner leur théorie sur le meurtrier ou pour obtenir des informations sur la progression de l'enquête. Pouvaient-ils sortir sans danger la nuit ? Que faisait donc la police si elle ne protégeait pas les gens ? Les crimes allaient-ils continuer ? Autant de questions auxquelles il avait été difficile de répondre.

L'agitation causée par les médias et la méfiance de la population n'avaient pas empêché un troisième crime d'avoir lieu dans une autre partie de la ville début juillet. Il n'y avait toujours aucun indice autour de la scène de crime, ni aucun témoin. Le tueur était soigneux. En revanche on s'était aperçu qu'il suivait un rythme

régulier de deux mois entre chaque meurtre. On avait attendu la prochaine échéance avec angoisse.
Septembre était arrivé, et, avec lui, le cadavre attendu. Une quatrième femme étranglée dans les rues d'Auch, de quoi remplir les Unes de toute la région. Les appels au standard se multipliaient. Tout le monde pensait croiser le meurtrier au détour d'une rue. Si un homme posait son regard un peu trop longtemps sur une femme, il pouvait facilement se retrouver accusé d'être l'assassin tant recherché.
Les jours d'octobre s'étaient succédé sans que l'enquête n'avance d'un pouce. Ils avaient affaire à une personne méticuleuse qui laissait peu de traces derrière elle. Elle devait savoir comment fonctionnait la police, Noémie n'imaginait pas les choses autrement. Il était en effet très rare que les assassins fassent si peu d'erreurs, surtout dans un cadre public. Autre chose plus inquiétante : l'assassin semblait viser ses victimes complètement au hasard. Ce n'était pas faute d'avoir cherché, mais Noémie et son équipe n'avaient trouvé aucun élément qui soit commun à toutes ces femmes. Elles avaient des âges et un aspect physique différents, ne se connaissaient a priori pas et ne fréquentaient pas les mêmes lieux. Alors à moins qu'un élément ne leur ait échappé, cela signifiait qu'aucune femme n'était à l'abri de cet individu. Un soir, une nuit, en se promenant dans la rue ou simplement en rentrant du travail, l'une d'entre elles pouvait croiser sa

route. Et alors il choisissait si elle devait vivre ou mourir. Du pur hasard. Terrifiant.
À présent, début novembre, le commissariat s'attendait à tout moment à recevoir un appel pour avertir de la découverte d'un nouveau corps.
C'est là que Noémie avait eu son idée. Depuis trois jours, elle déambulait dans les rues le soir et une partie de la nuit, à la recherche de l'assassin. Elle espérait pouvoir se mettre dans sa tête, le comprendre, pour savoir comment il réagissait et peut-être le surprendre en pleins agissements. Elle savait qu'elle avait peu de chances de tomber sur lui au détour d'une allée, et connaissait aussi les risques si une telle chose arrivait. Cependant, son envie de se racheter et de trouver une place au sein de son équipe était plus forte que la peur. Et puis elle connaissait quelques techniques d'autodéfense, ce qui n'était pas le cas de toutes ces femmes attaquées. Mais cela valait-il le coup ? Aujourd'hui, elle commençait à en douter. Elle imaginait mal le commandant lui tomber dans les bras pour la remercier. Avec la fatigue qui s'accumulait, le stress au travail et la solitude, son moral n'était plus si bon. Elle avait du mal à réfléchir et à prendre les bonnes décisions. Ne l'accuserait-on pas d'avoir voulu bosser en solo ?
Noémie se leva et jeta son sac en papier dans une poubelle avant de reprendre sa route. Elle verra ce soir ce que ça donne, et puis elle arrêtera.

La jeune femme se dirigea vers le Gers d'un pas plus léger. Cette fois, la nuit était définitivement tombée sur la ville et les dernières personnes encore dehors pressaient le pas pour rentrer. Cela convenait à Noémie qui appréciait de marcher seule dans les rues. Elle avait une sensation de totale liberté.

Pour plus de discrétion, elle s'était habillée en noir et avait chaussé des tennis plates. Si elle faisait attention à l'endroit où elle posait les pieds, on ne l'entendrait pas arriver.

Le Boulevard Carnot était étrangement calme ce soir. Elle avait l'habitude d'y voir plus de trafic durant la journée. Mais il était tard. Cela faisait maintenant plusieurs heures qu'elle marchait et d'après l'horloge de son Smartphone il n'était plus très loin de minuit. On savait que l'homme frappait entre 22 heures et 2 heures du matin, donc on était au beau milieu de son créneau de prédilection.

Noémie sentit un frisson lui parcourir l'échine. Elle avait comme un mauvais pressentiment. Pourtant, elle ne voyait personne autour d'elle. Elle était seule. La jeune femme tenta de se rassurer intérieurement et de lutter contre l'envie de rentrer chez elle pour dormir. Sa tête se faisait lourde, ses yeux lui piquaient et elle n'était plus si attentive à ce qui l'entourait. Mais elle devait tenir bon. Encore deux heures et elle rentrait. Promis.

Elle arrivait devant le passage Paul Brana lorsqu'elle entendit comme un gémissement à sa droite. Aussitôt, elle s'arrêta et tourna la tête, les sens en alerte. Elle mit quelques instants avant de trouver l'origine du bruit. Ce qu'elle vit la figea. Un peu plus loin, au fond d'une petite cour au pied d'un escalier, elle aperçut deux formes humaines collées l'une à l'autre. Un homme et une femme, tournés vers elle. Ils étaient trop éloignés pour qu'elle puisse distinguer clairement leurs traits, en particulier ceux de l'homme. Il avait une cape noire sur le dos et une capuche lui recouvrait la tête. Il soutenait la femme qui avait l'air se trouver mal. À moins que... La femme se laissa tomber, inanimée, et il l'accompagna de ses bras pour la poser délicatement sur le sol. Il ne semblait pas vouloir l'aider.

Noémie comprit le sens de la scène qui se déroulait devant elle et se précipita dans la petite cour en l'interpellant. Il leva les yeux vers elle et la regarda pendant une fraction de seconde avant de sauter sur ses pieds et monter les marches en courant. Noémie se maudit ; elle avait crié trop tôt, il était encore trop loin d'elle.

Arrivée aux pieds de la femme allongée sur le sol, la jeune femme stoppa et hésita. Dans son esprit, plus aucun doute : l'homme qui s'enfuyait était l'étrangleur d'Auch. Il fallait l'arrêter et l'empêcher d'agir. Mais la femme avait sans doute besoin d'aide. Bouleversée, Noémie s'agenouilla près d'elle, là où, un instant plus tôt, l'assassin se trouvait lui aussi. Elle tenta d'évaluer son pouls, mais n'en détecta aucun. Il était trop tard pour elle. Son visage cyanosé montrait qu'elle avait manqué d'oxygène pendant trop longtemps. Noémie ne perdit pas une seconde de plus. Elle sortit son téléphone de sa poche et composa le numéro des secours tout en se précipitant à la suite de l'homme à la cape. Elle leur donna les coordonnées du drame sans prendre le temps d'écouter leurs questions. Puis elle raccrocha ; elle devait rester concentrée sur sa course.

Noémie était sportive ; elle n'eut aucun mal à grimper les marches jusqu'en haut. Mais il n'y avait plus personne devant elle et elle avait peur d'avoir définitivement perdu la trace de l'individu. Dans ce cas, ses rondes nocturnes depuis le début de la semaine n'auraient servi à rien. Le meurtre n'avait pas été empêché, et l'échec serait total. Elle n'était même pas sûre de pouvoir le reconnaître s'il se tenait un jour immobile devant elle.

Alors qu'elle débouchait dans la petite rue à côté des jardins de la Préfecture, Noémie eut juste le temps de l'apercevoir qui tournait dans une ruelle sur sa gauche. Elle continua dans la même direction. Il avait de l'avance sur elle, mais tout n'était pas fini. Elle pouvait encore le rattraper.

Tout au bout, elle le vit s'arrêter un moment auprès d'un conteneur à déchets. Il jetait quelque chose ! Elle prit note d'envoyer un message à ses collègues tout à l'heure pour qu'ils cherchent à l'intérieur avant le ramassage des ordures.

Grâce à cela, il avait perdu du temps, et elle, gagné du terrain. Elle le suivit à droite et le vit se diriger vers l'escalier monumental. Il était mince et athlétique et ne semblait avoir aucune difficulté à tenir la longueur. Elle devait conserver son souffle si elle souhaitait mettre la main sur lui.

Arrivée au pied de l'escalier, elle l'aperçut déjà arrivé à la deuxième volée. Il était tout à fait improbable qu'un individu sensé ait préféré ce chemin difficile plutôt qu'une route classique, à moins d'être assuré de son endurance physique. Et en effet, plus puissant, il prit de nouveau une bonne avance sur elle. Mais Noémie ne voulait pas lâcher, pas maintenant. Elle regroupa toutes ses forces et redoubla d'efforts, s'efforçant de ne pas le quitter des yeux. Un seul objectif : lui.

En haut de l'escalier, il prit une petite route sur la gauche et disparut dans la nuit. Elle suivit elle aussi cette direction, à bout de souffle, mais une fois en haut, elle tomba sur une rue vide. L'individu n'était plus là.

Affolée à l'idée de l'avoir perdu, elle continua d'avancer, attendant la prochaine intersection. L'angoisse montait, la panique la gagnait. Cela ne pouvait pas se terminer de cette façon !

Elle passa devant plusieurs voitures en stationnement sans rien voir de suspect. Les rares réverbères accrochés aux murs diffusaient une faible lumière, laissant grande part aux ombres tout autour d'elle. Elle ralentit l'allure en arrivant près de la pousterle de l'Est, une petite ruelle faite d'escaliers. Visiblement, il n'était pas passé par là. Elle allait se retourner pour essayer la rue suivante lorsque quelqu'un l'agrippa par-derrière. Elle savait que c'était lui. Il devait s'être caché dans un coin, attendant le bon moment pour attaquer. La jeune femme tenta de se débattre, mais elle devait se rendre à l'évidence : il était bien plus fort qu'elle.
Comment se défendre face à lui ? Elle lutta de toutes ses forces, essayant de le griffer pour, au moins, garder une trace d'ADN, mais il ne la laissa pas faire. Il l'entraîna dans la ruelle et la précipita du haut des escaliers. Noémie tomba la tête en avant dans les marches et les dégringola sur une bonne longueur. Elle sentit son poignet craquer et sa peau s'écorcher sur la pierre. Mais une fois sa chute terminée, elle était toujours en vie. Tout son corps la faisait souffrir atrocement et elle sentait le sang couler sur sa joue. Déboussolée, elle ne savait plus très bien où elle se trouvait. Tout tournait autour d'elle.
Elle vit la forme sombre descendre les marches pour la rejoindre, sans un bruit. Elle tenta de bouger, en vain, elle était trop fatiguée pour cela. Bien trop fatiguée. Elle le regarda plonger ses mains gantées dans sa sacoche pour

regarder ses papiers, puis il remit tout en place et se pencha vers elle, prenant garde à toujours cacher son visage. Elle devait être dans un état pitoyable, car il ne prit pas la peine de finir le travail. Il remonta l'escalier d'un pas rapide et s'éloigna dans la nuit.
Elle lutta encore un peu, puis, tout devint noir.

***

Lorsqu'elle se réveilla, Noémie se trouvait dans une chambre d'hôpital. Elle reconnut Paul assis sur une chaise à côté de son lit. Il était passé lui rendre visite en sortant du travail, pour voir comment elle allait.
Elle tenta de se remémorer les derniers évènements, en vain. La seule image qui lui parvenait était celle d'une forme sombre dans la nuit. Était-ce un rêve ?
– Que s'est-il passé ? – lui demanda-t-elle.
– Tu ne t'en souviens pas ? Tu es tombée dans la pousterle de l'Est il y a deux jours. Juste avant, tu as découvert le corps d'une autre victime de l'étrangleur d'Auch. Tu es sûre de ne pas t'en souvenir ? Parce qu'on se posait des questions... Déjà, pourquoi n'es-tu pas restée auprès du corps ? Et qu'est-ce que tu foutais dehors à cette heure-là ? Et dans la pousterle ?

Noémie prit un moment pour réfléchir, puis finalement, secoua la tête, perdue.
– Je ne sais pas, Paul. Je t'assure que je ne sais pas.

Daniela Horville

Pendant une froide nuit de décembre...

In memoriam Raymond Devos

Dans une ruelle étroite, juste à côté de la place d'Auch, une petite voiture est garée discrètement. À son bord, deux hommes.
Tueur à gages 1 : Tiens ! Essuie un peu les vitres car avec toute cette buée, on ne voit plus rien !
Tueur à gages 2 : D'accord, chef.
Tueur à gages 1 : Mets maintenant les gants et prends la feuille.
Tueur à gages 2 : Pourquoi faut-il mettre les gants, chef ?
Tueur à gages 1 : Pour les empreintes, évidemment.
Tueur à gages 2 : Çaaaa yeeeest ! Pas d'empreintes ! Ah, celui qui a inventé les gants en caoutchouc, il devait être du métier... Par contre, dites donc, pour tenir le stylo, ce n'est pas très pratique. Et pour écrire avec ça...
Tueur à gages 1 : Tais-toi et écris. Donc, je dicte...
Tueur à gages 2 : Pourquoi vous n'écrivez pas vous-même, chef ?
Tueur à gages 1 : Pourquoi... ben, on va me démasquer aussitôt...
Tueur à gages 2 : Par l'écriture ?
Tueur à gages 1 : Mais non ! Par l'orthographe, voyons.
Tueur à gages 2 : Ah, je n'avais pas pensé.

Tueur à gages 1 : Normal, c'est moi qui pense. Donc, je dicte... eueeeh... en haut à droite, tu écris la date : le tant décembre 2018. Et en dessous : « Aoutch ».
Tueur à gages 2 : « Aoutch » ou « Auch » ?
Tueur à gages 1 : L'un ou l'autre. C'est pareil. Ça se prononce de la même façon. Il comprendra. Donc, je reprends : en titre, tu écris : « Facture ».
Tueur à gages 2 : Gros comme ça, ça va ?
Tueur à gages 1 : Ça m'est égal. Poursuis. À la ligne : deux tentatives de meurtre la semaine dernière : 2 x 25 000 = 50 000 euros.
Tueur à gages 2 : Vous dites deux ? Mais on n'a pas fait deux tentatives ? On a peine surveillé l'autre soir devant la place comme d'habitude...
Tueur à gages 1 : Tu vas mourir de faim, toi !
Tueur à gages 2 : Beh chef, moi, je crois qu'on allait commettre un meurtre ! Un meurtre organisé, planifié, exécuté comme des vrais professionnels !
Tueur à gages 1 : Si on facturait seulement les meurtres exécutés, on crèverait de faim, mon brave ! Ce sont les tentatives de meurtre qui coûtent le plus cher : on prépare, on risque sa vie, sa réputation... Alors qu'une fois le meurtre fait, qu'est-ce que tu veux encore facturer ?
Tueur à gages 2 : Mais... 25 000 euros la tentative... c'est cher, non ?

Tueur à gages 1 : Tu écris ce que je te dis ! C'est le prix. Il faut qu'on assure nos derrières. Nous, on n'a pas de sécurité sociale, on n'a pas de CDI, pas de sécurité de l'emploi, on est des indépendants...
Tueur à gages 2 : On est vraiment des indépendants, chef ? Moi, je croyais qu'on était des tueurs à gages...
Tueur à gages 1 : À ton avis, c'est quoi un tueur à gages ? On l'engage, il fait son boulot, il dégage. On est des indépendants, je te dis. On fait partie d'une catégorie socioprofessionnelle utile et reconnue.
Tueur à gages 2 : On fait partie, vous dites, mais on ne paye pas d'impôts...
Tueur à gages 1 : Il ne manquerait plus que ça. Donc, tu ajoutes... : « plus deux autres tentatives de meurtre et tu notes en face la date de demain et après-demain »...
Tueur à gages 2 : Çaaaaaa yyyyeessst ! Donc, en face, je marque... deux fois 25 000 euros ?
Tueur à gages 1 : Non. Deux fois 30 000.
Tueur à gages 2 : Alors là, je ne comprends plus rien !
Tueur à gages 1 : Mets entre parenthèses : « prime de risque incluse ».
Tueur à gages 2 : Aaaaa yyeeeest. Ouf, mes gants me collent trop, c'est pénible.
Tueur à gages 1 : Pas grave. Donc en dessous, t'écris : Total : 110 000 euros.

Tueur à gages 2 : Waouh ! C'est une sacrée somme ! On va pouvoir mettre du beurre dans les épinards pour Noël. Tiens, vous avez choisi quoi ?
Tueur à gages 1 : J'ai choisi du calme, c'est clair ! Tais-toi et écris : Facture à régler par monsieur N'importe...
Tueur à gages 2 : Monsieur N'importe, ça s'écrit comment ?
Tueur à gages 1 : Ben, à la fin comme une porte !
Tueur à gages 2 : Hihihi, je parie qu'il est aimable comme une porte de prison !
Tueur à gages 1 : Te dissipe pas, t'écris en bas à droite : Facture à régler par monsieur N'importe Guy.
Tueur à gages 2 : « Monsieur » avec une minuscule ou une majuscule ?
Tueur à gages 1 : A 110 000 euros, tu peux mettre une majuscule, non ?
Tueur à gages 2 : Ouf ! Attendez que je m'essuie le front ! Ça me fait suer toute cette écriture... encore heureux que je ne doive pas écrire des mille et quelques, car je n'ai jamais su s'il fallait mettre un « s » à mille ou pas ?
Tueur à gages 1 : La règle, je vais te la dire : tu dois toujours mettre partout des « s », vaux mieux trop que pas assez. Donc, tu finis. Je disais : tout en dessous, tu notes : Signé tueur à gages n° 1 et tueur à gages n° 2.
Tueur à gages 2 : Et on signe ?
Tueur à gages 1 : Lui, d'abord, il signe.
Tueur à gages 2 : Qui ça ?

Tueur à gages 1 : Ben... N'importe Guy, voyons. Nous, on met un petit rond ou un petit gribouillage au lieu de signer et s'il nous demande pourquoi, on lui dit qu'on est illettrés.
Tueur à gages 2 : D'accord, mais... si on est illettrés, comment on aura fait pour rédiger sa facture ?
Tueur à gages 1 : On lui dira qu'on a loué un écrivain à gages. Et on ajoutera cinquante euros à la facture.
Tueur à gages 2 : Seulement cinquante ?
Tueur à gages 1 : Parce que tu crois que les écrivains sont bien payés ? Il faut être crédible, mon gars. Allez, maintenant relis-moi tout ça.
Tueur à gages 2 : Tenez, chef. Vous pouvez relire vous-même.
Tueur à gages 1 : Ha ! Il est marrant, lui ! Si je le pouvais, je n'allais pas te le demander.
Tueur à gages 2 : Ay est ! Ça vous a plu ?
Tueur à gages 1 : Ça va. Maintenant, on se concentre et on attend le futur macchabée.
Tueur à gages 2 : D'ailleurs, en parlant du macchab'... C'est pour quand le meurtre ?
Tueur à gages 1 : Pour le plus tard possible, naturellement !
Tueur à gages 2 : Vous avez peut-être pitié de lui ?
Tueur à gages 1 : Lui ? Je m'en fiche, complètement. Pas de sentiments au boulot.

Tueur à gages 2 : Mais alors, pourquoi on ne le tue pas aussitôt, vite fait, bien fait ?
Tueur à gages 1 : D'abord, parce que depuis plusieurs soirs on ne l'a pas vu du tout. C'est une raison valable, non ?
Tueur à gages 2 : Je reconnais que oui.
Tueur à gages 1 : Ensuite, j'attends le moment quand N'importe Guy n'aura plus d'argent à nous refiler.
Tueur à gages 2 : Quand ?
Tueur à gages 1 : N'importe quand.
Tueur à gages 2 : Donc, la commande de Monsieur N'importe Guy sera réalisée n'importe quand ?
Tueur à gages 1 : Exactement.
Tueur à gages 2 : Et pourquoi finalement prendre la peine de nous salir les mains si le client n'a plus d'argent ? C'est... c'est... ça n'a pas de sens ! On ne va pas faire le sale boulot et laisser le meurtre impayé !
Tueur à gages 1 : Tais-toi, donc ! C'est simple : quand la commande aura été exécutée, et qu'on aura le bon de commande signé par notre dindon, avec des photos du macchabée bien refroidi à l'appui, on passera à la vitesse supérieure. À ce moment-là, pour nous, c'est une autre mission qui commencera : le chantage.
Tueur à gages 2 : Et comment on va lui faire du chantage, alors qu'il n'aura plus de sous ?

Tueur à gages 1 : Justement ! S'il lui reste encore du fric, c'est lui qui va nous faire du chantage ! À croire que ton cerveau est aussi gros qu'un lingot...
Tueur à gages 2 : Un lingot d'or, chef ?
Tueur à gages 1 : Non, un haricot lingot !
Tueur à gages 2 : Booooooon. Il va être bientôt cinq heures du matin.
Tueur à gages 1 : Oui, Paris s'éveille.
Tueur à gages 2 : Et Auch ?
Tueur à gages 1 : Auch, non. D'ailleurs, ça fait plusieurs nuits qu'on poireaute sur cette place et on n'a même pas vu un bout de la semelle de notre homme. Pour un gardien de nuit...
Tueur à gages 2 : Vous avais-je dit que j'avais rencontré son collègue hier et qu'il m'avait dit que notre homme était en vacances ?
Tueur à gages 1 : Imbécile, tu n'aurais pas pu me le dire plus tôt ?
Tueur à gages 2 : Non, chef, il n'a pas dit qu'il était PARTI en vacances, il a dit juste qu'il était EN vacances. Donc, il doit être là, quelque part.
Tueur à gages 1 : Zaï-zaï-zaï-zaï ! Déjà, en temps normal, il ne vient jamais ! Et maintenant, il s'est mis en vacances ? Après, ça va être quoi ? Un congé maladie, tant qu'on y est ? J'ai presque envie de le tuer ! Mais non, il vaut mieux qu'il ne vienne pas tout de suite, on a encore une bonne dizaine de tentatives de meurtre devant nous.

Après, on verra. Écoute, la prochaine fois, tu ramènes des pistaches et des cacahouètes et on se regarde un film, compris ?
Tueur à gages 2 : Oh ! Chouette, chef ! On regarde quoi comme film ?
Tueur à gages 1 : Un film de gangsters, quoi d'autre ? On est au boulot !

Vincent Herbillon

Le givré qui brisait la glace

La cuisine était nickel, excepté quelques miettes autour d'un grille-pain vintage, le genre d'objet qui ferait fureur dans une brocante de quartier. Les dimensions réduites de la maison me permettaient de distinguer le couloir menant au salon épuré au milieu duquel trônait un sapin artificiel décoré de boules rouges et grises. L'adolescent se trouvait à moins de six mètres, étendu à proximité du meuble supportant le grand écran de télévision. Ses cheveux trop longs lui retombaient nonchalamment sur le front. Le blond cendré avait viré en certains endroits en une couleur brunâtre difficile à déterminer. Son visage aux joues creusées ressortait sous la faible lueur d'un lustre ancien.

Le fer à repasser décoratif avec lequel je lui avais éclaté le crâne triomphait sur la cheminée, à sa place initiale, tel un trophée exhibé fièrement par un sportif du dimanche. À ses côtés se trouvait une crèche miniature en bois, comme pour m'informer qu'il était peu probable que le grand barbu, là-haut, approuvait ce que je venais de faire. Une porte-fenêtre donnait sur le jardin dont je peinais à distinguer l'extrémité, suite aux abondantes chutes de neige. Dès que je tournai la poignée, un air froid envahit la pièce et me glaça littéralement. Un vent mordant siffla

à mes oreilles et passa entre les mailles et les trous de mon pull. Je soulevai le blondinet, le traînai à bonne distance de la maison puis repris mon souffle.
Il neigeait de plus en plus fort. Le soleil avait disparu depuis longtemps derrière une épaisse couche de nuages. Les météorologues prévoyaient une tempête de vingt-quatre heures suivie d'une période de gel intense, de quoi recouvrir le corps et le dissimuler quelque temps si personne ne découvrait rapidement ce qui venait de se tramer en ce lieu.
Quand je revins dans l'habitation, mon regard fut attiré par l'étendue de la flaque de sang sur le carrelage. Je regardai le cadran de ma montre et laissai échapper un rire nerveux en pensant à la tête que tirerait mon épouse Ysaline, véritable ambassadrice des maniaques de la propreté, si elle voyait la scène. Mais vu le SMS reçu quelques minutes plus tôt, l'instant était plutôt mal choisi pour procéder au moindre nettoyage.
J'avais cessé la majorité de mes conneries depuis quatre ans. Toutefois, la décoration notre appartement commençait à suinter le démodé et je trouvais qu'Ysaline méritait de vivre dans un plus bel intérieur. Vivotant entre le chômage et des tas de petits travaux effectués en noirs, j'avais pas mal de temps libre pour encore réaliser des petits coups gentillets.
Les résidences secondaires à portée de fusil des Pyrénées, y avait que ça de vrai. Souvent paumées en rase

campagne, rarement équipées de systèmes d'alarmes, c'était un régal. On y trouvait moins que dans une habitation classique, mais les Parigots ne pouvaient apparemment pas concevoir la vie dans le Sud-Ouest sans télévision ni bricoles technologiques à chaparder. Mes sorties en VTT empruntaient souvent le sentier longeant l'arrière de cette propriété, construite en bois et en pierres du pays. Esseulée au début d'une forêt de résineux, elle n'était pas visible depuis la rue principale du village, située en contrebas.
Un chemin caillouteux menait à l'entrée telle une invitation au voyage. Voilà qui limiterait les trajets entre la maison et la bagnole quand je transporterais le butin. Il m'avait suffi de remarquer la présence régulière d'une Porsche Cayenne pour comprendre que les proprios étaient friqués. De toute façon, les gens qui possèdent une résidence secondaire sont toujours pleins aux as. Je m'étais renseigné afin de ne pas connaître l'insatisfaction d'un travail bâclé : un couple d'avocats occupait la demeure avec leur fils durant les week-ends et les congés scolaires.
J'avais décidé d'agir ce mardi en début de soirée, dès que le jour commencerait à baisser. On annonçait trop de neige pour les prochaines heures. Pas de bol, la tempête s'était pointée plus tôt que prévu, et il était trop tard pour renoncer. J'étais bloqué, dos au mur, comme un animal pris dans une nasse. Mon ancien patron prétendait que

les météorologues étaient des gens aussi fiables qu'une madame Irma de supermarché. Un gars bien, mon ancien patron.
Jadis, il était fréquent de commettre de menus larcins le soir de Noël durant la messe de minuit. Mais les pratiquants se faisaient rares comme si les crues du Gers avaient emporté les reliquats de foi avec elles. Tout cela me contraignant à choisir d'autres créneaux horaires. Plus rien ne serait comme avant dans ce monde décadent. À croire que tout ira mieux quand il n'y aura plus personne.
Après avoir vérifié deux fois que la maison n'était protégée par aucun système d'alarme, j'avais brisé la fenêtre d'une pièce qui devait faire office de bureau. Du simple vitrage, le point faible classique. Pas d'ordinateur en vue, malheureusement. C'eût été trop beau. Dans le salon, une télévision à écran plat me faisait de l'œil, en guise d'offrande émanant du Père Noël. Je tombai tout de suite sous son charme discret. Elle était pareille à une femme fatale impossible à oublier. À l'étage, je vidai tous les tiroirs sans ménagement, avec une heureuse surprise à la clef : un fin bracelet argenté composé de multiples zircons et d'un cœur ajouré, ainsi que des bagues et des colliers en plaqué or.
En redescendant, j'avais perçu le bruit d'une clef dans la serrure. J'avais paniqué. Il faut dire que le frère de mon boss venait de m'envoyer ce SMS perturbant que je ne

m'attendais pas à recevoir avant trois ou quatre jours. Le gamin s'était retourné vers moi et ne m'avait guère laissé le choix. Il s'était figé à la manière d'un enfant découvrant le Père Noël en train d'entasser les paquets sous le sapin.
De sales idées avaient galopé sous mon crâne. Je n'avais pas sorti le flingue. Buter un jeune par balles contrevenait à mes principes. Et posséder une arme servait surtout à me rassurer.
La question resterait à jamais sans réponse mais que fichait-il là, ce vaurien ? N'était-il pas censé être avec ses vieux à des centaines de kilomètres d'ici, en train d'aider sa mère à cuire la dinde dans un appartement parisien cossu ? La découverte d'une bagnole inconnue parquée devant l'entrée ne lui avait-elle pas mis la puce à l'oreille ? Après tout, ce n'était pas de ma faute si on pouvait être fils d'avocats et stupide en même temps.
En m'emparant de l'écran plat, mes doigts entrèrent en contact avec une substance visqueuse. Le sang du gamin avait giclé jusque-là et n'avait pas encore séché. Je transportai vaille que vaille ma récolte jusqu'à la bagnole, vérifiai que les bijoux se trouvaient en sécurité dans une poche puis déguerpis après avoir viré la neige encombrant le pare-brise. Comme dans mes plus belles années, j'avais emprunté le véhicule d'un concitoyen parti à l'étranger. De quoi commettre mon forfait sans que ma tire d'occasion ne soit déjà signalée aux flics

comme volée. Un truc vieux comme le monde qui fonctionnait à tous les coups. La tire était équipée de pneus neige, ce qui ne l'empêcha pas de patiner lorsque j'appuyai sur l'accélérateur. Les rafales de vents plaquaient les flocons sur le pare-brise, réduisant la visibilité. Par moments, la vigueur de la tempête donnait l'impression qu'une foule de doigts tambourinaient sur les vitres.

Il me fallait emprunter les rues non dégagées du village, toutes en pente, pour aboutir à la nationale, qui elle, serait sans doute praticable.

Alors que je roulais au ralenti, je reçus un nouveau message. La curiosité l'emporta sur la raison et je tentai comme je pus de retirer le téléphone portable de la poche de mon jean. Le coup de volant brusque qui s'ensuivit provoqua une embardée de la voiture, qui tira à droite en sortie de virage et alla s'encastrer dans une vieille bagnole stationnée en partie sur le trottoir. Le choc fit valser une bonne partie de la neige qui la recouvrait.

J'ouvris la portière tout en compulsant de manière fiévreuse mes messages. J'enlevai mes gants pour tapoter sur l'écran tactile. Le frangin du boss à nouveau ! Bon sang, il ne fallait vraiment plus que je traîne en route ou j'allais passer un sale quart d'heure. Je savais que la vie jouait des tours pendables dont je ne mesurais pas les conséquences, hormis la bombe à retardement qui venait de m'exploser à la figure sans que je m'y attende.

Un petit vieux, tout droit sorti d'un documentaire sur d'Europe de l'Est du temps du communisme, me regardait d'un air hagard. Il portait une chemise bleue, un gilet mal boutonné et un pantalon de velours trop grand pour lui. Il semblait calme, presque serein, comme si la peur qu'aurait dû susciter ma présence ne l'effleurait même pas.
Un verre de goutte à la main, il me balança un « ça va, Monsieur ? » sans même une once de haine dans la voix. Je venais pourtant de niquer sa caisse, un des rares biens de valeur qu'il devait posséder si j'en jugeais d'après la mine de la façade de sa petite baraque.
Par politesse, je lui répondis en même temps que je reprenais ma place derrière le volant : « Oui ça va, ne vous en faites pas, Monsieur ». Les tentatives pour dégager mon véhicule furent vaines et ponctuées d'une salve de jurons. Je ne pouvais moisir dans le secteur et continuer d'attirer l'attention sur ma personne.
Et puis, surtout, mon retard commençait à prendre des proportions inquiétantes. Je décidai d'appeler le frère du boss. Il ne répondit pas, et je laissai un blanc sur la boîte vocale.
Je n'avais d'autres choix que de continuer à pied jusqu'à la nationale afin d'y dégoter un chauffeur. Je pouvais oublier la télé dans le coffre. Après tout, dans un premier temps, les bijoux feraient l'affaire.

J'hésitai un instant à régler son compte au vieux débris, mais imaginai que ce genre de type n'était pas ce que la police considérait comme un témoin crédible. Et il avait l'air encore bien vigoureux pour son âge.
Sous son regard hébété, n'écoutant que mon courage tel un d'Artagnan des temps modernes, je m'enfonçai dans un petit bois, plus pour raccourcir mon trajet que pour éviter de rencontrer quelqu'un et risquer de me compromettre. Des arbres couchés en travers du chemin ralentirent ma progression, déjà rendue lente par l'obscurité. Le sol plus accidenté fit que j'eus parfois de la neige jusqu'à mi-mollet. Le vent mugissait dans mon dos et secouait les branches. Le froid engourdissait mes pieds.
De temps en temps, la course d'un animal effrayé me fit froid dans le dos, si bien que j'eus parfois l'impression que mon cœur cognait contre mes côtes.
L'extrémité de la forêt donnait sur un champ, plus plat, situé en bordure de la nationale. En voulant enjamber le fil barbelé, j'accrochai ma veste. Je perdis l'équilibre et tombai sur le flanc.
De la neige s'était introduite le long de mon torse, me faisant frissonner. Je pris appui sur mes deux pieds et poussai pour me redresser. La couche neigeuse sur la route comportait peu de sillons, signe que la population préférait rester au chaud dans ses chaumières. En temps normal, la soirée du réveillon de Noël n'était pas

synonyme d'une densité de trafic importante sur les routes. Avec les cieux qui se déchaînaient, cela ne faisait qu'amplifier le phénomène. La ville se trouvait à six ou sept bornes. Le prochain automobiliste, s'il en passait un, me servirait de taxi, de gré ou de force.

Je marchai en direction d'Auch, glissant à chaque pas, le visage fouetté par des rafales désagréables comme si Dame Nature voulait punir mon comportement sans attendre.

Mon moral touchait le fond lorsque le ronronnement caractéristique d'un moteur diesel titilla mes oreilles gelées. Je frottai ma chevelure et ma veste avec le revers de mes gants pour enlever la pellicule blanche et avoir l'air plus présentable.

Je levai le pouce, préférant ne pas me servir de mon arme. Malgré les gants, mes mains étaient frigorifiées et peu à même de manipuler un tel engin. La première fois que j'avais buté un type, le stress m'avait été préjudiciable. Les deux premières balles l'avaient loupé de façon magistrale, les deux suivantes l'avaient immobilisé, ce qui m'avait facilité la tâche pour atteindre le cœur. Le gars crachait du sang mais remuait toujours. Contraint et forcé, j'avais dû corser l'addition. Six balles au total ! Une boucherie digne d'un film de Guy Ritchie, l'accent des bas quartiers londoniens en moins. Et cette fois-là, je n'avais même pas imaginé un instant nettoyer les lieux

après mon forfait, ne subissant pas encore l'influence d'Ysaline.
Au bout d'un moment, la voiture ralentit, sans s'arrêter. Le conducteur, clope au bec, me dépassa à faible allure et m'invita à courir à côté du véhicule via la fenêtre ouverte côté passager :
— Excusez-moi, mais si je m'arrête, je ne pourrai peut-être pas repartir. Vous allez en ville ?
— Oui. Du moins, j'aimerais bien.
— Je vais dans le quartier de la gare, ça vous va ?
— C'est parfait, repris-je déjà essoufflé. Vous ne pouvez vraiment pas vous arrêter ?
— Non ! Je n'ai pas mis les chaînes. Ouvrez la porte et montez en marche.
— Vous êtes malade ! Arrêtez-vous ! repris-je avant de stopper net et de tomber à genoux dans la neige.

Je m'apprêtais à dégainer quand je m'aperçus que le type avait stoppé son véhicule quelques mètres plus loin, comme s'il réfléchissait au milieu des buissons de fumée qui sortaient de sa bouche. Excédé et à bout, je me relevai, le pétard à la main. La bagnole se remit en marche sans patiner le moins du monde. C'est fou ce qu'il éprouvait comme difficultés pour repartir ! Il s'était bien fichu de ma tronche, cet enfoiré !
Après avoir vérifié que nous étions seuls sur la route, j'aspirai un grand bol d'air, visai et tirai trois coups en

direction du pare-brise arrière. À ma grande surprise, les projectiles atteignirent tous la destination voulue. Le véhicule dévia de sa trajectoire et s'immobilisa contre un poteau d'éclairage en béton, sur l'utilité duquel on pouvait s'interroger, tant la nationale était plongée dans le noir. J'avançai à pas feutrés vers la portière du conducteur. Le type était étendu, ensanglanté, les bras en croix. Il baragouinait quelque chose à voix basse.

En lui collant une balle au milieu du front, je repensai à la cagoule que mon cousin portait jadis lors de ses braquages minables. « Tu verras, quand tu mets ce truc, personne ne te reconnaît et ça t'évite des dommages collatéraux ».

Avec le froid de canard qu'il faisait, une cagoule m'aurait été doublement utile. C'est le problème des plans qui ne se déroulent pas sans accro. Il est impossible de penser à toutes les emmerdes qu'on va trimbaler dans leur sillage. Je retirai péniblement le corps de l'habitacle. Il y avait du sang partout sur son siège, ça risquait de tacher mon pantalon. Traîner sa lourde carcasse jusqu'au fossé en bordure de voirie fut tout sauf une sinécure. Je me sentais vidé, comme quand on n'a pas fermé l'œil de la nuit.

Le sang n'avait pas poinçonné la neige avec régularité. La route était maculée de grosses traînées sombres. Avec mon pied, je les recouvris de poudreuse. Vu les projections émanant du ciel et l'absence d'éclairage public, ce n'était peut-être pas très utile mais on ne se refait pas. Hors d'haleine, je récupérai sur le siège passager, tout en reprenant mes esprits. La sueur perlait sur mon visage, témoin de mon stress et de l'effort physique intense que j'avais dû effectuer. La lumière du plafonnier fit ressortir les taches rougeâtres sur ma veste beige, un cadeau de Noël avant l'heure offert de bonne grâce par mes deux victimes du jour. Une fois arrivé en bordure de la ville, je serais contraint de la balancer dans le Gers qui saigne Auch du Sud au Nord. J'en sortis les bijoux et les plaçai dans la poche de mon pantalon pour être certain de ne pas les oublier au cours de mon périple. Ysaline me reprochait parfois mon étourderie et je n'aimais pas lui donner raison, du moins sur ce point.

Je mis un sac plastique sur le siège conducteur puis tournai la clé. Le moteur peina à vrombir. La caisse dérapait pas mal. Ce guignol n'avait peut-être finalement pas tort quand il avait évoqué la difficulté de démarrage. Je coupai le moteur par prudence.

La chair de poule me gagna, plus par peur qu'à cause du froid. Je sortis mon portable pour prévenir de mon retard. J'avais reçu un message sans m'en apercevoir : « Grouille-toi, le boss te réclame ! ».

Grouille-toi, grouille-toi, il en avait de bonnes ! J'étais paumé au milieu de cette route sans la moindre voiture à l'horizon, sans perspective de m'en sortir.

Mon apparence se rapprochait probablement de celle d'un camé au regard des efforts consentis et de l'état de

mes fringues. La seule chose qu'il me restait à faire consistait à marcher le plus vite possible en direction de la ville tout en essayant de trouver une excuse potable, ce qui ne serait pas la partie la moins ardue de la journée.
D'un geste décidé, je sortis de cette bagnole pourrie et repris ma veste. Une flasque en tomba. Mon regard torve s'imprégna de cette image hypnotique. Un petit remontant ne ferait de tort à personne en de pareilles circonstances. Pour combattre le froid et le reste. Cette perspective fit long feu dans mon esprit. Le boss me tuerait si j'osais me pointer avec une haleine de cow-boy. Je serais rayé de son existence à jamais.
Je refusai d'abdiquer et de me laisser engloutir par la nuit. Je marchai dans ce désert blanc, extirpant péniblement de l'enveloppe neigeuse une chaussure après l'autre, avec en toile de fond les sommets montagneux. En moins de trente minutes, et après quelques gamelles, j'aboutis sur le petit pont surplombant la rivière en colère. Des embâcles défilaient à vive allure, prêts à défier les barrages mobiles que les humains avaient placés sur leur chemin. Je balançai ma veste beige et mes gants à la flotte, non sans un léger pincement au cœur. Mon sentimentalisme me rattrapait chaque fois que les émotions se bousculaient dans mon esprit. J'avais laissé la flasque dans une poche : il était temps pour moi d'être un homme responsable à l'image des mousquetaires en leur temps.

Je pensai que mes phalanges se briseraient si quelqu'un les effleurait. Je rêvai d'un café et de sentir le liquide bouillant s'engouffrer dans mon corps comme un torrent avalé par la terre.
D'autres que moi auraient sauté dans l'eau sans regret, équipé d'un sac à dos rempli de gros cailloux, pour être certain de ne pas s'en sortir. Mais je n'appartenais pas à cette caste. Non pas que j'eusse peur de sentir l'eau chatouiller mon menton avant de s'inviter dans mes entrailles. J'étais avant tout un homme et je tenais à me présenter devant le boss, même en retard.
J'étais presque aveuglé par la ville illuminée après avoir passé des heures dans l'obscurité. La patinoire et le village de Noël étaient bondés de gens qui ne prêtèrent pas attention à mon passage, et je ressentis l'espace de quelques instants la souffrance qui devait habiter les SDF, devenus invisibles aux yeux du monde.
L'avenue principale était bordée d'immeubles à taille humaine, loin de la caricature qu'on se fait d'une ville moderne envahie de buildings filant vers le ciel, tels des disciples d'Icare. Je coupai à travers le parking d'un supermarché, puis pénétrai dans l'imposant bâtiment grisâtre lui faisant face. C'en était fini des rafales glacées qui frappaient mon visage comme des gifles.
Un frêle sapin à la décoration minimaliste faisait figure d'unique décor dans le hall d'entrée, chichement éclairé. L'hôtesse d'accueil, vêtue d'un bonnet de Noël musical

me dévisagea d'un drôle d'air, mélange de crainte et de sarcasme.
En prenant l'ascenseur, je contemplai ma tête de déterré dans le miroir couvert de traces de doigts d'enfants. On aurait dit un repris de justice qui avait passé quinze jours à fuir les forces de l'ordre dans un environnement hostile.
Quelques secondes plus tard, je pénétrai dans la chambre. Ysaline était allongée, avec quelques jours d'avance sur les prévisions. Je n'étais pas en retard. Ça tombait bien, je n'avais pas eu le temps d'inventer un mensonge crédible pour excuser mon retard.
Ysaline...
Mes potes l'avaient directement surnommée « le boss » tant son emprise sur moi avait été réelle dès notre premier regard échangé. J'avais cessé mes conneries du jour au lendemain, à part pour la gnole et quelques menus larcins. Elle m'avait même converti aux tâches ménagères, sauf le nettoyage qui était resté sa chasse gardée.
Je rêvais de vieillir à ses côtés jusqu'à un âge avancé, quand on est pris par la rouille, avec l'espoir de pouvoir encore changer les choses.
L'accouchement se passa sans problème. Mon expédition n'ayant pas tenu toutes ses promesses, l'intérieur de notre appartement subirait un lifting plus tard que prévu. Je pris mon épouse par la main, fouillai dans la poche de

mon jean et lui offris le bracelet en argent. Elle ne put retenir ses larmes.
Notre bébé était magnifique.
Que c'est beau, le miracle de la vie.

Nicole Lescure

Mea culpa

Ils sont mignons, ces deux-là, ça fait un petit moment que je les regarde faire, ça sent le premier rendez-vous tout ça, attablés dans le fond du bistrot, ils n'ont pas touché à leur 3e café, qui doit être froid, depuis le temps...
J'imagine et je comprends très bien l'émotion qui les lie et les rend heureux en cet instant.
C'est innocent et plein d'espoir, magique et inespéré, c'est le début... Ça me fout la nostalgie.
Ce regard profond, mais bref qu'ont les gens qui se plaisent, dans le silence d'une conversation, ces mots qui viennent si facilement qu'ils nous surprennent...
Ils sont beaux, en plus, et vont très bien ensemble.
Et que je joue avec mes cheveux, et que je rie bêtement à chaque fin de phrase, et que je suis toujours d'accord avec tout ce que tu dis, et que, naturellement et bizarrement, j'aime ce que tu manges, j'adoooore ce que tu lis, je kiffe grave comment tu te sapes, j'imagine ton chez-toi et j'en rêve déjà, je suis impatiente de connaître ton fils qui vit avec sa mère et que tu n'as pas souvent car elle n'a rien compris, c'est elle qui est partie, de toute façon, elle n'a qu'à assumer ; tu n'aimes pas Noël et les fêtes de famille, moi non plus à vrai dire, ça tombe bien. Bla bla bla...
Lui, il est comme un gosse, béat, à boire ses paroles. Toute sa vie d'avant, c'est une grosse erreur qu'il dit, ils

étaient trop jeunes, c'est tout ! c'est tout le temps pareil, on croit qu'on s'aime, qu'on est pas comme les autres, que c'est pas pareil, et puis « l'autre » se montre sous son vrai jour, on s'est bien fait avoir, té ! Et puis on a mûri, on a grandi dans sa tête, on a fait les choix de l'autre, parce qu'on l'aimait, mais ça, c'est fini !

Il était si mignon, avec sa petite valise, la première fois qu'il a débarqué chez moi, tout sourire avec cette retenue puérile qu'ont les enfants qui rentrent chez quelqu'un pour lui vendre des billets de tombola. Il était là pour le week-end. Cela faisait deux mois à peu près que nous nous étions rencontrés, et l'impatiente de ce moment nous avait rendus fébrile tous les deux.

Après un premier rendez-vous à mi-chemin de nos villes respectives, nous avions décidé de continuer à nous connaître et nous dévoiler quelque peu par téléphone, pendant plusieurs millions de minutes chaque fois, autant dire que nous nous connaissions presque par cœur, sans jamais avoir pensé à autre chose qu'à parler de musique, théâtre, bouffe, livres, voyages, trésors, chiens, chats et autres broutilles.

Les week-ends se suivaient et ne se ressemblaient pas, tantôt chez moi, tantôt chez lui ; je prenais souvent le train pour m'y rendre car ma vieille guimbarde me faisait souvent défaut et puis j'aime bien prendre le train, ça fait plus romantique, les retrouvailles sur un quai de gare.

Il n'avait d'yeux que pour moi, je n'avais d'yeux que pour lui, nous n'étions jamais à court d'imagination pour nous inventer des week-ends inoubliables, mais l'amour rend aveugle, dit-on.
Ça a duré deux ans cette histoire. J'avais oublié que j'avais des enfants, ça l'arrangeait aussi que j'oublie un truc pareil, et un jour ou j'avais peut-être moins bu que d'habitude, je lui ai rafraîchi la mémoire, et j'ai bien compris ce soir-là, qu'il n'y avait aucune place, aussi petite soit-elle pour mes filles qui appartenaient à une autre histoire. Il est descendu très vite du piédestal sur lequel je l'avais installé et sur lequel il trônait depuis le début. Il était tellement fier qu'il est parti avant que je le fasse, en me laissant le soin de régler le prix des deux repas. Fin du beau roman et de la belle histoire...
J'ai voulu me foutre sous le train, plusieurs fois... J'ai préféré bouffer des cachets et picoler avec, en pensant ne jamais me réveiller. Il fallait en finir avec cette chose qui me bouffait de l'intérieur, sans jamais me laisser de répit, de jour comme de nuit, qui m'empêchait de manger, qui me torturait, qui m'envahissait, qui me laissait là, gémissante et asséchée par la douleur.
J'avais encore oublié que j'avais des enfants.
Je me suis retrouvée chez les fous.
Je n'ai plus jamais entendu parler de lui.
Sa famille non plus, d'ailleurs.

Les amoureux ont recommandé d'autres cafés. Il fait gris, dehors, mais ils s'en foutent.
L'amour rend tout beau, il illumine le dedans et le dehors.
Ça y est ! Après le contact verbal, on est passé au frôlement des doigts.
Les mains tremblent, les têtes se baissent, ils sont tout émus.
C'est si beau, l'amour.
mais on ne me la fait pas, à moi. Dix ans que je croupis dans cet asile infâme à cause d'un minable comme celui que j'observe depuis presque deux heures.
Elle va voir, la pauvre, quand il aura révélé son vrai visage, si elle continu à le regarder avec ses yeux de merlan frit. Je parie qu'avec sa tête de premier de la classe, il va la berner et lui bouffer tout son fric, il a l'air du genre « cas soss » à passer ses journées à jouer à la game boy et à lui raconter le soir quand elle rentre du travail, qu'il a eu l'idée du siècle et que ce serait bien qu'ils déménagent en Ardèche pour élever des chèvres et vendre du fromage sur les marchés !
Il faudrait que je lui parle, à elle, seule, que je l'avertisse du danger d'une telle aventure.
Il faut qu'elle s'arme contre le pire, qui est à venir.
Il faut absolument que je l'aide, elle doit l'effacer de sa vie.
J'essaie d'accrocher son regard, mais elle ne fait pas attention à moi.

Quand ils quittent le petit bistrot tout mignon, ils passent devant moi, en continuant de discuter.
Ils se séparent et n'en finissent plus de se dire au revoir
C'est ma première grande « sortie thérapeutique » et je compte bien en profiter.
Je suis guérie, après tout.
Je décide de le suivre...

Guillaume Halb

La ZAD d'Armagnac

Ce 13 septembre, la presse locale et nationale se disputait deux titres en une de leurs éditions : la mort suite à ses blessures de la jeune militante écologiste Camille Khamil et le décès plus que suspect du baron local Albert Roberd. Les deux événements étant distants de quelques kilomètres seulement, dans le département du Gers.
La première victime avait été percutée, quelques jours plus tôt, par un engin de chantier sur la Zone à Défendre de Sainte-Eulalie-d'Armagnac, une forêt discrète entre Miélan et Masseube.
L'accident avait eu lieu durant une manifestation contre le projet d'enfouissements de déchets nucléaires. Ce projet était une patate chaude que se renvoyaient toutes les collectivités territoriales depuis trente ans. La tubercule incandescente venait d'atterrir dans ce coin oublié de France. Faible densité de population, proximité de la centrale de Golfech dans le département voisin du Tarn-et-Garonne, l'agence nationale pour la gestion des déchets radioactifs, l'Andra, avait mis le paquet pour enfin trouver un site propre au stockage. Elle avait arrosé – pardon, subventionné – l'ensemble des acteurs politiques locaux.

Elle avait ainsi trouvé un allié de taille en la personne d'Albert Roberd. Exploitant agricole plutôt qu'agriculteur, actionnaire d'industries semencières, président de la chambre d'agriculture, président de la FDSEA, président du conseil départemental, propriétaire de l'hebdomadaire local, président du club de rugby et maire indétrônable de sa commune, il était personnellement intéressé par le projet. Des extensions futures du chantier lui auraient permis de vendre au prix de l'or des terrains en sa possession.
Seulement, Albert Roberd venait d'être retrouvé mort devant son domaine, une plaie ouverte au niveau du cœur. Le département connaissait ainsi une hécatombe de notables en la disparition d'une seule personne.
« - Eh chef ! Un point partout, la balle au centre ? entendit le capitaine Axel Daren en arrivant à la brigade de gendarmerie de Masseube. Il leva les journaux qu'il tenait à la main pour saluer ses collègues de la Mobile installés dans des locaux attenants et se retourna vers son adjoint.
– De quoi tu me parles Paolo ? Y'avait un match hier ?
– Mais non, je parle de Roberd et de la gamine. Pas de jaloux, les deux camps ont leur martyr.

L'adjudant-chef Paolo Da Silva jubilait. Lui qui vivait jusqu'à présent son affectation comme une injustice,

recevait ce conflit écologiste et ce meurtre comme deux cadeaux de compensation.
– T'as déjà déduit que les deux morts étaient liées ? Après une matinée d'enquête de voisinage ? demanda l'officier en remplissant son mug de café tiède.
– Bah ! Tout le monde accuse les pelus...
– Mais personne n'a rien vu ?
– Croyez pas que je me range facilement du côté des préjugés populaires, chef. J'ai lu les Sherlock Holmes que vous m'avez passés. « Trouvez le mobile du meurtre et vous trouverez le coupable » qu'il dit. Eh ben j'ai pensé d'abord au fiston, c'est lui qui hérite du trésor de guerre paternel, et il a toutes les chances de récupérer la totalité des mandats politiques. Mais bon, il bosse à Amsterdam depuis deux ans et ne rentrera que ce soir...
– Je sais, j'ai lu le journal ce matin... et il accuse les zadistes.
– Eh oui, depuis que la minette est passée sous la pelleteuse, y a des énervés d'un peu partout qu'ont débarqué sur la ZAD. M'étonnerait pas qu'on reçoive un communiqué de revendication.
– Très bien adjudant-chef, je transmettrai tes conclusions à la brigade de recherche, ironisa Axel. Pour l'instant je passe voir les moblos. »

Le capitaine Daren retourna en direction des bureaux provisoires de la brigade de gendarmerie mobile chargée

de surveiller la ZAD et les « pelus » qui l'occupaient. Chacun devait échanger ses informations, la situation devenait en effet très tendue. Le terme de « pelus » était employé de manière péjorative pour désigner les opposants au projet d'enfouissement des déchets.
Depuis hier soir sur les réseaux sociaux, de courageux anonymes les accusaient du meurtre d'Albert Roberd et parlaient de former des milices pour aller les déloger... puisque le préfet était un lâche qui se couchait devant les gauchistes, d'après eux.
La ZAD était déjà là quand le capitaine Daren avait obtenu sa mutation deux ans auparavant dans son Sud-Ouest natal. Il avait passé plus d'une décennie dans l'est de la France à gérer la misère sociale des campagnes. Il avait espéré retrouver un endroit plus apaisé dans son pays natal. Mais il avait idéalisé ses souvenirs et les mutations sociales étaient similaires ici comme là-haut.
Cependant, en plus des faits divers classiques, il devait gérer les conflits entre pro- et antistockage radioactif. La ZAD de Sainte-Eulalie-d'Armagnac avait été jusqu'à présent une petite ZAD symbolique. S'y retrouvaient des militants écologistes, des opposants politiques au Conseil Départemental et des riverains inquiets par la dévaluation foncière de leurs propriétés. Ces derniers étaient ce qu'on appelle des Nimby « Not In My Back Yard » « pas dans mon arrière-cour ».

Apolitiques, ils n'allaient pas non plus dormir dans les cabanes construites dans des arbres, mais ils étaient redoutables pour les procédures judiciaires. Albert Roberd avait alors cherché à les prendre de vitesse en autorisant des travaux d'aménagement du lieu. La trentaine de gamins qui campaient sur place avait tenté de s'opposer en formant une chaîne humaine. Un des conducteurs d'engins dit qu'avec la poussière soulevée par les machines, il n'avait rien vu devant lui, jusqu'à percuter Camille Khamil, une zadiste de cinquante kilos à peine.
En une semaine, la ZAD s'était radicalisée. Des activistes de toute l'Europe avaient débarqué. Des « anciens combattants » de Notre-Dame-des-Landes ou de Sivens venaient prêter main-forte au collectif local. Des inconnus cagoulés provoquaient les gendarmes mobiles avec des jets de pierres. Des renforts étaient arrivés aussi du côté des forces de l'ordre.
À peine la porte de la mobile poussée, ses collègues ne le laissèrent pas dire un mot :
- Appel du préfet. Il veut nous voir tout de suite !

Les jours suivants seraient longs.
Un quart d'heure passé avec Laurent Roberd semblait en durer trois. Le capitaine Daren et son adjoint Paolo étaient venus présenter leurs condoléances au fils du défunt. Celui-ci était cadre commercial dans la

biotechnologie agricole. La quarantaine bien entamée, une musculature obtenue en salle de sport et un bronzage acquis sous une lampe UV, Roberd-fils avait accueilli ses visiteurs dans le bureau de son père. Il les avait fait asseoir, mais lui était resté debout, les mains sur les hanches et les jambes écartées. Il espérait ainsi paraître plus imposant. Là où le vieux Roberd dégageait une autorité patriarcale naturelle, le fils devait déployer toute une somme d'astuces apprises en école de commerce pour simuler du charisme.

– Je ne vais pas vous apprendre votre métier, Capitaine...

« Il devrait arrêter sa phrase ici » pensa Axel.

–... mais ne croyez-vous pas qu'il serait temps d'expulser tous ces merdeux ? demanda

Roberd-fils en forçant grossièrement son accent du Sud-Ouest.

– La décision n'est pas de notre ressort, Monsieur Roberd, nous attendons que le tribunal d'instance d'Auch statue sur la demande d'expulsion du conseil départemental. Il faudra ensuite qu'un huissier intervienne pour qu'elle soit exécutoire.

– Et pendant ce temps-là les assassins de mon père se baladent librement sur la commune ?

– Rien ne dit à l'heure actuelle que les zadistes sont impliqués dans la mort de votre père. J'aimerais à ce propos insister sur l'importance de maîtriser vos déclarations dans la presse ou sur les réseaux sociaux.

Vous accusez les zadistes et vous semblez cautionner les appels à la vengeance de certains citoyens à leur égard...
– Ce sont les zadistes qui sont violents, je le sais ! s'emporta Laurent Roberd. Et si je ne soutiens pas des représailles contre eux, je peux comprendre l'exaspération de la majorité silencieuse !
– Nous pouvons encore régler ce conflit sans rajouter de violence, une jeune femme est déjà morte...
– Elle avait qu'à rester travailler dans sa fac ! le coupa Roberd-fils. Je m'étonne de votre retenue, moi je n'ai pas vos principes moraux. Moi je n'ai pas peur de solutions radicales ! Gazer ces pelus une fois pour toutes, foutez-les dans des camions et renvoyez-les à leurs parents ! Maintenant Messieurs, je vais vous libérer. J'ai encore beaucoup d'affaires à régler.

En remontant en voiture, Paolo lâcha un profond soupir.
– Ce type transpire le petit con par tous ses orifices !
– Affirmatif Adjudant-chef ! Il paraît qu'il raconte dans sa boîte qu'il est paysan... ricana le capitaine.
– Un paysan ne vendrait jamais les merdes que sa boîte produit... répondit Paolo en trafiquant le lecteur MP3 du véhicule de service.
– Oui... tout comme un mélomane n'écouterait pas la musique que tu t'apprêtes à mettre.
– Chef ! J'ai besoin de me détendre ! C'était éprouvant cette entrevue !

– Pas-de-hardcore ! Je t'autorise Motörhead pour une chanson et tu discutes pas mon ordre !

En se passant la main sur la mâchoire, le capitaine Daren se surprit à ne pas être rasé ce matin-là. La semaine qui venait de s'écouler avait été éprouvante. À la marche blanche organisée par Roberd-Fils pour les funérailles de son père, avait succédé une manifestation en mémoire de Camille. Il avait fallu éviter les confrontations entre les deux camps. À cela s'ajoutaient les demandes insistantes du préfet sur l'avancée de l'enquête concernant le meurtre d'Albert Roberd.
En classant ses mails, le capitaine lut des passages du rapport d'autopsie envoyée par les TIC, les techniciens en investigations criminelles. « Mode de décès : perforation de la cage thoracique à l'aide d'un objet tranchant. Cause immédiate du décès : hémorragie d'une artère coronaire entraînant un arrêt cardiaque. » Il était mentionné plus loin que la plaie avait une largeur de neuf millimètres pour une profondeur de neuf centimètres, causée ainsi soit par une fine lame soit par un poinçon. Le rapport suggérait que le coup avait nécessité une grande force. Cependant, l'arme du crime n'avait pas été retrouvée.
Le regard du capitaine se reporta sur les numéros de La Dépêche et Sud-Ouest qui revenait sur les manifestations de la veille. Il compara les photos des deux cortèges. Ce

n'était pas tant une différence sociologique mais plutôt une question de capital culturel qui contrastait. Il semblait y avoir autant de prolos que de classes moyennes dans les deux manifs et autant de jeunes que de vieux. Mais la fantaisie et la créativité étaient clairement du côté des zadistes. Comparés aux dominantes grises, bleues et noires des vêtements des manifestants pro-stockages réunis derrière une unique banderole, les écolos éclataient de couleurs arc-en-ciel. Des pancartes et kakémonos multicolores rivalisaient d'imaginations avec des slogans écologistes et pacifistes, encadrés par des
drapeaux rouges ou verts. L'art de la communication était bien mieux maîtrisé chez ces derniers, les photographes de presse se délectant de capturer des images de manifestants déguisés, tel ce petit vieux en chef indien ou cette famille grimée en hérissons.
Y avait-il un assassin dans ce cortège bigarré ? C'était l'accusation récurrente du camp d'en face. Pourtant le capitaine et ses hommes connaissaient les zadistes de la première heure, des habitants du coin, des étudiants de Pau ou Toulouse, des élus d'oppositions : ni fanatiques ni impulsifs. Les plus exaltés étaient les jeunes, mais comme la petite Camille, ils se seraient sacrifiés pour leur coin de forêt plutôt que de tuer qui que ce soit.
Les nouveaux arrivants étaient plus difficiles à cerner. Ils venaient se greffer sur une lutte qu'ils n'avaient pas

commencée. C'était la dimension territoriale qui les motivait. Eux se battaient pour LA ZAD, là où les premiers militants luttaient contre le centre d'enfouissement de déchets nucléaires.
À ce stade de réflexion, Axel Daren fit une moue de désapprobation. Il n'était pas insensible aux discours écologistes et aux prévisions sur le réchauffement climatique. Ceci dit, d'autres luttes lui semblaient plus urgentes. Comme en fait n'importe quelle autre usine chimique soumise à vingt fois moins d'obligations légales en termes de sécurité et rejetant dans l'atmosphère ou les rivières des métaux lourds. Si les écolos obtenaient un jour l'arrêt des centrales nucléaires, il n'en resterait pas moins la nécessité de gérer les déchets résiduels. Sainte-Eulalie-d'Armagnac offrait une solution plus morale à son sens que d'envoyer ces stocks dans un pays pauvre aux normes plus aléatoires.
Toujours est-il que les zadistes, anciens ou récents, faisaient preuve ces jours-ci d'une
curieuse résistance, plus sérieuse et mieux organisée. Il y avait déjà eu des échauffourées durant ces deux dernières années, mais les manifestants s'éparpillaient dès les premiers tirs de gaz lacrymogènes. Désormais ils restaient sur place, répondant aux coups que la Mobile leur portait.
Axel regarda des photos prises par ses hommes. La ZAD avait maintenant des allures de camp fortifié. L'afflux de

milliers de personnes lors des récentes manifestations avait permis aux occupants d'organiser d'importants travaux de terrassement. Les clichés dévoilaient des fossés antichars.

Du côté extérieur à la ZAD, une pente inclinée d'une quinzaine de degrés avait été creusée dans la terre sur trois mètres et demi. Elle se terminait contre un monticule, aussi droit et lisse que possible, d'un mètre trente environ. Un court plateau émargeait cette fosse et un dernier talus d'un mètre couronnait le tout. Les engins de chantier ou les véhicules blindés qui s'y aventuraient restaient bloqués au fond. Ailleurs, les zadistes avaient construit des Chevaux de Frise à partir de troncs d'arbres et de branches taillées et durcies au feu. Ils étaient ainsi passés du statut de vandales à celui de légion romaine.

Un gendarme ouvrit la porte du bureau sans frapper :

– un sous-officier blessé sur la ZAD, mon capitaine ! C'est Paolo !

Cette fois, le capitaine laissa Paolo diffuser sa "musique" dans le véhicule de service : *Shadow of the Reaper* des *Six Feet Under*. L'adjudant-chef tenait une compresse de glace contre sa pommette gauche.

– Au début je croyais que les zadistes c'étaient des gonzesses avec des fleurs dans les
cheveux et qui montraient leurs boobs...

– Tu confonds avec les femen, Paolo !

– Ouais, ben, je confondrais pas ceux qui m'ont tiré dessus !

Il pointa l'appareil photo numérique posé sur ses genoux.
– J'ai leurs gueules là-dedans.
– Très bien ! Raconte-moi ce qu'il s'est passé !
– Les pelus s'entraînent depuis une semaine. Les moblos ont remarqué un type qui leur apprend à faire des armes. Pour les fossés et les piquets c'était déjà lui qui semblait coordonner les travaux. Et depuis hier il leur apprend à tirer à l'arc...
– À l'arc ?

Paolo montra une flèche d'environ soixante-dix centimètres dont l'extrémité était rembourrée de cuir.
– Ouais avec ça ! Je me suis approché pour faire des photos mais avec ce con de polo bleu ciel ils m'ont grillé et ils ont balancé une bordée. Celle-là a rebondi et je l'ai prise dans la tronche. Ces connards étaient morts de rire et d'autres applaudissaient. J'vais revenir avec un Famas, ils feront moins les malins !
– Allons, allons ! Si tu l'avais prise en tir direct, tu aurais des fractures au visage et le nez dans une oreille !
– C'est vrai ! Et si ça avait été une vraie flèche avec une pointe, elle m'aurait traversée la tête !

Un silence se fit dans la voiture. Les deux hommes comprenaient que la situation sur la ZAD devenait hors contrôle. Le capitaine ruminait la dernière phrase de son adjoint. Il s'imagina devoir annoncer la mort du jeune homme à ses parents, leur expliquant que leur fils s'était fait transpercer par une flèche. Paolo se ferait seulement chambrer par leurs collègues au retour à la brigade, mais un nouveau drame aurait pu effectivement arriver. Comme si un seul transpercé ne suffisait pas...
Daren pila devant la gendarmerie.
– Elle t'aurait traversé la tête ? s'exclama-t-il.
– Oui, je sais ce que vous allez dire : y a pas grand-chose dedans... mais j'y tiens quand même !
– Et ça fait une semaine qu'ils s'entraînent au tir avec un coach, les morveux ?
– À peu près. Pourquoi ?
– Fais voir tes photos !

Les deux hommes firent défiler les images sur l'écran de l'appareil numérique, en zoomant sur les visages des apprentis guérilleros. L'adjudant-chef s'arrêta sur le portrait d'un homme, petit, les joues creuses et le teint terne, mais avec un regard déterminé.
– C'est lui le chef !

Le capitaine avait déjà vu ce visage. Le chef. Le chef indien. Le petit vieux déguisé en chef indien pendant la

manif des écolos, pris en photo dans les journaux précédents.
L'homme se tenait devant le capitaine. Il était maigre mais encore musclé. Une calvitie naissante et une dépigmentation des cheveux le vieillissaient prématurément. De profonds cernes sous les yeux lui donnaient un air de Droopy, contrebalancé par un regard colérique, presque diabolique.
Il avait fallu moins de vingt-quatre heures pour l'appréhender. Aussitôt après l'incident avec Paolo, les gendarmes en poste autour de la ZAD avaient commencé à fouiller les véhicules qui entraient et sortaient du lieu, dans le cadre d'une enquête de flagrance. Il s'agissait de confisquer d'éventuelles armes. L'homme, qui faisait l'objet d'une surveillance particulière, avait cherché à s'éloigner. Une patrouille l'avait cueilli près de sa voiture. Son coffre contenait un arsenal d'armes blanches : poignards, flèches affûtées et même une canne-épée.
On attendait l'arrivée d'enquêteurs de la section de recherche. Ils recouperaient ensemble les informations qu'ils avaient collectées. Les armes retrouvées, susceptibles de causer des blessures comme celle d'Albert Roberd et sa présence dans un milieu hostile à la victime étaient des pistes à explorer. L'enquête était cependant loin d'être résolue, pensa Axel. Il faudrait de longs interrogatoires. Le capitaine avait prévu de rester tard à

la brigade aujourd'hui. Son adjoint Paolo, le visage encore tuméfié, avait tenu à être présent.
– Nous allons pour le moment procédé à la vérification de votre identité, expliqua l'officier.

L'homme hocha la tête
– Pouvez-vous nous donner vos noms, prénoms, âge et profession ?
– Je m'appelle Pierre Scziso...

Paolo pouffa comme un adolescent. L'homme eut le sourire blasé de celui qui a entendu toute sa vie des blagues sur son nom. Daren ne put s'empêcher de sourire lui non-plus, mais surtout devant la puérilité de son collègue.
– faites pas attention à lui, continuez !
– J'ai cinquante et un ans... et je suis tueur à gages éco-solidaire.

Cette fois-ci, les deux gendarmes haussèrent les sourcils. Ils n'étaient pas sûrs d'avoir bien entendu.
– Pardon ?
– Je m'appelle Pierre Scziso, j'ai cinquante et un ans et je suis tueur à gages éco-solidaire.
– C'est-à-dire ? questionna Paolo. Vous tuez des gens contre de l'argent ?

L'homme se retourna vers lui.
– Oui, c'est le principe du métier.
– Et l'éco-solidarité ? Qu'est-ce que ça vient faire là-dedans ? ne put s'empêcher de demander Daren.

Le regard de Pierre Scziso s'illumina, son débit de paroles s'accéléra :
– Comme vous avez pu le constater en perquisitionnant ma voiture, je n'utilise aucune arme à feu. Je suis sensible depuis longtemps à la question environnementale et à l'instar de nombreux secteurs d'activité, j'ai adapté ma profession aux impératifs écologiques. Les munitions concentrent sept à dix pour cent d'antimoine et d'arsenic, les balles sont en plomb extrêmement toxique, les douilles contiennent du cuivre ou du laiton qui empoisonnent les végétaux et les organismes aquatiques, et je ne parle pas des nitrates présents dans les charges propulsives...

Axel et Paolo se jetaient des regards ébahis. Le capitaine reprit ses esprits et présenta une flèche saisie dans le coffre de Pierre Scziso. Sa pointe était tranchante comme une lame de rasoir.
– Avez-vous tué Albert Roberd avec ceci ? Avec un arc et une flèche ?
– Non ! Les arcs c'est pour amuser les gamins de la ZAD. Pour le « contrat Roberd », j'ai travaillé avec une

arbalète. C'est d'ailleurs un carreau que vous avez dans la main et non une flèche.
– Une arbalète ?
– Oui ! Outre l'absence totale des produits polluants que je vous ai cités, le carreau d'arbalète peut être réutilisable, ce qui limite ma consommation de produits manufacturés... et ce qui permet de faire disparaître l'arme du crime, car je récupère toujours mes traits.
– Vous avez tué Albert Roberd parce que c'était un pollueur ?
– Monsieur l'officier, je pourrais tuer autant de pollueurs que possible, à mon échelle individuelle cela n'aurait pas d'impact. Les remèdes au réchauffement climatique seront collectifs et politiques. C'est pour ça que je suis resté sur la ZAD. Je l'ai découverte en venant ici.
– Mais alors pourquoi avoir tué Roberd ?
– Parce qu'on me l'a demandé.
– Et... vous seriez prêt à nous dire qui ?
– Bien sûr ! Il s'agit tout bêtement de son fils, Laurent. Pour une bête raison d'héritage... et aussi sans doute à cause d'un complexe d'œdipe mal digéré.

Le capitaine Daren se rendit subitement compte que Roberd-fils lui avait fait des aveux lors de leur rencontre : « ce sont les zadistes qui sont violents, je le sais » avait-il dit ; « moi je n'ai pas peur de solutions radicales ».

– Mais si vous prenez soin de faire disparaître toutes les preuves, pourquoi être resté à proximité des lieux du crime ?
– Je reconnais qu'il s'agit là d'une faute professionnelle de ma part, la première de ma carrière... et la dernière. J'ai été enthousiasmé par l'énergie et la spontanéité de ces zadistes. Je me suis dit que je pouvais mettre mon expertise au service de leur cause. Mais attention messieurs ! Je ne leur ai fourni que des armes contondantes et défensives. Les flèches capitonnées s'appellent des matras, mais les gosses les ont baptisées des Flèches-balls, c'est drôle, non ? Je les ai adaptées à un modèle d'arc de type longbow, les fameux arcs anglais. Comme il n'y a pas d'ifs dans la région, nous avons opté pour du noisetier. Nous avons alors pris une longueur de deux mètres dix pour compenser la perte d'efficacité de ce bois. La corde est en chanvre...

Il se pencha vers Paolo.
– Je présume que vous êtes le gendarme blessé par mes élèves. Ils étaient très fiers d'eux ! Reconnaissez que vous avez eu plus de chance que la pauvre Camille face au bulldozer.

Axel Daren voulut déstabiliser son interlocuteur. Il était également curieux de poursuivre cette conversation surréaliste.

– Ce n'est pourtant pas très responsable d'armer des manifestants, même avec des armes dites défensives. Vous connaissez sans doute cet intellectuel américain, populaire dans les milieux de gauche, Noam Chomsky ? Pendant les manifestations contre la guerre du Vietnam, il déconseillait aux participants de venir même casqué. « Certes, la police peut être violente, disait-il, mais si vous arborez un casque, elle le deviendra encore plus. Si vous arrivez avec un fusil, ils viendront avec un tank ; si vous venez avec un tank, ils débarqueront avec un B52, c'est une bataille que vous allez forcément perdre »
– Mais alors qu'avons-nous fait pour que les États nous fassent la guerre à coups d'armes chimiques ? ironisa le tueur.
– De quoi parlez-vous ?
– Ne faites pas l'innocent, capitaine ! Je parle des pesticides, des gaz d'échappements, des plastiques qui contaminent l'air, l'eau et notre nourriture. Si je vous fais tous ces aveux c'est parce que je suis déjà fixé sur mon avenir. À force de manger et respirer des saloperies produites par des Roberd, j'ai un cancer. Quand le petit con m'a contacté pour éliminer son pollueur de père pour reprendre et développer les mêmes projets dégueulasses, je me suis dit que je pouvais faire d'une pierre deux coups. J'ai gardé des preuves de nos contacts...
– Vous croyez rendre service en tuant des gens ? Vous vous prenez pour un super-héros écolo ?

– Vous ne me ferez pas culpabiliser, capitaine. Je ne suis pas un héros, non, juste un petit artisan du crime. J'ai tué des gens dans ma carrière mais leur nombre est anecdotique en regard de ceux qui sont tués à petit feu par les industries polluantes. Je n'ai jamais non plus vendu ni tabac ni alcool. Je n'ai pas dessiné les plans de voitures roulant à deux cents kilomètres heure. S'il n'y avait que des tueurs à gages qui tuaient, la Terre se porterait mieux.

Le capitaine chercha à interrompre ce discours qui le gênait.
– Bien ! Si je résume vous êtes un tueur à gages...
– Eco-solidaire ! reprécisa l'intéressé
– Eco-solidaire, rectifia l'officier. D'ailleurs, vous nous avez expliqué l'aspect écologiste de... vos activités, mais le « solidaire » ?
– Il m'est arrivé de faire des tarifs sociaux. Pas pour l'affaire qui nous occupe, soyez certain.
– Soit. Donc je reprends. Vous êtes un tueur à gage, éco-solidaire. M. Laurent Roberd vous a contacté pour exécuter son père Albert Roberd. Vous avez assassiné celui-ci d'un trait d'arbalète, le 12 septembre dernier, puis vous êtes allé vous installer à la ZAD de Sainte-Eulalie-d'Armagnac. Lieu où vous vous êtes fait remarquer par vos savoir-faire et où vous avez été interpellé aujourd'hui même. C'est bien ça ?

– Je reconnais tout ce que vous dites !

Paolo fit signe à son chef que les enquêteurs de la section de recherche arrivaient.
– Nous allons faire une pause, Monsieur Scziso. Vous répéterez tout ceci à mes collègues...
– Et ce match Paolo ?
– match nul chef, un point partout !

Le capitaine Daren sourit en descendant les marches de la gendarmerie : au moins les antagonismes entre OM et PSG dans la brigade seraient apaisés cette semaine. Dix jours s'étaient écoulés depuis les aveux de l'artisan-tueur-écolo. Tous avaient pensé un temps à un mythomane, mais il avait accumulé des preuves chargeant le fils Roberd. Celui-ci avait été arrêté. Il avait nié.
Puis il avait avoué. Puis il s'était rétracté. Il s'était enfin entouré d'avocats charismatiques... plus que lui en tout cas.
Les travaux sur la ZAD étaient gelés. Les Nimby avaient profité de l'électrochoc de l'Affaire
Roberd pour relancer des offensives judiciaires. Sur le terrain, chacun voyait midi à sa porte. Les zadistes insistaient sur le pedigree du donneur d'ordre, tandis que les pro-stockages rappelaient les engagements écologiques du tueur.

Les examens médicaux montraient que Pierre Scziso ne survivrait probablement pas
jusqu'à son procès et le capitaine Daren eut de la peine pour lui. Cette empathie pour un assassin lui procura un sentiment de culpabilité. Il monta dans sa voiture de service et démarra, ce qui lui déclencha une seconde culpabilité. « Il faudrait remplacer ces diesels par des électriques » pensa-t-il.
Il effaça la playlist insupportable de Paolo et mis un de ses morceaux favoris : *Rose-Tattoo* des *Dropkick Murphys*. Pour sa tournée quotidienne, le capitaine choisit de faire un crochet à proximité de la ZAD. Celle-ci s'était progressivement désengorgée. De nombreux militants avaient quitté les lieux une fois les tensions retombées. Était-ce une bonne chose pour autant ? Combien d'entre eux avaient reçu les enseignements guerriers du tueur à gages éco-solidaire ? Combien les transmettrait à d'autres ? Combien de temps enfin faudrait-il attendre pour que l'un d'eux ne remplace les rembourrages de cuir des flèches-balls par des lames tranchantes et effilées ?

Xavier Lhomme

Les cases noires

Avranches, mercredi 10 avril 1991
Monsieur le Directeur de la Gazette Populaire, mon mari, Denis Bertrand, est décédé en janvier dernier. Depuis, j'ai eu le temps de mettre de l'ordre dans ses affaires. J'avais trouvé dans sa table de nuit un gros carnet contenant son journal
intime. Je viens d'en terminer la lecture.
Mon mari était un homme simple et sa vie était des plus ordinaires. Il raconte les petites choses du quotidien, les petits riens qui font le sel de la vie. Une période fait exception, celle qui concerne le début de l'année 1957. Si j'en crois ce qui est écrit, il se serait passé des événements étranges ayant entraîné, d'une part le début de notre vie de couple, d'autre part, et cela est dramatique, la mort de l'un de vos employés.
Je vis actuellement à plusieurs centaines de kilomètres de cette ville et, à mon âge, je n'ai pas la force de venir vérifier l'exactitude des faits relatés. Je ne sais d'ailleurs pas si j'ai envie d'en comprendre la véritable portée, ni même d'en savoir plus.
Vous trouverez donc, avec ce courrier, la copie des extraits du carnet qui ont, peu ou prou, rapport avec ces évènements.

Vos journalistes et vous-même, Monsieur le Directeur, saurez certainement prendre les bonnes décisions quant aux suites éventuelles à donner à ces écrits.
Je vous prie de recevoir mes salutations distinguées,
Lucie Bertrand
Lundi 7 janvier 1957

Ce matin, comme d'habitude, j'ai acheté la Gazette Populaire. C'est un journal dont j'apprécie la mise en page sobre et le traitement très nuancé des informations. Mais là n'est pas mon propos, ou peut-être que si, finalement. Feuilletant le journal à l'arrêt de bus, je me suis rendu compte que l'avant-dernière page de la Gazette, consacrée aux jeux, a été modifiée.
Quand le « U » est arrivé, je me suis installé à ma place habituelle, sur le côté gauche, trois rangs avant la banquette arrière. Pour ne pas être dérangé, j'ai posé ma sacoche en cuir sur le siège d'à côté. J'ai ouvert la Gazette Populaire à l'avant-dernière page. Les habituelles devinettes, que je trouvais personnellement infantiles et inappropriées, ont disparu et la grille de mots croisés a pris de l'ampleur. Elle a maintenant un titre : Les cases noires de Jean Belot, verbicruciste. Je n'avais jamais essayé de faire les mots croisés de la Gazette auparavant, mais j'étais intrigué. J'ai sorti un crayon et une gomme à effacer de ma sacoche et je me suis lancé.
[...]

Mercredi 6 février 1957
Ce matin le « U » est arrivé en retard. J'en ai profité pour discuter un peu avec M. Dutreuil qui prend le bus au même arrêt que moi. Tout en parlant, nous tapions des pieds pour nous réchauffer.
Sa femme est malade, mais il ne peut pas la rejoindre : elle est à Pujaudran, chez des cousins. Je ne sais pas où est Pujaudran, mais je ne lui en ai pas fait la remarque. Essayant de le distraire de ses tristes pensées, je lui ai parlé des mots croisés de la Gazette Populaire qui me passionnent depuis quelques semaines. Je lui ai dit que c'est devenu pour moi une excellente façon de commencer la journée, d'éveiller mon esprit. J'ai d'ailleurs écrit récemment à la Gazette, à l'attention de Monsieur Belot, pour le remercier de ce plaisir quotidien et stimulant. Je lui signale aussi que, humble débutant, il me faut du temps pour les terminer et que j'y passe parfois mes soirées.
Bien entendu, je n'ai pas dit à M. Dutreuil que les mots croisés m'évitent de penser à ce qui se passera ensuite au bureau.
[...]
Le bus a fini par arriver. Une fois barricadé à ma place, j'ai pu me plonger dans les mots croisés de Monsieur Belot. Je commence toujours ceux du jour, même si je n'ai pas terminé la grille de la veille. J'ai tout mon temps le week-end pour finir les mots croisés inachevés.

Quand je suis arrivé au bureau il était plus de huit heures et M. Legendre me l'a fait remarquer à sa façon méprisante et narquoise. Devant tous les collègues, qu'il a pris à témoin, il a salué mon sens du devoir et de la solidarité avec mes collègues. Je devrais y être habitué maintenant, mais chaque fois j'en reste pantois, interloqué. Humilié.
Pour prouver ma bonne volonté et faire amende honorable, je suis resté un peu plus tard ce soir. J'ai les nerfs à fleur de peau : je n'ai pas réussi à me concentrer sur les mots croisés pendant le trajet de retour. Maintenant que je me suis vidé de mon ressentiment sur ce carnet, je vais pouvoir m'y remettre.
Mardi 12 février 1957
Depuis deux jours il y a un nouveau sur le bus de la ligne U. Un homme plutôt petit, bien habillé, avec une fine moustache. Il s'assoit côté droit sur l'un des sièges qui sont dos à la route. Il se place au bord du couloir central, comme moi. Cela me gêne, car nous nous faisons presque face. Il peut me voir comme je le vois : aucun de nos gestes ne peut échapper à l'autre. Après l'avoir salué d'un hochement de tête, je baisse la tête sur mes mots croisés jusqu'à mon arrêt. Malgré cela, je n'ai pas pu éviter de remarquer qu'il passe son temps à regarder un magnifique chronomètre en argent qu'il sort et remet dans sa poche à tout moment.

Peut-être est-ce un genre d'inspecteur des bus, qui contrôle si les chauffeurs respectent les heures de passage ? Mais il n'a pas l'air d'un employé de la Compagnie des Bus de Ville. On dirait plutôt un courtier en assurances ou un pharmacien.
Il descend certainement à l'arrêt qui suit le mien : quand je me lève pour descendre rue de Metz, il se lève aussi et s'avance vers la porte arrière.
[...]
Les Cases noires de Jean Belot sont toujours aussi difficiles. J'ai buté pendant le trajet de retour sur « Remédier », en cinq lettres, commençant par O. Et cela me bloque sur « Portion de voûte », en sept lettres, finissant par IN.
[...]
Aujourd'hui, au bureau, calme plat. Legendre n'a pas lâché un mot de la journée. J'ai déjeuné au Carolus, en compagnie de Gerbet et de la gentille Lucie. J'essaie vainement de rassembler mon courage afin de l'inviter à sortir avec moi un soir. Nous pourrions aller au restaurant, puis au cinéma... Il faut vraiment que je me décide, car je devine que Gerbet est lui aussi intéressé par Lucie, et j'ai peur de ce qu'il pourrait se passer s'il lui parle avant moi.
[...]
Bon, il faut que je termine cette grille ! Je ferai la vaisselle demain. Remédier, en cinq lettres...

Lundi 18 février 1957
Ce matin est arrivé un incident désagréable. Je me suis réveillé avec un peu de fièvre et un mal de ventre intolérable. J'ai passé beaucoup de temps au lieu d'aisance et lorsque ça a été mieux, j'étais très en retard. Ce qui fait que j'ai rejoint l'arrêt de bus sans avoir rien avalé et, ce qui est bien plus gênant, je n'ai pas eu le temps de m'arrêter chez le buraliste pour prendre la Gazette Populaire. Toujours mal en point, j'ai rejoint ma place de mauvaise humeur.
De façon inhabituelle, le petit homme à moustache, après m'avoir salué de la tête comme nous en avions pris l'habitude depuis deux, trois jours, n'a pas tiré son chronomètre en argent de sa poche.
Je n'avais pas, hélas, de mots croisés à faire ; je me suis mis à l'observer discrètement. Mais cela n'a pas duré : contrairement à son habitude, il est descendu du bus après deux arrêts seulement, l'air préoccupé. Cela m'a vraiment intrigué, jusqu'à ce que je m'avise qu'il a dû retourner chercher son brillant jouet.
La journée a évidemment été exécrable. Obligé de quitter régulièrement mon bureau pour cause de maux de ventre, je n'ai pu accomplir toute ma charge journalière de travail. Legendre me l'a bien reproché, à voix haute et avec une aigreur qui n'a fait qu'empirer mon malaise. Comme si je n'étais pas déjà assez mortifié de faire des allées et venues devant des collègues, entre mon bureau

et les toilettes. Je le déteste, mais je me déteste encore plus tellement je me sens impuissant et, même, coupable. Le retour en bus fut long et morne. L'homme au chronomètre n'était pas là. Cela a accentué mon malaise. Décidément, aujourd'hui, rien n'était à sa place.
[...]
Après un léger dîner, je me suis demandé comment passer la soirée : depuis quelque temps, il me suffit d'un aller-retour en bus pour venir à bout des mots croisés de la Gazette Populaire. Comme si c'était fait exprès. J'ai pris un livre et allumé la radio.
[...]
Je vais aller me coucher, si mes intestins veulent bien me laisser en paix.
Mardi 19 février 1957
Enfin une journée ordinaire. Je n'avais plus mal au ventre ce matin au réveil, j'ai pu déjeuner tranquillement et, plus tard, prendre le temps d'acheter la Gazette. Dans le « U », le « nouveau » était bien là ; il est resté sagement à jouer avec son chronomètre pendant que je faisais mes mots croisés avec le plaisir des retrouvailles.
Au bureau, il n'y a eu aucun incident. Legendre ne m'a pas cherché de poux dans la tête. J'ai pu rattraper le retard pris la veille et faire mon travail quotidien dans les temps. Vraiment une bonne journée, bien comme il faut, rassurante.

J'ai réussi à finir la grille des mots croisés du jour juste à la fin du trajet de retour. J'en étais à la fois fier et un peu embêté : qu'allais-je faire de ma soirée à la maison ? Cela s'est résolu sans difficulté : j'ai pris le temps de me préparer un repas complet plutôt que de grignoter des restes. Ensuite, j'ai digéré en pensant à Lucie et, un peu euphorique, je me suis entraîné devant la glace à lui proposer une soirée en tête-à-tête au restaurant.

[...]

Ah, un événement bizarre me revient tout de même de cette journée ordinaire. Quoique je ne sois vraiment pas sûr d'avoir bien vu. En allant déjeuner avec des collègues, nous sommes passés devant un bistrot à l'intérieur duquel j'ai cru reconnaître l'homme au chronomètre déjeunant en compagnie de Gerbet.

[...]

Chaque fois que je me rappelle que demain je vais parler à Lucie, je sens mon ventre qui me chatouille. Je n'arrive pas à savoir si c'est une sensation déplaisante ou agréable.

Jeudi 21 février 1957

Depuis trois ou quatre jours, j'arrive à finir mes mots croisés dans le temps de l'aller-retour en bus.

Soit j'ai progressé, soit ils sont devenus plus faciles. Demain j'écrirai à Jean Belot, le verbicruciste, pour lui demander son avis.

Plus surprenant encore, mes soirées ne me paraissent pas vides pour autant. Je me suis remis à écouter la radio, et j'ai du temps pour lire et pour penser. À Lucie, le plus souvent.
[...]
J'arrive à l'essentiel : j'ai enfin eu le courage d'inviter Lucie au restaurant. Cela se fera vendredi prochain. Elle a accepté avec une spontanéité et une gentillesse telles que je me suis dit qu'elle n'attendait peut-être que ça depuis longtemps. J'ai été capable de faire le premier pas, et elle a dit oui. Chaque fois que j'y pense ma poitrine me donne l'impression qu'elle va éclater.
Pour la première fois depuis longtemps je me sens fort, capable de grandes choses. S'il n'y avait pas ce Legendre ! Ce soir, dans le bus, l'euphorie m'a poussé à vouloir parler avec l'homme au chronomètre. Je me suis levé en souriant aimablement, les yeux fixés sur lui, dans l'intention de m'asseoir juste en face de lui. Mais à peine je me dirigeais vers lui, il a battu en retraite vers l'avant du bus. Surpris, et même vexé, je me suis rassi et remis à mes mots croisés.
[...]
J'aime ces soirées paisibles à la maison. Un bon repas, le ronronnement de la radio... il me manque juste quelqu'un avec qui les partager.

Lundi 25 février 1957
Je suis très troublé. Ce matin, en faisant les mots croisés, je suis tombé sur un résultat qui m'a effrayé. En trois vertical, il s'est avéré que la seule solution à « Chef de service » est : « Legendre ».
J'ai l'impression d'un rêve. Ou d'un canular. Par acquit de conscience j'ai consulté plusieurs dictionnaires. J'ai trouvé un homme politique et un mathématicien du XVIIIe siècle nommés Legendre.
Pas de chef de service, ce qui me paraît bien normal, d'ailleurs : que ferait-il dans un dictionnaire ?
Quelque chose m'échappe. C'est une sensation subtile et tenace que je n'arrive pas à cerner, comme un pressentiment. Mais, par chance, la plupart de mes pensées sont ailleurs : hier soir, le repas avec Lucie s'est merveilleusement bien passé. Nous avons discuté de mille choses, nous nous sommes découvert de nombreux goûts en commun ! Elle aime Mozart, les chats, regarder le feu et marcher dans la campagne.
Nous n'avons qu'à peine parlé du travail.
Elle est délicieuse et souriante. Quand elle rit, c'est de tout son cœur. Comment lui dire que je l'aime ? Comment savoir si elle éprouve pour moi les sentiments que j'ai envers elle ?
[...]
Ah ! l'homme au chronomètre n'était pas dans le « U » aujourd'hui. Ni à l'aller, ni au retour.

Demain il faut que je lui parle : je sais maintenant que je suis capable de faire ce genre de choses.

Mardi 26 février 1957
J'ai vécu aujourd'hui la journée la plus épouvantable de ma vie.
D'abord, ce matin, dans la Gazette Populaire, j'ai de nouveau trouvé une solution qui m'a horrifié.
En six horizontal, la définition était « On y fait les mots croisés ». C'était « LigneU ». Bouleversé, je n'ai pas pu finir la grille.
En entrant dans le bureau, j'ai bousculé Legendre sans le faire exprès. Il a voulu le prendre de haut.
Je ne sais pas ce qui m'a pris, je lui ai dit d'aller emm... quelqu'un d'autre, que ce n'était pas le jour. Il n'a plus ouvert la bouche de la journée.
Autre folie, je suis allé vers Lucie et je l'ai embrassée sur les deux joues. Elle est devenue rose de plaisir, alors que Gerbet, prétendant désormais vaincu, palissait d'un seul coup. Je ne savais sûrement plus ce que je faisais, mais je n'en éprouve ni gène ni regret.
La journée de travail fut des plus étranges. J'ai travaillé comme un fou, dans un silence général entrecoupé de petits rires nerveux de Lucie.
Pour le trajet de retour, j'étais remonté à bloc. Je voulais parler à Monsieur Chronomètre, dont le manège

m'agaçait prodigieusement, avec son air satisfait et bienveillant mais refusant toute approche.
Je me suis assis à la place en face de lui, genoux contre genoux, et l'ai regardé fixement pendant tout le trajet. Il respirait à peine et ses tempes étaient moites. Comme nous approchions de mon arrêt, il commença à se détendre, sentant venir sa délivrance.
Je ne suis pas descendu. Ses mains se sont mises à se tortiller, son air aimable et courtois avait fait place à la panique. Je le regardais toujours, pensant pouvoir enfin lui arracher les réponses à mes questions, maintenant qu'il était à ma merci. Mais il s'est levé d'un bond, a forcé l'ouverture du bus et s'est précipité en courant dans la rue. Je me suis jeté à sa poursuite.
Une fois hors du bus, je le vis prendre une perpendiculaire en direction du Gers. Je me hâtais à sa suite. Nous prîmes une nouvelle rue et nous retrouvâmes en train de dévaler l'escalier monumental.
De temps en temps, il se retournait et, avec un cri de rage, ne pouvait que constater que je gagnais du terrain.
Mais alors que je n'étais plus qu'à quelques mètres de lui, entendant son souffle haletant, il se retourna et me jeta son lourd chronomètre à la figure.
Le choc me fit tomber. Je me relevais, les yeux voilés par un saignement de l'arcade, juste à temps pour le voir descendre sur la berge. Je ramassai le chronomètre, dont le verre s'était fêlé en touchant les pavés. Alors que je

reprenais ma course, je vis le fuyard hésiter un moment. Voyant que je n'abandonnais pas la poursuite, il jura et se mit à courir au bord de la rivière, les pieds dans la boue. Je m'arrêtais de courir, incrédule devant tant de folie. Il finit par glisser et tomber dans la rivière.

Un hurlement, un bruit d'eau, et plus rien.

J'appelai à l'aide et un attroupement se fit bientôt sur le lieu de l'accident. Alerté par les cris, un policier s'approcha. Après avoir pris connaissance de la situation, il ordonna à un jeune homme d'aller chercher les pompiers et une ambulance. Quand il vit mon visage tuméfié, mes vêtements et mes mains tachées de sang, il me demanda de le suivre au commissariat.

Après m'être passé de l'eau sur le visage et lavé les mains, je fus questionné pendant plus d'un quart d'heure. Ayant décliné mon identité et présenté mes papiers, je racontais au policier que, me promenant au bord du Gers, j'avais demandé l'heure à ce monsieur qui semblait tout à fait honorable. Sa réponse avait été de me jeter son lourd chronomètre à la figure et de partir en courant.

Je l'avais suivi pour demander des explications, mais il avait glissé dans l'eau.

On me demanda de ne pas quitter la ville ces trois prochains jours, au cas où un complément d'information serait nécessaire. Je rentrais à pied, en espérant ne croiser personne de ma connaissance dans mon costume ensanglanté.

Cela fait maintenant plusieurs heures que je suis chez moi, à tourner en rond. Comment décrire les sentiments contradictoires qui me font passer d'une émotion à l'autre, de la stupeur à la colère, de l'euphorie à la satisfaction ?
Je devrais me sentir responsable d'une mort d'homme. Mais je ne pense qu'à demain, qu'à revoir Lucie. Peut-être suis-je devenu fou ?
[...]

Mercredi 27 février 1957
J'ai acheté ce matin la Gazette Populaire. Il n'y a pas de mots croisés, pas de Cases noires à la page des jeux. À la place ont été insérées quelques lignes d'adieu à l'auteur, « Monsieur Jean Belot, collaborateur du journal tragiquement et incompréhensiblement décédé la veille en tombant dans le Gers. »
Soudain, tout se mettait en place. Le chronomètre et le fait de réussir à terminer chaque grille dans le temps d'un aller-retour ; les définitions que j'étais seul à pouvoir comprendre...
Ce soir, j'éprouve un sentiment mitigé, mélange de dégoût et de reconnaissance à son égard. Aussi étrange et malsaine qu'ait été son attitude à mon égard, sans lui je n'aurais pas accompli les quelques actes qui font que ma vie ne sera plus la même. Car, quel que soit mon avenir,

je sais que je ne pourrai plus être le petit employé effacé que l'on piétine sans même y penser.
[...]

Vendredi 1er mars 1957
Il n'y avait rien dans les journaux aujourd'hui sur la disparition de Jean Belot. Et, à mon grand soulagement, aucune nouvelle de la police. Adieu donc, verbicruciste dérangé dont les cases étaient vraiment noires.
[...]
Après avoir fait le ménage et préparé un joli repas, j'ai pris un bain et me suis habillé de frais : j'ai invité Lucie à venir manger chez moi ce soir. Elle a accepté immédiatement, radieuse.
Je crois, non, je sais qu'un jour elle restera dormir.
[...]
Cet après-midi, j'ai donné ma lettre de démission au directeur de l'agence. Je commence demain comme chef de service à la comptabilité d'une grosse entreprise d'emballages.
Je crois que vais m'acheter une automobile.

à Auch, le vendredi 17 mai 1991
Madame Bertrand
Je vous remercie de votre lettre du 10 avril dernier qui a, comme vous devez vous en douter, fait l'objet de toute mon attention.

Permettez-moi avant tout de vous présenter mes sincères condoléances pour le décès de votre mari, Monsieur Denis Bertrand.
J'ai parcouru soigneusement les quelques pages que vous nous avez envoyées. Je les ai relues avec le journaliste chargé des affaires criminelles, puis avec le service juridique du journal. Même si les faits sont anciens, nous avons pu resituer cette histoire et ses acteurs.
Il y avait effectivement, au début de l'année 57, une rubrique de mots croisés signée Jean Belot, à l'avant dernière page de la Gazette Populaire. Or, que ce soit dans nos dossiers ou auprès du commissariat de police, nous n'avons pas trouvé trace de la mort de l'auteur, ni de quiconque d'ailleurs dans le Gers, à Auch en 1957.
Nous avons fouillé les archives de la comptabilité pour trouver les coordonnées de Jean Belot à son adresse de facturation.
Madame, j'aurais préféré vous dire ce qui va suivre de vive voix, mais je n'ai pas le temps de parcourir autant de kilomètres, et vous n'avez pas indiqué de numéro de téléphone.
Il s'est avéré que Jean Belot était un pseudonyme, un nom de plume emprunté par le rédacteur des mots croisés. Les chèques, par contre, étaient adressés à la personne réelle :
Monsieur Denis
Bertrand, 64 rue du Havre.

Je ne sais ce que vous pourrez faire de cette information, mais j'imagine le bouleversement que cela peut-être. Je ne puis que vous témoigner ma plus grande sympathie. N'hésitez pas à me téléphoner au journal si vous en éprouvez le besoin.
En ce qui concerne la Gazette Populaire, il n'y aura pas de suite puisqu'il n'y a pas d'affaire et qu'il n'y en a jamais eu.
Madame Bertrand, je vous prie de recevoir mes sincères salutations et, une nouvelle fois, mes condoléances.
Lucien Dubois
Directeur de la Gazette Populaire

Régine Bernot

Pastiche gascon

Laura grommelle à la vue de ses talons tout crottés, la faute à ces ornières boueuses le long de l'allée qui mène au manoir. Pimpante dans son ensemble pistache, elle regrette d'avoir mis des escarpins pour séduire ses clients, un couple à la quarantaine friquée.
Elle les précède dans la montée des marches. En haut du perron, la clé peine à ouvrir la porte récalcitrante. Lorsqu'elle cède enfin, Laura avance prudemment la main à la recherche de l'interrupteur. Elle a une frousse bleue des araignées et ce n'est pas ce qui manque dans cet horrible château. Vivement qu'il soit vendu !
Depuis qu'elle a repris la gérance de l'agence immobilière de Samatan dans le Gers, Laura maudit la campagne Gascogne et leurs habitants. Elle regrette la clientèle huppée dont elle redoutait pourtant la morgue, à qui elle vantait des lofts luxueux dans le Marais. Rien à voir avec les deux acquéreurs sur ses talons, un couple qu'elle ne sent pas du tout. Lui surtout avec son regard fureteur. Quant à l'épouse emmitouflée dans un manteau écossais de mauvais goût, elle a le visage pointu d'une musaraigne. Justement, à propos de souris, les voilà servis ! Le long du corridor, des tapettes s'alignent avec, coincé dans leurs mâchoires, le cadavre des bestioles imprudentes. Petite moue dégoûtée de la dame à

carreaux qui presse le pas et monte à l'étage. Quand elle pénètre dans les chambres, incommodée par les relents de moisi et de salpêtre, elle fronce le nez. Qu'elle a long et pointu songe Laura que la nature a dotée d'un délicat appendice dans un visage harmonieux.
Le couple, après un conciliabule à voix basse, décide d'écourter la visite. Ils s'attendaient à quoi, ces péquenots ? La jeune femme fulmine. Il est pourtant bradé, ce domaine, composé d'un château du XIXe siècle entouré d'un parc et prolongé d'un bois, d'un étang et de prairies, le tout à un jet de pierre de Samatan, un village qui aime la vie comme il est écrit sur la brochure de l'office de tourisme. Bien placé mais fermé depuis cinq ans, il est vrai, et aéré selon le bon vouloir de Marcelle, c'est-à-dire pas souvent. Ah ! Marcelle, une épine dans le pied délicat de Laura.
Après la mort d'Édouard, le dernier Chapaveyre, on confia les clés de la vieille bâtisse et son entretien à Marcelle. Elle fait partie des meubles, sa mère servait déjà au « faux château » comme le nomment avec malice les gens du cru. Le vrai château, c'est celui de Caumont, une merveille d'architecture Renaissance surnommé « château de la Belle au bois dormant en bord de Save ». Le château des Chapaveyre ne peut supporter la comparaison. Pastiche raté d'un castel médiéval, il a mal supporté les outrages du temps. Sombre et trapu avec ses fausses pierres, ses murs tachés de rouille et ses tours crénelées, il ressemble à un cargo échoué dans la campagne gersoise.

Laura a su dès le premier regard combien il lui serait difficile de vendre ce bien. Son bâtisseur, Léon Chapaveyre, riche industriel féru de romans de chevalerie, avait imaginé avec l'aide d'un architecte sans talent, ce castelet de toc flanqué de deux tours comme deux verrues encadrant le corps de logis austère et mastoc. Un large escalier conduit le visiteur jusqu'à l'entrée défendue par deux lourds ventaux bardés de fer. Pas vraiment le château de la belle au bois dormant, plutôt celui de Barbe Bleue pense Laura en soupirant. Il faudra pourtant bien qu'elle arrive à le fourguer, ce pastiche gascon prétentieux.
Lorsque, suivie de ses clients, la jeune femme longe la maison de gardien, elle perçoit le frémissement du rideau derrière la vitre. Tapie dans l'ombre de la fenêtre, Marcelle a un sourire satisfait. Les tapettes garnies ont créé leur effet. Sans doute n'ont-ils pas vu le meilleur, la couleuvre momifiée lovée dans l'encoignure d'une cheminée. Elle suit du regard les trois silhouettes qui se dirigent vers la sortie.
« C'est ça, foutez le camp, bande de charognards ! »
Son interjection triomphante n'a pas troublé le chat qui poursuit sa toilette. Elle rit en imaginant la visite, la tronche qu'ils ont dû tirer devant ses rongeurs momifiés ! La greluche devait trépigner de colère, une vente manquée, rien que ça ! Mais elle peut toujours ferrer ses gogos, l'acte de vente du château n'est pas encore signé, foi de Marcelle.
Épuisée, Laura se laisse tomber dans un fauteuil. C'est toujours ainsi quand elle doit affronter l'horrible Marcelle.

Va-t-elle seulement mettre de la mort-aux-rats dans les pièces comme elle le lui a ordonné ? Cette femme sans âge, épaisse et butée, l'exaspère. Les remontrances l'effleurent à peine, on la croit demeurée, ce que dément le regard chafouin sous les paupières tombantes. Quant à l'autre, l'homme des bois comme elle le surnomme, Laura en a peur. Il s'occupe du parc et des terres, travail pour lequel le propriétaire lui concède le droit d'occuper la maison de gardien. Seule Marcelle touche des gages plus proches de l'aumône que d'un salaire. Il est vrai qu'elle est logée à titre gracieux. Mais est-ce vraiment un privilège de vivre dans un endroit pareil ? La jeune femme frémit à cette idée, trop de cauchemars en perspective. Elle a bien essayé de convaincre l'héritier d'embaucher du personnel plus compétent. N'y songez pas a-t-il répondu par l'entremise du notaire. On garde les mêmes, originaires du coin. Elle devra donc subir Marcelle jusqu'au bout. Pas de temps à perdre, elle doit repartir en chasse. Des Anglais romantiques feraient bien l'affaire. Nombreux à s'être installés dans le Gers, ils sont prêts à tout pour acquérir un domaine chargé d'histoire au doux pays de Gascogne. Allons, elle doit peaufiner son annonce pour les journaux anglais : « Manoir de caractère, fin XIXe, mobilier d'époque... » Laura soupire en pensant aux meubles vermoulus, aux lustres orphelins de leurs pendeloques, aux papiers peints moisis. Heureusement, il y a le parc, planté d'essences rares que l'ancêtre a fait venir du Canada. Il a encore de beaux restes et si l'automne tient ses promesses, il pourrait lui être d'un grand soutien. Quand l'or, le bronze et la pourpre enflamment les feuillages des érables et des liquidambars, que la brume gomme les contours anguleux du manoir, le charme opère. Et, malgré le vide qui règne dans les écuries, on croirait entendre le galop d'un cheval sur le chemin en contrebas. Espérons que les prochains visiteurs seront dotés d'une imagination débridée, soupire Laura en terminant son annonce par « Rare. Affaire à saisir »

Marcelle est partie rejoindre Joseph. Elle sait où le trouver, là-bas au bord de l'étang. Il surveille le gibier, observe les migrations d'automne. Des canards pilets et des sarcelles, quelques macreuses aussi, ont moucheté le ciel avant de s'abattre sur l'étang en quête de nourriture. Le soleil s'est laissé couler derrière les grands arbres aux rougeurs annonciatrices d'automne. Marcelle devine la silhouette massive de l'homme penchée au-dessus des eaux mortes et qui agite un grand bâton comme s'il touillait une énorme soupe. Une odeur de vase arrive jusqu'à elle. Autrefois, le poisson abondait dans ces eaux, Elle s'arrête derrière Joseph, se remplit de sa carrure épaisse, suit du regard le sillon de la nuque sous les cheveux coupés court. Elle se sent apaisée et s'installe dans le silence de son homme. Les mots n'ont plus cours entre ces deux-là, leur complicité suffit.

Marcelle et Joseph, un drôle de couple que les drames de la vie ont réuni. Après avoir perdu son emploi de charpentier, il avait trouvé à s'embaucher sur le domaine. Homme à tout

faire. Au début, le vieux Chapaveyre le payait chaque mois. Puis plus rien quand l'argent s'est fait rare. Joseph est resté malgré tout. Les bois regorgeaient de gibier. Le vieux l'encourageait même à poser des collets sur ses terres car il n'était pas le dernier à bâfrer les gibelottes et les civets de Marcelle. Lui-même ne sortait plus guère son fusil, les rhumatismes avaient eu raison de son habileté au tir.
Joseph a poursuivi sa liaison avec Marcelle, ils se voyaient quand l'envie se faisait sentir, s'accouplant comme les bêtes, poussés par la violence du désir. Souvent, cela se passait dans les bois. Ils creusaient leur couche au milieu des taillis, mêlant l'odeur âcre de leur corps à celle de l'humus. Chacun a gardé son territoire. Joseph, le coureur de bois, connaît chaque recoin de cette terre sauvage qui lui ressemble. Marcelle règne sur la maison qu'elle a frottée, briquée dès son plus jeune âge, s'imprégnant de chacune des dalles du sol, des lattes des planchers jusqu'à vouloir les posséder. Elle a appris à récurer, charrier les baquets d'eau et encaustiquer en imitant sa mère, femme de peine pour les gros travaux dans le château. Quelle époque ! ça grouillait de personnel. La femme de chambre de madame, la cuisinière, les garçons d'écurie, le chauffeur et même un garde-chasse qui veillait sur la meute de Monsieur. Et toutes ces fêtes qui l'éblouissaient tant, petite fille, ces gens importants qu'on célébrait. Les salons qu'on avait ornés de bouquets de fleurs, respiraient l'opulence. Comme ça brillait ! L'argenterie qu'on avait astiquée avec énergie, les lustres de la salle de

réception, les cristaux. La vieille femme se souvient encore des toilettes éblouissantes et des parfums capiteux se mêlant à l'odeur des volailles dans leurs plats d'argent. Mais tout cela, c'était avant que le malheur ne s'abatte sur la demeure.

Le couple d'Anglais tant espéré, une pétulante jeune femme et son mari, dont les cheveux teints ne masquent pas l'âge avancé, pénètrent dans l'agence. Laura leur offre un petit verre d'Armagnac tout en leur vantant les beautés de la région. « Si vous êtes amateurs de bonne chère, vous ne pouviez pas tomber mieux. Avec son marché tous les lundis, Samatan est La Mecque du foie gras. Et puisque vous aimez les vieilles pierres, vous serez comblés en allant découvrir les vieilles rues de Lombez et sa cathédrale. » Elle a de nouveau rempli les verres, il faut bien ça pour affronter la visite.

La veille, elle a effectué une visite de contrôle. Marcelle avait lavé les dallages à grands coups de seaux d'eau, traqué la poussière et ouvert en grand portes et fenêtres. Laura a rajouté quelques billes de désodorisant, ça sentait le propre, à condition de ne pas inspirer trop fort car les relents de la vieille bicoque se tiennent tapis, prêts à vous sauter aux narines.

Par chance, le soleil apporte une note de douceur aux vieux murs. Faussement enthousiaste, elle précède ses clients qui se tiennent par la main comme de jeunes amoureux. Ils semblent sous le charme de la vieille demeure fièrement campée au bout de l'allée bordée de buis.

« It's so beautiful, my darling ! » s'exclame la jeune femme, trouvant « so romantic » ce parc laissé à l'abandon. Un lapereau traverse l'allée, lui arrachant un cri de joie enfantine. Elle aime les animaux ? Laura lui montrera les écuries. Ce serait si « exciting » d'avoir un cheval. Pendant qu'elle cherche la clé au fond de son sac, la jeune anglaise a déjà gravi les marches jusqu'à la porte massive. Un hurlement perçant provoque une envolée de moineaux. Laura se précipite et s'arrête, tétanisée. Une chouette, ailes écartelées, est clouée sur la porte.

Joseph a trouvé la chouette effraie morte au pied d'un arbre. Il l'a portée à Marcelle qui s'est souvenue de ces oiseaux qu'on clouait sur la porte des granges pour éloigner les mauvais esprits. Le diable ne l'a jamais effrayée, par contre ces étrangers ne lui disent rien de bon. S'ils achètent le domaine, Joseph et elles devront déguerpir pour se retrouver traîne-savates. Ces mangeurs de rosbif, ils ne vivent pas comme les gens d'ici, ils ne savent pas préparer le canard et mangent la viande bouillie, et ils prendront des domestiques qui parlent leur charabia. La chouette est là pour bouter l'ennemi hors du domaine.

Une fois de plus Laura est furieuse. La colère a incendié sa peau de blonde, elle doit se calmer. Quelle poisse ! Elle devait faire visiter le manoir à des parisiens qu'un ami a rabattu dans ses filets. « Tu verras, ils cherchent une grande demeure à la campagne pour passer l'été avec leur nombreuse progéniture. Ils sont pour toi ! »

Mais après avoir flâné sur le marché, ils sont repassés à l'agence pour lui dire qu'ils ont changé d'avis. Acquérir une maison dans laquelle le dernier propriétaire s'est donné la mort, ce n'est pas possible. Laura a bien essayé de feindre la surprise et de les mettre en garde contre les commérages, ils n'ont pas voulu en démordre et ont tourné les talons. Ah ! Si elle tenait l'enfant de salaud qui lui a fait rater sa vente en exhumant ce vieux drame !
Marcelle vient de déposer son cabas tout gonflé de légumes sur la table de la cuisine. Joseph a laissé un lièvre au poil englué de sang sur le billot. Le fumet du gibier emplit la pièce. Elle va se mettre en cuisine et elle jubile, pas seulement à l'idée de préparer un festin, non, c'est sa petite comédie au marché qui lui met des traces de gaîté au coin des lèvres à tel point qu'elle éclate de rire. Un rire venu du fond de son ventre où elle le tenait en réserve pour des jours d'allégresse. Ah ! Elle les avait tout de suite repérés, ces Parigots, alors qu'ils quittaient l'agence immobilière. Encore une visite qui s'annonçait. Lorsqu'ils avaient descendu la rue du Château pour se diriger vers la halle où se tenait le marché, elle les avait suivis. Ils flânaient entre les éventaires, s'exclamant devant les canards bien dodus et les foies gras lisses et brillants. Lorsqu'ils s'étaient arrêtés devant l'étal de la boulangère, Marcelle avait apostrophé la marchande « Donne-moi donc une croustade, ça me rappelle le maître. Il les aimait tant, tes pastis à l'armagnac ! C'est d'ailleurs la

dernière chose qu'il a avalée avant de se donner la mort dans son manoir qui, depuis, est en vente. »

Elle la connaît, l'histoire du suicidé, Laura. Tout le bourg en a bruissé pendant des mois. Pourtant, le vieux Chapaveyre, on l'évitait. Un original aussi décrépit que son pastiche de château et qui ne fréquentait pas ses semblables, exception faite de Marcelle et Joseph, deux sauvages qui lui tenaient lieu de famille. Malgré les arriérés de gages qu'il leur devait, le vieux grippe-sou ne les avait pas couchés sur son testament, tout l'héritage revenait à un cousin qui vivait à l'étranger.

L'histoire de la famille Chapaveyre n'était qu'une succession de drames. L'épouse de Monsieur Chapaveyre, le bâtisseur, vivait recluse dans une des tours du manoir. Il se murmurait qu'elle était folle. Le père avait élevé seul ses trois enfants avec une sévérité hors du commun. On le disait plus humain avec ses chevaux qu'avec sa propre progéniture. Lors des nombreuses fêtes qu'il donnait au manoir, il savait se montrer affable et courtois. L'aîné des garçons était mort en héros au chemin des Dames. Rose, la dernière, avait été retrouvée noyée dans l'étang, une nuit d'orage. La rumeur chuchotait qu'elle était morte par amour car son père s'opposait à son mariage avec un simple clerc de notaire. Le seul enfant vivant épousa une jeune fille de bonne famille qui mourut en couches à la naissance de leur troisième enfant. L'aîné, en rébellion contre son père, pétainiste convaincu, partit rejoindre les forces libres en Angleterre et ne revint jamais. Son père essaya, en vain, de retrouver sa trace. La cadette perdit la raison, il fallut l'interner. Elle se suicida en se défenestrant. Le dernier du nom, Édouard Chapaveyre, sans doute effrayé par le poids de son hérédité, refusa de se marier et d'engendrer des enfants. Il vécut oisif, dilapidant le reste de sa fortune, vendant l'argenterie et les meubles pour survivre. L'histoire familiale avait dû peser lourd dans son choix de se donner la mort. Son corps sans vie avait été retrouvé tassé dans son fauteuil, le fusil de chasse entre ses doigts raidis par la mort. Il avait visé la tête. Le sol, les meubles et les murs étaient maculés d'éclaboussures sanguinolentes et de traces de cervelles.

La présence de cette mijaurée de Laura exaspère Marcelle, mais son absence l'inquiète. Que peut-elle bien tramer derrière son ordinateur ? La gardienne du manoir se méfie de ces appareils qui sonnent, crépitent et clignotent sous prétexte de vous simplifier la vie, elle préfère le vent dans les arbres et le chant des oiseaux. De toute façon, elle ne connaît pas autre chose que le château et ses bois, elle a quitté l'école très tôt pour travailler avec sa mère. La vie ne lui a pas fait de cadeaux, ça non ! Il a bien fallu qu'elle gagne son pain très vite pour soulager la mère. De quelle étreinte est-elle née ? Elle n'a jamais su qui était son père, un saisonnier vite reparti ou le garde-chasse qui plaisait tant aux femmes ? Sûrement pas, elle a son idée là-dessus. Monsieur Chapaveyre, père d'Édouard, peut-être bien qu'il ait été pour quelque chose dans sa naissance. Il ne s'était jamais remarié, alors ?

Marcelle s'était mise à fouiller la maison à la recherche d'un secret de famille qui aurait fait d'elle la demi-sœur d'Édouard son maître et par-là, une héritière possible. Hélas ! Les tiroirs des meubles, les malles et les cartons ne lui avaient offert en pâture que quelques lettres à l'encre pâlie, cartes postales désuètes, photos jaunies. Elle avait examiné les vieux clichés en noir et blanc à la recherche d'une ressemblance avec tous ces visages dûment estampillés Chapaveyre. Elle se prenait à rêver devant la rondeur d'un menton comme le sien, une implantation de cheveux semblable, rien en vérité qui puisse la légitimer. Bâtarde, elle était, bâtarde elle resterait. Sans rien connaître de l'astronomie elle se savait née sous une mauvaise étoile. Elle se sentait néanmoins chez elle, dans ce manoir après de ce maître qu'elle avait servi avec la fidélité d'une sœur. Avec Joseph, ils formaient une famille. Alors, pourquoi le vieux avait-il voulu les chasser, eux qui le soignaient depuis si longtemps ? Il s'était mis en tête de vendre le manoir afin de se retirer dans une résidence pour vieux fortunés. Pourtant, elle s'occupait bien de lui. Il perdait la raison, comme les femmes de sa famille, ça ne pouvait pas être autrement.
Ce soir-là, elle avait préparé le repas avec soin et Joseph avait remonté de la cave du vin bouché. Le vieux ne s'était pas fait prier pour boire et manger tout son saoul, surtout la croustade à l'armagnac dont il raffolait. Il s'en était empiffré et, brusquement, s'était effondré sur la table. Joseph, qui guettait l'endormissement du vieux, l'avait hissé jusqu'à la

chambre. Marcelle l'avait laissé faire, admirative devant tant de sang-froid. Elle craignait la mort et l'assurance de Joseph la protégeait. Ils finiraient leur vie ensemble, au manoir et gare à ceux qui voudraient les en empêcher, il saurait les faire taire. Elle lui avait obéi en tout, effaçant leurs traces de doigts, sortant l'écritoire avec le papier à lettres, comme si le mort avait voulu laisser un dernier message avant de se raviser. Joseph avait terminé les préparatifs, installant le fusil entre les mains du vieux. Elle était sortie avant qu'il n'appuie sur la gâchette.
Marcelle avait arrêté la grande horloge du salon, les aiguilles marquant à jamais l'heure : celle d'une nouvelle vie. Ils ont bien mérité leur part de bonheur, Joseph et elle, après tant d'années de servage, et ce n'est pas cette greluche de l'agence immobilière qui va tout gâcher. Ils sauront l'en empêcher et ce sera du gâteau car elle aime le pastis gascon. Comme le maître.

Carolyn Seillier

La baby-sitter

18 h 50. Typhaine gara sa vieille voiture chemin de la Bourdette. Elle était en avance.
Son sac fourre-tout sur l'épaule, la jeune femme traversa la rue en quelques enjambées.
Elle franchit le portail sécurisé d'un pas décidé et remonta les allées entretenues du clos de Gascogne. Le mur du hall du bâtiment D était recouvert de boîtes aux lettres. Sur chacune le nom des occupants était soigneusement répertorié. Plus loin les interphones, elle sonna pour s'annoncer. Un « *clic* » déverrouilla la porte d'accès et elle monta dans l'ascenseur. Une voix mécanique lui valida sa sélection pour le quatrième étage lorsque les portes se refermèrent.
— « Bonsoir Typhaine, entre donc » l'accueillit gentiment la maîtresse des lieux. « Les filles arrivent, leur père les met en pyjama. Suis-moi, je vais te donner les consignes ».

Typhaine ôta ses baskets et laissa son sac dans l'entrée avant de se rendre à son tour dans la cuisine. Le menu était affiché sur le frigo, les médicaments à administrer sur le plan de travail. Deux bavoirs propres étaient pliés sur les chaises hautes et le couvert déjà dressé pour trois. Madame Vassal lui préparait toujours de quoi dîner lorsqu'elle faisait appel à ses services, et c'était un petit plus qu'elle appréciait.

Les recommandations terminées, deux fillettes firent irruption en criant joyeusement, accaparant chacune une jambe de leur père.
— « Ah, Typhaine ! bonsoir comment vas-tu ? » s'enquit Monsieur Vassal, arborant un sourire amusé par l'assaut de ses filles. Tout en essayant de se libérer sans perdre l'équilibre, il se passa une main dans les cheveux pour se recoiffer.
— « Très bien merci, et vous ? » demanda-t-elle accroupie, les bras ouverts pour attirer les filles. Elle n'eut pas le temps d'entendre la réponse que déjà les petites venaient à elle.
— « Bonsoir Mesdemoiselles ! Avez-vous été bien sages aujourd'hui ? »

Camille et Léonie étaient de jolies jumelles âgées de 19 mois aux longues boucles blondes et aux yeux verts malicieux.

— « Bon, le colloque devrait se terminer vers 23 heures. Nous espérons pouvoir te libérer au plus tard à minuit » l'informa Madame Vassal, enveloppée d'un trench crème sur le seuil de la porte.
— « Ne vous inquiétez pas, prenez tout votre temps » la rassura Typhaine. « J'ai ramené de quoi réviser et j'en aurai facilement pour toute la nuit ! ».

La porte se referma sur le couple.

Margareth et Franck, la quarantaine, travaillaient tous deux dans le milieu médical. Depuis les six mois des jumelles, ils faisaient régulièrement appel à Typhaine en tant que baby-sitter. Tantôt pour une soirée théâtre, un resto chic et mondain ou ce que Margareth appelait vulgairement « des conférences gnangnan » mais qui, elle le savait, étaient très importantes à leurs yeux. Elle-même élève infirmière, elle avait rencontré Madame Vassal lors d'un stage en psychomotricité et de fil en aiguille avait fini par proposer ses services. Aimant relever les défis, s'occuper de deux enfants du même âge ne lui faisait pas peur.
À 20 h 10, les fillettes étaient prêtes pour la nuit. Une angine les rendait un peu grognon et le coucher fut légèrement plus long que d'habitude. Elles partageaient une chambre spacieuse au bout du couloir, à l'étage d'un bel appartement duplex. Après avoir allumé le babyphone, Typhaine ferma les rideaux et mit en marche la berceuse qui diffusait une musique douce et une lumière tamisée. Une dernière embrassade et elle quitta la chambre. Un coup d'œil à son portable l'informa d'un appel manqué de sa sœur mais elle préféra d'abord passer à table. Elle la rappellerait plus tard. Il n'y avait rien de très passionnant à la télé ce vendredi soir, mais à force de zapper, Typhaine tomba sur une chaîne qui rediffusait la saison 2 de Grey's Anatomy. Elle était particulièrement friande de séries hospitalières, probablement à l'origine de sa vocation médicale. « Déformation professionnelle » aimait-elle à penser.

À 21 ans, cette jeune femme avait des projets d'avenir bien tracés : il ne lui restait plus qu'une année d'étude avant de pouvoir intégrer, selon ses prévisions, l'hôpital d'Auch. Elle vivait toujours chez ses parents restaurateurs à Marmande et leur donnait volontiers un coup de main quand ses gardes le lui permettaient. Depuis l'âge de 17 ans, elle travaillait les week-ends comme serveuse dans l'auberge familiale, et plus récemment comme baby-sitter chez les Vassal pour bientôt voler de ses propres ailes. Typhaine posa le récepteur du babyphone face à elle sur la table basse du salon, puis s'installa dans le canapé pour savourer son repas devant le docteur Mamour. À plusieurs reprises, elle entendit une des jumelles toussoter, mais rien d'alarmant. Sur les coups de 21 h 30, l'épisode télé fini, Typhaine décida de rappeler sa sœur. — « Salut la moche ! Qu'est-ce que tu me voulais ? » plaisanta-t-elle.
— « Ah ! Salut, t'en as mis du temps ! Ça va ? T'es où là ? Faut que j'te raconte ce qui m'est encore arrivé hier... »

Et voilà ! La machine infernale était en route ! Elle s'appelait Alysson et avait le don de vous déverser des rivières de paroles sans vous laisser l'opportunité d'en caser une.
Dans ces moments-là, Typhaine s'avouait vaincue, activait la fonction haut-parleur de son smartphone, et attendait patiemment que le flot se calme. Elle le ponctuait parfois de « mmh mmh », « ouais », et de « pas mal ! », pour faire savoir qu'elle était toujours là, mais elle n'écoutait pas tout

pour autant. Elle prêtait une oreille peu attentive à sa cadette lorsqu'elle fut attirée par le voyant du babyphone. La graduation lumineuse indiquait un bruit discontinu.

À l'affût, Typhaine augmenta la sensibilité de l'appareil et interrompit sa sœur :
— « Aly, stop ! Tais-toi deux secondes s'il te plaît. Je crois que les filles marmonnent, j'aimerais bien écouter ».

À contrecœur, le silence se fit à l'autre bout de la ligne… La valse des voyants lumineux reprit quelques secondes plus tard. « Alyson, je suis désolée je vais devoir raccrocher. J'entends que ça discute et il faut que j'aille voir ce qui se passe là-haut. À plus tard. » Elle raccrocha et monta à l'étage de l'appartement duplex.
Sans brusquerie, elle ouvrit la porte et pénétra dans la chambre d'enfants. Les jumelles bougèrent à peine. Elles n'avaient manifestement pas senti sa présence. La baby-sitter rassurée redescendit à la cuisine. Ses petites protégées dormaient paisiblement. Elle se fit couler un café. Le percolateur était vraiment une belle invention ! De loin, elle constata que les voyants du babyphone s'affolaient toujours de façon irrégulière, et il lui sembla même entendre des pleurs de bébé… Sa tasse à la main, intriguée, elle se rapprocha de l'appareil. Elle baissa le son de la télé et savoura son breuvage en fixant l'appareil. Soudain, le babyphone crachouilla plus nettement. D'abord ce fût un chuintement,

comme un bruit de papier que l'on froisse près d'un micro, puis de nouveau des pleurs.
Des cris de nourrisson ? Des cris de nourrisson ! Elle en était sûre. Les jumelles ne poussaient plus ce genre de pleurnichements depuis longtemps. D'où est-ce que cela pouvait-il venir ? Elle éteignit la télé et tendit l'oreille. Le son crépita de nouveau, assez faiblement. Une voix. Une femme. « Mais qu'est-ce que c'est que ce bordel ? » s'interrogea Typhaine à voix haute. Le babyphone à la main, elle monta pour la troisième fois de la soirée. Alors qu'elle arrivait aux dernières marches, un bruit de pleurs sortit à nouveau de la machine. Elle s'immobilisa quelques instants. Plus rien. Résolue, la nounou arpenta le couloir. Il se passait quelque chose d'anormal. C'était indéniable. « Pourvu que ce ne soit pas un voleur », implora-t-elle. Pour se rassurer, elle tata sa poche pour vérifier que son téléphone était bien là. Son cœur se mit à battre plus vite. En s'approchant des lits, elle vit que les fillettes n'avaient pas bougé d'un pouce. Mais alors d'où venaient ces voix ?
Poussée par la curiosité, elle entrouvrit le rideau et regarda par la fenêtre.
La vue donnait sur une grande cour carrée commune d'où plusieurs entrées de bâtiments débouchaient. De part et d'autre, on apercevait en ombres chinoises quelques silhouettes de voisins qui vaquaient à leurs occupations. Il était un peu plus de 22 heures La plupart des appartements étaient encore éclairés. Les lueurs émanant des postes de

télés dansaient au loin dans un bal coloré. Dehors, le calme. La baby-sitter distingua en contrebas deux hommes qui fumaient.

Adossé à un mur, l'un d'eux portait une capuche. L'autre était de profil, sous un réverbère.

Son inspection terminée, elle referma précautionneusement la porte de la chambre et s'apprêtait à redescendre lorsqu'un crachement sortit de la machine. Puis de nouveau cette voix de femme. Elle chantonnait. Préoccupée par ce phénomène, Typhaine se concentra sur ce qu'elle entendait. Bien qu'elle ne s'expliquât pas sa provenance, une sorte de mauvais pressentiment la gagnait. Pour penser à autre chose, elle se dirigea vers le salon pour chercher dans sa besace ses cours à réviser. Elle vérifia que le son du babyphone était au maximum puis le posa sur la table basse. Assise en tailleur sur le canapé en cuir, elle tenta d'oublier la présence de cet engin de malheur. Sans succès. Une dizaine de minutes plus tard, elle réentendit le bébé pleurer, puis la voix féminine chantonner une berceuse qui n'avait rien de familier.

« Mais qu'est-ce que c'est que ça maintenant ? » dit-elle à voix haute. Fermant d'un coup sec son livre, elle rapprocha le récepteur de son oreille, déroutée.

Seule avec les enfants, elle ne se sentait pas rassurée, là. Sa gorge s'assécha. La voix s'arrêta de chanter et le bébé reprit ses gémissements plaintifs. En superposition, Typhaine reconnut soudain la voix de Léonie qui geignait. Elle monta aussitôt la volée de marches, le babyphone en main. Léonie

cherchait sa sucette à tâtons en prononçant « téti », les yeux mi-clos. Typhaine la lui remit dans la bouche et caressa ses cheveux pour l'apaiser. « La voilà ta tétine. Rendors-toi, tout va bien ma puce » chuchota-t-elle. À son tour, Camille s'agita et son doudou glissa entre les barreaux du lit. Sur la pointe des pieds, Typhaine ramassa la poupée de chiffon et la déposa doucement sur la main de la fillette.
Alors qu'elle s'apprêtait à quitter la chambre, un hurlement strident sortit du babyphone. Surprise, Typhaine sursauta et lâcha l'appareil. Une traînée de sueur coula dans son dos. Elle regarda les filles tour à tour. Ce bruit inattendu les réveilla et elles se mirent à pleurnicher.
— « Chhuuuttt ! » tempéra Typhaine, désemparée. « Ça va aller, dodo les filles.

Elle se baissa pour réduire le volume du combiné, puis tenta d'endormir les jumelles. Des cris mêlés aux pleurs du nourrisson continuaient de sortir de l'émetteur gisant sur la moquette. Interdite, la nounou ne savait plus que faire… Elle ramassa aussitôt le babyphone et quitta la chambre. Les jumelles finiraient par se rendormir à condition qu'elle quitte la pièce sans tarder. En redescendant, les cris reprirent dans l'appareil, mêlés aux pleurnichements des fillettes qui cherchaient le sommeil. Toujours désorientée, Typhaine s'assit dans la cuisine et remonta en tremblant le volume du babyphone. Le sang battait à ses tempes. Elle transpirait. Son cœur tambourinait dans sa poitrine. Ce qui se passait à l'autre bout du récepteur la dépassait complètement. Seule face à l'appareil, elle redoutait ce qui allait en sortir. Elle attendit. À l'étage, le silence était revenu. Les filles semblaient s'être rendormies.

C'est ensuite qu'arriva l'horreur. Les crachotements dans le babyphone, puis les cris de la femme suivis des hurlements d'un bébé.
— *« Mais qu'est-ce que... Dehors ! Aïe... Nooonnn ! Laissez mon bébé ! »*

Des bribes de phrases. S'ensuivit un échange violent entre deux personnes, lui sembla-t-il, mais les voix parfois déformées et les bruits étouffés manquaient de clarté. En sinistre musique de fond, un nouveau-né qui s'époumonait.
D'autres coups : Typhaine en mettrait sa main au feu.
Des coups de poing, de pieds ? Difficile à dire. Mais bon sang, quelle angoisse !
— *« Stop... Pitié, non ! Au secours ! Pas mon bébéééééé ! »* suppliait la voix féminine.

Une bagarre. Des objets renversés, d'autres cassés. Une lampe peut-être ? Du verre ? Typhaine tremblait en s'imaginant la violence de la scène. Sa respiration devenait haletante.
— « **ARRÊTEZ ÇA** !!!!! » cria-t-elle comme si on pouvait l'entendre.

Terrorisée, elle se boucha les oreilles. Rien n'y fit. Le cauchemar continua.
— *CRAC*... Un bruit d'os qui se brise... *« Non... pas ça ! »*

La voix féminine était déformée par la douleur. C'en était plus qu'elle ne pouvait supporter. Bouleversée, Typhaine éteignit rageusement le babyphone. La nounou prit quelques minutes pour reprendre son souffle et ses esprits. Elle but un grand verre d'eau et se massa les tempes, les yeux fermés.
Une pensée jaillit : *« Les filles ! »* Elle remonta précipitamment s'assurer que Camille et Léonie étaient saines et sauves. Son cœur battait très fort.
Quand elle pénétra dans la chambre, elle fut rassurée ; les petites s'étaient finalement rendormies, insouciantes du danger si proche.
Devant tant de candeur, Typhaine s'adossa au mur et se laissa glisser au sol en sanglotant silencieusement. Mais que venait-il de se passer, nom de Dieu ? Elle repensait à cette scène monstrueuse, se demandant si cette femme était morte...
Et le bébé alors ? Avait-il également été exécuté ? Que faire, que croire ? Avait-elle réellement vécu un drame ?
À sa montre, 23 heures. La veilleuse fonctionnait toujours dans la chambre. Typhaine ignorait combien de temps elle était restée là, prostrée, à pleurer. Son nez coulait, elle l'essuya d'un revers de la manche et se releva pour regarder

par la fenêtre. Auch était à présent plongée dans le noir. Les deux types d'en bas avaient disparu. Elle hésita à rappeler sa sœur pour tout lui raconter puis se ravisa. C'était tellement... épouvantable... qu'elle ne voulait pas y repenser et encore moins en parler à quiconque. On la prendrait pour une folle ou une névrosée. *« Témoin d'un meurtre au babyphone, non mais sérieusement ? »* Voilà ce qu'on dirait.

Marquée par cet épisode traumatisant, Typhaine eut un sommeil agité durant plusieurs nuits. Elle avait hésité sur la décision à prendre. Et puis après tout, que savait-elle au juste de ce qui s'était passé... ? Rien de concret.

Assise à son bureau, elle lança un moteur de recherche sur sa tablette. Son téléphone vibra.

C'était Margareth. Elle dégagea ses écouteurs et prit la communication.

— « Allô, bonjour Typhaine, tu vas bien ? ».

— « Ça va, très bien merci » exagéra-t-elle. « Margareth, en quoi puis-je vous aider ? »

— « Nous aurions besoin de tes services vendredi soir, es-tu disponible ? »

— « Euh... attendez... Ce vendredi-là ? »

Voilà qu'elle hésitait maintenant ! Elle n'était soudain plus très partante pour y retourner de sitôt.

Sa conscience la mettait en garde mais la petite voix de la curiosité chuchota plus fort : « *Ce serait là l'occasion d'en savoir plus sur les voisins et mener ta petite enquête* ». S'attirerait-elle des ennuis ?
— « Oui, c'est bon. Je n'ai rien de prévu » trancha-t-elle. « 19 heures comme d'habitude ça vous irait ? » proposa-t-elle son assurance retrouvée.
— « C'est parfait pour nous. Les filles seront ravies de te revoir. À bientôt, alors. »

Elles raccrochèrent.
— « Et merde ! jura l'élève infirmière. Dans quoi suis-je en train de me fourrer ? ».

Typhaine remit ses écouteurs en place et soupira devant ses maigres trouvailles.
Un seul article relatait un cambriolage route de Lussan mis sur le compte des Roms. Elle n'aurait su affirmer si les deux hommes aperçus par la fenêtre correspondaient aux portraits associés à l'encadré. Elle décida qu'il était de son devoir d'avertir la police... Peut-être qu'ils en sauraient plus sur le meurtre auquel elle supposait avoir assisté. Pouvait-on la qualifier de témoin oculaire alors qu'elle n'avait, à proprement parler, rien vu ? Son instinct la poussait à ne pas en rester là. À présent que Margareth l'avait relancée, elle composa finalement le numéro du commissariat Auscitain.

Au standard on lui demanda plusieurs fois l'objet de son appel, la fit patienter de longues minutes, la redirigea vers différents interlocuteurs, et après d'interminables sonneries, un certain Simon Bordelot prit la communication.
— « Oui, euh... bonjour monsieur... Voilà » elle prit une longue inspiration avant de se lancer. « Je vous appelle car vendredi dernier j'ai fait du baby-sitting, et j'ai entendu des cris horribles à travers mon babyphone. Je crois que quelqu'un a été tué » lâcha-t-elle.
— « Qui vous font croire ? répéta le commissaire dubitatif en triturant son épaisse moustache. Vous voulez bien m'expliquer ça plus clairement, je vous prie jeune fille ? » Typhaine fit de son mieux pour détailler les faits. Elle lui raconta avec force détails les évènements, les pleurs dans le babyphone, les voix qu'elle avait entendues, mais surtout les cris et les deux mecs louches.
— « Hum. Le bruit venait peut-être de la télé d'un voisin, vous ne croyez pas ? » demanda-t-il abrupt.
— « Non, j'en suis sûre car il y avait des grésillements et le son n'était pas toujours identique. Parfois c'était clair, parfois étouffé. Si ça venait d'un film, le son aurait été linéaire, non ? » osa-t-elle rétorquer à l'homme de loi.
— « Possible, soupira-t-il. Après, des rôdeurs on en trouve à chaque coin de rue. On ne va pas tous les coffrer pour délit de sale gueule... Bon écoutez, j'ai pris des notes mais si vous tenez à faire une déposition officielle, le mieux c'est encore de passer au poste. On fera une enquête de quartier pour vos

deux types, mais on ne pourra pas faire grand-chose de plus avec si peu. Je vous repasse le standard pour que vous nous laissiez vos coordonnées. Bonne soirée ».

Typhaine resta stupéfaite de l'attitude désinvolte du commissaire. C'était une éventualité à prévoir mais elle était vexée qu'il ne l'ait pas prise au sérieux. Certainement à cause de son âge ou son récit rocambolesque. Que la police ne semble pas vouloir s'impliquer la révoltait.

Elle soupçonnait un meurtre quand même ! Après cet appel, le commissaire Bordelot s'entretint avec la secrétaire avant de rentrer chez lui. Celle-ci nota ses directives et passa les coups de fil demandés par son supérieur.

L'homme saignait de l'avant-bras. *Elle* l'avait profondément griffé pour se défendre. Cette garce avait lutté avec véhémence, il ne s'y était pas attendu. Après une longue douche, il se rasa méthodiquement puis contempla son reflet dans le miroir. Il n'avait pas trop été touché, heureusement. Il désinfecta son bras et y posa un bandage. Il voulait surtout éviter les questions.

Vêtu d'un peignoir, il se servit un pur malt écossais de douze ans d'âge, y ajouta deux glaçons et s'installa dans son canapé en cuir blanc. En faisant tourner les cubes de glace dans son verre, il revivait mentalement la scène. Il avait dû effacer toute trace. Il ne fallait négliger aucun détail et vérifier une dernière fois que tout avait été rigoureusement nettoyé. La couleur ambrée de l'alcool se troublait au fur et à mesure des mouvements circulaires de sa main. Le dernier morceau de glace dissout, il but une longue gorgée de whisky qui le brûla délicieusement, puis posa son verre pour se masser les tempes. Il avait fait preuve de faiblesse, mais on l'avait obligé, supplié. À bout d'arguments, il avait cédé. C'était de la folie, il en était conscient. Mais jusqu'où peut-on aller par amour ?

Vendredi soir arriva. Typhaine était bien décidée à mener sa propre enquête. Calepin et stylo en main, elle nota les noms des occupants du troisième, quatrième et cinquième étages de la résidence de ses employeurs. Sa liste se constituait de dix noms dont trois la titillèrent plus que les autres. Pas d'ascenseur cette fois, elle préféra monter à pied et parcourut des yeux les couloirs à la recherche d'éventuelles poussettes stationnées aux étages qui l'intéressait. Elle en trouva deux, et satisfaite, entoura sur sa feuille les noms sur sa liste. Elle termina son petit manège par le quatrième étage avant de sonner chez les Vassal. Comme ils semblaient pressés de partir, Typhaine n'eut pas l'opportunité de les interroger mais se dit qu'elle le ferait à leur retour.

Les jumelles guéries lui firent des câlins à son arrivée. Après leur avoir lu une histoire qu'elles écoutèrent à peine, elle les coucha en laissant la veilleuse allumée, puis s'obligea à contrecœur à mettre en marche le maudit babyphone. Un frisson lui traversa l'échine en se remémorant vendredi dernier.

Redescendue dans la cuisine, elle alluma le récepteur du babyphone et fit son possible pour oublier sa présence. Dans

le micro-ondes l'attendait une assiette préparée par Margareth qu'elle accompagna d'un soda bien frais. « Ah ! Cette famille sait bien recevoir » pensa-t-elle.
Elle alluma la télé, choisit un programme musical pour se distraire tout en lançant de temps en temps des regards au babyphone. À son grand soulagement, rien d'inhabituel ne se produisit ce soir-là, et sa garde se termina sans souci. Margareth lui régla ses heures. Toutes deux se saluèrent sur le pas de la porte et Typhaine prit son courage à deux mains pour étoffer ses investigations.
— « Madame Vassal, excusez cette question bizarre, mais, je me demandais... Savez-vous s'il y a d'autres enfants sur votre palier ? Ou même à d'autres étages ? » prononça-t-elle hésitante.
— « C'est probable, oui. Pourquoi ? Les filles t'ont parlé d'une rencontre faite au parc ? »
— « Ah, non. Je vous le demande car la semaine dernière le babyphone a capté des pleurs par-dessus la voix des filles... ça m'a juste intriguée. J'imagine une fréquence identique » coupa-t-elle, trop peu sûre d'elle.
— « Pardon, tu dis que tu as entendu des voix dans le babyphone ? Je ne crois pas que ça puisse venir de notre palier et les appartements sont trop petits à la second[e] pour héberger des familles. Désolée, je ne vois pas », avoua-t-elle, impuissante. « Mais ton histoire est tout de même étrange ! » concéda-t-elle.

— « Oui, vous avez raison, c'est tordu. Mais de toute façon laissez tomber cela ne s'est plus reproduit depuis » conclut la baby-sitter en relevant son col pour mettre un terme à cet échange.

Elle ne pouvait en dire plus. Les larmes lui montaient déjà aux yeux. Des souvenirs auxquels elle ne voulait plus penser affluaient. Typhaine se trouvait idiote à présent. Sur le palier, face à l'ascenseur elle appuyait frénétiquement sur le bouton pour le faire arriver plus vite. Lorsque le signal sonore annonça son ouverture, elle s'y engouffra et percuta Monsieur Vassal qui en sortait au même moment. Typhaine bafouilla des excuses, et s'empressa de rentrer chez elle.
On sonna brièvement à la porte. Petra se leva du canapé en abandonnant son magazine et se dirigea vers l'entrée. Une œillade dans le judas lui confirma que son visiteur était bien celui attendu. Ponctuel, comme à son habitude. Dénouant la serviette enroulée autour de ses longs cheveux blonds, elle se recoiffa rapidement devant le miroir avant d'ouvrir. Un sourire de bienvenue illuminait son visage fatigué. L'homme entra, une mallette à la main. Après une poignée de mains échangée, elle lui proposa à boire. Il refusa poliment. Il était pressé. Elle l'invita à la suivre et ils se dirigèrent vers la chambre du bébé, réveillé par le bruit de la sonnette. L'individu souleva l'enfant qui s'agita. Le visiteur le reposa dans son lit. Gregor geignit d'inconfort. À sa demande, la jeune mère alla chercher le thermomètre dans la salle de

bains. Pendant sa courte absence, l'homme sortit de sa poche une paire de gants en latex. Il les enfila habilement, posa sa mallette au sol, l'ouvrit et en sortit une seringue. Il se posta derrière la porte de la chambre restée ouverte, et attendit le retour de sa victime.

L'effet de surprise rendit Petra facile à maîtriser. La piqûre anesthésiante se fit aisément.

Sur le visage de la jeune mère, une expression d'incompréhension s'évanouit à mesure qu'elle perdait connaissance et sombrait dans un épais brouillard. Petra ne savait pas combien de temps elle était restée inconsciente lorsqu'elle recouvra peu à peu ses esprits. Elle gisait par terre dans la chambre de son fils avec un horrible mal de tête et les jambes ligotées.

Elle pensa immédiatement à son enfant. Les meubles tanguaient autour d'elle. Son esprit était encore embrumé par le sédatif. Une grande bâche en plastique recouvrait le sol. Les volets avaient été fermés. Une silhouette portant une coiffe, une blouse et un masque de chirurgien fondit sur elle. D'effroi, la jeune mère se mit à hurler. Son fils, sentant le danger, pleura à son tour. L'homme se pencha sur elle et lui empoigna sauvagement les cheveux. Il exigea le silence mais elle cria de douleur.

Il continua de plus belle en la rouant de coups de pied pour la faire taire. Elle se défendit en griffant. En réponse, le malfaiteur l'immobilisa avec des bracelets serflex. Petra

tenta d'articuler quelques mots. Elle ne comprenait pas...
« *Qu'est — ce que...* » Elle ne put finir sa phrase.
Son assaillant lui asséna un violent coup de poing dans le plexus qui lui coupa net la respiration. Quand il essaya de la bâillonner elle se débattit en mordant.
Gregor criait de plus en plus fort. L'individu perdit son sang-froid et tabassa de nouveau la pauvre mère, lui assenant de nouveaux coups dans le dos. Roulée en boule, elle encaissait en luttant courageusement, tentant de repousser son assaillant, tant bien que mal.
« Dehors ! Sortez de chez moi. Aïe... Nooonnn ! Mon bébé ! ».

Soudain une seconde silhouette, également affublée d'une tenue de chirurgien fit irruption dans la chambre. Le complice se pencha sur le berceau de l'enfant qui remuait avec force, le souleva et le tint fermement dans ses bras. Sans un regard pour la femme en détresse qui se débattait, il quitta sans compassion la scène tragique. Le bébé s'époumonait, sa mère jetait ses dernières forces dans une bataille perdue d'avance. Les assauts continuaient de pleuvoir sans relâche. Du sang giclait des blessures.
— *« Stop... Pitié, non ! Au secours ! Pas mon bébéééééé ! »*

Un coup de pied lui brisa la mâchoire. *CRAC*. Un bruit horrible. Des morceaux de dents brisées jaillirent de sa bouche tuméfiée. À bout de forces, le corps de la victime n'était plus qu'un champ de ruine. Elle lâcha un ultime *« Non... pas ça ! »* Inaudible. La lampe de chevet se brisa sur son front. Sa dernière pensée fut pour son fils, et son cœur cessa de battre quelques secondes plus tard. L'homme s'assura que Petra n'était plus de ce monde en prenant son pouls. Son visage dévasté faisait peine à voir : elle si belle était méconnaissable à présent. Mais quand on est capable d'un acte si abject, le remords n'existe pas. À présent, il fallait la faire disparaître.

Deux jours après le coup de fil de Typhaine, l'équipe du commissaire Bordelot convoquait deux suspects. Une équipe de police avait mis le grappin sur deux Roms lors d'une patrouille. Suite à une plainte pour vol déposée par une vieille dame, un portrait-robot avait été brossé. À la vue de ces deux individus, les agents avaient jugé bon de les faire venir au poste pour les interroger et l'entretien prit une tournure pour le moins inattendue. Le vendredi soir où la baby-sitter avait entendu des hurlements, ces gars-là avaient non seulement un alibi en béton, mais fait inattendu, ils avaient des confidences fort intéressantes à faire au commissaire... À la fin de l'interrogatoire, les deux types furent relâchés. Simon Bordelot fit de gros efforts pour faire appel à sa mémoire puis alla dépoussiérer un vieux dossier non résolu aux archives.

Ses recherches terminées, il demanda à la secrétaire de rappeler Typhaine.

– « La baby-sitter est en danger ! »

Ce furent ses mots avant de quitter prestement le bureau.
Franck referma la porte d'entrée, encore amusé par sa collision avec Typhaine. Alors qu'il ôtait ses chaussures, sa femme le fixait intensément depuis le salon. Margareth, debout allumait une cigarette - ce qui n'était pas chose courante - et en tira une longue bouffée. Lorsqu'elle fut certaine d'avoir capté son attention, elle lâcha nerveusement : — « On a un sérieux problème ». Son mari, desserrant son nœud de cravate lui rendit son regard étrange.
— « Sérieux comment ? » voulut-il savoir, tout en achevant son geste.
— « Du genre énorme » trancha-t-elle en inspirant une nouvelle bouffée, une main sur la hanche.
— « Quoi ? Ne me dis pas que la nounou a fumé dans la cuisine ou mangé ton dernier pot de glace préféré ! » tenta-t-il de deviner, le sourire moqueur pour désamorcer Madame.
— « Arrête de plaisanter ! » reprit-elle sèchement « je monte voir les filles et après on parle ».

D'un geste sec elle réajusta son tailleur. La femme exigeante et dominatrice qu'elle était intrinsèquement, fit surface d'un claquement de doigts. Elle écrasa dans l'évier sa cigarette à peine consumée et se dirigea au premier étage.
Typhaine venait de franchir le pont du Prieuré pour se rendre chez les Vassal lorsque son smartphone sonna.

Quittant brièvement la route des yeux, elle voulut voir qui l'appelait.
Un appel masqué ! Elle l'ignora et se reconcentra sur sa conduite. La messagerie s'enclencha et on laissa un message.
— « Bonjour Mademoiselle, c'est la secrétaire du commissariat de police d'Auch. Nous avons du nouveau, rappelez-nous *RAPIDEMENT*. Demandez le commissaire Bordelot, c'est lui qui est en charge de l'affaire. J'insiste, c'est urgent ! »

La jeune femme se gara et écouta son message. Après avoir regardé sa montre, elle hésita à rappeler immédiatement, toujours amère du contact glacial qu'elle avait ressenti. Elle traversa la rue et composa le code d'entrée en ayant la désagréable sensation d'être épiée par un homme sur le trottoir opposé. Elle prit soin de bien claquer le portail, et se retourna dans l'allée pour vérifier que l'individu ne l'avait pas suivie. Au quatrième étage, Madame Vassal ouvrit la porte en souriant.
— « Entre Typhaine, on t'attendait ».

La jeune fille fut surprise par la tenue décontractée de son employeur. Elle d'habitude si élégante pour sortir portait aujourd'hui un jean, un chemisier banal et des ballerines noires.

— « Les filles sont en haut ? » demanda la nounou les cherchant du regard.
— « À vrai dire, non. Elles sont au parc avec Franck. Ils ne vont plus tarder. Je t'offre quelque chose à boire en attendant ? » proposa Margareth en s'éloignant vers la cuisine américaine.
— « Oui, volontiers. Je veux bien un soda ».

Margareth sortit un petit flacon de la poche arrière de son jean et en versa la moitié dans le verre de son invitée. Se servant de l'eau pétillante, elle revint avec un plateau dans les mains qu'elle déposa sur la table basse. Elle servit Typhaine en lui adressant un sourire et s'assit sur le fauteuil en face d'elle. Cette dernière la remercia et but d'un trait son verre.
— « À quelle heure pensez-vous rentrer ce soir ? » voulut-elle savoir, désaltérée.
— « Oh euh... réfléchit la mère de famille, ce soir c'est un peu spécial. Tu es attendue ? »
— « Oui, en quelque sorte. Ma sœur m'a demandé de la conduire chez son copain et elle me demande une fourchette horaire. »

Elle écrasa un bâillement. « Mais je ne sais pas ce que j'ai, je ne me sens pas très bien ». La tête lui tournait, sa gorge piquait. « Je vais aller me rafraîchir. » Quand elle se leva pour aller aux toilettes, elle tituba et ne tarda pas à

s'effondrer sur le tapis. Sans bouger d'un pouce, Margareth appuya sur la touche du rappel automatique de son portable :
— « C'est fait. Elle est H.S. ».

Sa voix était devenue glaciale. Son sourire charmant, évanoui.
19 h 30. La police enfonça la porte de l'appartement 418 du clos de Gascogne sans sommation.
— « Police ! Haut les mains, on ne bouge plus ! » ordonna le commissaire Bordelot. Il entra, suivi de ses quatre hommes. L'appartement était plongé dans une semi-obscurité, hormis une lampe de chevet allumée sur la table basse. Monsieur Vassal était penché sur une forme inanimée au sol. Il était revêtu d'un habit de chirurgien et d'une lampe frontale. Sur le tapis du salon, une épaisse bâche en plastique. Une scie circulaire était branchée non loin de lui.
— « Posez cet engin à terre ! » gronda le commissaire. Le docteur obtempéra sans histoires et fut menotté manu militari. Le commissaire s'agenouilla auprès de la victime inconsciente.
— « Appelez une ambulance, vite ! » demanda-t-il à sa brigade. « Où est votre femme ? » voulut savoir le commissaire.
— « À l'étage, avec nos filles » répondit Franck Vassal d'une voix monocorde, le regard éteint.

Bordelot la trouva bien là, le visage fermé et résolu dans la chambre de ses filles. Les jumelles avaient été sédatées. Leur tête reposait sur les genoux de leur mère qui caressait leurs cheveux en sanglotant. Elle bredouilla « on voulait juste avoir des enfants... » Elle fut embarquée sans ménagement avec son mari au poste. Les services sociaux furent dépêchés pour prendre en charge Camille et Léonie.
Des voix la tirèrent doucement d'un sommeil nébuleux. Quel mal de tête ! Typhaine ouvrit des yeux lourds sur une infirmière qui prenait sa tension en échangeant avec un médecin.
Elle vit que son autre bras était relié à une perfusion. Ses paupières papillonnaient. L'hôpital ? Qu'est-ce qu'elle faisait là ? Son dernier souvenir remontait à un verre de Coca avec Margareth...
— « Bonjour Mademoiselle Bazin, vous m'entendez ? » Le docteur était charmant et avait une voix douce presque familière. Typhaine l'avait déjà vu en salle de pause mais son prénom ne lui revint pas. Elle opina du chef. « Il vous est arrivé quelque chose de grave et la police voudrait vous interroger. Rassurez-vous, vous êtes hors de danger à présent et votre famille est en route » poursuivit-il « vous pouvez parler ? »
— « Mmhh oui » articula-t-elle groggy. Sa gorge et son ventre la brûlaient. « J'ai soif ».

L'infirmière approcha son verre d'eau.

— « Vous avez subi des lésions gastriques dues à un empoisonnement » expliqua le praticien « mais vous avez échappé au pire ! Voici l'homme qui vous a sauvé la vie » déclara-t-il en désignant un homme moustachu et bien portant plus loin, dans l'encadrement de la porte.
« Commissaire Bordelot, vous pouvez approcher. Ne la fatiguez pas de trop, elle doit se reposer ». Son regard revint à Typhaine, il lui adressa un sourire, promis de revenir plus tard et prit congé. L'infirmière lui emboîta le pas. Typhaine essayait d'assembler les morceaux du puzzle. Empoisonnée ? Mais qui diable... Le représentant des forces de l'ordre s'approcha du lit et déposa sur le chevet le journal qu'il tenait à la main.
— « Mademoiselle, je voulais tout d'abord vous remercier car grâce à votre signalement nous avons pu arrêter les meurtriers de Petra Pavlovka. »

Typhaine avait du mal à suivre...
— « Pardon mais je ne connais aucune Petra » répondit-elle faiblement. La sentant perdue, le commissaire tira à lui l'unique chaise de la chambre et s'installa pour lui raconter l'affaire.

Petra, un mannequin d'origine Russe était la mère d'un petit Gregor. C'était bien eux que Typhaine avait entendus à travers le babyphone des Vassal. La convalescente frémit d'horreur à cet aveu en comprenant qu'elle était en train de

garder les filles de deux assassins en train de perpétrer un meurtre à quelques appartements de là. Mais pourquoi ? Franck et Margareth, des criminels ?
Elle n'arrivait pas à y croire. Sous le choc de cette annonce, elle demanda aussitôt des nouvelles des jumelles, retrouvant la mémoire.
— « Elles vont bien, d'après le pédopsychiatre » la rassura le policier « et vous aussi à ce que je vois. Quelques minutes de plus et vous finissiez en morceaux, comme cette pauvre femme ».
— « Justement, quelque chose m'échappe » réagit la jeune femme, brumeuse « lorsque je vous ai appelé, vous n'aviez pas l'air de me prendre au sérieux ! Comment avez-vous su qu'ils étaient coupables ? »
— « À vrai dire, si vous avez été les oreilles de cette tragédie, les individus que vous avez vus par la fenêtre en ont été les yeux ! Mes collègues les ont trouvés lors d'une patrouille et emmenés au poste. Dans leur déposition, ils nous ont parlé d'un homme qui chargeait des sacs-poubelles dans son coffre. Cette manœuvre les a intrigués alors ils ont noté la plaque d'immatriculation et nous l'ont remise. On a analysé la voiture et l'ADN a parlé. Il s'agissait de Madame Pavlovka qui habitait seule avec un bébé dans la même résidence que vos employeurs. On a pu faire le lien avec votre déclaration grâce au carnet de rendez-vous de Franck Vassal. C'était le pédiatre qui suivait le petit Grégor. C'est un prématuré très

fragile qui exigeait beaucoup de surveillance. » Typhaine restait abasourdie par ces révélations.
— « Voilà, vous savez tout à présent ! » conclut Bordelot en se relevant « Je vais vous laisser vous remettre de vos émotions. Votre famille ne va plus tarder à arriver maintenant ». Il lui serra la main et replaça la chaise contre le mur. Avant qu'il ne sorte, Typhaine l'arrêta :
— « Commissaire, vous voudrez bien me dire ce que sont devenues Camille et Léonie ? » L'homme se retourna et lui sourit.
— « Oui, c'est dans le domaine du possible. Passez me voir à l'occasion ». Sur ce, il quitta la pièce. Le regard de Typhaine tomba sur *La Dépêche du Midi* oubliée par le commissaire. Trop tard pour le rattraper. Elle la saisit. Plié sur lui-même, l'encadré des faits divers offrait en gros titre :

« AFFAIRE VASSAL.
LES KIDNAPPEURS SOUS LES VERROUS.
Les auteurs d'un meurtre abject derrière les barreaux.

Un couple machiavélique de médecins originaire d'Eauze avait décidé de supprimer une jeune mère pour enlever son fils prématuré rentré depuis quelques jours à domicile. Le bébé a été retrouvé sain et sauf à l'hôpital d'Auch, en pédiatrie où les criminels exerçaient. Il a été enregistré sous le nom de jeune fille de Margareth Macallan, la ravisseuse. Tout porte à croire que les kidnappeurs projetaient

d'agrandir la famille... Une sage-femme du service de néonatalogie qui s'est interposée à leur intrusion a été assassinée.
La baby-sitter du couple a échappé de peu à la mort.
Le commissaire en charge de l'enquête recherche activement le père de l'orphelin. »

Typhaine n'en revenait pas. Comment peut-on faire une chose pareille ? Elle fut alors saisie d'une folle hypothèse : et si les jumelles n'étaient pas *leurs* enfants ?

Ellis Dickson

Blaklin Sendorn

Blaklin Sendorn était animé, comme toujours. Dans les rues, dans les maisons, dans les sous-sols, dans les esprits, surtout. Peu de mouvement sur les trottoirs, mais du piano s'écoulaient quelques notes qui percutaient l'air tranquille et ridaient l'espace.
À cet instant, quelqu'un arrive et cette personne s'appelle Crime. Ses pas résonnent, même si nul n'entend, pour l'instant. La rencontre est pour bientôt.
La Fureur traversait les rues comme si les pas n'étaient rien. Elle avalait mètres et pavés sans plus rien voir de la lumière, tant l'opacité de son regard impliquait désormais tout le reste. L'alentour n'était plus tandis qu'elle enjambait les courants de colère.
La Raison se tenait au croisement de la rue de la Crainte et du faubourg des Poches percées (où il y avait à cette heure-là nombre de voleurs).
- Où vas-tu ? dit-elle.
- Nulle part, répondit l'autre directement.
- D'accord, dit la Raison en lui emboîtant le pas. Je t'accompagne.

Elle aurait su, si elle s'était trouvée sur le parvis du Pub de la Pépie rue de la Négation quelques heures plus tôt, que le

Polar avait tout simplement déclaré face à la Fureur qu'elle n'avait de raison d'être qu'à barbouiller la fausse profondeur psychologique d'un personnage afin de justifier quelque action désordonnée.

Évidemment la Fureur s'était-elle allumée comme elle savait le faire, manquant de peu d'en venir aux mains avec un Polar qui feintait de ne pas comprendre la réaction inopinée, d'abord, pour s'appuyer tout contre ensuite en légitimant de fait ses propos précédents.

À l'impasse de la Plaisanterie ; où les blagues tournent toujours court et où personne n'en fait plus jamais ; la Fantasy rapportait la confrontation à la Science-fiction.

- A-t-on idée de dire une chose pareille, franchement ?
- Certes non, le Polar n'aurait eu que ce qu'il méritait.
- Enfin voyons, intervint le point-virgule qui passait à l'intersection de l'impasse et de la rue perpendiculaire. Comment osez-vous parler ainsi ?
- Comment ?
- Personne ne mérite qu'on en vienne aux mains, c'est ridicule !
- Oui...
- Oui...
-

Les deux histoires allèrent dans son sens sans rien en penser et attendirent qu'il change de trottoir au bout de l'horizon pour revenir sur le sujet.

- Il croit toujours tout savoir...

- C'est le roi de l'entre-deux, laisse tomber.
- Mais lesquels ?
- Hum ?
- Lesq... Oh rien.

Nous disions précédemment qu'à l'impasse de la Plaisanterie, personne n'en fait jamais plus et nous exagérions l'espoir en l'érigeant en règle, pardon.

- Peut-être a-t-il retenu la leçon...
- Ce ne serait pas mal, effectivement, qu'il cesse de se pavaner dans tout le village sautillant d'une certitude sur l'autre comme s'il détenait le savoir absolu.
- Incontestablement...
- Je ne pense cependant pas sérieusement que le Polar saurait se remettre en question. Après tout n'a-t-il jamais eu besoin de se rendre légitime, il ignore tout des véritables problématiques.

Tandis que les deux histoires s'avançaient vers le pub, justement, elles virent celui dont il était question roder fièrement devant la librairie, pourtant close à cette heure. Il semblait dissimuler quelque secret et décidé d'en faire la promotion.

D'un regard, l'une l'autre se dirent que d'évidence le signal d'alarme qu'avait envoyé la réaction de la Fureur n'avait pas suffi, et sans se l'avouer, l'une l'autre pensèrent aussi un certain désir de voir redescendre son dédain d'un mètre ou deux.

Assis, debout, levant le coude, lançant une fléchette ou s'y apprêtant, le monde au Pub de la Pépie ne parlait que de ça.
- Il se croit toujours meilleur que nous !, lançait la Fantasy qui avait un peu trop musclé le biceps pour la soirée, prenant l'autre à partie.
Mais un jour ou l'autre recevra-t-il une bonne leçon... !
Sa voisine acquiesçait sans rien ajouter, pas bien satisfaite de se donner en spectacle malgré elle.
- Je dirais même plus, ajouta l'Angoisse partageant le billard avec l'Horreur qui toisait la Fantasy.
Là-dessus ceux qui écoutaient encore restèrent cois, attendant la suite qui ne vint pas. Mais l'Angoisse savait toujours installer le malaise où elle passait aussi personne ne s'en formalisa.
- Le noir est un registre noble, commença la Fantasy avant que la Science-fiction ne la fasse taire, s'excusant pour elles du regard et entraînant sa comparse en dehors du lieu de boisson.
- Arrête ! Riposta cette dernière avant d'avoir atteint la porte. Je peux mâcher toute seule !
- Alors soit ! Répondit-elle, vexée, en lâcha son emprise dans un geste brusque pour stimuler la chute potentielle.
- Je peux très bouin rentrer touhte seuhle !
- Nous verrons ! Et je ne viendrais pas à ta recherche, crois-moi !
- Salhut !
- C'est ça...

Et sans plus de représentation, les deux partirent chacune de leur côté, non sans quelque tragique imposé par la nécessité de l'instant, puisqu'elles habitaient dans la même rue et auraient dû partir dans la même direction.
Le lendemain matin, le soleil tarda à se lever sur Blaklin Sendorn et les sapins environnants commençaient à n'être pas bien à l'aise avec l'ombre qui faisait du zèle à grignoter leurs chaussettes.
- Le Polar a été assassiné, déclara l'un en prenant son café.
- Comment ?
- Que dis-tu ? interrogea l'autre.
- C'est impossible.
- Il plaisante d'une bien étrange façon...
- Non je vous assure, insista l'un, le Polar a été assassiné. Je n'ai pas vu la scène de crime mais les enquêteurs posaient les scellés sur sa porte d'entrée tandis que je passais devant sa maison !
- Vous ne devinerez jamais ce que je viens de voir ? Lança l'Étonnement en arrivant.
- Le Polar est mort, répondirent-ils blasés, à l'unisson.
Déjà, le fait établi était considéré comme une nouvelle réchauffée. L'Etonnement bien étonné laissa ses sourcils en suspens pour aller commander son café avec empressement.
- C'est la Fantasy, c'est évident ! Commença un badaud sans prendre de gant.
- Sûr ! Affirma l'Horreur d'un regard sombre.

L'assemblée les fit taire, y pensant pourtant, se remémorant les mots de la veille et la revoyant partir seule en titubant.
- Comment ?
Fut la question la plus souvent posée, voici de fait celle que nous allons brièvement traiter. Il sembla juste de dire que crime il y avait et que l'hypothèse de l'accident était tout entière à évacuer, lisant simplement les mots à suivre, vous en conviendrez.
Le Polar fut trouvé décapité, la chute posée à terre sur quelques livres pour ajouter à la mise en scène. Le reste du corps de l'histoire, bien qu'un peu d'intrigue ait été déversé, se trouvait tous fluides contenus, étendu entre la méridienne et le guéridon en travers du petit salon dans une pose très soignée.
Mince ! Sachant cela, l'idée que la Fantasy tant avinée soit responsable de l'entreprise alors même qu'elle peinait à se tenir debout s'effilochait tout de même un peu !
La Fureur et la Raison qui l'avaient retrouvé (pas d'offense, nous ne sommes pas à l'impasse) étaient de retour à Blaklin Sendorn pour apprendre la mort. Même si son dernier houleux échange pouvait soulever la question d'une quelconque culpabilité, la Fureur était atterrée soudain d'apprendre la fin de l'histoire, retrouvant pourtant rapidement la brûlure au creux des sangs.
Malgré leur commun passé, personne ne la soupçonna puisque chacun la savait en compagnie de la Raison, et donc hors de cause. Quelques éléments semblaient évacuer la

Fantasy à son tour, et en même temps naissait l'idée dans une contrée ou deux de certains abysses cérébraux, d'une hypothétique orchestration la veille au soir, précisément dans l'objectif de camoufler son désir sombre.
Il était de notoriété publique que les deux ne s'entendaient pas. Elles avaient certes rencontré par le passé plusieurs ententes fugaces au temps de la cohabitation, mais invariablement, et sans tenir compte de leurs succès, s'écharpaient-elles ensuite en raison de savoir qui était la plus légitime, en bref, quel registre ou quel genre, en fonction du débat, l'emportait sur l'autre.
Le Drame et la Comédie menaient les investigations. Sans suspens s'étaient-ils (après avoir déplacé les morceaux sans vie jusqu'au centre de recyclage de la bouquinerie la plus proche) rendus au domicile de la Fantasy afin de l'interroger. Celle-ci s'était présentée le front moite et l'œil vitreux, la bouche pâteuse et la patte lourde après plusieurs sommations ; ouvrant enfin la porte sur sa vilaine mine.
Faisant entrer les enquêteurs en son logis où se trouvaient rangés pêle-mêle surnaturel, mythe et bâton de sorcier, force était de constater que l'histoire n'était pas au mieux de sa forme. Qu'à cela ne tienne, un crime a un crimier et il incombait au Drame et à la Comédie de déterminer si la Fantasy pouvait rajouter ce titre à ceux qu'elle possédait.

Le Polar n'est plus, lâcha sans contexte le Drame.

- Et pas davantage ! Tenta la Comédie qui se ravisa sous le regard lourd de son équipier.

- C-c-c-comment ça ?
- La mort, dit le Drame.
- M-m-m-ais…
- Avez-vous tué le Polar ? Poursuivit-il.
- Non ! Mais enfin… Mm-m-m-… NON ! Je vous le jure ! J-j-j…

La Fantasy s'en était allée vomir. La suite ne dira pas à quoi ressemblaient ces déjections, à vous de faire vos propres représentations.
Toc toc toc. Toc toc toc.
À nouveau le crime frappait-il à la porte, peut-être. Tandis que le Drame allait ouvrir, personne. Il sortit plus en avant pour s'en assurer, évidemment, en vain. Mais avant de rentrer, son regard tomba sur la petite allée de buissons en devanture. Quelque chose était étrange.
- Comédie ?
- Hum ?
- Viens une seconde, sans attendre, je te prie.

Quelques secondes plus tard, la Comédie qui pensait que laisser la Fantasy seule n'était pas l'idée du jour était néanmoins sur le seuil (ses ressorts en cause).
- Regarde…
Elle regarda.
- Alors ?
- Alors ?

- Tu vois ?
- Des buissons et...
- Cesse un peu tes plaisanteries, veux-tu ?
- Mais enfin...

Elle ne plaisantait pas, et ne remarquait pas davantage. Pourtant quelque chose était irrégulier, le Drame en était sûr.
- Il manque...
- Et fruits confits !
- Je ne sais pas... C'est peut-être...
- Ah ! Oui !

La Comédie s'éclairait.
- Ah ah ! Je vois ! Tu as raison ! C'est la coupe, qui est étonnante !
- Ce je-ne-sais-quoi...
- Ici !
- Ou... Là ?

Les enquêteurs faisaient le tour des buissons à présent et la Fantasy les considérait en s'interrogeant sur le temps d'évacuation du taux d'alcool.
L'interrogatoire se poursuivit et bien que personne ne puisse étayer les déclarations de l'histoire, elle sembla sincère aux détectives. Ces derniers emportèrent les vêtements de la

veille au soir avant de sommer l'histoire de ne pas quitter Blaklin Sendorn jusqu'à ce que l'affaire ne soit résolue.
La prochaine étape était le domicile de la Science-fiction, qui, justement, prenait le thé dans son jardin.
Le Drame et la Comédie pouvaient la voir, de dos, à plusieurs mètres de distance. Le nombre freinait certainement le son en ajoutant quelques peaux de bananes sur son chemin, car l'histoire n'entendait rien aux appels des enquêteurs. Par ailleurs, la porte du jardin était close.
La Comédie s'escrimait à porter sa voix entre ses mains sans succès, utilisant maintenant le journal qui attendait sur la pelouse. Le Drame l'examina avec mépris.
- Que faire alors ? ! S'agaça-t-elle.
- Certes, je me sacrifie, déclara le Drame dans une pose théâtrale avant d'enjamber la clôture.
- Certes... !
La Comédie en fit autant et suivi de près son équipier.
- Hé là ! Lança-t-elle sans réponse à la Science-Fiction qui se tenait dans une position assez étrange... Sa tête semblait tendue et...
- La mort, déclara le Drame qui tenait à présent la tasse de thé.
C'est son... Fluide... ajouta-t-il en tendant le récipient.

À nouveau, la chute était désolidarisée du corps, surélevée de quelques livres, eux-mêmes posés sur le tronc.
- Hé bien... C'est à y perdre la tête...

- Cesse, l'assassinat le Drame du regard.
- Si tes yeux étaient des lames...

La Déduction les observait avec recul. Évidemment avait-elle tout compris aussi s'empressa-t-elle de ne rien dire afin de conserver pour elle ses conclusions, jusqu'à les partager plus tard.
- Le corps est encore chaud.
- Qu'est-ce que, qu'est-ce... Hum ? Hein ?
- Je dis que cela s'est produit il y a peu...
- Mais alors...
- Oui. Peut-être étions-nous chez la Fantasy quand...
- Mais nous n'avons rien entendu...
- La déchirure est nette... Je doute que l'histoire ait souffert... Elle n'a peut-être pas même senti quoi que ce soit.
- Quelle serait l'arme du crime (si ce ne sont tes yeux se retint d'ajouter la Comédie) ?
- Peut-être une hache... Pour trancher aussi précisément avant la chute... Je ne sais pas...
- C'est exactement la même coupure que... C'est assez bien fait, il faut dire...
- Oui. C'est le même mode opératoire.

Les enquêteurs délimitèrent la zone de crime rapidement en faisant appel aux nettoyeurs avant de se rendre en toute hâte au domicile de la Fantasy pour la seconde fois.
Pas de réponse.

La Comédie était dans tous ses états.

- Si jamais... Si jamais...
- Elle est peut-être ailleurs.
- Oui mais... Et si ? Et peut-être... Mais que ??

Et la Comédie enfonça l'entrée sans plus attendre, déplaçant son épaule sur une porte qui n'était pas verrouillée. Le Drame sourit. Et ce n'était pas une mince affaire. Cependant, aucune trace de la Fantasy en sa demeure. Où pouvait-elle être ? S'en tenir éloignée semblait potentiellement la meilleure manière de rester en vie, comme les deux précédentes victimes l'étaient devenues à domicile.

Rien, ni personne. Où aller ? Que faire ? Les enquêteurs repartaient en direction des corps, afin d'interroger ceux qui n'iraient nulle part, a priori. Sur le chemin cependant, intervint la Déduction qui les percuta de plein fouet.

- Mais c'est Bien sûr !
- Comment avons-nous pu passer à côté ?

L'Édition était pieds et poings liés sur le banc d'en face.

- Je voulais simplement effectuer deux ou trois coupes... Je vous jure que je ne souhaitais pas tuer, je ne voulais pas, je... C'était pour eux, c'était dans une bonne intention, je voulais faire une coupe franche... Mais... Et... Et... J'ai...
- Ripé ? Proposa la Comédie.
- Certes.

- Elle n'est pas foncièrement mauvaise, dit la Déduction.
- Le bien, le mal, cela n'est pas la question, répondit le Drame.
- Certes, dit la Comédie sans moquerie.

Blaklin Sendorn était animé, comme toujours. Dans les rues, dans les maisons, dans les sous-sols, dans les esprits, surtout. Beaucoup de mouvement sur les trottoirs, et du piano les notes qui s'écoulaient n'étaient audibles pour personne.
Le Crime repart tranquillement bien satisfait de lui-même, vers un repos mérité jusqu'à sa prochaine visite.

Alysée Deletre

Ceci n'est pas l'histoire d'une vague

Tu l'as vue venir de loin, tu n'attendais même qu'elle, son parfum d'aventure, son galbe parfait, celle-ci était pour toi et tu ne laisserais personne te la voler. Tu te hasardes. Tous les lendemains de réussites se ressemblent. Tu fais toujours la même chose, ce même rituel, incessamment. N'en as-tu jamais assez ?
Si j'ai bien compté celle-ci était la 197e. 197 épaves que tu as sorties de l'eau avec leurs trésors et leur histoire. Après chacune de ces victoires contre les torpeurs de l'océan, tu prends ta planche de surf et tu vas défier les vagues. Tu aimes sentir le poids de la mer sur tes épaules, le sel s'incruster sur ta peau et lui conférer cette odeur si particulière. Si cela ne tenait qu'à toi je suis sûr que tu te considérerais comme Poséidon lui-même. Ton lieu de prédilection c'est Waiméa du côté d'Hawaï tu ne sais pas vraiment pourquoi mais tu préfères même cet endroit au Cloudbreak des Fiji.
Mais revenons plutôt sur ta dernière prise. Celle pour laquelle tu fais la une des gazettes. L'*Albermarle*, un Indianman, un de ces navires qui effectuait une traversée de 18 mois, reliant ainsi l'Angleterre et les Indes. La légende dit qu'il s'est échoué sur les côtes anglaises puis a été emporté à la suite d'une violente tempête. Tu as juste eu à chercher là où personne ne l'avait fait. Le navire se trouvait toujours à

l'emplacement où ses hommes l'ont laissé, en Cornouailles, seule la crique avait disparu. C'était malin.
Mais toutes ces épaves découvertes, toutes ces histoires remontées à la surface, ce n'est qu'une balade de routine pour toi. Cette partie de chemin, c'est la plus facile, celle qui te fournit l'argent de poche dont tu as besoin pour la suite de l'aventure.
Tu vas bientôt pouvoir apercevoir le jour percer la fine couche d'océan qui te recouvre.
Ton objectif c'est que le soleil éclaire l'épave de la Santa Maria. Tu la veux corps et biens. Tu vois déjà les navires gargantuesques s'affairer autour du lieu de ta plongée, les machines remplir ces bombonnes titanesques qui te serviront à respirer une fois immergé. Ce navire... la reine des légendes. Cette caravelle qui un jour ouvrit la route des Indes tracée par Christophe Colomb. Quand je vois ce que nous, puis vous, en avons fait de cette route, je me dis que ce jour-là, le capitaine, il aurait mieux fait de ne jamais se lever. Admets-le, juste entre toi et moi, cette bâtisse mythique, elle te fait rêver n'est-ce pas ?
C'est dommage, parce que tu ne vivras pas suffisamment longtemps pour la regarder se parer de lumière quand les rayons de soleil la frappent. Ce navire est mien et jamais tes mains ne pourront le caresser.
Tu cherches à accroître ton aérodynamisme, à sortir du rouleau. M'aurais-tu entendu ? Aurais-tu peur ?

Tu peux surfer aussi vite que tes forces te le permettent, Elle ne te laissera pas fuir, aujourd'hui j'ai tout mon temps.
Tu sais... Si encore tu plongeais de manière respectable, à la seule force de tes bras, de tes jambes et de tes poumons, comme le font les pêcheurs d'éponges que j'ai si souvent admirés sur les côtes crêtes... Je crois que je te l'aurais laissée, la Galicienne, ma Santa Maria. Mais tout ce spectacle, tous ces paquebots, toutes ces machines, toutes ces caméras, tous ces journalistes, toute cette fierté, ce pavanement plus digne d'un coq de basse-cour que d'un être humain... Non, vraiment, je suis désolé mais je préfère la laisser aux poissons plutôt qu'à toi et ton ambition dévorante.
Tu n'y crois pas n'est-ce pas ? Tu penses vraiment que tu vas pouvoir atteindre la fin du rouleau, sortir de la vague et fuir cette mauvaise impression ?
D'ailleurs, ne le trouves-tu pas un peu trop long pour être naturel ce rouleau ?
Tu sais... Avec les gars, les autres matelots qui sont restés dans le fond, on aimerait bien te raconter notre histoire. Nous, on voudrait te dire pourquoi on l'aime notre Santa Maria, pourquoi on s'est embarqué sur ce chemin qui n'était qu'une traversée de l'inconnu, pourquoi on pense qu'elle est plus heureuse sous la mer qu'elle ne le sera jamais à sec. Nous, on a bien essayé de te raconter toutes ces légendes, toutes ces aventures que même tes conteurs ne sauraient inventer, mais à chaque fois tu ne nous écoutes pas. Tu te contentes de plonger, toujours plus profondément. Après tout, peut-être

que ce n'est pas ta faute, toutes ces machines, elles font un bruit inimaginable. Tellement de bruits qu'elles nous ont réveillés, les gars et moi.
Vraiment, nous aurions préféré les sirènes, les vraies, celles avec des queues de poissons et des chevelures d'écume, pas les vôtres, celles qui déchirent les tympans et n'ont pas de corps, celles qui hurlent depuis les ponts de vos bateaux. Enfin ce n'est pas comme si vous, toi et les autres, pensiez à notre bien-être. Vous êtes déjà incapables de penser à celui de vos semblables, alors le nôtre et celui de la Nature... Je ne suis plus qu'un grain de sel dans l'océan, une infime portion de la Nature, mais nous sommes une infinité de grains de sel, de sable, d'écailles de poissons et de coraux à ne rien vouloir d'autre que le repos dans notre dernière demeure.
Si cela peut te rassurer, demain aussi tu feras la une des journaux. « Un *Haole* accidentellement tué par un sabre d'abordage datant du XVe siècle sur la plage de Waiméa ».
Mais mon sabre qui s'enfonce inexorablement au travers de ton torse tandis que le reste de ton corps tente désespérément d'atteindre la surface, ce n'est en rien un accident. Déjà à mon époque ce genre d'acte portait un nom. Nous appelions ça un règlement de compte.
Quand j'ai pris la mer pour la toute première fois, un matelot m'a mis en garde « Petit tu ne prends rien à la mer, c'est la Mer qui te donne. Et tout ce qu'elle te donne, un jour elle le reprend ».

N'as-tu pas pris bien plus que tu ne pourrais jamais lui rendre ? Tu peux te débattre, c'est inutile, on te rendra aux tiens, nous ne voulons pas que tu viennes pourrir un peu plus les océans.
« Les bons comptes font les bons amis. À une prochaine peut-être ! »
Et la vague se retira. Mais l'histoire continua de faire bruisser les flots un bref instant.
« Je l'aimais bien ce sabre. Mais ne t'en fais pas je ne vais pas te demander de me le rendre ».
Enfin la Nature et les voix tempétueuses qui l'avaient mue se turent, pour un repos que chacun espérait éternel.

Jean-Philippe Mathieu

Ceci n'est pas un crime !

Les douze photos accrochées au mur de son bureau l'obsédaient.
Plus de cinq ans écoulés depuis leurs arrivées dans le service et toujours rien...
Les six hommes et six femmes semblaient n'avoir jamais existé : aucune trace, excepté ses Polaroid et l'inscription rouge foncé sur chacun d'eux :
- Ceci n'est pas un crime !

Il modifiait les positions, les flèches et relations entre les éléments : peine perdue, aucune juxtaposition cohérente ne donnait une direction à suivre.
Le commissaire Étienne Bodson entamait sa dernière semaine avant la retraite mais le piétinement de ses ultimes mois sonnait le glas pour lui.
Il plierait bagage sur un échec et, de plus, le plus cuisant de sa longue carrière !
Après son départ, on oublierait son passage.
Rien en en lui pour accrocher la moindre once d'une parcelle mémorielle conduisant au souvenir de cet homme commun.
Un physique courant, une voix sans relief, un caractère renfermé, des besognes de second ordre.
Oui, il s'en irait de la même manière que son entrée en 1974, sans aucun éclat.

Ces deux événements constituaient le parfait résumé de son passage sur terre : banalité exemplaire !
Tout en buvant son café amélioré au cognac, il parcourait le quotidien national du jour qui parlait à nouveau de l'affaire car aucun autre scandale ne pointait à l'horizon pour l'instant.
La Une titrait en gras : « **Le désaxé a envoyé les photos à la police et depuis longtemps maintenant ! Depuis lors, tout paraît figé, les fonctionnaires dorment, les assassins agissent ! La gendarmerie, à part sermonner et réprimander les automobilistes, semble abandonner les explorations. Pourquoi n'informe-t-on pas la population ?** »

Revenu dans son appartement après une nouvelle journée à se morfondre sur les dossiers concernant l'énigme, il se prépara des pâtes aux palourdes avec une bouteille de Chardonnay chilien.
Pas de fromage, bien entendu, ses ancêtres italiens se retourneraient dans leurs tombes.
Il finit par une mousse au chocolat noir, faite maison pour ensuite s'asseoir avec un rhum antillais de 25 d'âge et un havane.
Une vie ordinaire, sûrement, mais accompagnée par des mets raffinés, son intérieur l'emportait sur les apparences !
Le premier sujet du journal télévisé parlait de son affaire.
Le ministre de la justice, invité sur le plateau, précisa la longue enquête depuis l'arrivée des clichés.

Il donna des informations assez banales mais qui suffiraient à calmer l'opinion publique ou au moins ne pas l'effrayer.
Il conjectura sur la mort du hors-la-loi.
- Les instantanés, expliquait-il, symbolisaient le testament d'un inconnu qui voulait prouver son talent et acquérir une reconnaissance post mortem de son penchant criminel.
Ce personnage savourait l'échec des policiers car il évoquait sournoisement les dossiers des tueurs du Brabant et du dépeceur de Mons.
L'identification des victimes demeurait la priorité absolue des forces de l'ordre tant l'évaporation évidente du meurtrier semblait certaine.
Étienne enrageait ! Comment pouvait-il affirmer la disparition de ce tueur en série ?
Quel faible bonhomme !
Si demain l'assassin frappe à nouveau, il viendra raconter quelle autre salade ?
Rassurer mais ne pas mentir, comme pour tes promesses électorales !
Les photos ne pouvaient provenir que de lui !
Les cadavres l'accompagnaient partout.
Les hommes et les femmes habillés des mêmes vêtements : un veston de laine bleu, un gilet à petits carreaux, un pantalon gris, des souliers jaunes et un maquillage outrancier qui leur donnaient un vague air de famille.
Une mise en scène judicieuse et pas l'œuvre d'un simple malade.

Le hasard n'entrait pas en compte non plus, dans l'incroyable bric-à-brac amoncelé sur la couverture.
Une boîte à tabac en bois, un chapeau melon clair, un téléphone rose, un tube de rouge à lèvres, des photographies anciennes floues, des tampons hygiéniques, des cartes à jouer tachées, une paire de lunettes, des grains de café, des allumettes, une paire de ciseaux, des épingles à cheveux, des bouchons à champagne, le sac en plastique avec l'inscription « Mons » et la reproduction d'une Volkswagen détruisant un Delhaize, tous ces éléments disparates divulguaient une partie du schéma criminel.
Je n'aime pas les devinettes !
Où découvrir le point commun ?
Ils avaient analysé chaque composant et à part les emplacements qui variaient légèrement
d'un cliché à l'autre, rien d'exploitable !
Comme quasi rien ne filtrait dans la presse, le dossier se dégonflait au même rythme que les enquêteurs affectés, si bien qu'il demeura seul sur l'affaire.
Le lendemain soir, Étienne mangeait des moules quand il fut interrompu par le téléphone.
- Bonjour commissaire Bodson. Je m'appelle Raymond, je suis voyant. À la suite des clichés parus dans le journal, j'ai eu comme une révélation. Le personnage central de cette affaire, je sais qu'il vit toujours et qu'il passe sa vie à manipuler son entourage. Abordez son monde mais de manière non scientifique. Pénétrez son univers ! Investissez

ses photos ! Je n'ai que mes convictions mais je vous l'assure, ma vision ne tient pas de l'absurde, je vous le garantis !

À peine chez lui, Étienne s'effondra sur le canapé.
Il avait cru le cinglé d'hier soir et tenté de pénétrer les images, de percer le mystère mais le dégoût le submergea à nouveau.
L'après-midi, il noya sa déception au rhum dans son bar de prédilection.
21 heures : la sonnette retentit.
Étrange, il n'attendait personne !
Devant lui, se tenait un certain Raymond.
Il hésita un instant, puis le fit entrer.
Il devait avoir dans les trente ans et semblait parfaitement équilibré, ce qui l'avait convaincu d'ouvrir sa porte.
- Voici le journal et les douze instantanés publiés. J'ai plongé dedans et aperçu des choses intéressantes. Regardez bien le tapis rouge, plus exactement le bord inférieur droit. Presque chaque cliché diffère. Avec un peu d'imagination et une lampe violette, on voit des caractères alphabétiques.

En effet, Étienne griffonna sur un bout de papier une suite de signes :
- A.A.E.G.I.L.M.P.R.T.T.U.
- Voilà, vous y êtes. Remettez maintenant les lettres dans l'ordre, vous trouverez Paul Magritte, le frère du célèbre René. Après quoi, le veston de laine bleu, le gilet à petits

carreaux, le pantalon gris et les souliers jaunes mais aussi la boîte à tabac en bois, le chapeau melon clair, les photographies anciennes, les cartes à jouer salies, les grains de café, les allumettes et les épingles à cheveux qui jonchent le sol, ce sont tous des éléments d'un texte que Paul a écrit : « Portrait du poète ».

Étienne observait cet inconnu mais quelque chose de familier transpirait de sa silhouette droite, ou alors de ce visage bon enfant avec un nez important, des sourcils broussailleux et des yeux interrogateurs.
Puis, il prit le papier que lui tendait Raymond.
Il comparait le poème de référence et les tirages étalés sur sa table.
Il n'en revenait pas !
Son hôte leur resservit un verre.
Le commissaire le but d'un trait.
Ce nouvel angle de l'enquête le fascinait, il ne voyait même plus l'extralucide.
Puis l'alcool et la fatigue eurent raison de lui : il s'assoupit.
Environ deux heures plus tard, il se réveilla ou plutôt fut ranimé par une cruche d'eau.
Il se trouvait debout sur un tabouret accolé à la rampe d'escalier.
Son cou le démangeait atrocement.
Ce n'est qu'en cherchant à se gratter, qu'il réalisa sa position et ses mains entravées, liées dans le dos.

Impossible de diminuer le feu au col, il ne pouvait bouger et, plus il gigotait, plus le nœud coulant qui enserrait sa nuque lui taraudait la peau.
Il hurla pour rien car, dans sa bouche, un morceau de tissu calfeutrait ses cris.
La peur le fit trembler.
- Surpris Étienne ! Je ne m'appelle pas Raymond mais Paul. Je suis le petit-fils du frère cadet de René Magritte.
- Vous avez tout perdu de son esprit !
En cette année d'ouverture de son musée !
Les louanges foisonnent de partout dans le monde mais son message a été dénaturé.
Aujourd'hui, tout est pris à la lettre !
Même votre instruction : aucune imagination, mon pauvre commissaire !
Les analyses scientifiques, les enquêtes sur les ADN, un branle-bas de combat pour douze malheureuses photos.
- Rien ne manquait pourtant, y compris l'avertissement : ceci n'est pas un crime !

J'ai copié mon parent, ce maître qui disait : « Ceci n'est pas une pipe »
Vous avez cherché l'introuvable !
Jamais aucun cadavre, de simples représentations et vous foncez tête première dans la mise en scène !
De pauvres SDF, décédés par-ci, par-là, que j'ai maquillés, déguisés avant de les nettoyer et les abandonner dans des décharges non surveillées.

On ne les mettra jamais au jour : depuis cinq ans, il ne reste rien. Ils n'ont jamais été réclamés.
Tu penses, déjà vivants, ils n'intéressaient personne, alors morts !
- Pourquoi t'ai-je choisi ? Je devine ta légitime question.
Le hasard qui guide nos pas depuis notre naissance, rien de particulier si tu y réfléchis.
Le même concours de circonstances aussi fortuit que l'acte sexuel de tes parents t'ayant donné le jour.
Tu ne peux pas comprendre !
Tu es trop logique, trop rationnel !
Je vais te rendre service.
Penses-y !
Tu es presque à la retraite. Les dernières enquêtes allaient trop vite pour toi.
Tandis que là, avec mon affaire, tu pouvais prendre ton temps.
Aucune réelle pression médiatique, je te laissais vaquer à ta guise.
Malheureusement, quand j'ai entendu parler de ton ultime semaine de travail, je devais agir rapidement, ferrer ma proie avant que tu ne me quittes.
Je ne pouvais permettre à un autre de poursuivre le dossier, de gâcher mon plaisir de te regarder patauger, plonger de plus en plus dans les délices de l'alcool.
- As-tu imaginé tes occupations, tes loisirs pour le mois prochain ?

Tu vis seul, ignoré de tous, pas même un animal de compagnie !
Tu allais sombrer totalement dans la dépendance aux degrés dévastateurs des bouteilles du liquide brun dont tu te délectes.
Et ton nom disparaîtrait sur une tombe qui ne serait jamais fleurie.
- Par charité, je vais t'aider.
Je t'explique la mise en scène dont tu seras mon héros.
Je vais étaler les photos sur la table, renverserai ton verre et éliminerai toute trace permettant de m'identifier formellement.
Celles que j'oublierai amèneront tes collègues à douter quant à l'option du suicide.
Oui, tu vas mourir ainsi, selon tes derniers mots, enfin ceux que je laisserai.
Ton écriture te représente à ta juste valeur, d'une telle banalité que l'imiter ne pose aucun souci.
Les adjoints feront sans doute le lien avec les douze autres mais ne trouveront rien sur moi !
- Je dois confesser que ce soir, je me suis joué de toi.
Si les objets étendus apparaissent bien dans le poème, les plis du tapis n'existent pas.
Je les ai créés pour voir ta tête quand tu imaginerais tenir une piste.
Le prénom n'appartient pas à ma famille et, vu le peu de niveau de fantaisie présent chez tes collègues, j'ai tout le

temps de finir ma vie tranquille comme guide au musée Magritte. Je côtoie mon ancêtre chaque jour et personne ne viendra me chercher là-bas, nouveau pied de nez surréaliste dont nous détenons le secret !
Quand je pense à toutes les personnes en vue qui se sont précipitées là, juste pour dire qu'elles l'avaient visité.
Aucune d'elle n'a compris le message subliminal au milieu de ses toiles.
L'imaginaire possède une force bien plus grande que le réel mais, pour s'en rendre compte, il faut accepter de se mettre à nu et rester humble.
- Ensuite, tu te pendras. Tes collègues mèneront une enquête qui n'aboutira en aucun cas. Tu seras enterré avec les honneurs et auras droit à une tombe garnie à tout jamais.

Alors, d'un coup de pied, Raymond expédia le tabouret qui, à son tour, envoya Étienne loin d'ici.

Celui-ci ne sut jamais qu'il portait un message destiné à orienter les fins limiers de sa corporation :
- *Ceci n'est pas un crime !*

***

Le seul vrai meurtre de toute l'affaire serait mis en doute mais on le reconnaîtrait en tant que tel, pour sauver les apparences policières et celles d'un commissaire si près de la retraite.

Finir assassiné donnait moins de matière à ronger à la presse que l'autodestruction d'un homme de loi.
Le petit-fils d'un Magritte poursuivait le travail de famille :
- Dénoncer les conventions des images et le sens des mots inventés arbitrairement pour représenter une pseudo-réalité.

Extrait de Portrait du poète, Paut Magritte :
« Je rêve à toi, ô poète, chiffonnier des jours... Je t'imagine, mon bonhomme. Tu as un veston de grosse cheviotte bleue, à plis épais, avec des boutons comme des friandises. Un gilet trop large, à petits carreaux. Une tabatière d'ébène ornée de signes du Zodiaque. Un pantalon gris en basin. Un vaste mouchoir d'escamoteur, un mouchoir paysan à pois, un mouchoir à nicotine. Des souliers jaunes. Une bague en argent... Tu ris, mon bonhomme, le pouce au gousset et quatre doigts boudinés caressant ta bedaine. Tu portes volontiers un chapeau melon beige. Tu as une bonne balle, bien ronde, à poils ras couleur poivre. Un nez truffé de fin tabac. Des yeux de porcelaine bleue que tes malices noircissent. Des oreilles velues, appétissantes comme des beignets.
Trois dents en or dans la bouche et dans tes innombrables poches : le plan symbolique d'une contrebasse, le langage des fleurs, le manuel du célibat, des photographies anciennes. J'entends ta voix d'enfant, ta toux délicate, tes phrases nonchalantes.

O, poète ! Il fait bon s'asseoir à ta table, crocheter dans ton bric-à-brac, plonger ses mains dans la sciure de bois. Je sais tes goûts, bouche de curé. Tu es gourmet. Tu aimes le vin, le lapin aux prunes, les escargots, la chapelure. Tu savoures tes étoffes rouges, ton vieux phono, tes horloges à personnages. Tu aimes les dimanches, les pipes Jacob, les cartes à jouer salies... »

Gérard Muller

Clara

Fatigué de ma journée de travail, j'ouvre la porte de ma maison, ne désirant plus qu'une seule chose : avaler un grand verre de vin blanc sec avant de me coucher sans dîner. À peine ai-je posé un pied dans l'entrée que je suis assailli par une odeur qui saisit ma gorge et comprime mon larynx. Entre pourriture, moisissure et vomissure. Ce matin, j'avais pourtant pris soin de ranger dans le frigidaire tout ce que j'avais sorti, et de vider la poubelle. Mon épouse, Michèle, étant partie chez sa mère pour une semaine, je ne vois pas ce qui peut générer ces effluves dont l'intensité ne fait que croître à mesure que je m'enfonce dans le couloir. Peut-être le cadavre d'une souris qui a dû se cacher sous un meuble pour mourir, me dis-je en arrivant dans mon salon, sans trop y croire, celle-ci devant posséder des mensurations hors du commun pour engendrer de telles émanations.
Là, les effluences se renforcent encore pour me tenailler le ventre et générer une bile acide dans celui-ci. Je réprime à peine un premier spasme, puis le contenu du second tente de rejoindre le tapis de la pièce, avant de me précipiter aux toilettes pour me pencher au-dessus de la cuvette, et ainsi préserver ma moquette. Je reste alors figé, les avant-bras posés sur la lunette, le regard planté vers l'eau du siphon, attendant que le reste de mon déjeuner veuille bien la

rejoindre. Une seule glaire daigne sortir de ma bouche malgré mes efforts pour vider mon estomac qui continue à se tordre de dégoût. Pris d'un léger vertige, je commence à expectorer ayant fait par la même occasion une fausse route. Au bout d'une minute, ma situation se stabilisant peu à peu, je décide de rejoindre la salle de bains pour me rafraîchir en plaçant ma tête sous le robinet d'eau froide. L'interrupteur actionné inonde la pièce d'une lumière blafarde, aussi blanche que la couleur de mon visage que je découvre dans le miroir latéral. Mes yeux se tournent alors vers la baignoire dont une tête dépasse à peine du rebord. Un faciès boursouflé, tuméfié, sanguinolent m'observe d'un regard complètement vide de toute expression puisque les orbites laissent paraître deux trous noirs à la place des prunelles.
Un haut-le-cœur me saisit à nouveau, décuplé par une odeur qui redouble d'intensité, avant que je ne reconnaisse Clara, ma voisine, avec laquelle j'ai eu une liaison qui s'est terminée il y a peu. Nous nous sommes séparés d'un commun accord, le temps ayant fait son travail de sape sur notre amour, avant de retrouver nos habitudes conjugales réciproques et séparées. Le corps de mon ancienne maîtresse repose complètement nu, livide et recroquevillé au fond de la baignoire en faisant un dangereux angle droit. Un couteau de cuisine est planté sur son sein gauche, juste au-dessus de l'aréole, et une longue traînée de sang séché s'en échappe pour aller rejoindre la toison de son pubis, reliant ainsi, dans

une mise en scène macabre, les deux parties de son anatomie que je préférais.
Je reste immobile, figé, statufié, pendant de longues secondes devant le spectacle qui m'est offert. Je remarque alors que le fond de la baignoire est maculé d'excréments qui se sont mêlés au liquide vital, formant ainsi un tableau abstrait des plus monstrueux. Mon estomac est le premier à réagir, et dans une convulsion qui me vrille le ventre, je vomis le poulet basquaise dégusté à midi sur les cuisses de mon ancienne amante, cuisses adorables sur lesquelles j'adorais poser ma nuque après l'amour.
Mes connexions neuronales et synaptiques se mettent alors en branle, saturant mon cerveau dans une débauche d'activité neurologique, sans que je puisse trouver la moindre explication. Que me faut-il faire ? Agir, oui mais comment ? Appeler la police ? Dissimuler le corps dans un endroit où personne ne pourra le trouver ? Fuir ? Aucune solution ne me paraît opportune, une brume tenace s'emparant de mon esprit qui s'englue dans une sorte de marais immobile et saumâtre.
Soudain, la sonnerie du téléphone retentit. Heureux de cette diversion, je cours pour aller le décrocher au plus vite de peur que l'interlocuteur ne se lasse d'attendre. À bout de souffle, je saisis le combiné et le pose sur mon oreille droite. Au bout du fil : un silence duquel s'échappe une respiration soutenue qui se mêle à la mienne.

— Allô, qui est à l'appareil, m'entends-je hurler d'une voix que je ne reconnais pas, tellement elle s'accompagne de vibratos gutturaux.
— Allô, répondez-moi, bon sang ! insisté-je en tentant de m'éclaircir la gorge.

Un timbre cassé, rauque, caverneux comme celui d'un fumeur de longue date, décide enfin de se manifester :
— Gérard ? C'est moi.

Je crois reconnaître mon locuteur, sans en être totalement sûr. Je décide alors de le laisser continuer :
— Alors, tu l'as trouvée ?

Plus aucun doute. C'est Jacques, le mari de Clara.
— J'ai trouvé quoi ? arrivé-je à prononcer d'une voix de plus en plus éraillée.
— Eh bien, le corps de mon épouse, dans ta baignoire.

Je reste coi, paralysé, pendant que des crachotis électriques occupent la ligne, et qu'une sueur glaciale continue à s'écouler le long de ma colonne vertébrale, mouillant jusqu'au haut de mon slip.
— Euh... Oui... Je l'ai vue... C'est toi qui l'as... tuée ?

Une longue pause s'installe, comme s'il voulait ménager ses effets.

— Oui... et non.

Mon sang ne fait qu'un tour avant que je m'entende brailler dans l'appareil :
— C'est oui ou c'est non ! Elle est complètement morte, et ce depuis plusieurs heures !
— En fait, c'est toi qui l'as tuée !
— Comment ça, c'est moi ! Tu dérailles complètement mon vieux ! Qu'est-ce que c'est que ce cirque ? En tout cas, tu n'as pas l'air très affecté par son décès !

Nouveau silence. Nouveaux crachotements sur la ligne.
— Tu l'as tuée, parce que tu l'as quittée. Elle n'a pas pu le supporter. Alors, elle s'est suicidée chez toi. Exprès. Pour te punir. Elle avait encore la clef de ta maison, et c'est ainsi qu'elle s'est introduite dans celle-ci.

Je tente de rassembler les morceaux du puzzle et m'aperçois qu'il manque plusieurs pièces importantes, notamment sur les bords, là où il faut le commencer. Certaines, par ailleurs, semblent appartenir à un autre jeu.
— Elle s'est suicidée en se plantant un couteau dans la poitrine et en énucléant ses propres yeux ! Tu déconnes complètement, mon pauvre Jacques !
— Elle s'est en fait empoisonnée dans ta baignoire à l'aide d'un neuroleptique puissant... Le reste, c'est moi qui l'ai réalisé, mais après sa mort.

Le casse-tête commence à prendre forme, mais il subsiste quelques pans non remplis.
— Si tu dis vrai, comment as-tu su qu'elle allait passer à l'acte, et pourquoi as-tu fait cette machination ?
— Secret de fabrication... Disons que je possède un sixième sens pour ces choses-là... Et puis...
— Et puis ?

Un raclement de gorge précède la réponse :
— Disons que je ne l'ai pas dissuadée... Quoi qu'il en soit, je dois te prévenir que les flics sont avertis et qu'ils devraient arriver sous peu. Ils trouveront le couteau du crime maculé par tes empreintes et les deux yeux de Clara dans ta poubelle. Bonne chance Gérard, j'embarque en ce moment pour les Bahamas. Je penserai bien à toi et, avec Michèle, nous t'enverrons des ananas dans ta prison. Il paraît que tu les adores d'après Clara et ton épouse !

Le salaud ! Assassiner sa propre épouse, s'en aller avec la mienne sous les tropiques et me faire porter le chapeau. Ils ont bien caché leur jeu, les cochons ! Mon regard se tourne naturellement vers Clara, espérant peut-être un sursaut de celle-ci, une réaction à ce que nous venons d'apprendre, mais je suis obligé de constater qu'elle n'exprime plus rien, sinon une moue de souffrance qui est restée sur ses traits comme le seul témoin de son décès prématuré.

Soudain, une sirène retentit dehors. La police, me dis-je alors que mon cœur a repris un emballement incontrôlable. Je ne vais tout de même pas rester ici comme un idiot ! Eh bien, si. Incapable de quitter des yeux mon ancienne maîtresse, ou plutôt leur absence, je me mets à trembler de tous mes membres comme un joueur de batterie atteint de la maladie de Parkinson. La sueur qui continue de s'épancher dans mon dos a maintenant trempé tout le bas de ma chemise et le haut de mon pantalon.

Le bruit strident de la voiture est remplacé par le timbre non moins agressif de ma sonnette. À l'instar d'un somnambule, guidé par son inconscient, je me dirige vers ma porte d'entrée, l'esprit brumeux et, dans un réflexe incontrôlé, ouvre le battant droit de celle-ci. Devant moi, deux uniformes me dévisagent ; l'un féminin, porté par une jeune femme au teint hâlé ; et l'autre, masculin, emprunté par un homme plus âgé dont la couperose s'épanouit sur un faciès buriné par le temps.

— Bonjour. Nous sommes bien chez Monsieur Gérard Lemercier ? énonce celui qui semble être le chef.

Comme aucun son n'arrive à sortir de ma bouche, un hochement de tête leur est offert en guise d'acquiescement.

— On nous a signalé un assassinat, rajoute-t-il en plissant ses narines, ayant visiblement perçu l'odeur pestilentielle qui continue de diffuser ses fragrances.

Il doit me rester quelques neurones en bon état puisque j'arrive à lui répondre :
— C'est bien là... Mais il ne s'agit pas d'un crime, ou plutôt d'un suicide maquillé en crime.

Deux regards incrédules me toisent. Aucun doute, selon eux, je suis déjà coupable.
— Pourrions-nous voir le cadavre ?
— Je vous en prie, réponds-je en m'écartant de la porte, dans un sursaut de politesse complètement inapproprié.

Nous nous dirigeons de concert vers la salle de bains où nous sommes accueillis par le visage de Clara qui, me semble-t-il, a légèrement glissé vers le fond de la baignoire.
— Hum... La mort ne fait aucun doute, énonce le policier, après avoir tâté le pouls de la victime, en ayant pris soin de poser un mouchoir entre sa main et la peau de la trépassée. Le décès doit remonter à deux ou trois heures, rajoute-t-il en se tournant vers sa jeune collègue.

A-t-il fait des études de médecin de légiste pour affirmer cela, ou veut-il impressionner son adjointe, pensé-je en optant pour la seconde hypothèse ? Il rajoute :
— Vous prétendez qu'il s'agit d'un suicide. Difficile de vous croire, à voir cette pauvre femme.
Je me lance alors dans l'exposé des faits tel que je les suppose, sans écarter le récit de notre relation amoureuse passée. À

mesure de ma narration, les traits de mes deux interlocuteurs passent de l'incrédulité à une certaine curiosité, et les regards de connivence qu'ils échangent me démontrent l'intérêt qu'ils commencent à éprouver pour cette histoire. Elle doit les changer des incivilités et des chiens écrasés qui alimentent leur pain quotidien.

— S'il y a eu vraiment suicide avant le coup de couteau et l'énucléation, le légiste pourra le confirmer. Pour ma part, j'en doute, rajoute le chef. Le sang n'aurait pas coulé de manière aussi fluide. Il aurait coagulé très vite et nous n'observerions pas de telles traînées.

Décidément, l'homme a raté sa vocation, pensé-je en observant son nez marbré de veinules rougeâtres.

La jeune policière qui, jusque-là, n'avait pas prononcé une seule parole, s'enhardit :

— J'aurais, pour ma part, plutôt tendance à vous croire, Monsieur.

Nous nous tournons de concert vers celle qui doit avoir des origines martiniquaises ou guadeloupéennes, et je crois deviner dans les yeux de son aîné un étonnement froid couplé à une colère silencieuse. De quoi se mêle-t-elle ? puis-je lire dans ses prunelles.

Celle qui osé défier l'autorité supérieure donne l'impression de savourer son effet, et de ménager celui-ci en déglutissant à plusieurs reprises avant de continuer :
— Regardez. Je pique le corps avec mon aiguille et aucune goutte ne perle.
— Et alors ! C'est normal après plusieurs heures. C'est ce que je disais, répond l'inspecteur d'un ton glacé.
Il rajoute en me prenant par le bras :
— Fini la plaisanterie. On vous embarque et on convoque la police scientifique. Brigadier, entourez la scène de crime d'un ruban *ad hoc*, afin de la préserver. Nous l'avons déjà assez polluée de par notre présence.

Alors que je me résigne à obéir sagement à l'ordre donné, la jeune femme reste auprès du cadavre en nous jaugeant et en nous disant :
— Attendez. Ne partons pas aussi vite, nous allons être ridicules !

Si le regard de son supérieur pouvait lancer des flèches acérées, il ne serait pas différent de celui qu'il lui jette. Il serre un peu plus mon bras pour me pousser à le suivre :
— Nous partons. Exécution. Pas de discussion.
— Attendez ! Ne voyez-vous pas qu'il s'agit d'une mise en scène.

Je me perds en conjectures sur l'attitude de la policière. Aurait-elle décidé de briser sa carrière ? Une forte tête, en tout cas.
— Que voulez-vous dire brigadier ?

Elle savoure sa prochaine victoire en se léchant les lèvres.
— Que le corps que nous avons devant nous n'est pas un corps réel, mais un mannequin. Palpez-le, vous verrez qu'il est en caoutchouc.

Le policier se pare d'un rouge écarlate, s'étrangle, éructe, avant de s'égosiller :
— Je vous défends de toucher à quoi que ce soit ! Il nous faut laisser tous les indices intacts. Pour la dernière fois, je vous ordonne de me suivre au commissariat. Brigadier, obtempérez !

Dans un nouveau réflexe incontrôlé, je me libère de la pression de l'inspecteur sur mon bras et pose ma main droite sur le cadavre. Celui-ci me semble trop mou pour être celui d'une morte. Je le soupèse, constate qu'il est très léger, et que ma simple action le déplace jusqu'à le faire choir sur le fond de la baignoire. Aucun doute, ce n'est pas Clara, mais une sorte de poupée en élastomère. Aussitôt, tout le poids qui était tombé sur mes épaules se soulève, et je me sens presque en lévitation, immergé dans un univers complètement inconnu.

À peine retrouvé-je un semblant de lucidité que Michèle, Clara et Jacques entrent dans la pièce, ce qui engendre un nouveau séisme dans mon crâne.
— Alors Gérard, que penses-tu de notre petite mise en scène ?

J'ai beaucoup de mal à rester debout, et suis obligé de m'asseoir sur le rebord de la baignoire pour ne pas m'affaler sur le carrelage. Mes yeux passent de la vraie Clara à la fausse, se brouillent, confondent les deux, et mon cerveau tente de recoller des morceaux qui se sont beaucoup trop dispersés. Comme je reste silencieux, l'air certainement hagard, Michèle rajoute :
— Bon anniversaire mon chéri ! C'est Clara qui a eu l'idée de ce cadeau. Comme tu l'as quitté sans élégance, elle a décidé de se venger. J'ai tout de suite été d'accord avec elle, car tu ne m'as jamais avoué votre liaison qui était, je dois le dire, de notoriété publique, et même de moi.

Dans un sursaut d'intelligence, je me souviens alors que Jacques travaille au Musée Grévin. Il a très bien pu me piéger, et organiser cette mascarade bien qu'elle ait dû lui demander beaucoup de travail. J'essaie de me donner une contenance à peu près digne, mais les traits de mon visage doivent me trahir puisque mon épouse renchérit :

— Allez, ne fais pas cette tête et viens au salon, nous avons préparé du champagne et des petits fours. Quarante balais, cela se fête, non ?

Ma langue se délie enfin du carcan qui la maintenait collée à mon palais, et je m'entends prononcer les paroles suivantes :
— Vous êtes complètement dingues ! Vous auriez pu me tuer, si j'avais été cardiaque ! Et vous les soi-disant policiers, vous êtes évidemment des complices, bien sûr ?
— Des comédiens engagés pour l'occasion, me précise Michèle. Ils ont été bons, non ?

Tiraillé entre plusieurs sentiments – la joie d'être libéré du fardeau de la mort de ma voisine et l'étonnement devant une telle mise en scène –, je navigue encore entre deux eaux de ma conscience, lorsqu'une question me vient à l'esprit :
— Mais pourquoi s'être acharné sur moi comme cela ? Une telle scénographie a dû vous demander un boulot pas possible ! Tout ceci pour une petite vengeance au sujet d'un acte qui n'en mérite pas tant !

C'est encore Michèle qui dégaine la première :
— Mon chéri, tu n'as pas encore compris ! Nous fêtons non seulement ton anniversaire ce soir, mais aussi notre futur divorce. Cela mérite bien une telle comédie !
— Notre futur divorce !

— Eh oui, je pars avec Jacques m'installer à Paris. Il a besoin d'une styliste pour son musée. Il faut que tu saches que nous sommes amants depuis plus de deux ans ! ajoute-t-elle en se serrant contre notre voisin qui lui passe ostensiblement le bras autour du cou en signe de propriété.

Première nouvelle. Sont-ils encore en représentation, ou disent-ils la vérité ? L'impression d'être devenu une marionnette qu'ils actionnent à leur guise me tenaille le crâne. Dans un sursaut de résistance, je m'adresse à Clara :
— Et toi, dans tout cela ? Tu acceptes la situation ? Quel jeu joues-tu de ton côté ?

Elle plante ses prunelles translucides dans les miennes et me répond avec ce sourire qui m'a désarmé dès le premier jour de notre rencontre :
— Je crois que je n'ai pas le choix... et toi non plus d'ailleurs !
— Que veux-tu dire ?
— Que nous allons redevenir amants... et que je vais m'établir ici.

Je reste bouche bée, mais arrive néanmoins à dire :
— Et si je ne le veux pas ?

Elle vient poser un baiser sur ma joue, son parfum distille les phéromones auxquelles je n'ai jamais pu résister, et me dit en minaudant :

— Tu pourrais prendre la place de mon mannequin dans cette baignoire mon amour. N'est-ce pas mes amis ? Alors, ce champagne, on le boit ou non ?

Jean Pouessel

Commissaire M.

J'avais quatre-vingt-deux ans à l'époque et je me souviens de ce jour de mars 1994 comme si c'était hier. J'avais quitté Paris une vingtaine d'années auparavant pour m'installer dans le Gers, à Lectoure, dans une vieille bâtisse du dix-septième siècle dont le dernier étage m'offrait une vue grandiose sur la chaîne des Pyrénées. Je vivais de rien ou presque, attendant flegmatiquement la mort et ma vie était réglée comme du papier à musique. Je me levais tard, tentais de rendre un peu de souplesse à mes membres en pratiquant quelques exercices appropriés, puis je déjeunais d'une cuisse de canard confit et d'une salade du marché. J'écoutais un peu de Bach puis, vers seize heures, frais comme un gardon, je sortais me promener dans les vieilles rues de la ville. Mon tour se terminait invariablement aux Marronniers où je buvais une bière en regardant les boulistes. Les Lectourois m'avaient adopté assez facilement en dépit de mon obstination à leur dissimuler ma vie passée. Le soir, depuis le petit salon du premier étage, je lisais Monluc ou bien Balzac, m'interrompant parfois pour jeter un regard sur la rue. Aux beaux jours, j'empruntais les chemins alentour me perdant dans les vallons de Gascogne, la vue flattée par les rondeurs verdoyantes.

Ce matin-là, donc, alors que l'hiver tardait à évacuer ses derniers frimas, et qu'une brume rendait la ville frileuse, on sonna à la porte d'entrée. Amandine, une Lectouroise qui veillait sur moi et entretenait mon intérieur trois fois par semaine, ouvrit la porte et laissa entrer une femme d'une quarantaine d'années, à l'allure élégante qui devait attiser dans le regard des hommes l'éclat qui sert communément à célébrer le charme féminin. L'inconnue avait l'assurance des femmes de tête et, sans faillir, se dirigea vers moi comme si elle connaissait les lieux. « Est-ce vous qu'on appelle le Parisien ? » demanda-t-elle un peu abruptement.

Je ne fus pas surpris de l'apostrophe. Dans ces petites villes de province on vous colle un surnom pour l'éternité. J'avais dit que je venais de Paris, alors j'étais le Parisien pour les siècles à venir. Elle ne me laissa pas le temps de répondre. « Je n'ignore pas qui vous êtes ! ».

Je la fixai d'un air étonné, puis me repris. Après tout, il fallait bien que cela arrivât ! Je demandai à Amandine de nous laisser avant de plonger mon regard acéré dans le sien. « Eh bien ? »

Sans que je l'en priasse, elle s'assit, croisant ses longues jambes fines. S'il y avait une chose que l'âge n'avait pas gommée en moi, c'était bien le goût des belles choses et des belles gens. Lentement, je portai une cigarette à la bouche et aspirai une longue bouffée qui me fit toussoter. Je n'avais plus les poumons de mes vingt ans. Je pressentais confusément que le moment ne serait pas des plus chaleureux et pourtant je ne pouvais m'empêcher de me réjouir de ce qu'il allait en découler. C'était à son tour de me fixer et ce que je vis dans ses yeux verts et profonds eut pour effet de me troubler.

Mais, à cet âge on n'a plus peur de rien ni de personne ! Ce qui peut arriver n'a plus la même valeur. Le temps abolit les choses désagréables, il émousse les joies, atténue les peines. Quant à la souffrance ! Aucune n'est jamais en mesure de surpasser les crises de goutte qui torturent le pied.

Elle ne détachait pas ses yeux des miens comme pour m'impressionner, faisant un effort pour paraître insondable. Je ne pus m'empêcher de sourire. Elle prit cela pour de la provocation et détourna le regard pour ne pas montrer le mépris qui semblait l'animer. « Faites vite, Madame, j'ai un programme chargé. Je dois terminer un excellent ouvrage, sombrer dans un profond sommeil réparateur, puis me débarbouiller et sortir faire quelques pas au pied des fortifications ».

Cette fausse bonne humeur ne la trompait pas. Un léger tressaillement sous sa pommette me le montrait. Elle déplia une coupure de presse et me la tendit. Évidemment, j'aurais dû m'en douter !

Je saisis ce qu'elle me tendait en accentuant le tremblement de ma main. Quel acteur j'aurais fait ! Si l'instant n'avait pas été marqué par cette petite intensité, j'aurais bien éclaté de rire. Au centre de l'article, je me reconnus sur une belle photo en noir et blanc. J'avais un peu moins de soixante ans. Honnêtement, j'en faisais dix de moins. À l'époque je nageais beaucoup, je m'entretenais. Mon regard glissa sur le document et se reposa sur mon interlocutrice. Innocemment, je fis mine de regarder un point au sol derrière elle, mais en réalité j'admirai le galbe de sa jambe. « Commissaire ! », lâcha-t-elle.

Le mot me surprit comme un coup de pistolet. J'attrapai ma canne et me dirigeai vers la fenêtre en mettant le plus possible de temps pour y parvenir. Dehors, la rue Nationale était quasiment déserte. Le froid cinglant avait eu raison des plus courageux. Je me fis la réflexion que mon cœur était à peu près comme cette rue froide et peu fréquentée. Elle avait quand même réussi à me troubler, la gourgandine ! Cela faisait longtemps qu'on ne m'avait plus appelé commissaire. Que pouvait-elle savoir trente ans après ? « En 1974 vous avez quitté Paris sous la pression des évènements, Monsieur le commissaire. Voulez-vous que je vous rafraîchisse la mémoire ? ».

Elle dit cela sur un ton assez neutre, mais il était perceptible qu'elle tentait de dissimuler certaines intonations. À coup sûr, elle devait être émue. Je n'aimais pas la manière dont elle me servait du « Monsieur le commissaire ».

– J'ai le sens du détail et je me souviens encore parfaitement du déroulement de ma vie. Mais faites-vous plaisir, je vous en prie.

Elle décroisa les jambes et bascula délicatement son buste contre le dossier du fauteuil. Ses ongles rouge foncé terminaient des mains fines et nerveuses qu'elle utilisait avec délicatesse. Je sentis monter en moi des pensées que j'avais enfouies depuis bientôt trois décennies. Quelque chose revenait du temps ou j'étais encore policier. Ce petit jeu de l'observateur qui avait fait mon succès en Europe...

Qui était-elle ? Une grande bourgeoise ? Assurément une femme qui ne travaillait pas ! Ses mains soignées, sa mise, ces manières lentes et calculées, ce corps qui évoluait par petites touches, ne me disaient pas qu'elle occupait un emploi régulier. Je la voyais plutôt dégagée des obligations habituellement destinées au commun des mortels, comme celle de travailler pour subvenir à ses besoins. Elle était probablement engagée dans des associations caritatives. Elle ne comptait pas son temps pour venir en aide aux plus défavorisés, mais seulement quand elle l'avait décidé, sans répondre à une quelconque contrainte. À son poignet, une *Reverso*, à son annulaire, les trois anneaux de *Cartier*. À l'aise financièrement et mariée probablement. Son parfum ? Du vétiver, léger, discret, des fragrances blanches. Elle était de ces femmes qui portent un parfum d'homme. Une manière de sortir des sentiers battus ! À son défaut d'accent, j'estimais encore qu'elle devait être originaire de Paris ou du centre de la France. Mais elle vivait en Belgique, je pouvais presque l'affirmer. Le porte-clés qu'elle avait rangé dans son sac à main avant de s'asseoir provenait du concessionnaire *Jaguar* de Bruxelles. Bonne éducation, sûre d'elle-même, habituée à diriger et, bien entendu, cultivée... Elle avait posé un regard connaisseur sur un dessin de Marguerite de Valois par Clouet, ma plus belle pièce.

Je poussai un léger soupir de satisfaction après le tour d'horizon précis que je venais d'effectuer. Les bons réflexes revenaient. Il m'avait toujours paru nécessaire d'en savoir davantage sur mes interlocuteurs, qu'eux sur moi. C'était utile en prévision d'un rapport de force. Car, il ne faisait aucun doute que ma visiteuse ne se trouvait pas, aujourd'hui, face à moi pour le plaisir de contempler mes petits yeux humides d'octogénaire. « Pourquoi ne lisez-vous pas cet article, commissaire ? Le passé vous fait-il peur ? Ou bien dois-je mettre cela sur le compte de la lâcheté ? ».

Et voilà ! Le ton devenait désagréable. Elle essayait ses gammes : froide, distante, sévère. Je me rapprochais d'elle en économisant mes gestes afin de lui laisser penser que je n'étais pas dans la plus grande des formes. Pour attaquer, mieux valait ne pas se révéler tout à fait. « Chère Madame. Ne me faites pas l'affront de supposer qu'après toutes ces années, je ne connais pas le contenu d'un article qui a été écrit sur moi. Il est vrai que j'ai fait l'honneur de la presse tellement de fois... ».

J'appelais Amandine qui mit peu de temps à venir. Assurément elle écoutait à la porte. Je ne la blâmais pas, après tout je recevais si peu de visiteurs. Tout cela créait de l'animation. « Amandine, je n'aurai plus besoin de vous aujourd'hui, ni demain. Prenez du bon temps et revenez vendredi. »

Amandine s'effaça sans chercher à comprendre. Elle était efficace cette petite, un peu candide, mais organisée. Je l'entendis dépendre son imperméable. La porte claqua. Un long silence se fit. Nous n'étions plus que deux désormais.

Alors, brusquement, le rideau se déchira, laissant passer la lumière. Je me frappai doucement le front à l'aide de la paume. Je venais enfin de réaliser qui était ma visiteuse. Presque aussitôt, je m'en voulus d'avoir laissé passer cela... « Allons au fait Clémence, lui dis-je posément, malgré la vague d'émotion qui avait commencé à me gagner. »

Elle fut interloquée de voir son prénom ainsi prononcé. Puis, lentement, je vis un sourire étirer sa bouche. « Nous y voilà ! Les masques tombent ! fit-elle d'une voix presque guillerette ».

Clémence déboutonna son chemisier blanc pour laisser sa gorge respirer et se passa la main dans ses longs cheveux blonds. Elle avait l'air beaucoup plus à l'aise désormais.

– Je vais vous dire ce qu'a été ma vie, commissaire, pour vous permettre de comprendre un peu ce que je ressens. Et puis, par la force des choses, je vais parler de vous. Vous savez que nos existences sont liées, n'est-ce pas ? Mais avant tout, auriez-vous un armagnac à m'offrir ? C'est la boisson locale, non ?

– Derrière vous, dans le buffet. Je vous laisse vous servir.

Elle se versa de mon armagnac, m'en proposa un verre. J'acceptai.

– Je suis née à Luxembourg, d'un père belge, chef de division dans une grande banque et d'une mère française, originaire de Saint Fiacre, dans l'Allier. Je suppose que cela vous dit quelque chose, Monsieur le commissaire ?

– Illustre bourgade qui me vit naître il y a bien longtemps en effet. Continuez, je vous prie, répondis-je en tirant une large bouffée sur ma cigarette.

– J'ai peu connu mon père, comme vous le savez. Nous ne l'avons pas suivi dans tous ses déplacements avec maman, mais j'ai le souvenir d'un homme bon et grand. J'étais si jeune à l'époque... Lorsque nous nous sommes installés à Bruxelles, j'avais 10 ans. J'ai beaucoup aimé cette période. Nous avions une grande maison, mes parents recevaient beaucoup. Et puis je suis allée faire mes études à Paris et ne suis revenue en Belgique que bien plus tard. Entre-temps mon père était mort...

Elle eut une espèce de petit raclement de gorge qu'elle réprima rapidement.

– Dernièrement, au décès de maman, j'ai remis de l'ordre dans les papiers, et j'ai fait des découvertes, comment dire... étonnantes. J'y ai trouvé des dizaines de lettres provenant d'un homme. Des lettres d'amour.

Elle sentit ma gêne. Qu'y a-t-il de plus personnel qu'une lettre d'amour ? Il ne faudrait jamais déroger à certains principes. Ne pas lire la correspondance privée quand on n'y est pas autorisé, en était un. « Vous les avez lues, je suppose ? ».

– Bien sûr. J'étais d'autant plus intriguée que je ne connaissais pas cette écriture. Et puis, qui était ce Jules M. qui signait ? Je ne connaissais aucun Jules M. dans l'entourage de mes parents. Le plus étrange était que les courriers les plus anciens étaient datés des années trente. Puis, plus rien, le trou pendant plus de trente ans, et là de nouveau des lettres, des dizaines de lettres datées des années soixante-dix alors même que maman était mariée. Oui ! Je les ai toutes lues, Monsieur le commissaire. J'y ai découvert votre fougue, cet amour fou pour ma mère que vous aviez lorsque vous étiez jeune puis, plus tard, lorsque vous l'avez retrouvée à Bruxelles. Je lui en ai voulu atrocement. Elle trompait mon cher père avec vous.

Tout de même, cela me faisait bizarre d'avoir sa fille en face de moi. Que lui dire ? Je pouvais me défausser sur l'amour, qui excuse beaucoup de choses. Pour le reste, je devais avouer qu'il y avait peu à défendre.

– En plus des lettres, j'ai découvert le petit carnet dans lequel maman consignait le fruit de ses émotions. L'amour réciproque qu'elle ressentait à votre égard se transforma au fil du temps et l'on pouvait sentir monter comme une crainte à votre égard. Vous l'étouffiez, commissaire. Votre trop-plein d'amour lui semblait incongru à la fin. Elle l'a écrit, clairement... Elle percevait qu'une menace se faisait jour près d'elle. Tout grand commissaire que vous aviez été, ayant consacré sa vie à l'ordre et à la justice, vous lui faisiez peur...

Elle n'avait pas tort. Vers la fin, notre relation avait quelque peu perdu de son équilibre. On passe sa vie à payer. Il me semblait que le moment de l'addition se présentait.

– Que contient cet article de journal que vous feignez d'ignorer, Monsieur le commissaire ? Vous ne voulez pas m'en parler alors je vais le faire à votre place. On y parle de la mort de mon père, suffisamment réputé dans les institutions européennes pour avoir fait les honneurs des gazettes. Une mort d'abord considérée comme accidentelle. Puis, au fil de l'enquête, on a soupçonné que cet accident pouvait bien avoir été provoqué. C'est là que vous intervenez, Monsieur le commissaire. Récent retraité de la police judiciaire française, vous proposez vos services à la police belge qui ne refuse pas cette prestigieuse coopération. En trois jours vous inventez un coupable que vous mettez dans les pattes de la justice. Votre aura et vos succès passés ne laissaient pas de place à la contradiction malgré certaines incohérences dans votre raisonnement. Finalement, vous avez fait deux victimes, mon père et ce pauvre innocent qui a croupi une bonne partie de sa vie en prison. Car, c'est bien vous l'assassin de papa. Je le sais. Maman le savait aussi, qui l'a écrit à la dernière page de son journal.

Elle se leva, prit mon verre et me resservit de l'armagnac. J'étais un peu étourdi par ce qu'elle venait de me dire. L'alcool aussi faisait son effet. « Je crois que vous avez posé clairement les données du problème, Clémence. Il me semble qu'il est temps pour vous d'en savoir un peu plus. Je vais terminer votre récit, si vous le permettez ».

Mon Dieu ! Comme tout cela m'était soudain pénible. J'avais connu des dizaines de confrontations dans ma carrière. J'avais poussé de nombreux suspects dans leurs retranchements. Je les avais acculés, contraint à la faute pour les cueillir comme des fruits mûrs. Mais c'était la première fois que j'avais le sentiment de ne pas occuper la bonne place. Tous ces hères que j'avais pourchassés semblaient concentrés dans les yeux de cette femme qui présentait le visage d'un ange.

– Lorsque j'ai quitté le Quai des Orfèvres après la carrière que vous savez, j'ai vécu une période de décompression assez pénible. J'ai erré dans mon appartement du boulevard Richard-Lenoir dans le Xième arrondissement, en charentaises, triturant mes pipes, lisant des romans policiers américains qui avaient le don de m'amuser. Et puis j'ai rôdé près du Quai pour humer encore le parfum du crime. J'attendais dans les brasseries l'heure du déjeuner pour revoir les anciens collègues et discuter avec eux des affaires en cours. Parfois, ils faisaient appel à mon flair. En deux coups de cuillers à pot, je les aidais à résoudre leurs petites énigmes. Et puis, petit à petit, j'ai vu la distance se creuser. J'avais beau avoir été le plus fin limier que la maison poulaga ait jamais connu, j'étais devenu un *has been* comme l'on dit aujourd'hui. C'est ainsi, c'est cruel mais les hommes passent et puis on les oublie. De temps en temps, j'avais tout de même droit à un article dans la presse quand un vieux fait divers refaisait surface et qu'on se souvenait que j'en avais été le héros. Et puis, le clap de fin ! Toutes les lumières se sont éteintes en même temps.

Pour terminer le tableau, ma femme est morte, assez brutalement. Peut-être de me voir si malheureux, je n'ai jamais trop su. Finis la présence rassurante, le soutien moral et la douceur. Finis les petits plats mitonnés ; les ragoûts, le coq au vin, le fricandeau à l'oseille. Alors que faire ? Je suis allé à Saint Fiacre, à la source de mon existence, avec l'idée un peu vaine de finir ma vie en ermite, loin des soubresauts de la ville moderne, des crimes, des assassins et des turpitudes sans cesse répétées de mes congénères. Et c'est là que j'ai croisé votre mère. Elle venait déposer des fleurs sur la tombe de ses parents et moi sur celle de mon père, l'ancien régisseur du châtelain de Saint Fiacre. Nous avions été élèves dans la même classe. Elle avait été mon premier amour, cela explique les premières lettres que vous avez découvertes. Que dire, ensuite ? Le reste a suivi. Nous avons eu une liaison très rapidement. Sans vouloir vous vexer, je crois qu'elle n'était pas heureuse avec votre père. Et puis elle est repartie à Bruxelles. Et moi, je suis resté quelques jours, dans la vieille maison de gardien de mon père à ressasser ma vie passée, ma solitude présente. Sur un coup de tête, j'ai décidé de la rejoindre en Belgique. Après tout – c'est absurde de le dire – mais je n'avais plus qu'elle.

Après, je ne sais pas ce qui m'a traversé l'esprit. J'ai jeté aux orties toute ma vie passée avec une facilité déconcertante. Le chapeau, la blanquette de veau, la bière et les sandwiches, le Quai des Orfèvres... Terminé tout ça. Je me suis mis au sport et suis devenu un peu coquet. J'ai troqué l'imperméable pour le blazer, la pipe pour la cigarette... C'est finalement fascinant de changer de vie. Ça m'a aidé à tenir, en somme.

Clémence semblait faire peu de cas de mes petites transformations personnelles, elle attendait ce pour quoi elle était venue.

– Soit ! Lui dis-je, vous avez pris la peine d'arriver ici, au crépuscule de ma vie alors je vais vous dire deux ou trois choses que vous devez savoir. Il m'en a coûté de tuer. Voilà, c'est dit ! Je vous assure que je n'en ai retiré aucune satisfaction, aucun soulagement. Il est exact que je n'ai pas ressenti beaucoup de remords non plus. En somme, j'avais peut-être des prédispositions. Souvent les assassins que j'ai arrêtés m'ont avoué que le meurtre leur paraissait l'unique solution qui s'offrait à eux pour débrouiller un problème financier, ou pour éliminer un rival. Il leur semblait plus simple de tuer un être humain que de résoudre, par la raison, la difficulté qui se présentait à eux, l'obstacle qui se dressait... Ils n'avaient pas le choix, disaient-ils. En réalité, concernant la majorité d'entre eux, j'ai toujours eu affaire à des lâches. Pour ma part, je ne peux évidemment pas me situer dans cette catégorie. Mais peut-être suis-je trop présomptueux ?

Elle restait suspendue à mes lèvres, attendant la suite de mon récit. Je laissai d'abord couler un trait d'armagnac dans ma gorge, savourant ce petit torrent fort et délicat à la fois qui venait irriguer mes veines. Je lui trouvai toutefois une pointe d'amertume inhabituelle.

– En fait, dis-je, je n'ai jamais été animé par la jalousie. J'étais trop fort pour cela. Votre père n'était pas un obstacle. Je crois tout simplement que j'ai tué par curiosité. Ne me trouvez pas cynique mais, après tout, un enquêteur de mon gabarit, se devait de tenter cette expérience.

Je marquai un temps d'arrêt, sentant monter en moi comme un vertige. Le verre d'armagnac m'échappa des mains.

– Bon, je vous le concède, dis-je péniblement, c'est fâcheux que cela est tombé sur votre père.

Elle se recula dans le fauteuil, paraissant un instant perdue dans ses songes, puis je la vis sourire imperceptiblement et de sa voix devenue douce, à présent, elle m'asséna. « Avez-vous apprécié l'armagnac ? ».

***

– Monsieur, Monsieur !

Je lève une paupière et reconnais Amandine qui se penche sur moi. « Vous avez une visite, Monsieur. C'est Clémence, je l'ai fait entrer, elle patiente dans le salon du premier ».

Je la vois s'avancer, la chevelure couverte d'un foulard. Elle s'approche de moi avec un large sourire, faisant tomber ses lunettes de soleil sur le bout de son nez pour me regarder avec un petit air malicieux. « Bonjour commissaire. Ma petite visite semestrielle ! ».

Elle ne change pas. Toujours aussi jolie. J'ai même l'impression qu'elle se bonifie avec le temps, la garce ! Elle s'éloigne du lit pour aller fermer la porte, puis revient vers moi tranquillement d'un petit pas chassé.

– Alors ? Comment se porte-t-on ? On ne souffre pas trop ? Oh, dommage ! Vous êtes coriace, quand même. Trois ans que vous êtes là à végéter dans ce lit. Vous en faites un beau légume. Un beau légume gascon ! Je ne regrette pas de vous avoir mis dans cet état. Je peux même vous avouer que c'est mon petit plaisir quotidien de penser à vous dans ce lit, cloué avec ces pensées qui tournent et retournent dans votre tête. Vous devez être écœuré par l'armagnac, non ? Vous pensez à moi de temps en temps ? Et à papa aussi j'espère ?

Je la regarde sans doute bizarrement, car elle part dans un grand éclat de rire. Tout de même, il y a des sociopathes sur cette terre !

– Allez, je file. Je reviens dans six mois. Ce sera le printemps. J'aime conduire sur les routes du Gers aux beaux jours et puis j'adorerais que vous soyez encore en vie.

Déjà elle s'éloigne comme un gracieux courant d'air. Avant d'ouvrir la porte, elle se retourne une dernière fois vers moi et me lance un sourire malicieux.

– C'est vrai quoi, soyez chic Jules ! Vivez encore un peu, c'est tellement rigolo !

Delphine Montariol

Confessions inconvenantes

La vieille dame gisait sur le sol, le regard vide, encore vivante mais pour combien de temps ? Elle avait lutté contre la mort. Elle avait affronté son assassin, comme elle avait toujours vécu : debout, le front haut, le regard droit. Toutefois, son corps avait abandonné la partie avant son esprit. Alors que la chute était inéluctable, elle avait tenté une dernière manœuvre. Elle avait fait pivoter la table et son service à thé, qu'elle avait si joliment disposé pour recevoir sa nouvelle amie.

Désormais, un râle monocorde s'échappait à intervalles réguliers de ses lèvres crispées tandis que sa meurtrière arpentait le salon cossu où elles avaient pris une collation... La dernière... Un mocassin cognac emplit son champ de vision mais elle n'avait plus la possibilité de bouger ni de cligner des yeux. Le râle rauque était sa seule option.

L'autre se baissa au-dessus de sa victime. Elle n'était guère plus jeune que celle dont elle attendait la mort.

— Très chère, vous êtes en train de passer dans l'autre monde. Afin de rendre ce moment moins pénible, je vais vous faire ma confession. C'est un art que je parfais depuis quelque temps déjà. Je tiens à être prête le jour venu et tout public est bon.

L'autre manifesta son refus par un nouveau borborygme. La tueuse s'éclaircit la voix, le moment avait son importance.

— Je m'appelle Victoria Antoinette Sophie de Brabin-Maillard, troisième du nom comme aimait à le rappeler ma défunte mère, paix à son âme. Je suis une dame d'un certain âge, voire d'un âge certain, qui souffre malheureusement d'un mal fort répandu chez les retraités : le manque de subsides. Vous me direz, pour revendiquer la qualité de retraité, encore eût-il fallu que j'eusse travaillé. Tel ne fut pas mon cas, puisque « chez les Brabin-Maillard, on ne travaille pas, on hérite ! » comme disait ma mère, avec l'orgueil de ceux sachant qu'ils n'appartiennent pas au commun. Encore eût-il fallu que je pusse hériter. Tel ne fut pas mon cas, puisque mes parents ont brûlé la chandelle par les deux bouts, puis ils ont fait fondre le chandelier pour le revendre au prix du métal, alors qu'ils auraient pu vendre la pièce intacte trois fois leur gain. Bref, vous l'aurez compris, je n'ai jamais travaillé ni n'ai hérité et me retrouve à un âge avancé sans le sou.

Victoria fit une pause. Elle était très fière de son entrée en matière qu'elle avait peaufinée au fil de ses crimes.

— Aussi, malgré les fermes recommandations de ma mère, paix à son âme, ai-je été obligée de prendre un emploi. Le choix d'une première profession à l'âge de la retraite ne fut pas facile mais je suis assez fière de ma démarche qui, si elle n'est pas d'une moralité parfaite, a l'avantage d'être originale. Souhaitez-vous deviner ma profession, très chère ? Suis-je idiote, j'avais oublié votre état et, depuis le temps que je parle, mon associée ciguë a poursuivi son œuvre. Je vous l'accorde, j'aurais pu trouver un moyen plus expéditif mais, puisque nous en sommes aux confessions, les poisons végétaux ont un avantage considérable, ils sont peu recherchés... C'est tellement démodé de nos jours... Un peu comme moi... Un peu comme vous... Un peu comme nous... Bref, où en étais-je ? J'allais oublier de vous donner le nom de ma profession ! Je suis tueuse à gages, figurez-vous ! C'est toujours un ravissement pour moi que de prononcer cette phrase. J'en suis toujours ébahie et quelque peu sidérée.

Victoria se pencha au-dessus du corps de sa victime et, un râle lui ayant répondu, elle poursuivit, sereine, ses aveux :

— Savez-vous, très chère, que je commence à avoir ma petite réputation dans le milieu. Bien évidemment, je n'ai jamais eu l'ambition de concurrencer ces messieurs et leurs gros bras. Non merci, très peu pour moi ! Pour ma part, je voulais une profession payant bien, sans trop d'efforts. Le choix était donc restreint : le sexe ou la mort. J'ai préféré la mort. Le sexe est toujours d'un tel embarras… Et à nos âges, très chère, ce n'est plus guère raisonnable. Enfin… Au moins, avec vous, je puis parler librement… Vous ai-je dit à qui vous deviez votre état ? Non… Je manque vraiment à tous mes devoirs ! J'aime que les choses soient en ordre quand la grande faucheuse arrive. C'est à votre neveu. Un j'en-foutre sans envergure, si vous voulez mon opinion, mais que voulez-vous, on ne choisit pas ses clients. C'est bien dommage d'ailleurs car, à choisir, j'aurais empoisonné le j'en-foutre et je vous aurais gardée en vie… contre monnaies sonnantes et trébuchantes, cela va sans dire… Où en étais-je ? Ah oui, le j'en-foutre. Je ne vous félicite pas pour son éducation. Un inculte doublé d'un imbécile ! Et méchant avec cela ! Une vraie teigne. « Que la vieille meure ! ». Voilà comment il m'a confié la dure tâche de vous faire passer de vie à trépas. Les jeunes d'aujourd'hui ! On se demande où nous allons avec une telle relève… Quoique la question soit de pure rhétorique dans votre cas.

Victoria observa le corps paralysé de sa victime, vit que la cage thoracique persistait à trembler et regarda sa montre avec contrariété.

— Ne trouvez-vous que c'est fort long ? Je m'inquiète car, d'habitude, mes patients sont plus rapides que vous… Je préfère appeler mes cibles « mes patients », c'est plus chaleureux et, après tout, ils souffrent tous… Je commence à comprendre l'impatience de votre neveu. Si vous l'avez contrarié autant que vous le faites avec moi, je conçois qu'il ait pu perdre patience ! Et cette chaleur ! Je ne vous félicite pas pour cela non plus ! Avec tout le chauffage que vous utilisez, vous contribuez au réchauffement climatique ! C'est bien les vieux, ça ! Après moi, le déluge ! J'ai soif avec cette chaleur !

Victoria jeta un regard circulaire dans la pièce et vit une tasse presque pleine sur la table. La vieille avait entraîné sa tasse dans sa chute, laissant la sienne intacte.
Elle s'en empara et la vida sans autre forme de cérémonie.
— Je dois avouer que vous savez vous y prendre avec le thé... Une merveille ! Si je m'écoutais, je vous prendrai bien le reste de la boîte mais je n'en ferai rien. Professionnalisme avant tout ! Je suis tueuse à gages... J'adore ce léger frisson qui me parcourt quand je dis cela... Je suis tueuse à gages, disais-je, pas voleuse ! C'est d'un vulgaire ! N'importe quelle petite frappe peut s'improviser voleur, alors que tueur à gages, ça vous pose un personnage.

Victoria se sentait mal. Elle cherchait son souffle et regarda sa victime continuer une lutte inutile contre le poison qui tétanisait peu à peu chacun de ses muscles.
— Il fait chaud chez vous, j'en suffoque. Vous ne pouvez pas accélérer un peu ! Où est passée cette tasse ! Je...

Victoria sentit alors le poison dans ses veines. Elle observa sa victime au pied de la table, observa les dessins de la nappe et comprit.
— Espèce de vieille garce...

Sa victime avait saisi la table et l'avait fait pivoter sur elle-même jusqu'à inverser la position des deux tasses. Puis, elle était tombée au sol, précipitant avec elle une partie de son service à thé. Ce que la tueuse avait cru être sa tasse était celle de son hôtesse et la sienne gisait brisée en plusieurs morceaux sur le sol. Elle s'effondra, non loin de sa victime et sentit la mort s'emparer peu à peu de son corps.

ooo

Le lendemain matin, la femme de ménage trouva les corps de sa patronne et de sa nouvelle amie.
L'enquête conclut à un suicide collectif.

ooo

Marc A. Dalberto

Coup de chaud à Auch

Bien sûr, il faisait une chaleur à crever dans le commissariat. L'orage menaçait. Quand la flotte dévale des collines, le Gers et L'Arçon enflent comme la panse d'un patron de bar du centre-ville et les gosses peuvent faire du pédalo sur le quai Lissagaray. Naturellement la clim était en panne. Le vieux bonhomme en face de moi faisait une tronche de six pieds de long.
- Monsieur De Rougerie, vous n'avez pas honte ?

Le vieux baissait la tête. Il sortit un mouchoir à carreaux grand comme une nappe et essuya son crâne dégarni, que trois mèches de cheveux jaunis striaient d'une oreille à l'autre. Ses deux petits yeux chiasseux couraient dans tous les sens.
- Quel âge avez-vous Monsieur De Rougerie ?

S'il continuait à s'enfoncer de cette manière dans le fauteuil, il faudrait une équipe de spéléo pour l'en sortir. Il ne disait rien. J'en venais à penser qu'il était peut-être tout simplement con.
- Vous avez soixante-quatorze ans ! Et votre femme ? Vous y pensez à votre femme ?

Il eut un petit sursaut comme pour dire quelque chose, mais se ravisa. Je continuai.

- On va confisquer votre téléphone portable et on va l'envoyer au labo pour examen. En attendant, interdiction de quitter la ville. C'est tout petit Auch. Si j'apprends que vous avez recommencé, je vous fous en cabane !

Il se leva lentement. Penaud. J'avais une sérieuse envie de me marrer. Un peu pitié aussi. On aurait dit un gosse. Les doigts dans le pot de confiture. Une tête passa dans l'entrebâillement de la porte.

- Bauréal ! Y a Lapin qui veut te voir ! Ça urge...

« Lapin » c'était mon calvaire. Commissaire divisionnaire. Con comme un code postal, misogyne, homophobe et bien sûr raciste. Une encyclopédie de la bêtise. Et quand ça urgeait, on passait du Petit Larousse à Wikipédia. Il avait demandé sa mutation parce qu'il avait vu « Le bonheur est dans le pré » et s'était mis dans l'idée de passer sa retraite dans le Gers. C'est d'ailleurs à cause du film que tout le monde, dans son dos, l'appelait « Lapin ». En vrai il s'appelait Lançon. Je partageais plutôt l'avis qu'il avait été muté à Auch parce que, proportionnellement au nombre d'habitants, il y avait moins de conneries à y faire. En un an et demi il avait pris vingt kilos, un blâme et une belle couperose.

Il m'a faite entrer dans son bureau et, sans même me regarder, il m'a tendu une feuille.
- Tes protégés. Du Tuco.

Le Tuco c'est l'aire d'accueil des gens du voyage. Depuis qu'il n'y a plus nulle part un mètre carré qui n'ait son propriétaire, il ne leur reste que des places désignées par les mairies pour s'arrêter.
Mon téléphone vibra. Lançon me regardait de travers.
- Prends Leberre avec toi. La procureure se rend sur place et dès que la PJ de Toulouse arrive, vous rappliquez. Ce ne sont plus nos affaires.

Je sentais les emmerdes s'accumuler comme les gros nuages noirs que j'apercevais dans le dos de Lapin. Le procureur, ça voulait dire que c'était grave. Le SRPJ que c'était très grave. Et surtout je n'avais aucune envie de voir les cow-boys toulousains débarquer. Je les avais quittés il y a deux ans, et je m'en portais que mieux.
- On a retrouvé une femme en morceaux dans les poubelles des manouches. La perquisition commence dans une demi-heure. T'es encore là ?

Je déteste cette tradition du tutoiement. Je déteste l'urgence. Je déteste l'arrogance. Mon téléphone vibra à nouveau. Je me sentais fatiguée. Il faudrait répéter le même discours pour éviter que les choses ne dégénèrent.

Calmer les mères qui vont invectiver les flics. Dire aux pères qu'ils ne risquent rien. Que tous les flics ne sont pas des fascistes, etc.
- Eh la Cacri ! T'es de quel côté ? allait-on me balancer à la figure.

Comment leur dire que je voulais être du côté de la justice, alors qu'ils ont le sentiment de vivre une injustice à perpétuité ? J'avais grandi avec eux. Une cacri c'est une poule en gitan. Les Arabes, les Africains, les Portugais, les Vietnamiens, on vivait tous dans la même basse-cour. Très basse la cour. Tous cousins. Tous frères de galère. Avant que les barbus ne répandent leur purin intégriste dans la tête des gamins crédules. À Toulouse, le quartier Bellefontaine c'était mon quartier. Au pied des barres il y avait toujours des caravanes échouées sur les terrains vagues. Sans roues pour la plupart, mais qui un beau matin s'évanouissaient sans qu'on sache pour où. Comme des bateaux dans la brume.
Mes vieux s'étaient incrustés là. Instituteurs, laïcs, publics, gratuits et obligatoires. Des militants, missionnaires, nourris par la pensée humaniste, un peu petit Jésus, beaucoup Karl Marx. Quand j'ai atteint l'âge du collège, ils ont hésité. La faille c'est toujours l'inquiétude qu'on a pour ses gosses.
C'est à ce moment que les valeurs peuvent vaciller. C'est moi qui n'ai pas voulu partir. J'aimais ces gens, j'aimais ce

quartier. La porte de l'appartement était toujours ouverte et nous étions souvent plus d'une demi-douzaine à table. Ma mère cuisinait des tonnes de bouffe en faisant réciter les tables aux gamins qui s'étalaient sur le tapis pour lire mes bandes dessinées. Ils restaient dîner avec nous, et quand leurs mères venaient les chercher, elles prenaient une tasse de thé. Il y avait beaucoup de rires, des pleurs parfois. Et beaucoup de mots chuchotés.

Leberre ne disait rien. On roulait fenêtres ouvertes et la sirène sur le capot. Pas moyen de se parler. Il faisait un peu la gueule. Le Préfet n'avait pas lésiné sur les moyens et le terrain était en état de siège. Je connaissais la procureure. Professionnelle. On s'est serré la main.

Des bébés, la tétine vissée aux lèvres, chevauchaient les hanches de leurs mères tandis qu'une flopée de minots s'étaient réfugiés dans leurs jupes. Quelques hommes fumaient dans un coin et crachaient de temps en temps. Ils balançaient nonchalamment leurs mégots presque sur les godasses des CRS qui les regardaient, mauvais sous la visière de leurs casques. Les ados avaient déserté les lieux.

Je m'approchai de Cynthia. On ne s'est pas embrassées.

- Ça va bien se passer. Vous n'y êtes pour rien. T'as vu quelque chose ?

- Rien vu. Toi et les klisté, cassez-vous !

Je savais qu'il me faudrait revenir la voir. Boire un café, et passer une heure ou deux avec elle. On parlerait entre

filles. Je m'en voulais de ne pas l'avoir fait plus tôt. Je savais qu'elle était là depuis une semaine. Je n'avais pas vu Tyson parmi les hommes. Giovanni non plus. Mon instinct me disait que ce n'était pas bon signe.
La procureure suivait les deux gendarmes qui vérifiaient les papiers et faisaient des allers et retours à la camionnette, et trois flics en civil pénétraient sans ménagement dans les caravanes. Les mères montaient au créneau et hurlaient chaque fois qu'on dérangeait un bibelot. J'attendais bras croisés, les fesses posées sur le capot de la voiture. Leberre était resté au volant.
Cynthia, Giovanni, Tyson et moi étions inséparables. Les deux garçons et leur sœur m'avaient adoptée. Ma mère avait convaincu la leur de les laisser venir à l'école. Au début elle restait au fond de la classe. En leur apprenant la lecture, ma mère leur a fait découvrir les auteurs et la poésie. Et Ceija Stojka. Une révélation. La réalité du génocide tzigane devenait tangible et la peur ancestrale refaisait surface.
- Écoute ça la Poule : « On avait quand même du sentiment pour eux parce que se sont des êtres humains créés par Dieu. Mais eux, ils n'avaient aucun sentiment, les êtres humains ils les brûlaient vifs et les gazaient. Ils n'avaient pas idée de jusqu'où ils s'emportaient » (*)
- Ce n'est pas une gadji qui aurait écrit ça ! avait dit Giovanni. Vindicatif.

(*) : Ceija Stojka, Je rêve que je vis ?

Tyson était le plus sensible. Sa révolte était plus réfléchie. Il voulait écrire un livre, pour que les gadjé comprennent. « On a mélangé nos musiques, on pourrait bien mélanger nos littératures » disait-il.
Je jetai un coup d'œil en direction de la caravane de Cynthia. Ça tanguait. La porte s'ouvrit violemment. Un flic sortit, suivi immédiatement de Cynthia hors d'elle.
- Bouffe tes morts, narvalo d'sa race !

Le flic se tenait le bras. Elle y avait planté quatre belles canines. Et quelques incisives.
- Il est beau lui ! criait Cynthia.

Elle tenait dans sa main un cadre brisé.
- La photo du Papou, il l'a cassée, l'enculé de sa mère !

Je ne bougeai pas. Je savais qu'essayer de la calmer, c'était tenter d'arrêter un tsunami avec une tapette à mouche. Et puis on pouvait perquisitionner sans se prendre pour des cow-boys.

Je déteste aussi les abus de pouvoir. Un jour, parce qu'elle s'était fait contrôler quatre fois en quelques heures, elle avait inondé de crachats la camionnette des gendarmes qui ne parvenaient plus à la maîtriser. Une vraie fontaine. Il avait fallu que j'intercède auprès de la procureure pour qu'on retire la plainte.

Un autre flic sortit de la caravane. Il tenait une liasse de billets et, à en juger par l'épaisseur il y en avait pour une belle somme. Il les donna à la procureure. Cynthia jurait que c'était les économies que le Papou avait laissées à sa mort. On ne devait pas y toucher avant la fin du deuil. Pour les besoins de l'enquête, la proc réquisitionna.
Une armada de voitures de flics fit irruption sur le terrain. La PJ. Chacun se rua dans sa caravane et en quelques secondes plus un chat ne s'aventurait dehors. Réminiscence atavique des rafles. Je reconnus immédiatement Saunier. Blouson de cuir retourné, Ray-ban en serre-tête, jean serré et mocassins à glands. Lui aussi me vit tout de suite. Il eut une brève hésitation. Pas moi. Deux années auparavant, ce sale con de commissaire avait tenté de me tripoter dans un coin. Mon genou droit est parti au contact de ses testicules qui ont pris illico la direction de ses amygdales. Il est resté trois semaines sans pouvoir s'asseoir. Ma plainte n'avait aucune chance d'aboutir. Son syndicat pourri de fachos aurait couvert. Alors le parquet couvrait. J'ai eu ma mutation presque sans en avoir fait la demande. Je savais que sa route croiserait la mienne un jour ou l'autre. Mais ce n'est pas moi qui aurais le plus la trouille. Si j'avais raconté l'histoire à Tyson et Giovanni, ils auraient saigné à blanc ce porc.
Saunier s'approcha, salua la procureure et hocha la tête en ma direction, un rien méprisant. D'un signe de main il

mit son équipe immédiatement au travail. À toute vitesse une dizaine de gars avait placé des rubans de protection autour des poubelles dans lesquelles on avait trouvé les membres, la tête et le tronc d'une femme. Des experts en combinaison blanche s'affairaient et se livraient aux mystérieuses opérations complexes de la police scientifique.
- Les rats sont rentrés dans leur tanière, dit Saunier en se tournant vers les caravanes.
- Fais gaffe à ne pas te prendre les roubignoles dans une tapette, ai-je dit avec un large sourire.

Le regard qu'il me lança était autant chargé de haine que de crainte, ce qui m'enchanta et me mit sur mes gardes.
De retour au bureau, Lapin me convoqua immédiatement.
- Le parquet vient d'appeler. On ne s'occupe ni du puzzle de la fille dans la poubelle, ni des faux billets. Pas de rapport. Affaire classée pour nous. Compris ?

Mes copains étaient dans de sales draps. Il était con Lapin, mais il avait de grandes oreilles, et les dents longues. S'il m'avait parlé de la fausse monnaie c'est qu'il savait que je chercherai à en savoir un peu plus et il était persuadé que si je savais, lui saurait.
- Et pour le vieux dégueulasse ?

De Rougerie. Je l'avais oublié celui-là.
- Je l'ai interrogé ce matin. J'ai envoyé son portable au labo. J'attends la réponse. À mon avis, ça relève davantage du psy, mais il y a quand même des victimes, et on ne sait pas combien.

Il était six heures. L'orage s'était éloigné. Peut-être avait-il éclaté un peu plus loin dans les collines ou s'était-il renforcé pour mieux nous ensevelir dans la nuit. J'avais envie de rentrer mais je devais retrouver Tyson et Giovanni. Je savais où.
En branchant mon portable sur l'autoradio, je vis les cinq appels en absence. Sans message.
Quatre de Tyson, un inconnu. Je me laissais conduire par la musique des Arts Florissants. Couperin.
J'ai pris la N 124 pour Aubiet. J'ai suivi la rivière jusqu'à Mauvezin. J'aime cette route qui longe l'Arrats et sur laquelle déboulent les chemins qui mènent aux larges toits de tuiles romaines des fermes gasconnes. Tous les cent mètres un panneau publicitaire faisait la promotion de la cirrhose et du cholestérol. À Mauvezin, je virai sur Cologne puis direction les bords du lac de Saint Criq. Après le camping, petit chemin à gauche. Mon père avait vu les phares s'engager dans la voie sans issue qui conduisait à la cabane. Avec maman, ils avaient acheté un bout de terrain dans les années quatre-vingt.

Nous y passions toutes nos vacances et, après la mort de ma mère, mon père avait décidé de vivre ici. En ermite. Toilettes sèches avant la mode, potager, poêle à bois, trois poules, panneaux solaires pour la lumière et internet.
- Ils sont là, dit-il après m'avoir embrassé.

Il avait encore maigri. J'étais inquiète de le savoir seul, perdu au milieu des chênes. Il avait passé sa vie à bouger. Dans les manifs. Les réunions. Jusqu'à son dernier jour de boulot il avait joué au foot avec les gamins de l'école. Ici à ne rien faire, il aurait dû s'empâter.
Tyson et Giovanni étaient venus nous rejoindre sur la terrasse. Ils avaient petite mine. Ils m'ont fait penser à mon vieux grivois pris la main dans le sac.
- J'ai essayé de t'appeler au moins cinq fois, tu ne réponds jamais ?
- Jamais quand c'est pour des emmerdes, et je crois bien que vous êtes partis pour m'en créer une belle collection !
- On va t'expliquer, La Poule, avait dit Giovanni.
- T'as mangé ? a demandé mon père, il reste du tourin.
Il m'a servi sa soupe à l'ail dans une assiette creuse dans laquelle il avait disposé deux épaisses tranches de pain de seigle qui s'imprégnèrent immédiatement du liquide fumant. Dans un bol à part il battit un blanc d'œuf qu'il précipita dans la soupe. Il y ajouta le jaune et posa l'assiette et un verre de Madiran sur la table autour de

laquelle mes deux copains d'enfance attendaient que je commence à manger pour se mettre à parler. Tyson roulait un pétard sous l'œil de mon vieux qui laissait faire. Je me souviens de la gueulante qu'il avait poussée quand il avait trouvé une boulette de shit dans ma trousse. Là il ne disait rien. Il tournait anar peut-être. Il va finir zadiste.
- On s'est fait baiser, a dit Tyson. On avait un tuyau pour récupérer une vielle baignoire sur un chantier de démolition. Ils allaient la bazarder. Une baignoire en fonte. Avec Gio on y va. De nuit.

Je montrais un pouce satisfait à mon père pour lui signifier que l'aïgo boulido que j'avalais à grandes cuillerées, était une merveille.
- C'était à l'étage. Niqués comme des bleus. Un costaud en haut, un racho en bas avec un flingue. Ils nous ont fait croire qu'ils allaient nous balancer aux flics.

C'était à prévoir. Plutôt que de les dénoncer, ils les avaient branchés sur un coup encore plus foireux.
- Et comme deux glands vous avez marché !
- On ne peut pas se permettre de se faire gauler par les keufs. Ils nous auraient mis tout sur le dos. Le cuivre, les poules et la mort du petit Grégory par-dessus.
- C'est vrai Aurore, avait dit mon père, on vit dans un état policier.

- Oh non ! Papa, je t'en prie ! Pas la messe communiste à dix heures du soir. Moi je suis au service de la justice et du bien commun. Point.

Mon père n'avait pas beaucoup aimé me voir entrer dans la police. On pouvait le comprendre. Depuis qu'une bonne partie de sa famille avait été accompagnée par des flics français pour aller se faire gazer dans les camps nazis, il gardait une certaine méfiance vis-à-vis des forces de l'ordre. Sans compter les coups de matraque récoltés au cours des manifs. Je reconnais qu'il avait ses raisons, mais n'empêche. Il était fier de sa fille commissaire.
- Et c'est quoi le deal que vous ont proposé ces enflures ?
- Le petit c'était le chef. C'était à lui l'immeuble à démolir, rue du Tapis Vert. Il a sorti un paquet de billets. Des cinquante euros. T'achètes pour cinq euros de jeux à gratter et tu rapportes la monnaie.
- Ben voyons ! Et vous pensiez gagner à l'Euro-millions ? Fausse monnaie c'est perpète !
Giovanni souffla sur le bout de son joint, aspira un taf et le passa à Tyson qui me le tendit.

Je refusai.
- Suis croyante mais pas pratiquante, lui dis-je en me servant un verre de Madiran, je carbure aux drogues légales.

- On n'est pas cons à ce point, a dit Giovanni, le fric on l'a planqué chez Cynthia, mais on n'y a pas touché. On voulait te voir avant. Le mec, il a fait des photos de nous en train de chouraver la baignoire.
- C'est pour ça que je t'ai appelée quatre fois, dit Tyson.

Il y avait un ton de reproche dans sa voix.
- Et pour la fille dans les poubelles, vous savez quelque chose ?

Ils n'avaient rien vu, rien entendu et je pouvais les croire. On s'était juré de jamais se mentir. On devait avoir douze ou treize ans quand nous avions échangé le sang. On était lié. Je les aimais comme des frères et on ne trahit pas ses frères. Eux ne me trahiraient pas. Ils ne me disaient sans doute pas tout, et je m'en foutais. Mais ils ne me mentaient pas. Il y avait trop d'honneur et trop d'amour en jeu.
- Vous savez où on peut le trouver votre ami aux faux billets ?

Giovanni s'est mis à protester comme quoi, ils n'étaient pas des balances. Je soupirai. Il y a des moments où, justement l'honneur il n'en faudrait pas trop. Je trouverai bien. Tyson avait été assez malin pour me mettre sur la piste sans trop contrarier Giovanni.

- Je rentre sur Auch, vous ne bougez pas d'ici jusqu'à nouvel ordre. C'est compris !

Mon père a protesté, il ne voulait pas que je prenne la route.
J'aime bien conduire la nuit. Celle-ci était particulièrement claire. Sans musique pour une fois.
Un vent d'ouest avait chassé les nuages. Les espaces se réduisent dans l'entonnoir des phares. Je réfléchissais au déroulement de la journée et me laissais porter par le ronronnement discret du moteur.
Mon téléphone vibra. Les villages traversés étaient déserts mais des lampadaires diffusaient une lumière aussi crue qu'inutile. Je me garai devant le commissariat.
Leberre était de permanence.
- Je t'ai envoyé sur ton portable la photo de la fille découpée, une journaliste. Lise Fabert
- Merde, dis-je. Quel journal ?
- Indépendante. Il se pourrait qu'elle ait été en train de faire une enquête sur les sites pornos clandestins. Elle a été tronçonnée il y a deux jours maintenant. Du travail d'amateur. Empoisonnée, probablement congelée. Le mec qui a fait ça, n'a jamais découpé un poulet de sa vie.

Je n'avais qu'une envie c'était de prendre une douche et de me mettre au pieu avec un bouquin.

J'ai ouvert ma boîte mail. Le labo m'avait envoyé le dossier De Rougerie. Le vieux utilisait son mobile pour filmer sous les jupes des femmes. Il le posait dans son panier et le faisait glisser contre les jambes de ses proies. En mode vidéo. Malin le pépé pervers. Je pensai que ça pouvait attendre demain mais un détail retint mon attention. Il y avait plus de trois cents fichiers. Des photos et des films de voyeurs. Dans les douches de la piscine, des cabines d'essayage, des toilettes publiques ou privées. Toutes volées. Entre Toulouse et Auch semblait-il. Prises à l'insu de ces femmes. Je les faisais défiler sur mon écran. Les trois dernières séquences me glacèrent les sangs. Sur ces trois films, la même femme, dans des lieux différents, au lieu de se déshabiller, cherchait et découvrait l'objectif.
Lise Fabert.
Saunier entra sans frapper dans mon bureau. Je trempai un troisième croissant dans mon café et pris mon temps pour lui parler. Il était nerveux et ne savait par quel bout prendre cette enquête.
- T'as pas l'air serein, Saunier.
- Qu'est-ce que tu veux ?
- T'aider Saunier. Tu sais comme je t'aime. Je veux seulement t'aider... et que toi tu aides mes deux copains en retour. Je sais qui a tué Lise Fabert. Je sais aussi pour les faux billets. Il n'y a aucun rapport entre les deux. Si je ne te mets pas sur la voie, tu n'as aucune chance.

Saunier était un con parce que c'était un sale phallocrate qui ne maîtrise pas ses hormones, mais c'était un bon flic. Il savait que je ne balançais pas des trucs en l'air.
- J'ai déposé ce matin à la poste une enveloppe scellée datée, contenant tout ce que je sais sur ces deux affaires. Si tu ne marches pas dans le deal que je vais te proposer, tu passeras pour un blaireau de ne les avoir pas résolues aussi facilement que moi. Si tu respectes ma demande, les lauriers et l'enveloppe sont pour toi.
- Et tu veux quoi en échange ?
- Deux choses. La première c'est que les faux billets trouvés sur le terrain des gens du voyage, et mes deux potes, tu oublies. J'ai réglé les détails avec la procureure. Tu vas juste arrêter l'ordure qui manipule des gens pour écouler sa marchandise. Et je te livre le couple qui a découpé Lise Fabert.

Saunier fit une grimace.
- Et la deuxième chose ?
- Tu te casses vite fait à Toulouse et tu t'arranges pour ne pas remettre les pieds ici.

Un hochement de tête me fit comprendre qu'il acceptait. Après m'avoir écouté, il est sorti sans rien dire et sans fermer la porte.
Je savais que Saunier ne résisterait pas. Il aimait trop la gloriole pour ça, et il n'avait pas très envie de s'éterniser

dans le coin. Les De Rougerie ont été interceptés à Blagnac juste avant qu'ils ne s'envolent pour Lisbonne. On avait retrouvé chez eux l'ADN de Lise sur une vieille scie à métaux et une armée d'ordinateurs qui diffusaient les clichés volés dans les espaces publics. Le démolisseur de la rue du Tapis Vert a balancé tout le réseau et demandé la protection de la police.
Lapin m'avait fait appeler. À nouveau le ciel s'était chargé de nuages.
- Je suppose que tu ne sais rien et que si Leberre a passé la nuit devant le domicile des De Rougerie, qu'il les a suivis jusqu'à l'aéroport, c'est que tu l'avais chargé d'aller te chercher des clopes !
- C'est cela chef.
- Et les faux billets ?
- Coup de fil anonyme. J'ai tout de suite refilé ça à Saunier. Vous ne vouliez pas qu'on s'en occupe.

Il grommela et me fit signe de sortir.
J'ai frappé à la porte de la caravane de Cynthia. Quatre bises.
- Salut la Poule, contente de te voir. Tu veux un café ma sœur ?

On a parlé de ses enfants qu'elle avait envoyés à l'école. Elle voulait me présenter le nouvel instituteur.
Elle prétendait qu'il était beau gosse. Elle était gaie.

- J'attends un petit pour Pâques. Si c'est une fille je l'appellerai Cacri.

Je l'ai serrée bien trois minutes dans mes bras. La pluie se mit à tomber. Enfin.

***

Jeanine Malaval

Dans la nuit noire

15 juillet – Alex

Nous avions quitté la grande route. Mes paupières s'alourdissaient. Carl ronflait sur le siège passager. Je baissai ma vitre pour respirer l'air embaumé des bois de Peyrelongue. La soirée avait été largement arrosée. Une ou deux bières pour commencer, quelques verres de Madiran (je n'avais pas compté) et enfin un vieil Armagnac qui mettait le feu à mon estomac. Il faut dire que notre région pourvoyait aux meilleurs breuvages de toute l'Occitanie, et bien au-delà. Comment ne pas fêter cette victoire historique de notre équipe nationale ? Ne pas céder aux délices de Bacchus eût été faire offense. Nous rêvions de ce match depuis des jours. La grève des trains avait failli tout remettre en cause. J'avais donc « emprunté » une des camionnettes de l'entreprise familiale, celle qui servait aux livraisons. C'est elle qui transportait les succulents foies gras et produits de notre ferme. Heureux hasard, mes parents étaient absents. Ils me l'auraient rigoureusement interdit vu que je n'avais pas le permis. Nous revenions d'Auch où nous avions suivi le match sur un écran géant, dans une ambiance qui

aurait rappelé à nos grands-parents la fête de la victoire au moment de la libération.
Compte tenu de ma conduite sans permis, sans parler de mon état d'ébriété, j'avais choisi de rentrer par de petites routes afin d'éviter d'éventuels contrôles sur les axes à grande circulation. Aussi, pour rejoindre Vic-Fezensac, je passais par l'ancienne route royale qui sur quelques kilomètres traversait le bois de Peyrelongue. C'était plus discret vu le contexte.
Dans la nuit profonde, j'avais du mal à éviter les nids-de-poule afin de maintenir le véhicule dans l'axe. Aucune signalisation ne prévenait des rétrécissements inattendus de la piste, ni des nombreux virages. Nous étions si secoués par les chaos que nos têtes bringuebalaient de tous côtés.
Soudain, à la sortie d'une nouvelle courbe très serrée, je crus entrevoir un obstacle au sol, comme un petit monticule. Je pilai en appuyant de toutes mes forces sur la pédale du frein, ce qui fit caler la fourgonnette, réveillant brutalement Carl.
« Qu'est-ce qui se passe ? Où on est ?
- J'ai eu l'impression de voir une forme sur la route. Je ne sais pas ce que c'est. J'ai peur qu'il y ait quelque chose sous les roues. J'ai pas pu l'éviter. Mais comme je suis beurré, je suis même pas sûr d'avoir bien vu. J'ose pas descendre. Vas-y, toi, va voir.

- T'aurais écrasé une bestiole tu crois ? grommela-t-il en passant sa main dans les cheveux. J'y vais, mais viens avec moi », dit-il en détachant sa ceinture.
Les phares allumés trouaient la nuit. Nous découvrîmes sans peine devant les roues une femme inconsciente, les yeux clos. Ses cheveux épars recouvraient son visage maculé de sang et de terre.
« Elle est morte, tu crois ? demandai-je, comme assommé par cette découverte.
- J'en sais rien. On dirait. Elle bouge pas.
- Je te jure que je ne l'ai pas vue. Je pouvais pas deviner qu'il y avait quelqu'un dans ce fichu virage.
- Qu'est-ce qu'elle pouvait bien faire, seule à cette heure sur cette route paumée ?
- Peu importe. Maintenant la question est de savoir ce qu'on fait ?
- On appelle les pompiers, fit Carl en saisissant son téléphone.
- T'es pas bien, non ? Tu oublies que j'ai pas le permis, qu'on est bourrés, et que j'ai piqué la caisse de mon père. Tu veux qu'on aille en taule ?
- J'y suis pour rien, moi. Je conduisais pas, je dormais. C'est pas ma voiture.
- Tu es mouillé jusqu'au cou avec moi. N'essaie pas de te défiler. Tu savais ce que tu faisais en partant avec moi. Je ne t'ai rien caché.

- OK. Alors, on fait quoi ? On l'abandonne ici, et on fait comme si on n'avait rien vu ?

Non, on ne pouvait pas la laisser ici.
Le silence de la nuit fut troublé par des craquements de branchages. Je vis Carl se figer et sonder l'obscurité avec la lampe de son téléphone.
« Partons, dis-je. On l'installe à l'arrière, et on l'amène à l'hôpital à Vic. Si c'est trop tard, tant pis. Viens, aide-moi.
- Si on l'amène aux Urgences, on va nous demander qui on est, ce qui s'est passé. C'est pire que d'appeler le 18.
- Non, je connais l'accès aux Urgences. La nuit le portail ne s'ouvre que si on sonne. On déposera la fille devant, on sonne, et on se casse fissa dans la foulée. Il fait nuit, personne ne pourra nous voir ».
Nous chargeâmes le corps à l'arrière de la camionnette. La fille était mince et légère. Je crus entendre un gémissement lorsque nous l'allongeâmes à côté des cartons de foie gras. Carl avait ramassé le sac à main tombé sur la route. Je repris le volant, encore un peu ivre. Nous n'étions plus très loin de Vic-Fezensac. L'hôpital était facile d'accès. Je pus amener le véhicule, tous feux éteints, devant le portail qui la nuit barrait l'accès des Urgences. Nous déposâmes en silence la jeune femme et son sac. J'étais prêt à démarrer. Depuis son siège, Carl appuya sur le bouton déclenchant l'ouverture de la porte. Trois minutes avaient suffi. Nous n'avions croisé aucune

voiture. Je déposai Carl chez lui, et allai garer le véhicule où je l'avais pris. Je me jetai habillé sur mon lit, en proie à une grande confusion. J'imaginais les gendarmes arriver chez moi. Il fallait que je revoie Carl au plus vite afin de mettre en place un scénario au cas où nous aurions été surpris malgré les précautions prises. Nous devions livrer la même version.

15 juillet - Jo

Retour à Vic. J'avais passé la soirée au « Baratin » et suivi le match sur écran géant. J'avais beaucoup bu avec les copains. Je devais raccompagner Julie. Nous avions vécu une liaison orageuse, juste avant de nous séparer définitivement, enfin presque définitivement, puisqu'il nous arrivait encore de sortir ensemble.
Alors que nous traversions le bois de Peyrelongue, elle se mit à reparler du passé, déversant une fois de plus ses reproches et ses jérémiades. Je n'étais pas d'humeur. Je sentis monter la colère. N'allait-elle pas se taire ? Je stoppai brutalement la voiture sur le bas-côté. Je la contournai, ouvris la portière et sortis Julie sans ménagement. Comme elle résistait et se défendait en griffant, je la saisis par les cheveux et la tirai dehors. Un violent coup de poing sur le visage la fit s'écrouler. Je mis mes mains sur son cou et appuyai fort. En se débattant,

sa tête heurta une pierre. Je la lâchai. Elle ne bougeait plus.
Impossible d'appeler les Secours. Avec mon passé de voyou, j'étais bon pour un nouveau séjour prolongé en prison. Je traînai le corps quelques mètres à la sortie du virage au milieu de la route, espérant qu'elle se relèverait ou que quelqu'un la trouverait.
Un bruit lointain de moteur rompit le silence. Je sautai dans ma voiture et la mis à l'abri sous les frondaisons. Le ronronnement devenant de plus en plus net et se rapprochant, je bondis à l'abri des fourrés pour me cacher. Je distinguais le faisceau blanc des phares d'une voiture oscillant au gré des chaos. Un freinage d'urgence fit stopper le véhicule là où Julie était étendue. Je crus qu'elle avait été touchée. Deux jeunes gars descendirent, très agités. De mon poste, je pouvais les entendre s'engueuler. Le fourgon appartenait à un producteur fermier des environs de Vic. De jolis canards fluo, tout dodus, étaient dessinés sur les côtés du véhicule, leurs contours phosphorescents se détachant dans la nuit, soulignant l'enseigne dorée « Aux bons produits gersois ». Je connaissais l'entreprise. J'y avais travaillé avant la prison. Je reconnus le fils du patron qui s'agenouillait devant les roues.
Les deux gamins se concertaient. J'écoutais tout. J'entendais tout. Mais en bougeant, je fis craquer une branche. Les jeunes se figèrent puis.se dépêchèrent de

charger Julie. Manifestement, ils n'étaient pas nets. Ils reprirent aussitôt la route, sans me voir, passant près de ma voiture hors de portée des phares.

31 juillet – Alex

Depuis l'accident, je vivais dans l'angoisse, rongé par la culpabilité. Je ne sortais plus. Le monde me faisait peur. Avec Carl, nous avions décidé de garder le silence. Personne ne s'était aperçu de notre virée qui avait tourné au drame. Les gendarmes n'étaient pas venus nous voir. Rien ne permettait d'affirmer que nous étions liés à cette affaire. En toute logique, j'aurais pu dormir sur mes deux oreilles.
Le journal local avait publié un article : « Julie D. originaire de Vic-Fezensac a été admise dans la nuit du 15 au 16 juillet à l'hôpital local suite à un grave traumatisme. Elle a été déposée devant le Service des Urgences. Elle est dans le coma. Un appel à témoins a été lancé ».
Effectivement, on demandait à toute personne susceptible de détenir des informations de se manifester auprès de la Gendarmerie. Il semblait qu'à part Carl et moi, personne ne savait ce qui s'était passé. Cela contribuait à renforcer le dégoût que j'éprouvais à mon encontre, sans pour autant trouver le courage de me dénoncer.

Je connaissais sûrement Julie pour l'avoir croisée un jour ou l'autre dans cette petite bourgade. Un étau m'enserrait la poitrine, au point de me couper parfois le souffle. Les larmes n'étaient jamais loin. Je n'avais pas voulu cela.
Un soir, au retour d'une course que je faisais pour ma mère, je fus abordé par un gars plus âgé que moi. Je reconnus Jo que mon père avait employé autrefois. Je savais qu'il avait été en prison. C'était un loubard, à la fois dealer et drogué, au physique de Gaston Lagaffe. Mais contrairement à ce dernier, il n'inspirait pas la sympathie. Il me suivait tentant d'engager la conversation.
« Salut ! fit-il les mains dans les poches, ses pas se mettant au rythme des miens. On se connaît, tu sais. J'ai bossé chez ton père. Une jolie petite boîte !
- Salut.
- Alors bientôt la fac ? T'as eu ton bac, c'est un pote qui me l'a dit. Bravo. Moi j'ai même pas eu mon CAP. Pas faute pourtant d'avoir essayé.
- Désolé.
- T'as raison d'étudier. Tes vieux seront fiers de toi. T'as eu ton bac, maintenant t'as plus qu'à passer le permis. Mais parfois le permis est plus dur à avoir que le bac.
- Il faut que je rentre, je suis pressé, dis-je en accélérant, sentant des frissons parcourir ma colonne vertébrale.

Lâche-moi, mais lâche-moi, pensai-je sans oser le dire à haute voix.
- T'es à pied ce soir ? T'as pas pris la camionnette de ton père » ?
Je pâlis, le souffle court, un signal d'alarme résonnant au fond de ma conscience. Je courais presque maintenant pour semer ce mec qui me collait aux basques.
« Stop, fit-il en me barrant la route. J'étais là l'autre soir dans le Bois de Peyrelongue. Tu te souviens ? T'as défoncé une nana. Avec ton pote tu l'as larguée à l'hosto comme un sac-poubelle et tu t'es tiré. Conduite sans permis, délit de fuite, sûrement ivresse. Du lourd, tout ça.
- Tu délires. Tu dois me confondre avec quelqu'un d'autre.
- Non. Je t'ai reconnu. C'était bien toi, avec Carl. Mais bon, on peut s'arranger tu sais. Je suis pas aussi mauvais qu'on le dit. Je peux me taire, si tu me donnes un peu de thune.
-...
- Quoi ? J'entends rien. En fait, je me verrais bien avec 500 €. Apporte-les dimanche, sans faute, 18 heures au parc urbain, entrée Nord. Si tu viens pas, je balance tout, avec preuves à l'appui bien sûr.
Il fit demi-tour, me laissant abasourdi. Il fallait réagir. Je me hâtais de prévenir Carl pour que nous prenions des dispositions. Dans un premier temps Carl s'affola. Puis il promit de se débrouiller pour trouver de l'argent.

Mi-août - Alex

Le dimanche arriva. Je retrouvai Jo à l'endroit convenu, et lui remis les billets qu'il attendait. Il me tendit alors une photo imprimée sur une feuille format A4. On y distinguait clairement la camionnette ouverte, pendant que Carl et moi chargions la fille.
« Tu vois, je mens pas fit-il en me donnant le cliché. J'en ai d'autres. Allez, on se voit dimanche prochain, même heure, même endroit, et bien sûr même montant.
- Mais t'avais dit 500 €, on t'a tout donné ! On n'a plus rien !
- Pas mon problème. 500 € c'était pour commencer. Taxe tes vieux ! Vois avec ton pote ! Débrouille-toi ».
J'étais piégé. Je perdais le contrôle, broyé par une machine infernale que je ne maîtrisais plus.
Je me rendis aussitôt chez Carl, n'osant plus communiquer avec mon portable.
Je voyais Carl se ratatiner au fur et à mesure que je lui contais l'entrevue, le sang quittait son visage.
« Qu'allons-nous faire demanda-t-il ? On est tombés sur un maître chanteur. C'est du racket. Je ne sais plus où trouver l'argent.
- Moi, j'ai déjà cassé mon livret A. Si mes parents l'apprennent, ils vont me tuer. On n'a pas le choix, il faut qu'on paie encore, et on trouvera un moyen pour le faire

patienter. S'il nous dénonce, il perdra sa source de profit. On peut le tenir aussi.

Nous essayions de nous rassurer mutuellement mais je voyais bien que Carl était en train de craquer. Intérieurement, je ne me voyais pas convaincre Jo de prendre patience. Je perdais le sommeil. Je devenais une ombre. Cela n'échappait pas à mes parents qui s'inquiétaient de ce changement.
Ma mère m'accompagna chez le médecin de famille. J'expliquais que j'étais stressé par la prochaine rentrée universitaire. Le médecin voulut me questionner en tête à tête. Il avait déjà pensé à une possible dépression mais voulait en savoir davantage. Je lui servis un mensonge auquel il sembla croire concernant une nana qui m'avait largué, ce que je vivais très mal.
« Plaie d'amour n'est pas mortelle. Tu t'en remettras », dit-il en me tendant une prescription d'antidépresseurs.
Mais le pire était à venir. Décidément, rien ne me serait épargné. Peu de temps après on apprit que Carl avait disparu. Il avait quitté son domicile avec un maigre bagage. Il était introuvable. Son portable ne répondait pas. La gendarmerie avait été avisée.
Un chauffeur routier indiquait avoir pris en stop un jeune homme correspondant à son signalement, le laissant sur une aire de l'autoroute A7. Je n'avais pas de

nouvelles. Carl ne répondait pas à mes appels. C'en était trop. Si Carl craquait, j'étais perdu aussi, capable du pire. Impossible pour moi d'avouer que j'avais pris le fourgon de mon père, sans permis, alcoolisé, pour finir par heurter une jeune fille sans lui donner une chance de la sauver. Quant à réduire Jo au silence, inutile d'y penser. Je ne pouvais rien contre lui. Aucune échappatoire. Au bord du gouffre.

Le repas du soir à peine avalé, je pris ma décision. Mes parents regardaient la télé. Je me rendis dans la salle de bains et raflais dans l'armoire à pharmacie un lot de cachets ; à commencer par ceux qui m'étaient prescrits. J'ajoutais des somnifères afin de composer un cocktail qui ne me laisserait aucune chance. Je les avalai d'un trait, au risque de m'étouffer.

J'allai m'allonger. Une nuit profonde et poisseuse ne tarda pas à me happer, m'entraînant sans retour dans ses abysses de silence. Le néant ! Oui, mais pour combien de temps ? Jusqu'à ce que les tourments recommencent : maux de ventre déchirant mes entrailles, estomac révulsé sans répit se retournant comme une chaussette, une débâcle de souffrance.

Puis enfin l'apaisement avec la découverte d'un jour blanc et laiteux. Affublé d'une chemise ridicule, cerné d'appareils ronronnant doucement, relié à l'un d'eux par une perfusion. Sans aucun doute, j'étais vivant ! Une infirmière vint aussitôt près de moi.

- Comment vous sentez-vous ?
- Où suis-je ? Avez-vous retrouvé Carl ? Comment va Julie ?
- Tut, tut, tut... Du calme ! Tout doux, fit-elle prenant mon bras pour vérifier ma tension. Vous êtes à l'hôpital. Je vais appeler le médecin, et prévenir vos parents. Qui est Carl ? Qui est Julie ? Des amis à vous ?
- Julie, c'est la jeune fille dans le coma qui a été heurtée par une voiture il y a quelque temps.
- Julie ? Oui, je vois. Vous la connaissez ? Elle n'est pas dans ce service mais je sais qu'elle va mieux. J'ignorais qu'elle avait eu un accident de voiture. En tout cas, vos parents seront heureux d'apprendre que vous êtes revenu parmi nous. C'est grâce à eux si vous êtes en vie. Ils vous ont trouvé à temps.

Mes parents arrivèrent très vite, cachant difficilement leur émotion. Puis la conversation prit un tour inattendu. Ma mère prit la parole.
« Maintenant que tu as repris conscience, les gendarmes vont venir te questionner.
- À cause de la disparition de Carl ?
- Carl est rentré. Il va bien. Il nous a fait peur lui aussi. Il a été retrouvé à la frontière espagnole. Il était hagard, muet, il avait perdu sa voix. Nous nous sommes demandé papa et moi pourquoi vous étiez partis en vrille Carl et toi. Mais Carl a tout avoué après avoir retrouvé la parole.

Nous savons tout, ainsi que les gendarmes qui veulent t'entendre ».

Était-ce une bonne chose que je me sois réveillé ? Je ne me sentais pas en état d'affronter les malheurs que j'avais voulu fuir à jamais.
« Je vous demande pardon. J'ai fait une bêtise. Je suis désolé. Je ne voulais pas faire de mal à cette fille. Quant à Carl, il dormait dans la voiture, il n'y est pour rien.
- Nous savons tout cela. Et oui, tu aurais dû attendre d'avoir ton permis avant de prendre la route. Ceci est un autre chapitre. Mais tu dois savoir que Julie va mieux. Elle est sortie du coma. Elle a parlé. On en sait beaucoup plus sur ce qui s'est passé. Ce n'est pas la camionnette qui l'a renversée. Julie a été tabassée. On a tenté de l'étrangler. Et surtout sa tête a frappé violemment le sol, c'est ce qui lui a fait perdre conscience. Vous l'avez sauvée en l'amenant à l'hôpital, sinon elle y restait. Sa mémoire est revenue. C'est son ex, Jo, cette ordure qui a déjà fait les quatre cents coups, qui l'a mise dans cet état. Mais comme il n'est pas très courageux, il n'a pas mis longtemps pour tout avouer.

J'étais stupéfait, tellement convaincu de ma culpabilité, et subitement blanchi. Ma mère reprit.
« Julie rentrait à Vic avec Jo. Ils se sont disputés. Jo l'a frappée et laissée pour morte. Il l'a traînée sur la route

pour faire croire à un accident. Vous arriviez juste à ce moment-là et vous vous êtes arrêtés. Jo était caché. Il a réussi à prendre des photos et s'en est servi pour vous faire porter le chapeau. Il s'en est fallu de peu. Si Julie était morte, personne n'aurait rien su des circonstances. Vous auriez vécu avec ce poids sur la conscience. Mais maintenant tout est clair. Tu n'as rien à te reprocher si ce n'est d'avoir brûlé les étapes. La règle veut que l'on passe d'abord son permis avant de conduire, et non pas l'inverse ».

J'étais délivré d'un poids énorme. Je me sentais si léger qu'il me semblait flotter au-dessus du lit. C'était si bon de sourire à nouveau, d'émerger de ce puits infernal où j'avais cru perdre mon âme. Déjà, je reprenais goût à la vie. J'étais prêt à aimer le monde entier. Je n'avais plus de haine. J'allais même recommencer à m'aimer.

« Ah, j'oubliais, poursuivit ma mère. Tu as rendez-vous la semaine prochaine, jeudi à dix heures, pour passer ton permis. Tâche de le réussir... ».

Inès Karoune

Destins croisés

C'était un dimanche pas comme les autres, Les Jasmins, un quartier résidentiel à Biarritz, s'est réveillé, ce matin-là, sur le bruit des sirènes de l'ambulance. Les gyrophares de la police criminelle ainsi que la police scientifique s'illuminaient comme un feu d'artifice autour d'une maison de maître, donnant à la foule qui s'est rassemblée, un spectacle inhabituel qui troubla le calme et la quiétude que connaît ce quartier depuis fort longtemps.

– Qui y a-t-il ? demanda un des riverains.

- C'est Yves, on l'a trouvé mort, ce matin ! répondit un autre.

- Sa mort ne me choque pas, je pense qu'il a trop picolé, cette fois-ci. rajouta un troisième.

- Bon débarras, s'écria une vieille dame, on dormira mieux sans ses tapages notoires !

La police encercla la maison et fit le nécessaire. Un inspecteur interrogea le propriétaire de la maison, qui s'est réveillé choqué et troublé par la nouvelle, comme tout le monde.

– Bonjour Monsieur, connaissez-vous cet homme ? dit l'inspecteur.

- Ben, oui c'est Yves, l'ivrogne !

- Savez-vous ce qu'il lui est arrivé ?

– Je viens de l'apprendre ce matin, comme tout le monde, je dormais, j'en ai aucune idée !
– Merci Monsieur, dit l'inspecteur, je vous prie de ne pas quitter la ville jusqu'à la fin de l'enquête.
Après avoir interrogé les voisins, l'inspecteur ordonna d'évacuer les lieux et il partit déposer son rapport sur le bureau du commissaire.

Deux heures plus tard, une voix rauque et tremblante surgit dans le commissariat :
Il a tué Yves ! Je l'ai vu ! Il a traîné son corps !
Isabelle ne cessait de ressasser cette phrase comme une litanie qui résonnait dans tous les recoins du commissariat. L'écho de ses cris lugubres ainsi que les coups de ses pas pressés retentissaient tout au long du couloir qui mène au bureau du commissaire. Sans se faire annoncer, elle enfonça sa porte en tremblant.
Le commissaire sursauta de sa place et s'écria :
Mais que fait cette femme ici ?
La secrétaire qui avait été prise au dépourvu a voulu rattraper la dame en vain, répondit :
Euh, je m'excuse, mais elle est entrée sans permission !
Alors Madame, quelles sont vos excuses ?
Isabelle leva la tête et dit tout bas : Il l'a tué.
Le commissaire de par son expérience comprit que quelque chose s'était produit, il s'avança vers Isabelle, l'attrapa par les

épaules d'un geste consolateur et lui dit sur un ton rassurant :
– Asseyez-vous madame, reprenez vos esprits et dites-moi ce qui se passe.

Isabelle s'est mise à bégayer, elle tremblait de partout, elle ne savait pas par quel bout commencer.
- Calmez-vous, lui dit le commissaire. Vous sentez-vous bien madame ?
– Je ne suis pas folle ! Pourquoi vous me le demandez ? S'écria Isabelle.
– Mais personne ne vous traite de la sorte ! rétorqua le commissaire.
– Je sais ce que j'ai vu !
– On vous croit madame, mais pouvez-vous me dire ce qui se passe ?, Et le commissaire demanda qu'on fasse le nécessaire pour prendre sa déposition.
– Alors Madame, quel est votre nom ? Interrogea le commissaire.
– Isabelle... Isabelle Maurinot.
– Êtes-vous mariée ?
– Oui, enfin,... plus maintenant. répondit Isabelle d'une voix geignante.
– Divorcée ? fit le commissaire.

Ce traître mot la traversa telle une onde de choc, et un moment de sa vie défila devant elle. Son divorce créa en elle

une instabilité apparente, ses traits changèrent, elle serra les mains, ce qui n'échappa pas au commissaire ;
Est-ce que ça va madame ?
Euh, oui !
En fait, depuis que son divorce fut prononcé. Isabelle Maurinot sombra dans une mélancolie noire sans précédent, une tristesse amère qui la transforma physiquement. La belle Isabelle, joyeuse, sociable, amusante, pétillante de vie comme une eau de source laissa place à une Isabelle rude d'apparence, son visage noirci de mélancolie ne s'éclairait jamais d'un sourire, elle devint très réservée, maigre avec une poitrine creuse et un teint blafard. Ses cheveux ternes et ses yeux tristes donnaient à son visage exsangue une expression pathétique. Elle avait l'air vraiment malsain. Son état de santé s'aggravait de jour en jour et ses forces déclinaient inexorablement. Elle vécut seule dans un grand manoir, isolée dans une bulle qui l'empêchait de voir le monde extérieur. Son mari la mit dans un état dépressif en la faisant culpabiliser d'avoir tué et enterré leur enfant. Et depuis, elle hante le manoir de par ses souvenirs et ses souffrances comme une âme damnée, errent inlassablement dans ses couloirs.

- Madame, Madame Maurinot, est-ce que ça va ?
– Oui, oui !
- Allez-y, je vous écoute madame, racontez-moi tout, du début à la fin.

- D'accord, fit Isabelle, un soir où je terminais de ranger la vaisselle dans la cuisine ; je vis le salon de la maison d'à côté qui était sans propriétaire depuis fort longtemps s'allumer. J'ai jeté un œil et je vis une personne debout, c'était un homme de par son apparence ; sûrement un nouveau locataire ! Mais pourquoi de nuit et pourquoi en cachette ? Cela titilla ma curiosité.
Le lendemain matin, en récupérant mon courrier, je vis cet homme qui me fit un signe de la main en guise de bonjour. Cela me laissa perplexe et je partis sans lui répondre. Et voilà comment dans mon esprit avait germé une curiosité ardente. Depuis ce jour, je me suis mise à le guetter. Je remarquai qu'il était toujours habillé très correctement et il avait une attitude très réservée et ponctuelle. Le destin a fait que Frédéric devienne mon ami, cela grâce à ma vieille tuyauterie. Donc, je fis appel à lui pour me réparer un robinet qui fuyait et qui inondait ma cuisine.
- Excusez-moi de vous interrompre, mais pouvez-vous me dire comment il était avec vous, ce jour-là ?
- Et bien, il m'a paru robuste et plein de santé, il était vif et allègre. D'ailleurs, c'est de par cette occasion que j'ai appris qu'il s'appelait Frédéric Matignon, Toujours d'après lui bien sûr !
– Vous a-t-il dit ce qu'il faisait comme travail ?
- Non, Il ne m'a rien dit à ce sujet !
– Avez-vous remarqué quelque chose de bizarre chez cet homme ?

– Oui, à maintes reprises, je l'ai vu faire sortir de drôles de cages de sa voiture, tard le soir, qui faisait rentrer directement chez lui par le sous-sol. Alors, j'étais plus que jamais confinée dans ma cuisine à l'observer par la fenêtre qui donne sur sa porte d'entrée, Cela m'intriguait.
– Pourriez-vous me dire ce qu'il y avait dans ces cages, Madame Maurinot ?
- Des animaux... peut-être, j'en suis pas sûre !
– Continuez, je vous en prie.
- Un jour, je le vis ramener le pauvre Yves tout soul à son habitude dans sa maison vers les coups de vingt-trois heures. Je me suis dit que Frédéric était une âme charitable et qu'il proposait un toit pour la nuit à Yves.
– Yves ! Qui est-il vraiment ? demanda le commissaire.
- L'ivrogne du quartier, un SDF. En fait, on ne connaît rien de lui, mais il y avait dans son regard, toute l'amère solitude d'une créature fragile, innocente, humiliée, sans défense ; le désir désespéré d'un peu de consolation ; un sentiment pur, douloureux qu'il était impossible de définir, et qui demandait au monde environnant un peu de bonté.
- Il faisait noir, cette nuit-là ? interrogea le commissaire.
– Non, ce fut une belle soirée, dit Isabelle, le temps était froid et sec, il y avait de la gelée dans l'air. Mon insomnie me tenait éveillée jusqu'à une heure du matin. Alors une infusion à la main, je me remis à ma fenêtre à la clarté brumeuse de la lune. La rue était très déserte et tranquille. Cependant mon attention n'avait jamais été aussi vivement

excitée. Quand tout à coup la porte d'entrée de Frédéric s'ouvrit doucement. C'est là où j'aperçus bizarrement sa tête qui sortait en premier, jetant un coup d'œil furtif sur le quartier, on aurait dit qu'il vérifiait si personne ne le regardait. Il disparut, la porte s'ouvrit complètement. Puis lui qui traînait par les pieds le corps d'Yves qu'il laissa pour mort dans l'allée devant chez lui. J'eus un frisson glacé. J'ouvris vite ma fenêtre pour mieux voir, un semblant de vie faisait encore réagir Yves. Subitement, ces muscles se relâchèrent et je compris qu'il venait de perdre la vie.

– Êtes-vous sûre que c'était bien Frédéric Matignon ? rétorqua le commissaire.

– Oh que oui ! Fut la réplique d'Isabelle tout en agitant sa tête.

– Je vous remercie Madame Maurinot, dit le commissaire, tout cela est bien noté et nous vous tiendrons au courant sur l'évolution de l'enquête.

Isabelle fut conduite à la sortie tandis que le commissaire resta quelques instants sans bouger, enfoncé dans son fauteuil après le départ d'Isabelle, les traits de son visage laissant apercevoir le trouble de son esprit.

À l'ombre de ce nouveau témoignage, le commissaire décida de rendre visite à Frédéric Matignon.

D'une volte-face habile, il prit sa veste et claqua sa porte derrière lui en demandant à son second de l'accompagner.

Arrivés au pas de la porte, le commissaire frappa trois coups de marteau. À peine le troisième coup fut-il donné, et voilà

que la porte s'ouvrit et le visage de Frédéric apparut dans l'embrasure de la porte.
– Bonjour, pourrions-nous parler à M. Matignon ?
-C'est moi-même, à qui ai-je l'honneur ?
– Commissaire Migeot et il joignait le geste à la parole et présenta sa carte professionnelle.
– Oui, entrez, c'est à quel sujet ?

Ils continuèrent à marcher jusqu'au salon. Quelle espèce d'homme est-ce ? Songea le commissaire. Il y a quelque chose de douteux dans son apparence. Je n'ai jamais connu un homme qui m'inspirât autant de mystère et d'ambiguïté.
– En quoi puis-je vous être utile ? dit Frédéric.

Sans plus attendre le commissaire l'interrogea :
– Avez-vous un animal de compagnie, M. Matignon ?
– Non ! répondit Frédéric.
- Aimez-vous les animaux, M. Matignon ? fit le commissaire, en lui faisant observer qu'il avait de grands soupçons qu'il était faux.
– Écoutez ! J'aime les animaux... sans plus ! Rajouta Frédéric.
– Que faites-vous dans la vie, M. Matignon ?
– Je suis professeur de biologie moléculaire et d'endocrinologie à BIOLAB.
– Eum ! Je présume que c'est un domaine qui vous passionne !

– Beaucoup ! rétorqua Frédéric.
– On aimerait bien jeter un coup d'œil à votre sous-sol M. Matignon, si vous ne trouvez pas un désagrément à cela ?

Avant qu'aucun air de panique ne puisse apparaître sur son visage, Frédéric se leva et lui demanda de le suivre, ils arrivèrent à une porte qui dissimulait bien ses battants sur le mur, on pouvait à peine distinguer ses gonds tellement elle était camouflée. Ils descendirent les escaliers, le commissaire lui demanda si on pouvait y accéder par l'extérieur, Frédéric fit un signe affirmatif. Il était facile de voir que le sous-sol était rempli de vieux débarras. Tous les vieux objets encombrants et inutiles n'avaient pas été déplacés depuis longtemps. Le commissaire le fouilla minutieusement, il ne sut pas précisément ce qu'il cherchait, mais sûrement un indice qui confirmerait ses doutes. Il se mit à inspecter les moindres recoins poussiéreux de ce lieu hostile.
- Si vous me dites ce que vous cherchez, dit Frédéric, je pourrais peut-être vous aider !
- On veut juste jeter un coup d'œil M. Matignon.

Le commissaire et son second étaient bien loin de s'imaginer que Frédéric se tenait debout sur une trappe qui dissimulait une pièce souterraine. Pétrifié, Frédéric croyait s'évanouir, un froid glacial le saisit et une envie criminelle d'assommer le commissaire lui traversa l'esprit.
- Qu'est ce qui vous prend, M. Matignon ?

- Euh !
- Vous avez l'air préoccupé ! dit le commissaire.
- Ben, c'est que j'avais prévu de sortir, mais bon, ça peut attendre un moment. répondit Frédéric.
- C'est quoi cette odeur bizarre dans votre cave M. Matignon ?
- Euh ! L'humidité sûrement ! Vous avez raison, l'odeur de la moisissure sur les murs est infecte !

En fait, l'odeur des essences et des sels qui se dégageait de la trappe remplissait toute la pièce. Cependant, l'anxiété de Frédéric fait précipiter involontairement un torrent d'images devant son imagination et fit défiler, devant ses yeux, tous les moments qui forcèrent le destin à tisser les évènements de cette nuit ténébreuse : Le refus de son laboratoire de financer ses recherches jugées trop ambitieuses, la réussite de ses expériences sur les animaux. En effet, Frédéric Matignon remarqua, lors de ses expériences sur les animaux qu'un certain nombre d'hormones, comprenant l'hormone de croissance, la testostérone, l'œstrogène et la progestérone pouvaient améliorer certains changements physiologiques associés à la vieillesse. Enthousiaste, il continua ses recherches dans cette optique, il constata par la suite, des exemples d'effets secondaires néfastes associés à certains suppléments hormonaux, chez quelques cobayes qui ont eu un effet écourtant la durée de vie.

Cependant, la nouvelle molécule améliorée a pu ralentir le processus du vieillissement chez certains cobayes, le stopper chez d'autres ou l'inverser carrément. Suite à cette découverte qui allait bouleverser le monde, Frédéric se vit conforter dans sa décision de passer à l'expérimentation sur l'être humain. Obligé de trouver un cobaye humain qui ne représenterait pas de danger dans le cas où ses expérimentations se tourneraient mal, son choix se porta sur Yves, un ivrogne invétéré, notoirement connu pour ses excès d'alcool. Frédéric l'appâtait depuis deux mois avec des bouteilles de vin de beaujolais qu'Yves trouvait à son goût, un attrait irrésistible. Puis le priva une semaine de ce goût exquis pour faciliter son introduction à la maison, ce soir-là. La lune était voilée par un nuage cette nuit, il faisait très sombre. Frédéric le fit descendre jusqu'à cette pièce souterraine, en lui promettant une de ses bouteilles alléchantes. Une fois descendu, Yves réclama sa bouteille de vin. Frédéric le pria de s'asseoir.
- Je vous trouve bien pâle et vous êtes tout frileux ! lui dit-il. Si vous voulez votre vin, laissez-moi vous donner cette piqûre, ça va vous immuniser contre le froid de cet hiver, vous savez bien que je suis médecin ! rajouta-t-il.

Pressé de récupérer sa bouteille et d'étancher sa soif, Yves donna son bras à Frédéric sans réfléchir. Ce dernier le regarda et sans aucun état d'âme, il lui administra le produit contenu dans la seringue. Après lui avoir injecté la substance, Frédéric lui proposa de rester encore un moment. Yves acquiesça. Avec ses dents jaunâtres, il déboucha sa bouteille et d'un trait siffle une bonne partie de ce vin qui était sa seule consolation. Quand soudain, il s'arrêta de boire, fit tomber sa bouteille de ses mains dont les ongles étaient ébréchés mais raides et durs comme des écailles de tortue, son visage devint soudainement noir et il commença à suffoquer, son œil unique se révulsa, car il était borgne, puis il convulsait en dégorgeant de sa bouche une sorte d'écume. Pris de panique, Frédéric le fit sortir en traînant son corps jusqu'au pas de sa porte, et rentra vite pour effacer toute trace de son passage.

- M. Matignon !... Professeur ! Est-ce que ça va ? dit le commissaire en claquant les doigts.
- Excusez moi, hocha la tête Frédéric, je pensais à ce pauvre Yves, il nous a quitté très tôt. On ne lui connaît pas de famille malheureusement !
- Vous me semblez bien affecté par sa mort ? lui dit le commissaire d'un air ironique.
- Oh, écoutez, dit Frédéric, je pense que personne ne mérite une fin si tragique d'autant plus que ce pauvre Yves ne faisait de mal à personne à ma connaissance.
- Cependant Professeur, vous ne me semblez pas si surpris de retrouver son cadavre sur le pas de votre porte ! exclama le commissaire.

Soudain, un souffle humide s'infiltra par-dessous la porte de la cave et vint dénoncer la peur de Frédéric, il eut des frissons et ne put contenir davantage ses airs d'inquiétude. Mais il reprit ses propos avec une subtilité qui étonna le commissaire et reprit d'une voix calme :
- Je ne sais pas où vous voulez vous en venir, M. le commissaire, mais je ne vous apprends rien si je vous dis qu'on a souvent retrouvé Yves endormi à des endroits peu probables et bien insolites. Ce pauvre Yves ! Il était depuis longtemps l'objet incessant de répulsion de nos impitoyables voisins, cependant il me semble normal qu'il ait trouvé refuge sous le porche de ma maison. J'étais, d'ailleurs, le seul qui semblait préoccupé par son sort et puis je ne ressentais que de la compassion pour lui.

En ressortant du sous-sol par l'accès qui mène au jardin, Frédéric laissa échapper un soupir de soulagement si immense que le commissaire se mit nez à nez avec lui et dit :
- Mme Maurinot, votre voisine, dit vous avoir vu traîner le corps d'Yves, en indiquant du doigt vers sa fenêtre.

Frédéric grinça un horrible sourire, intimidé, il se trouva complètement écrasé sous cette rude apostrophe, mais avec une détermination désespérée, il posa sa main sur l'épaule du commissaire et lui dit :
- Cette pauvre Mme Maurinot, je pense qu'il y a bien longtemps qu'elle a perdu la raison. Elle voit ces jours-ci, ce

que nul de nous ne peut voir, ni entendre d'ailleurs. Je crains bien commissaire que vous vous fiez aux dires d'une femme qui se parle à elle-même, ajouta-t-il, vous n'avez pas entendu, chaque soir, ses cris horribles, on aurait cru entendre une damnée qu'on jetait dans le creux de l'enfer.
- Des cris ! Comment cela ! exclama le commissaire.
- Oh, oui ! Elle criait et sanglotait comme une âme en peine. Il y a des soirs où je l'écoutais avec un tel poids dans le cœur que j'avais envie de pleurer aussi.

Le commissaire lui serra la main, le remercia et le quitta suivi de son second tout en pensant que ce détail si important et imprévu indiquait bien une folie mais bizarrement, cela ne le surprenait pas, s'il devait à en juger par l'état hystérique d'Isabelle ce matin. Pour avoir le cœur net, le commissaire demanda à son second un rapport détaillé sur Mme Maurinot. Sa surprise fut immense quand il découvrit qu'elle s'est fait suivre par un psychiatre et que ce dernier avait diagnostiqué chez elle une anomalie structurale cérébrale d'où son expression figée du visage, ses hallucinations, ses troubles de la pensée et ses idées délirantes qui annonçaient clairement une schizophrénie bien avancée.
C'est alors que, d'assez mauvaise humeur, le commissaire s'était réfugié dans son bureau avec tous les documents concernant cette affaire, il allait et venait dans la pièce, sans dissimuler une agitation qui étonnait chez cet homme

toujours si maître de lui. Puis il y eut un silence qui laissa entendre un immense soupir. Et au bout d'une heure, après avoir relu le dossier médical d'Isabelle, le rapport d'autopsie de la police scientifique qui mit en évidence un taux d'alcool excessivement élevé dans le sang d'Yves ainsi qu'une substance inconnue et le brillant parcours professionnel du professeur Matignon, le commissaire se vit délivré de toutes ses pensées douteuses et se résigna à classer cette affaire, cette enquête le mena à un non-lieu, pensa-t-il.

Quand le mensonge règne, d'étranges évènements se passent dans ce monde, des évènements qui se sont même parfois dénués de toute vraisemblance. Frédéric fut acquitté de toute accusation, le témoignage d'Isabelle fut entaché de nullité par la découverte de sa schizophrénie et elle fut internée dans un asile psychiatrique tandis qu'Yves, qui semblait incapable de survivre dans cette atmosphère létale, mourut dans un anonymat absurde. Voilà comment l'ironie du sort et le malheur de trois destins croisés, attestent le problème d'identité et nous oblige à se poser toujours les mêmes questions, qui sommes-nous ? Connaissons-nous vraiment la personne en face de nous ?

Vydz Hard Gold

Espoir d'autrui

Située entre les villes de Haulies et Boucagnères, la propriété est isolée au milieu d'une petite forêt. Plusieurs routes passent à proximité, des chemins de terre en font le tour, l'accès y est facile. Après plusieurs semaines de surveillance, Serge se rend compte que les lieux sont occupés uniquement le week-end. Il n'a jamais aperçu le moindre signe de vie autour de la villa en semaine. Il planifie donc de cambrioler la demeure le mercredi. L'occupant est parti tôt ce lundi matin, il ne reviendra pas avant vendredi. Le lendemain il guette la place une dernière fois, aucune activité n'est constatée. Il décide de se reposer, une fois minuit passé, il pénétrera la luxueuse maison.
La sécurité est basique voire inexistante, il progresse rapidement. Le crochetage de la serrure a pris du temps mais il a bien travaillé en ne laissant aucune trace d'effraction. Une inspection rapide lui permet de faire un inventaire des grosses pièces qu'il va devoir transporter à son véhicule. Il le rapprochera au dernier moment pour charger. La bâtisse est spacieuse, il ne perd pas un instant et commence à fouiller tous les meubles. Un bruit sourd retentit, il se fige. Discrètement et avec précaution, il inspecte la zone. Il est bel et bien tout seul. Tandis qu'il œuvre à nouveau, le silence est interrompu par des claquements métalliques réguliers,

comme si quelqu'un bricolait dans une pièce voisine. Inquiet, l'homme sort un couteau de chasse. Il a vérifié plusieurs fois le logement, il ne comprend pas d'où vient ce brouhaha. Lentement, il se déplace et cherche la source du vacarme. Dissimulé derrière une bibliothèque, il découvre un escalier étroit menant à un étage inférieur. La vaste cave est partiellement éclairée par un néon, un homme ligoté est au milieu de la pièce. Bâillonné, il est menotté à une chaîne solidement attachée à une poutre. La victime émet des cris étouffés par le corps étranger se trouvant dans sa bouche, la présence du voleur est inespérée. « C'est quoi ce bordel ? ». dit ce dernier surpris. Bien que sa lame soit de qualité, elle est inefficace. Il cherche un outil plus adapté comme une pince-monseigneur, un chalumeau ou une scie mais il ne trouve que des équipements de sport dans les cartons entassés. Une première clef est nécessaire pour les menottes et une seconde pour retirer l'appareil servant à empêcher l'otage de hurler. « Je vais vous sortir de là ! Tenez bon ! Je vais chercher de quoi vous libérer, je reviens tout de suite ! ». Il remonte l'escalier à toute vitesse. Une fois à l'étage, il entend le moteur d'un véhicule. Le contact est coupé, un bruit de portière précède le « Bip ! » de la fermeture automatique centralisée. Quelqu'un approche de la porte d'entrée en sortant un trousseau de sa poche. Pris de panique, Serge tente de prendre la fuite. Il se rend compte qu’il y a d'autres individus qui discutent devant la porte de derrière. Pris au piège, il a juste le temps de récupérer son sac

de sport noir qui traîne dans le salon et il redescend au sous-sol après avoir replacé la bibliothèque dans sa position initiale.
Dans l'urgence, il agit sans réfléchir. Le cambrioleur se glisse sous un large établi. L'emplacement de la cachette n'est pas éclairé, en restant silencieux il a peu de chance d'être repéré. Pensant être tant bien que mal en sécurité, il comprend que l'homme attaché devant lui peut le dénoncer à la première occasion. L'idée de le tuer en l'étranglant rapidement lui vient à l'esprit mais il renonce aussitôt se sachant incapable d'un tel acte. Ce qu'il redoutait arrive, un individu obèse de grande taille entre dans la cave. Le colosse actionne un interrupteur, le local est désormais entièrement sous les projecteurs. Serge devient de plus en plus nerveux. Lui qui aime avoir un parfait contrôle de la situation se retrouve totalement dépendant des actions d'autrui dans une expérience où il ne maîtrise rien. Tout en caressant son énorme ventre de ses deux mains, le nouvel arrivant a envie de s'amuser un peu, il s'adresse à sa victime.
« On l'entend moins ta grande gueule de monsieur je sais tout, de monsieur j'ai fait des grandes études et pas toi. Celui que tu aimes bien surnommer « le bouseux », tout à l'heure il va te pendre par les pieds et te vider de ton sang. De ce que je sais, c'est fini pour toi. Je rends service à la famille, rien de personnel ne m'en veut pas s'il te plaît. Haha ! Sale fils de pute. Je vais prendre plaisir à te découper et à refiler les morceaux aux cochons. J'espère que Jacquot a prévu de te

faire couiner un peu avant. Pour être honnête avec toi, je lui ai demandé un instant d'intimité, même bref. Une opportunité pour moi de te dévoiler tout mon amour avec quelques outils, il y a tout ce qu'il faut derrière. Un sécateur bisou bisou, des pinces de la tendresse, des tournevis pour des câlins en profondeur. Haha ! Merde, j'ai oublié les bâches... ». Il remonte à l'étage.
En pleure et baignant dans son urine tiède, le prisonnier se débat violemment essayant par des tentatives désespérées de se libérer. Serge essaie de se convaincre qu'il serait plus sage d'exécuter froidement ce pauvre type, de toute façon il semblerait que ce soit son destin aujourd'hui. Mais pas forcément le sien, il a la possibilité d'interagir. Une voix dans sa tête lui mentionne qu'il s'agit peut-être d'une mauvaise blague entre amis, un coup de pression sans suite d'un contentieux financier. Elle insiste également sur le fait qu'une fois libéré, si l'autre parle il se retrouve coincé sous un meuble à la merci du prédateur. Qu'il y a deux hommes dans une pièce et qu'un seul va perdre la vie, deux s'il ne fait rien. La confusion règne dans son esprit. Trop tard, le fermier revient avec deux autres personnes. Une femme furieuse et un homme en costume. Serge reconnaît ce dernier, c'est le propriétaire du site. Son cœur s'emballe lorsqu'il voit l'homme d'affaires sortir une clef et retirer le bâillon. Sa vie est entre les mains menottées d'un inconnu dans une situation de survie.

« Comment as-tu pu faire ça ? s'écrie la femme, elle le gifle à plusieurs reprises.
Ta propre fille ! De huit ans ! Elle lui redonne une série de coups.
« Parle ! Dis quelque chose ! » Comme pour marquer la fin de chaque réplique, elle lui assène une nouvelle flopée de claques.
Silencieux, honteux, le punching-ball vivant regarde le sol se vidant de toutes les larmes de son corps. Il fuit le regard de son épouse. La femme finit par lui cracher au visage tandis que les autres placent des bâches en plastique sous ses pieds. Elle craque et va s'isoler dans la chambre à coucher au rez-de-chaussée.
Le fait de les voir préparer la scène du crime est loin de rassurer le monte-en-l'air. « Il va me dénoncer pour faire une diversion. Le couteau... le couteau il est où ? OK. À la moindre ouverture, tu shootes le gros. La femme on s'en fout pour l'instant. Il va parler ! Si le couteau les impressionne, tu détales. Rien à foutre de l'autre. Si je suis lui, je gagne du temps je crache tout, ça va être la guerre. Discuter ? Il n'est pas encore mort, y a pas eu de crime de commis pour le moment. C'est jouable... Depuis quand on négocie avec un cambrioleur ? En plus, ils m'ont l'air motivés et décidés. Bon, réactif, soit réactif ! »
« Enlève ton costume, dit l'homme obèse.
— On en est pas encore là Paulo. Il tripote ma nièce, il va s'expliquer.

— Je suis désolé ! Pardon !
— Désolé de quoi ? Tu crois que c'est à moi qu'il faut faire des excuses ? Abruti !
— Pardon ! C'est pas ma faute !

Jacquot lui met un coup de poing, le sang coule de l'arcade. Le liquide se mélange aux larmes.
— C'est la faute de Caroline peut être ?
— Pardon, je n'y peux rien. Je ne me contrôle pas. »

Cet argument, cet aveu, est inaudible pour l'oncle. Il s'empare de l'arme à feu qu'il porte à la ceinture et met en joue son beau-frère.
« Hug this » Il lui tire une balle en pleine tête, une partie du cerveau est projetée contre le mur.

« Jacquot tu déconnes là ! Merde ! Tu m'as appelé pour faire les choses proprement, si tu ne m'écoutes pas ça sert à rien de m'impliquer dans tes histoires de famille. Putain faut tout récurer maintenant ! Va chercher les bassines, dépêche-toi ! Après on le détache et on le pend par les pieds. Faut le vider, une fois en place je l'égorgerai ».

Les heures passent, le jour se lève. Serge assiste à toutes les manipulations macabres. Le visage qui lui apparaît lorsque le corps pivote sur l'axe du câble le hantera toute sa vie. Les yeux ouverts, le regard vide, des filets de sang qui remplissent le récipient, ces scènes imprimées en lui resurgiront sous forme de cauchemars.

Il est soulagé que sa présence n'a pas été révélée mais l'événement horrible auquel il vient d'assister le dégoûte au plus haut point. Son corps réagit, il lutte comme il peut. « Ne vomis pas ! Ne regarde pas ! Ne vomis pas ! Pense à autre chose ! Changement de plan. Tu plantes Jacquot à la moindre occasion, tu prends le flingue. L'autre a un couteau. Il m'a vu, il savait que j'étais là mais il n'a rien dit. Rédemption ? Manque de lucidité ? État de choc ? J'aurai parlé à sa place juste pour gagner cinq minutes, je suis une merde. Je vais acheter un taser, c'est une bonne idée ça le taser. Même le gros, bzzzzit il fait dodo. Vomis pas, putain ! »

— Tu nous en débarrasses rapidement, je compte sur toi, dit le tireur.

— Ça devra attendre ce soir. J'ai rendez-vous avec le maire adjoint cet après-midi pour le bilan financier de l'association.

— Elle est pas réglée cette affaire depuis le temps ? Il a eu son enveloppe pourtant.

— Une formalité administrative, je sais pas quoi. Il prend son temps, comme ça, ils font croire qu'ils ont tout inspecté dans les moindres détails et que tout est légal. Ça va encore prendre des heures.

Les deux hommes discutent chiffons tout en retirant les vêtements du cadavre.

— On va le remettre à pendre avec une bassine en dessous. Je m'en occupe dès que possible. Je vais aller me changer, débarrasse-toi de cette tenue, ne prends pas de risque.
— Pas de corps, pas de crime. C'est un vieux costume, je vais le brûler ne t'inquiète pas.
— C'est plus sage.
— Je ne pouvais pas l'encadrer ce con.
— Je ne vais pas traîner plus longtemps, je dois passer au hangar prendre les produits pour le mur et le sol à cause de tes conneries.
— Je vais raccompagner Suzanne, on se retrouve ici dans la soirée.

Les habits et les effets personnels du mort sont mis dans un sac-poubelle pendant que les complices organisent la journée. Paulo, vingt ans de métier, a l'habitude de ce genre de situation. Il sait très bien ce qu'ils ont à faire et surtout les erreurs à ne pas commettre. Ils retournent auprès de la femme dont les sanglots résonnent dans la maison. Serge s'impatiente, il ne supporte plus d'attendre impuissant. Peu de temps après, plus aucun bruit ne lui parvient. Il lui semble avoir entendu un véhicule mais il n'en est pas convaincu. Il reste un long moment immobile avant de prendre le risque de sortir de la pénombre. Debout, il avance au ralenti vers la sortie. Pas à pas. Minutieusement, il fait attention où il marche et se retrouve finalement en bas de l'escalier. Il jette un dernier coup d’œil au pédophile. Il ne se permet pas de le

juger, tout ce qu'il sait avec certitude est que cet homme l'a épargné et pour cela il le respecte. « Désolé vieux » murmure-t-il sincèrement. Tout seul dans la demeure, sac sur le dos, il se dit qu'il serait stupide d'emporter la moindre babiole. Il abandonne les nombreux objets luxueux qui parsèment les étagères et quitte les lieux.
Une fois dans son véhicule, il rallume son cellulaire. Il est toujours éteint durant les expéditions. Dans un premier réflexe, il envisage de prévenir les autorités. Lorsqu'il se questionne sur la façon d'expliquer son aventure, il change d'avis. Les preuves vont servir de repas dans quelques heures, s'il doit agir c'est maintenant. Un homme est mort, quoiqu'il fasse il le restera. Prendre le risque de s'impliquer ne l'enchante pas. L'idée qu'une perquisition serait effectuée à son domicile et à son entrepôt le convainc définitivement que la seule chose intelligente à faire est de s'éloigner au plus vite de l'endroit. Serge pose son téléphone sur le siège passager et démarre le van.
Quelques heures plus tard, Paulo sort de sa réunion et remarque que son ami lui a laissé plusieurs messages, il écoute le premier.
« Ça ne va pas te plaire Paulo. Je viens de voir quelque chose sur les caméras. Rejoins-moi à la villa avec des bâches et un palan. On va devoir aller à Auch. »

Arlette Bourdier

Gaston de Castelmore, Seigneur d'Artagnan

Il fait beau ce matin d'avril 2018 à Forcés. La bastide ronde se pare de mille couleurs et les oiseaux gazouillent sous les poutres, tout en tapissant les pavés d'excréments. Sous les arcades, les commerçants s'énervent et jettent des seaux d'eau pour nettoyer les fientes.
La rivière Auzone coule sous le pont de la porte fortifiée et charrie
ses pierres grises vers la vallée. Cette porte d'entrée sur la Gascogne a perdu son château primitif, remplacé par la place centrale nommée « la motte ». Mais son seigneur canin est toujours là !
Gaston de Castelmore, labrit d'un blanc immaculé et d'un port de tête seigneurial, trône sur la place et surveille le castelnau d'un œil royal et autoritaire. Gaston vit au manoir de ses ancêtres, celui de d'Artagnan. Il est le dernier survivant de la lignée héroïque des « Labrits de Castelmore ».
L'heure est grave : Gaston est célibataire et n'a point de descendant.
Il doit se marier au plus vite et engendrer de nouveaux labrits, sinon Il sera déchu de son titre de Seigneur d'Artagnan de Castelmore au profit de son bâtard de cousin Julius.

Peste soit du félon ! Lui, Gaston, contractera mariage avec la femelle labrit qui lui sierra, fût-elle une chienne sans noble lignée.
Assis majestueusement sur son train arrière laineux, Gaston scrute le marché aux fleurs. Entre deux arcades situées au sud se profile une venelle où des jardins odorants fleurent bon le thym et le basilic. Son œil se fige alors sur une image des plus délicieuses :
Une chienne Labrit sort de la ruelle comme d'un tableau de Renoir.
Sa maîtresse, souriante et chapeautée, l'appelle :
« Chipie, Chipie, viens ici. Il faut rentrer. »

Rentrer ??? Diantre, non !
Gaston s'élance vers la petite rue et s'arrête net devant la demoiselle. Celle-ci, coquette et conquise, feint de l'avoir vu et hume le pavé. Gaston relève son plastron royal au plus haut et commence sa danse nuptiale. Chipie, quelque peu craintive mais émoustillée, se trémousse doucement et plante son regard dans celui de Gaston.
Ci fait, c'est l'Amour !
Gaston l'épousera, foi de Gascon, foi de d'Artagnan !
De retour à Castelmore, Gaston ne passe pas une minute sans songer à Chipie. Il se couche dans l'appentis où règnent les réserves d'Armagnac, de Floc, de foie gras et autres magrets et confits. Il rêve lorsqu'il est réveillé par l'intrusion d'une voiture décapotée où trône un labrit détricoté, sale et

vicieux. C'est Julius, son cousin ennemi de La Romieu. Selon la légende, au XIVe siècle, ce village subit une grande disette et les habitants durent manger de la gibelotte de chats pour survivre. Les rats affluèrent alors et menacèrent les récoltes. Par bonheur, une fillette, Angéline, sauva le village car elle avait caché des chats. Si Gaston n'y croyait guère, il se faisait un plaisir de rappeler à Julius que des chats, et non des chiens, avaient sauvé La Romieu. Son cousin voyait rouge à chaque fois et sautait sur Gaston qui détalait en imitant les miaulements des greffiers gersois.

Mais ce jour-là, il ne fit aucune allusion et Julius venu près de lui pour vaguement le saluer sentit une odeur féminine bien prononcée sur son cousin. Il comprit tout de suite que Gaston était tombé en amour et se promit de veiller autour du manoir.

À son retour à La Romieu, Julius allait lever une armée personnelle de chiens bâtards et hargneux pour l'aider à ourdir son complot.

Aussitôt dit, aussitôt fait ! Julius improvisa une escouade et les bâtards campèrent près du manoir.

Ce ne fut pas le seul malheur !

Gertrude, la mère de Gaston, ne mit pas longtemps à comprendre que son fils s'était entiché d'une gourgandine et allait copuler. Elle contacta la bande de Julius pour occire Chipie. En même temps, elle fomenta un plan diabolique pour le marier au plus vite à Cunégonde, la labrit hideuse et déjantée du castel voisin. Elle organisa une « Pal-Party » au

manoir où elle invita tous les chiens racés du coin. Gaston, dépité, apparut tout dépeigné et crasseux. Certes il déclencha le courroux de sa mère, mais dut danser avec Cunégonde. Par bonheur, au coin croquettes, cette gourde s'étrangla et un pompier canin dut la ranimer au bouche-à-bouche, ce qui lui valut cinq jours d'ITT.
Le soir venu, au bal « Pal », le thon gélatineux était guéri et demanda à danser avec Gaston. Elle s'était fardée comme une voiture volée et il émanait de sa croupe une forte odeur d'ail pourri. Gaston ne manqua pas de lui écraser les pattes et elle hurla de douleur.
Elle rentra chez elle en claudiquant, le derrière sec et les pattes en feu. Le seigneur de Castelmore se crut délivré à jamais de cette « horribilis canis »....Que nenni !
C'était sans compter sur la ténacité de Gertrude et la félonie de Julius. Ce dernier, vu l'urgence, décida d'enlever son cousin.
Un soir de pleine lune, alors que le beau labrit dormait près de l'appentis et rêvait de Chipie, les trois bâtards Floc, Pineau et Armagnac lui tombèrent dessus à pattes raccourcies et l'estourbirent.
Ils le traînèrent jusqu'à une vieille tuilerie près de Forcés, le laissant seul et désespéré devant un bol d'eau et une gamelle de croquettes bon marché. Quand Gaston s'éveilla, il eut beau prier tous les saints canins habituels : Canomyl, Prozacaniche ou Deroxchat, personne ne l'entendit.

Pendant ce temps, le traître Julius envoya une missive à Gertrude :
ONT A TON CHIEN,
SI TU VEUX LE REVOIR,
ABOULE TON DOMAINE,
VIEILLE PEAU.

Gertrude reconnut le style de Julius et se dit que Gaston était bien assez grand pour se débrouiller, et que l'éloignement d'avec cette Chipie de malheur ne pourrait que la servir. Elle vaqua donc à ses occupations tant bourgeoises que libertines.
Gaston se morfondait dans sa tuilerie et devait se battre contre les chats galeux qui lui volaient sa maigre pitance. Une nuit qu'il ne dormait pas, il vit à travers les planches disjointes de la porte un chien errant portant un long bâton à la gueule et une croix en guise de collier. Il aboya et le chien pèlerin défonça la porte branlante.
C'était un Pyrénées, lourd et immense, qui descella la chaîne du mur et délivra Gaston. Ce dernier offrit ses croquettes au chien pèlerin et lui souhaita bonne route jusqu'à Compostelle.
Gaston s'enfuit dans la nuit étoilée vers Castelmore en empruntant les chemins les plus sombres pour ne pas être repéré par les bâtards.

Huit heures sonnaient quand il aperçut la voiture décapotée de Julius au milieu de la cour. Il perçut des grognements venant de la grange.
Il se faufila derrière une botte de paille où couvait une poule rousse.

- Gertrude, ma cousine, votre fils doit être mort à cette heure. Nous devons parler succession car je suis l'héritier légitime de Castelmore. Maître Benni-Bouftou de Condom va vous faire signer les papiers.
- Jamais, traître, félon, nul en orthographe ! Moi vivante, tu ne seras jamais seigneur ici.
- Si ça ne tient qu'à ça !

Et Julius fit mine de l'égorger. Le notaire, un teckel galeux, faillit s'étouffer. Gaston, fou de rage, s'élança de derrière la botte de paille et la poule affolée s'envola jusqu'au notaire qu'elle éborgna.
Julius détala et rejoignit ses sbires pour quérir de l'aide. Il les trouva endormis, ivres et drogués, en galante compagnie aux poils poudrés et aux ongles peints. Son sang ne fit qu'un tour — peut-être deux — et il injuria les bâtards. Ceux-ci voulurent être payés et se rebiffèrent contre leur patron qui, maintes fois mordu, fut attaché à un arbre.
Pendant ce temps, Gaston avait retrouvé son beau domaine de Castelmore et voulut débattre avec Gertrude de son avenir.

Quelle ne fut pas sa surprise en entrant dans l'appentis lorsqu'il vit sa mère en train de copuler avec un doberman au milieu des conserves !
Une labrit de Castelmore d'Artagnan se faisant trousser par un vulgaire cabot de foire !
- Ah ? Gaston, te voilà. Où étais-tu donc passé ?

Devant tant de mépris et de fornication, Gaston hurla si fort que les deux autres décampèrent sans demander leur reste.
Épuisé, le labrit s'endormit devant le rayon manchons de canard confit pendant de longues heures.
Quand il se réveilla en fin de journée, il entendit un chien hurler à la mort dans le bois voisin. Il y courut et découvrit Julius tout rouge et plein de bêtes à un endroit de son anatomie que la bienséance interdit de citer. Le félon jura obéissance à Gaston et fut sommé de retrouver la belle de Forcés dans les plus brefs délais. Julius jura, cracha et se gratta les coucougnettes pendant une bonne semaine.
On l'appela « Cul pelé ».
Le 1er mai, Gaston, fraîchement lavé et poudré, se rendit à Forcés où se tenait le marché aux fleurs exceptionnel. Tout le village sentait bon le muguet et les petits vendeurs installés sous les arcades haranguaient les passants en criant :
- Deux euros le brin, deux euros !

Notre gascon n'entendait rien. Il ne quittait pas du regard une certaine ruelle qui fleurait bon le thym et le basilic. Il priait :

- Sainte Mère des Chiens, priez pour moi, pauvre Labrit, soyez bénie entre toutes les chiennes, et faites que Chipie apparaisse !

Là.
Au coin de la venelle.
Elle se tenait là, sa superbe langue flottant au vent, ses yeux pétillants fixant le sud, son doux pelage frisé humant la rose, ses belles pattes embellissant les pavés. Gaston se leva d'un bond et se planta devant elle, l'œil enamouré et la queue frétillante.
Elle sourit et les passants les virent courir loin du marché, laissant la dame au chapeau seule et désorientée.
Trois mois plus tard, cinq petits labrits naquirent au domaine de Castelmore. La lignée des d'Artagnan était sauve !

Janine Malaval

Jamais deux sans trois

Bien que cousines, Iris et moi avons été élevées ensemble. À cinq ans, Iris a perdu ses parents dans un accident de voiture. Mes parents l'ont alors recueillie puisque nos deux mères étaient sœurs. Nous avons grandi dans la même famille, dans la douce campagne où l'on produit le Madiran. Nous nous aimons profondément malgré nos différences. Nous sommes complémentaires. Elle est aussi candide et naïve que je suis méfiante et réfléchie. Étant son aînée de cinq ans, j'ai toujours trouvé naturel de la protéger et de veiller sur elle. À sa majorité, Iris put entrer en possession des biens laissés par ses parents, étant seule héritière d'une superbe exploitation viticole à Marciac. En effet la réputation du Château des Astours et de ses caves va bien au-delà des limites du département du Gers. Le régisseur avait fait prospérer le domaine. Grâce à ses études de commerce, Iris prit en charge la gestion administrative de la propriété. Parallèlement, elle organisait des expositions de peinture dans les salles du château pour permettre à de jeunes artistes de se faire connaître.

De mon côté, je travaillais comme collaboratrice dans un important cabinet d'avocats à Auch. Nous étions toutes deux célibataires, n'ayant pas encore rencontré celui avec

qui nous accepterions de partager notre existence. Iris et moi nous retrouvions généralement le week-end. Iris vivait seule au château dans l'attente du prince charmant. Nous sortions beaucoup et rencontrions du monde.
L'an dernier Iris fit la connaissance de Léna au cours de yoga qu'elle fréquentait depuis plusieurs années. Elles sympathisèrent immédiatement et devinrent vite inséparables. Léna avait ouvert un cabinet de naturopathie à Mirande. Elle était également conseil en phytothérapie. Sa boutique, pleine de charme, était située sous les arcades et attirait beaucoup de monde. Les fioles d'huiles essentielles côtoyaient les bocaux de simples artistiquement présentés sur des vieux meubles et des étagères d'apothicaires. Léna avait conservé de son origine polonaise un très léger accent qui ajoutait à son charme slave. Récemment divorcée, elle partageait son temps entre le domicile de son frère à Auch et sa boutique. Iris m'avait présenté Léna. Je l'avais perçue comme une femme de forte personnalité. Je pris rapidement conscience de l'ascendant qu'elle exerçait sur ma fragile petite-cousine. L'instinct de protection que j'avais développé vis-à-vis d'Iris me mettait systématiquement en alerte envers les personnes qui gravitaient dans sa sphère, à tort ou à raison, un peu de jalousie peut-être mais je n'y pouvais rien.
Iris profita d'un vernissage qu'elle organisait au château pour inviter Léna et son frère Ivan. Depuis le début

d'après-midi, j'aidais en cuisine en vue de garnir le buffet qui serait servi le soir. Iris était très exigeante. La réussite d'une soirée tenait autant à la qualité des œuvres exposées qu'à celle des mets et vins proposés aux invités. Léna arriva au bras de son frère. Elle était vêtue d'une superbe robe noire. Ivan portait un costume Armani qui mettait en valeur sa haute silhouette. Je vis tout de suite l'intense séduction que dégageait cet homme distingué, son regard clair, ses traits réguliers. Il était aussi brun que sa sœur était blonde. Iris les accueillit avec beaucoup de chaleur. L'observant de loin, je la vis s'entretenir et rire avec Ivan plus longtemps qu'avec ses autres invités. Léna avait disparu, les laissant seuls. À la fin de la soirée, il était clair qu'Iris était tombée sous le charme d'Ivan. Comment résister à ce beau quadragénaire un peu mystérieux, libre de tout engagement ? Elle savait par Léna qu'Ivan était veuf. Et riche, ce qui ne gâtait rien. Il était expert financier auprès d'un grand groupe international, et voyageait beaucoup. Tout cela m'évoquait une de ces romances sucrées et sirupeuses, de celles qui n'existent que dans les pages des romans de midinettes. Un conte de fées avec château, princesse et prince charmant. Très peu pour moi, mais connaissant Iris, j'imaginais sans peine qu'elle allait succomber au magnétisme de ce beau polonais. Ma cousine était tellement « fleur bleue ».

Au cours des semaines qui suivirent, je recueillis les confidences d'Iris, et fus surprise de voir à quelle vitesse évoluait cette relation. Iris avait accepté la demande en mariage. La date de la cérémonie était fixée pour la mi-mars, en toute intimité selon le vœu d'Ivan. Léna et moi étions témoins. Le mariage civil eut lieu en fin d'après-midi à la mairie d'Auch. Iris ne portait pas la robe blanche dont elle avait rêvé petite fille, mais elle était ravissante dans un tailleur tout simple. Ivan avait réservé une excellente table pour fêter l'événement. Iris rayonnait. Ivan avait quitté son appartement pour emménager au château. Déjà le couple discutait de projets de restauration car la bâtisse devait être rénovée. Dès le printemps des artisans arrivèrent pour les premiers travaux.

À mon avis, la date du mariage marque le point de départ de la série d'évènements qui affectèrent Iris, et me forcèrent à sortir de ma réserve. Un lundi pluvieux d'avril, ma cousine pénétra comme chaque matin dans son bureau. La pièce était située au premier étage de la façade nord-est du château, dominant une falaise d'une trentaine de mètres, au fond de laquelle serpentait un ruisseau. Il s'agissait sans doute du seul éperon rocheux que l'on pouvait admirer à des kilomètres à la ronde, une de ces bizarreries dont la nature a le secret. Dans la douce campagne vallonnée qui caractérisait ce paysage empreint de sérénité, ce piton rocheux semblait aussi incongru qu'une oasis dans le désert. Une coursive courait le long du mur, chaque ouverture étant protégée par un garde-corps en bois. Iris constata avec surprise que le volet de son bureau était fermé alors qu'elle le laissait toujours ouvert. En le repoussant avec force pour l'attacher au crochet, elle sentit subitement le garde-corps céder. Elle perdit l'équilibre, et bascula en hurlant de terreur. Elle tenta de s'agripper de toutes ses forces au rebord de la coursive mais lâcha prise. Dans sa chute, elle put se rattraper à une branche de la glycine qui tapissait le mur, accrochée au-dessus du vide. Un ouvrier la vit, suspendue au mur, courut vers elle avec une échelle et la sauva d'une mort terrible. Le traumatisme psychologique fut violent. Ivan était à Paris, aussi Léna vint aider Iris quelques jours. Elle s'occupa des courses et de petits travaux. À cette époque de l'année, son activité ne tournait pas à plein régime. Elle lui prépara un traitement à base de plantes destiné à calmer ses angoisses et chasser ses terreurs. Iris commença à se détendre. Elle retrouva le sommeil. Le garde-corps était arraché, ce qui fit prendre conscience au couple de l'urgence qu'il y avait à faire réparer la vieille demeure.

L'été fut anormalement chaud. Je partis cette année seule en vacances à la fin août, sans Iris qui restait au château avec Ivan pour surveiller le chantier en cours. La priorité était de changer avant les premiers froids la chaudière

trop vétuste. Il fallait aussi refaire l'installation électrique et la plomberie anciennes.
Après les fortes chaleurs du mois d'août, une vague de froid intense et inhabituelle s'installa en septembre menaçant les vendanges. Ivan avait repris ses déplacements professionnels, espérant pouvoir prochainement en espacer la fréquence. Comme la chaudière avait été déposée, il s'était procuré dans l'urgence un petit radiateur d'appoint. Iris pouvait facilement le déplacer de la chambre au salon ou dans son bureau.
À mon retour de vacances, je lui fis la surprise d'une visite. Je la voyais moins souvent depuis son mariage. Je fus navrée de la trouver amaigrie et alanguie. Je m'attendais à ce qu'elle m'annonce un futur heureux évènement mais elle me détrompa. Je passais la nuit au château avec elle, dans sa chambre de célibataire, comme avant le mariage. La pièce restait froide malgré le chauffage d'appoint. Je dormis très mal cette nuit-là, souffrant de lancinants maux de tête, de nausées. Je m'éveillai au petit matin, plus fatiguée que jamais. Je me rendis d'un pas chancelant à la cuisine pour tenter de préparer le petit-déjeuner. Iris me rejoignit, les yeux cernés, titubant, les muscles douloureux, encore plus lasse que moi. Cela m'intrigua de nous voir toutes deux aussi mal en point. J'avisai le petit radiateur qu'Iris avait réussi à traîner dans la cuisine. Je me souvins des mises

en garde que l'on faisait à l'égard de ces petits appareils qui, s'ils étaient mal réglés, pouvaient s'avérer dangereux avec les émanations de gaz. Une rapide consultation Internet confirma mes doutes. J'entraînai Iris dehors en ayant soin d'ouvrir les fenêtres et de couper le chauffage. Peu de temps après nous commençâmes à nous sentir mieux. C'était la deuxième fois que ma cousine échappait à un grand danger. Si je n'étais pas venue cette nuit-là, Iris aurait pu mourir. Un signal d'alarme se mit à résonner en moi. Simple coïncidence ou actes délibérés ? Qui pouvait en vouloir à Iris ? Je ne lui connaissais aucun ennemi. Ivan et sa sœur venaient d'entrer dans sa vie, l'entourant chacun à leur façon de prévenance et d'attentions. Mon intuition me mettait toutefois en garde et je ne pouvais ignorer qu'Iris était en danger. À son insu car elle n'aurait pas été d'accord, je décidai d'en parler à Max, un ami officier de police à qui j'avais rendu souvent service et saurait me renvoyer l'ascenseur.

Iris avait surmonté ses angoisses. Je la trouvais néanmoins bien diminuée, émaciée. Sans doute les soucis liés à cet important chantier et le stress post-traumatique. Selon elle, tout cela était le fruit d'un mauvais hasard, la « faute à pas de chance ». Elle était incapable de voir le mal. Je lui rétorquais, en vain, que le hasard pouvait avoir bon dos et que l'on pouvait le forcer. Mais elle répondait que c'était moi qui voyais toujours

tout en noir. Pourtant, et malheureusement, la suite me prouva que mes craintes étaient fondées.
Ce soir-là, j'étais en train d'ouvrir un mail reçu d'Iris quand Max m'appela pour me donner le résultat de ses recherches. En même temps que je lui parlais, je découvrais le mail, manquant de m'étrangler de surprise et d'angoisse. « Au secours, viens vite. Appelle un médecin. Je crois que je me... ». Rien d'autre. Je vérifiai mon téléphone : pas d'appel, ni de texto. Il fallait agir vite. Max appela une ambulance. Chacun de notre côté nous nous rendîmes au château. J'avais la clé des appartements, heureusement. Nous découvrîmes Iris dans son bureau, à terre, à côté d'une chaise renversée. Sans doute n'avait-elle pas pu terminer de taper le message mais l'avait fort heureusement envoyé. Une salive mousseuse et rosée s'échappait de sa bouche. Elle, si soucieuse de son apparence, était souillée et avait vomi sur le tapis. L'odeur était infecte. L'ambulance l'emporta. Trop tard ?
Une attente interminable commença à l'hôpital. Au petit matin, un médecin vint nous dire qu'elle était dans le coma. Son organisme avait été intoxiqué par les champignons qu'elle avait consommés à midi. Ses reins et son foie étaient atteints. En outre des analyses en cours révélaient des traces de poisons végétaux dans son sang. Je sentis la panique me gagner. Mon cerveau ne raisonnait plus. Et avec ce que je venais d'apprendre de la

part de Max ! Ses recherches avaient abouti. Je savais qu'il y aurait une enquête. Par trois fois, on avait attenté à la vie de ma cousine. Les deux premières tentatives avaient heureusement échoué. Survivrait-elle à ce troisième coup qu'on lui portait ? Car il s'agissait bien d'une tentative d'assassinat. J'étais certaine que des champignons vénéneux avaient été volontairement rajoutés et mélangés à la portion qu'Iris s'était préparée. Son téléphone portable avait disparu, alors qu'elle aurait pu s'en servir pour demander de l'aide. Il s'était passé du temps avant que j'ouvre son mail et appelle les secours. Cela pouvait lui être fatal.
Max n'avait pas ménagé sa peine. Il avait battu le rappel de ses relations. Mais la source la plus évidente et la plus fiable pour trouver des informations se trouvait au cœur des systèmes informatiques qu'utilisaient les policiers : logiciels de banques de données, accès aux fichiers internationaux, croisements et vérifications de renseignements fournissaient des réponses multiples. Il suffisait de quelques clics de souris bien ajustés pour mener à l'établissement de la vérité. Dans 99 % des cas, l'imprimante recrachait un rapport, des photos, ou des documents, et invariablement la toile se refermait sur sa cible, comme l'araignée piège sa proie.
Par bonheur, Iris survécut. Mais le plus dur restait à faire. Comment lui faire comprendre qu'elle venait d'échapper une fois de plus à la mort, que sa fin tragique était

orchestrée par son époux et sa belle-sœur, elle qui se vantait d'être sa meilleure amie ?
Et surtout, comment lui avouer qu'Ivan était déjà marié lorsqu'il l'avait épousée. De surcroît, marié avec... Léna. Cette machination avait pour seul but la captation d'un héritage alléchant : une exploitation viticole de forte rentabilité, et une bâtisse chargée d'histoire. Ce couple d'escrocs était en réalité de nationalité russe, au service de la mafia, et sévissait sans peine à l'aide de faux papiers. Ma chère Iris ! Le conte de fées a viré au cauchemar. La vérité n'est jamais bonne à dire, encore moins à entendre. Je suis là pour en témoigner. À l'origine, on dit que ton prénom était attribué à une déesse, la messagère des dieux. Puissent ces derniers, ou quels qu'ils soient, veiller sur toi, comme je m'efforcerai de le faire encore et encore.

François Aussanaire

Je suis la maîtresse de votre mari

Comme chaque samedi matin, lorsqu'elle n'était pas de servie, Florence Quéméneur poussait sans enthousiasme un chariot rempli de victuailles et de produits d'entretien. Elle déplaçait mollement sa lassitude dans l'allée centrale du supermarché le plus proche de chez elle.
D'avantage par habitude que par véritable intérêt, elle jetait comme souvent, un œil distrait et blasé sur les boutiques de fringues et de chaussures, lesquelles proposaient toutes à peu près les mêmes produits qu'elle se refusait à acheter.
Si c'est pour ressembler à toutes les autres clientes du supermarché, non merci !, songea-t-elle, une fois de plus.
Elle se promit, à nouveau, de prendre une demi-journée pour aller en centre-ville y chercher quelques vêtements plus originaux. Promesse qu'elle ne tiendrait probablement pas plus que toutes les précédentes.
Elle ne remarqua pas, à quelques mètres d'elle, un petit groupe de jeunes femmes, riant et parlant fort, visiblement très excitées. L'une d'elles sortit du groupe, s'avança à sa rencontre et l'apostropha, sans autre formalité.
- Vous êtes bien Florence Quéméneur ?

Son instinct de méfiance la fit se mettre immédiatement sur ses gardes, sans pour autant savoir pourquoi. La jeune femme était souriante et ne semblait absolument pas hostile.
- Oui, c'est moi. Pourquoi ?

Le sourire de son interlocutrice disparut immédiatement. Elle planta ses yeux dans les siens.
- Je m'appelle Mélanie Vesprée. Je suis la maîtresse de votre mari. Je tenais absolument à ce que vous le sachiez.

La jeune femme marqua une pause, sans être interrompue par son interlocutrice, manifestement interloquée par cette entrée en matière.
Elle reprit.
- Je voulais vous dire également qu'il est un amant tout à fait formidable, d'une tendresse et d'une imagination comme en en rencontre que très rarement. J'ai une chance inouïe de le connaître.

Sans attendre une réponse qui de toute façon ne serait pas arrivée, la jeune femme se retourna et quitta la galerie marchande, suivie de ses amies, hilares, qui n'avaient rien manqué de la scène.
Florence Quéméneur resta plantée au milieu de l'allée, incapable de la moindre réaction, ne comprenant pas ce qui venait de lui arriver.

ooo

Le lieutenant Vasseur se tenait accroupi près du corps d'une femme, gisant face contre terre, bras et jambes écartés, la jupe relevée sur les reins, au beau milieu du magasin de chaussures. Il ne lui fallut pas longtemps pour déterminer la cause du décès et en informer son commissaire qui se tenait debout à quelques mètres de là, l'air perplexe.
- Elle a reçu une balle dans la nuque, probablement à bout portant. Comme ça, à première vue, je dirais du 7.65. Le toubib nous le confirmera, tout comme il nous dira précisément l'heure du meurtre. Cela pourrait bien être il y a deux heures environ, c'est-à-dire à peu près vers l'heure de fermeture du magasin.

Il marqua un temps de réflexion.
- Non vraiment, ajouta-t-il, je ne pense pas me tromper. Vous savez comme ces questions me passionnent, commissaire.
- Je sais, Vasseur. Je sais. Est-ce que l'on sait qui a découvert le corps ?
- Le vigile du supermarché, en faisant sa ronde après la fermeture de la galerie. C'est lui qui nous a prévenus, répondit Vasseur tout en prenant des photos de la victime.

Le commissaire s'était rapproché pour examiner le corps.
- A-t-on des témoins, oculaires ou auditifs ?
- Non, commissaire, aucun. D'après moi, l'assassin a dû utiliser un silencieux, sinon le vigile et les derniers clients

auraient entendu le coup de feu. Ça résonne dans la galerie. Il faut quand même être sacrément gonflé et sûr de soi pour commettre un tel meurtre alors que le magasin était encore ouvert. N'importe qui aurait pu le surprendre. Et en plus, il n'a rien volé. C'est à n'y rien comprendre.
- Il a probablement été dérangé, fit remarquer le commissaire, et a dû s'enfuir sans avoir le temps d'emporter quoi que ce soit.
- Encore une morte pour rien, conclut le lieutenant Vasseur, fataliste, tout en retournant la victime sur le dos.
- Morte pour rien, ou pour quelque chose, ça change quoi, Vasseur ? Rien ! Elle est morte, c'est tout.

Le visage de la jeune morte marquait la surprise mais absolument pas la peur, ce qui laissa penser au commissaire qu'elle n'avait pas eu le temps de voir son agresseur ou, tout au moins, pas de comprendre qu'il allait la tuer.
- Son visage me dit quelque chose, pas vous ?
- Si, Vasseur. Tu as raison. Je crois bien qu'on l'a déjà arrêtée, et plus d'une fois encore ! Des petits vols à la tire notamment, si je me souviens bien. Dupré, Després, un nom comme ça.
- Vesprée !, cria presque le lieutenant Vasseur, ravi d'avoir trouvé le premier. Elle nous en a d'ailleurs pas mal voulu pour cela. Et bien maintenant, elle ne volera plus jamais rien !

ooo

- Ça y est, commissaire, j'ai reçu les conclusions du légiste. Et qui est-ce qui avait raison, encore une fois ? C'est moi. Et sur toute la ligne.

Le lieutenant Vasseur se tenait debout droit comme un i, la poitrine gonflée d'orgueil, en face du commissaire qui s'amusait de la fierté démesurée de son adjoint.
- C'est bien, ça, mon petit Vasseur, mais en quoi avais-tu raison ?

Le lieutenant jubilait, savourant ce qu'il considérait comme son heure de gloire.

- Je vous la fais courte, commissaire. Je résume.
- C'est ça, Vasseur. Résume.
- Mélanie Vesprée, vingt-deux ans, célibataire, sans enfant, apprentie dans ce magasin de chaussures depuis deux semaines, assassinée vers vingt heures, à plus ou moins dix minutes, d'une seule balle dans la nuque et, tenez-vous bien...

Le lieutenant Vasseur marqua un temps d'arrêt pour ménager son effet, malgré l'exaspération de plus en plus visible du commissaire.
-... par une arme de calibre 7.65 munie d'un silencieux.

Vasseur exultait.

- Alors commissaire, qui est-ce qui avait raison ?
- Mais toi, bien sûr, mon petit Vasseur. Toi.

Tout à sa joie et à son autosatisfaction, il ne remarqua même pas l'ironie du commissaire et reprit.
- Il n'y a pas eu d'agression sexuelle, pas de viol. Juste tuée !
- Juste tuée ! Charmante expression !
- Et vous savez quoi ? Toute jeune et toute mignonne comme elle était, elle était encore vierge. À vingt-deux ans ! À notre époque. Je ne l'aurais pas cru.

Le lieutenant Vasseur n'était pas le seul.
Vierge !
Comme par réflexe, le commissaire Florence Quéméneur porta la main à son arme de service, un calibre 7.65, enfermée dans son étui, accroché à sa ceinture.
Elle sentit ses jambes cesser de la porter, avant de s'écrouler.

Hario Masarotti

Jeux de hasard

Le mardi matin, à 7 h 30, Martin Le Tosseur, ouvrit sa boutique de chaussures située dans le bas d'Auch. Il sortit ses deux présentoirs, les disposa sur le trottoir de chaque côté de l'entrée et, avant de rentrer dans le magasin, il jeta un coup d'œil dans la direction de la rue de Lorraine où il voyait chaque matin Mériane Desfortois arriver à pied pour prendre sa fonction de vendeuse. Parmi les rares passants qui se dépêchaient, il n'aperçut pas sa silhouette menue. Il hocha la tête et regarda sa montre. 8 heures moins le quart. « C'est étonnant, pensa-t-il. Elle qui est toujours si ponctuelle. Depuis 16 ans, elle arrive toujours pendant que j'installe les chaussures dehors. Bizarre ! ». À huit heures et quart Mériane n'était toujours pas arrivée. Martin prit son téléphone, composa le numéro, laissa sonner plusieurs fois mais chaque fois l'enregistreur se déclenchait et personne ne répondait. Deux clients se présentèrent. Il les servit. Quand le dernier sortit, il était près de neuf heures et toujours pas de Mériane. Il décida de prévenir les gendarmes. Celui qui lui répondit se fit expliquer la situation et réfléchit un moment.

- Ne vous inquiétez pas, dit-il d'un air rassurant. Il doit y avoir une explication. Elle va sûrement vous appeler. N'avait-elle pas prévu d'aller passer le week-end quelque part ? Elle aura peut-être été retardée. Elle reviendra. Tenez-nous au courant dès qu'elle vous aura contacté.

Et il raccrocha.
À la pause de midi, Martin Le Tosseur décida de passer chez son employée pour prendre de ses nouvelles. Il appuya sur la sonnette de la rue. Pas de réponse. Il monta au premier étage et sonna à la porte d'entrée. Pas de réponse. Il frappa et, par réflexe, il appuya sur la poignée. Celle-ci s'abaissa et la porte s'ouvrit. Surpris, il n'osa pas entrer.
- Madame Desfortois ! appela-t-il, Madame Desfortois ! Mériane, êtes-vous là ? répéta-t-il en vain.

Intrigué par cette porte ouverte, il décida d'entrer en continuant à appeler. Le salon était vide. La cuisine attenante était vide mais avec les restes d'un petit-déjeuner qui n'avaient pas été rangés, la chambre était vide et le lit défait. Une autre porte donnait sur un bureau qui servait aussi de pièce de rangement. Vide. Une dernière porte ouvrait sur la salle de bains. Quand il l'eut ouverte Martin Le Tosseur resta saisi.
– M... s'exclama-t-il.

Le corps de Mériane Desfortois était allongé sur le tapis, la tête appuyée contre la baignoire, les bras ballants, une flaque de sang coagulé baignait le torse.

Indéniablement morte. Elle portait une chemise de nuit et par-dessus une veste en laine. Ses yeux regardaient vers le sol et sa bouche entrouverte semblait faire un ricanement macabre.
Martin Le Tosseur, resta un moment immobile puis il prit son portable et appela de nouveau la gendarmerie. Il signala la découverte qu'il venait de faire. On lui dit de ne toucher à rien et d'attendre là. Un quart d'heure après le lieutenant Delcourt arrivait avec deux adjoints.
- Racontez-nous comment vous avez découvert le drame, lui dit le lieutenant après avoir téléphoné pour avoir le service des empreintes et le médecin légiste.

Martin Le Tosseur raconta le départ de son employée le vendredi soir, son retard inexplicable le mardi matin, son désir à lui d'en savoir la cause puisqu'elle ne l'avait pas prévenu de son absence, sa venue à l'appartement, son étonnement à la vue de la porte non fermée à clef, l'émotion ressentie à la découverte du cadavre. Le lieutenant Delcourt prenait des notes. Ses deux adjoints photographièrent les lieux.
- De sorte que nous allons avoir vos empreints sur toutes les poignées de portes et dans toutes les pièces, remarqua le lieutenant.
- Sur les poignées, oui, mais pas dans les pièces. Je n'y suis pas rentré et je n'ai touché à rien.
- Même pas dans la salle de bains ?

- Non, j'ai pensé à vous appeler tout de suite.
- Bon. Je ne vais pas vous retenir plus longtemps. Je pense que vous devez rouvrir votre boutique cet après-midi. Si j'ai besoin de vous, je vous convoquerai au commissariat. Ne quittez pas la ville jusqu'à nouvel ordre.
- Pourquoi ? Vous me soupçonnez ? dit Martin Le Tosseur effaré.
- Rassurez-vous, c'est la routine. Il faut que je puisse vous joindre rapidement. Vous devez être l'une des dernières personnes à l'avoir vue vivante. Je vais prévenir sa famille. Savez-vous si elle en avait.
- Une fille, je crois. Qui vit ailleurs, je ne sais pas trop où.

Le médecin légiste, après avoir examiné le cadavre de la victime conclut à un décès remontant à 24 heures ou 36 heures au plus, c'est-à-dire au dimanche soir ou au lundi matin. La mort avait été provoquée par une facture du crâne à la suite d'un choc avec un instrument contondant, genre matraque, ou à la suite d'une chute sur une surface solide. Des traces de sang dans le local de la buanderie permettaient de situer l'endroit de l'agression. Pourquoi le corps avait-il été traîné jusqu'à la salle de bains, restait un mystère. Le lavabo était aussi souillé de sang. Le lieutenant en déduisit que le meurtrier, ou les meurtriers, avaient dû se laver les mains ou nettoyer leur arme, ou bien encore rincer leurs habits pour faire disparaître les traces sanguinolentes.

Dans la soirée du mardi, le lieutenant, qui avait trouvé dans les papiers de la défunte, l'adresse de son unique enfant, Michèle, appela ses collègues de Limoges et leur expliqua les événements dont il avait à s'occuper. Il leur dit d'aller prévenir Michèle du décès de sa mère et des circonstances où cela s'était passé, leur disant que si elle voulait de plus amples renseignements elle pouvait lui téléphoner à la gendarmerie ou à son numéro personnel. Plus tard, dans la soirée du mardi, son téléphone portable sonna. C'était Michèle.
- Allô, vous êtes le lieutenant Delcourt ?
- Lui-même.
- Je suis Michèle, la fille de Mériane Desfortois.
- Ah ! J'attendais votre coup de fil. Vous avez appris à propos de votre mère ?
- Oui, répondit-elle avec un sanglot dans la voix. Mais que s'est-il passé ? Je vais venir m'occuper de tout ça. Mon Dieu ! Que lui est-il arrivé ?

Le lieutenant lui expliqua les circonstances du décès et termina en lui posant une question.
- Savez-vous si elle avait des ennemis ?
- Non. Comment voulez-vous ? Elle était si gentille. J'espère que ce n'est pas ce que je lui ai envoyé qui est la cause de ce malheur.
- Que lui avez-vous envoyé ?
- Un paquet.
- Qui contenait quoi ?

- De l'argent.
- Vous lui avez envoyé un paquet avec de l'argent par la poste ? Pourquoi pas un mandat ? Ou un chèque ?
- Non, pas par la poste. Je ne voulais pas que mon mari sache. Il est joueur. Je l'ai fait porter par un ami sûr. D'ailleurs, il m'a rapporté un mot de ma mère disant qu'elle avait bien reçu le paquet. Je vous expliquerai quand je viendrai à Auch.
- Un ami ! Quel ami ? S'agit-il d'une somme importante ? En pièces ou en billets ?
- Je ne voudrais pas qu'il ait des ennuis. J'ai toute confiance en lui. Cela faisait 875 000 euros.
- Hein ? 875 000 euros.
- Oui, je les avais gagnés au loto.
- Ah ! c'était vous !
- Vous l'avez su.
- Je l'avais lu dans le journal. Il me faut absolument le nom de cet ami. C'est une enquête pour meurtre, savez-vous ?
- Oui. Bon ! C'est Jean Fortu. Nous sommes collègues de travail. Je peux venir vous voir demain ?
- Quand vous voudrez. Mais passez un coup de fil avant pour être sûr de me trouver. Toutefois vous ne pourrez pas voir tout de suite le corps de votre mère. Il subit une autopsie. Il vous faudra attendre un peu.
- Longtemps ?
- Non. C'est l'affaire de deux ou trois jours. Je vous présente mes condoléances, ajouta-t-il en entendant Michèle éclater en sanglots. À demain, Madame.

Cinq jours auparavant, Mériane Desfortois, une petite sexagénaire vivant solitaire au premier étage d'un immeuble situé dans le bas de la rue de Lorraine, à Auch, avait eu une visite inattendue. Le vendredi soir, vers 18 h 30, comme elle rentrait de sa journée de travail, elle était vendeuse dans un magasin de chaussures de la rue d'Alsace, elle fut abordée au seuil de l'immeuble par un individu qui semblait observer la circulation assez dense à ces heures-là. Il était vêtu sobrement d'un jean et d'une veste brune sur un tee-shirt jaune. Il portait une sacoche en bandoulière.

- Bonjour Madame, je cherche Madame Desfortois qui habite par ici, dit-il en sortant de sa poche un papier sur lequel étaient écrites quelques lignes. J'ai sonné mais ça ne répond pas.

- Bonjour Monsieur. Que lui voulez-vous ? dit-elle, méfiante.

- Lui remettre une lettre de sa fille Michèle.

- Une lettre de Michèle ? Que lui arrive-t-il ? Pourquoi ne l'a-t-elle pas envoyée par la poste ?

- Vous la connaissez ? Vous savez à quelle heure elle doit rentrer ?

- Qui êtes-vous ? Pourquoi vous l'a-t-elle confiée ?

- Je m'appelle Jean Fortu. Je suis employé dans la même entreprise que Michèle, à Limoges, et je suis son ami. C'est pourquoi elle m'a confié la mission de remettre la lettre à sa mère.

- Jean Fortu. Elle ne m'a jamais parlé de vous. Il est vrai que nous n'avons pas beaucoup de relations. À part pour se souhaiter les anniversaires et les vœux du premier de l'an. Ah ! les enfants ! dès qu'ils sont grands ils s'empressent d'oublier les parents. Donnez-moi cette lettre, je suis sa mère, répondit-elle en tendant la main.
- Vous êtes Madame Desfortois ?
- Elle-même.
- Pouvons-nous entrer chez vous ? Je voudrais vous expliquer. À propos de votre fille. Et sur le trottoir, ce n'est pas aisé. Voici le mot qu'elle m'a donné pour vous, dit-il en lui tendant le papier qu'il tenait à la main et qui portait l'adresse de Mériane Desfortois.

Elle le prit et lut : « Bonjour Maman, je t'envoie Jean avec un paquet à te remettre. Patrice ne sait rien de l'affaire. Jean te donnera les explications qu'il faut. Tu peux lui faire confiance. C'est un ami sûr. Je t'embrasse et Alex aussi. Michèle. ». Étonnée, elle regarda son interlocuteur et relut le texte entier.
- Qu'est-ce que c'est que cette histoire ? dit-elle en ouvrant la porte et en faisant signe à Jean Fortu d'entrer. Entrez. J'habite au premier. Il n'y a pas d'ascenseur. Quand est-ce que vous êtes arrivé ? demanda-t-elle tout en le suivant.
- Il y a une bonne demi-heure. J'ai laissé ma voiture dans la rue du Pouy.

- Bon ! Entrez, dit-elle en ouvrant la porte de son appartement. Asseyez-vous. Voulez-vous boire une bière ? un café ? un soda ? un jus de pamplemousse ?
- Un café, s'il vous plaît.
- Alors je vais en préparer deux. J'en boirai un aussi, dit-elle en se dirigeant vers la cuisine.

Elle brancha sa cafetière puis revint s'asseoir dans le salon et reprit la parole.
- Alors, racontez-moi ça pendant que le café chauffe.
- Hé bien ! voilà. Vous savez, ou vous ne savez pas, que son mari, Patrice, a pris l'habitude d'aller jouer au tiercé. Au début, ce n'était pas grand-chose, un euro ou deux. Il a fait quelques gains mineurs. Du coup il a joué de plus en plus gros. Ce qui fait que maintenant, il y passe tout le salaire du mois. Dès le quinze, il n'a plus rien. C'est du moins ce que Michèle m'a raconté.
- Ah ! Vous l'appelez « Michèle » ?
- Oui, c'est une bonne camarade mais, je vous rassure, je ne suis pas son amant.
- Ah ! Bon.
- Donc, au milieu du mois, Patrice n'a plus un sou disponible. Il essaie d'en obtenir à droite ou à gauche, sans résultat sauf auprès de gens indélicats qu'il doit rembourser le mois suivant. Il est connu. Michèle a établi un compte séparé ce qui fait qu'il ne peut pas l'utiliser et c'est un motif de mésentente dans le couple. Moi, je vous répète ce qu'elle

m'a dit. Elle m'a même assuré qu'elle pensait divorcer si elle n'arrivait pas à le sortir de sa passion pour les paris, les courses et les jeux de hasard.
- Mon Dieu ! J'ignorais tout de cette situation. Et alors ? Ah ! attendez, le café est prêt.

Elle prit les deux tasses, les porta dans le salon avec le sucrier et les petites cuillères.
Ils dégustèrent le café chaud en silence.
- Alors ce paquet que vous devez me remettre, c'est quoi ?
- J'y arrive. Nous avons pris l'habitude avec les collègues de prendre un ticket de loto chacun à la fin de la semaine. Michèle aussi.
- Vous avez dit « avec les collègues », vous travaillez dans la même entreprise que Michèle ?
- Oui, je vous l'ai dit tout à l'heure, en bas. Avant-hier, elle a eu la surprise, en vérifiant ses numéros, d'apprendre qu'elle avait gagné la grosse somme.
- Elle a gagné ?
- Tout à fait. Hier, elle est allée récupérer son argent en espèces et m'a raconté ce gain. Elle m'a dit qu'elle ne voulait pas que son mari le sache afin qu'il ne fasse pas pression sur elle pour le récupérer et elle m'a demandé de vous l'apporter.
- Où est-il ?
- Le voici, dit-il en lui tendant un paquet relativement épais, enveloppé de papier kraft et scotché, qu'il sortit assez difficilement de sa sacoche.

- C'est ça, le paquet ? le fameux paquet ? Mais il est gros ! Combien peut-il y avoir là-dedans ? se demanda à mi-voix Mériane Desfortois.
- Il y a exactement 875 000 euros en billets de 500.
- Parce que vous connaissez la somme ! 875 000 euros ? Mais qu'est-ce qu'elle veut que j'en fasse ? Une somme pareille. Et elle vous l'a donnée à me l'apporter tout simplement ! Comme ça !
- C'est une amie, je vous l'ai dit. Une amie de confiance. Elle a suggéré que vous la placiez sur un compte spécial ouvert au nom de votre petit-fils Alexandre, qu'il n'y ait accès qu'à sa majorité et que vous en gardiez le contrôle avec votre signature. Ainsi cette petite fortune sera à l'abri de son père, si par hasard il venait à apprendre qu'elle a gagné autant d'argent.
- Mais pourquoi ne l'a-t-elle pas demandée en chèque ou même placée directement elle-même sur un compte.
- Je ne sais pas. Je suppose pour ne pas risquer d'être soumise à la pression de son mari si, un jour, il découvre la chose. Ah ! Et puis, si vous pouviez lui téléphoner ou me faire un mot disant que je vous ai bien remis le paquet, je serais plus cool vis-à-vis d'elle.
- Lui téléphoner ? Non, je n'ose pas. Si Patrice est à la maison, je risque de mettre Michèle dans l'embarras. Je vais plutôt vous faire un reçu que vous lui remettrez à votre retour.

Elle prit une feuille et rédigea rapidement le mot suivant : « Ma chère Michèle, J'ai bien reçu le paquet que tu m'as fait passer par ton ami Jean. Je te remercie et je vais faire ce que tu me conseilles pour Alex. Je t'embrasse affectueusement. Maman. »

- Lisez. Je pense qu'il ne dévoile rien si par hasard il tombe dans les mains de Patrice. Michèle pourra lui donner n'importe quelle explication. Dès mardi, je porterai l'argent à ma banque. Mon Dieu, Patrice, qu'il ait changé ainsi ! Dire que c'était un si bon garçon. Les courses de chevaux. Quelle calamité quand ça engendre une telle passion du jeu. Il ne pense donc pas à son fils ? Il ne pourrait pas réfléchir un peu ?

- Moi, Madame, je ne le connais pas tellement. J'ai dû le rencontrer deux ou trois fois. Je connais Michèle parce que l'on travaille ensemble, c'est tout. On a sympathisé dès qu'elle est arrivée dans l'entreprise, il y a une bonne dizaine d'années.

- Oui ! Oui ! Bien sûr. Je vous remercie du fond du cœur pour l'aide que vous apportez à ma fille et à mon petit-fils. Êtes-vous marié ? Avez-vous des enfants ?

- Non, je suis célibataire. J'ai une petite amie mais elle ne veut pas se marier. Elle dit que ça fait « vieux jeu ». J'aimerais bien avoir deux enfants mais elle trouve qu'elle est trop jeune pour en avoir, qu'elle veut « profiter de la vie ». Je pense que le temps passe et qu'un jour elle se trouvera trop

vieille pour être mère. Je ne sais pas quoi faire… Je crois que je vais reprendre la route maintenant. Merci pour le café.
- Vous êtes un bon garçon. Je vous raccompagne. Vous rentrez à Limoges ? Vous allez arriver à la nuit.
- Ce n'est pas grave. À peine trois cents kilomètres. Je suis content d'avoir pu rendre service à Michèle. C'est une chic fille.
- Au revoir Jean. J'espère qu'on se reverra.
- Qui sait ! Au revoir Madame.

Le mercredi, en fin de matinée, Michèle arriva à la gendarmerie d'Auch. Elle demanda à voir le lieutenant Deltour et fut introduite aussitôt dans son bureau.
- J'ai téléphoné aux collègues de Limoges, dit-il après les salutations d'usage. Ils ont enquêté à propos de Jean Fortu. Il est mis hors de cause. Il a passé tout le temps auprès de son amie Cécile ou sur le stade, ou auprès de ses parents.
- Ah ! ça me rassure. J'espère qu'ils ne lui ont pas causé de désagrément. À propos de mon mari, que je vous explique.

Et elle raconta son addiction aux paris hippiques et pourquoi elle voulait préserver cette somme inespérée pour que son fils Alexandre en profite plus tard. Le lieutenant l'approuva.
Il l'autorisa dès l'après-midi à disposer du corps de sa mère et il lui donna l'adresse des Pompes Funèbres qui proposèrent d'organiser les funérailles deux jours plus tard,

le vendredi. Elle prévint toutes les personnes qui étaient de la famille ou qui avaient connu Mériane Desfortois.

Pendant ce temps Le lieutenant Deltour continua son enquête dans le quartier. Il interrogea les voisins ; personne n'avait rien vu, rien entendu. Les gendarmes de Limoges, auxquels il avait mentionné l'addiction du mari de Michèle, s'intéressèrent à lui. Ils découvrirent qu'il était en relation avec Louis Voirsin, un type peu recommandable qui évoluait dans les alentours du café du Gersur, le café où justement Patrice avait l'habitude de jouer au PMU. Ils découvrirent que celui-ci s'était

plusieurs fois fait prêter des sommes parfois importantes par Louis Voirsin qui avait l'habitude d'aider les turfistes malchanceux. Bien sûr, il voulait être remboursé

rapidement et avec des intérêts importants, sinon il soumettait l'emprunteur à la menace de représailles effectuées par des acolytes recrutés dans les milieux des gens du voyage dont il y avait souvent des familles qui stationnaient sur des terrains réservés, ou bien par d'autres traîne-savates de sa connaissance. Justement, Patrice

lui devait une somme de 1 000 euros, qu'il avait promis de lui rembourser à la fin du mois lorsqu'il aurait touché son salaire. Les gendarmes n'arrivèrent pas à savoir qu'elle était la part de l'emprunt et la part des intérêts. Ils soumirent Louis Voirsin à un interrogatoire serré mais il se défendit en faisant appel à un avocat et ne donna aucun élément utile, si ce n'est qu'il avait eu connaissance de la somme de

875 000 euros gagnée au loto et, détail important, du nom de la gagnante : Michèle Desfortois.
Il prétendit qu'il l'avait entendu citer par des employés du café du Gersur. Or, théoriquement, si presque tous étaient au courant du gain, personne ne semblait connaître le nom de l'heureux gagnant. Les gendarmes fouillèrent son appartement et trouvèrent une somme d'environ 500 000 euros en coupures de 500 euros. Cela ne correspondait pas aux 875 000 euros. Comme il ne voulut pas donner d'explication, il fut mis en garde à vue mais au bout de 48 heures, il dut être relâché faute de preuves.
Pendant ce temps les gendarmes d'Auch continuaient leurs recherches, étendant le champ de leurs investigations. Leur attention fut attirée sur le cas d'un Auscitain, Sylvian Grosflor, modeste artisan chauffagiste, qui, trois semaines après le décès de Mériane Lefortois, se fit contrôler dans une rue de Fleurance en roulant à 95 km/h au volant d'une décapotable Fiat 124 Spider toute neuve. Comme explication, il prétendit qu'il avait sa voiture depuis la veille et qu'il s'était laissé surprendre par l'accélération fulgurante de sa machine. Les gendarmes de la brigade de Fleurance ne réagirent pas à ce fait divers. Il écopa d'une amende qu'il paya immédiatement en espèces, sortant de sa poche une poignée de billets de 500 euros. C'est l'un des gendarmes fleurantins qui, lors d'une réunion de concertation à Auch, à laquelle assistait le lieutenant Delcourt, raconta cette intervention surprenante. Le lieutenant, dont l'attention

fut éveillée, se fit répéter l'histoire. De vérifications en recoupements, il acquit la certitude qu'il y avait une relation entre la richesse subite de Sylvian Grosflor et le meurtre de Mériane Lefortois.

Sylvian Grosflor ne résista pas longtemps à l'interrogatoire qui lui fut imposé et avoua rapidement qu'il était allé chez la victime le lundi matin pour l'entretien de la chaudière. Elle l'avait accompagné dans la buanderie et avait pris une boîte en carton qu'elle avait malencontreusement laissé tomber. Il s'en était échappé une quantité de billets de banque. Sylvian en avait été ébloui. Il ne voulait pas la tuer, prétendit-il, mais comme elle s'était mise à crier, il l'avait bousculée et elle était tombée, heurtant un meuble bas avec sa tête. Elle n'avait pas bougé, elle était morte. Alors il avait imaginé la mise en scène que les gendarmes avaient découverte. À sa femme, il avait prétendu qu'il avait gagné cette somme au loto. Il écopa d'une lourde peine de prison.

Lors de la perquisition qu'ils avaient faite chez lui, les gendarmes retrouvèrent environ 700 000 euros qui furent rendus à Michèle ainsi que la Fiat 124 Spider. Celle-ci s'empressa de les placer rapidement sur un compte au nom de son fils et entreprit les démarches pour divorcer de Patrice.

Amaury Ballet

Kayla Brinks

Un monde blafard tournait autour de Kayla Brinks. Elle n'avait jamais vu autant de gris, même dans les coins délabrés de son quartier d'enfance. À Berlin la palette était large, le plomb du ciel embrassait le gris souris des bâtiments industriels, le perle des trottoirs remontait jusqu'au gris argile du visage des passants. Elle marchait dans un monde qui n'était pas le sien et qui ne le serait jamais. Trop loin des plaines millénaires, des oiseaux multicolores et des troupeaux sauvages. Kayla Brinks longeait la gigantesque Karl Marx Allée, ses cheveux tressés battant la mesure sous un bonnet de laine. Elle passait sans voir la peau de la ville, les cafés nostalgiques, les mendiants de novembre, les affiches vantant les courbes adolescentes, les lumières sur la Spree, le sourire des inconnus. Les curry-wurst tournaient sur les étals et rythmaient les pas de filles venus vendre leurs chairs sur le trottoir.

Kayla avait l'impression d'être un fantôme, ne sachant plus si le froid était dû au temps ou à la nuit qui s'annonçait. Elle tenta de se concentrer sur sa mission et sur ses justifications, mais l'esprit pragmatique de grand-mère Angèle ne la lâchait pas.

- Kayla, tu as perdu à partir de l'instant où tu uses des mêmes armes que tes adversaires. Une politique de la terreur ne peut pas triompher ; on ne battit rien sur des cendres.

Brinks avait passé son adolescence avec sa grand-mère, militante pacifiste anti-apartheid qui l'avait élevé dans la ville de Cape Town. Angèle l'avait soutenu quand elle était partie avec pour toute arme un boîtier et une foi inébranlable. Kayla voulait photographier la brousse, les tribus ancestrales, les fleuves subsahariens et les animaux menacés. User des images, des couleurs et des cadrages comme des flèches, pour lutter contre la déforestation et le braconnage. Elle s'était inventé une famille, avec Peter et ceux du parc. Un clan qui tenait, malgré les coups et les désillusions féroces, dans une époque de massacres muets organisés par les industriels et les mercenaires.
Dans le reflet d'une vitrine, Brinks aperçut les cernes qui maquillaient sa peau noire et les éclairs fatigués de ses grands yeux. Ses rêves reconstituaient le puzzle du drame chaque nuit et chaque matin elle ressentait la sensation de manque, au moment où elle ouvrait les yeux, les premières secondes après le réveil, les draps vides et le corps de Peter qui n'était pas là. Ses mains qui la caressaient plus, ses lèvres qui ne l'embrassaient pas. Même ces putains de chansons de Sixto Rodriguez, qu'il lui chantait à l'oreille toujours faux, lui manquaient terriblement.

La photographe traversa le carrefour à l'angle de Frankfurter Tor et de la Warschauer Strasse. Les flocons de neige commençaient à tenir sur le trottoir. Son contact lui avait indiqué un immeuble ouvert aux quatre vents et elle aperçut un homme, vêtu d'une veste en jean à col fourré, qui attendait sous un porche. Il lui fit un signe de la tête et elle lui emboîta le pas.
Le jour oscillait entre chien et loup quand Hans Torsky ouvrit les yeux. Il s'était encore endormi tout habillé devant la télé, sur le canapé miteux de la chambre. Il se redressa et attrapa son portable ; déjà plus d'une heure de retard. Après avoir changé de chemise à la hâte et enfilé sa parka, l'homme claqua la porte de la 21. Il n'avait plus d'appartement depuis des années, naviguant d'hôtel en hôtel avec une préférence pour les lieux où l'on pouvait trouver des amphétamines et des prostituées sur place. Il lui arrivait de racketter et de soutirer de la drogue aux dealers, en revanche l'inspecteur Torsky mettait un point d'honneur à payer les services sexuels.
Il mit un certain temps pour traverser Berlin et surtout pour garer sa Polo près du commissariat de Postdamer Platz. Depuis sa dégradation quelques années plus tôt, Hans n'avait plus de place réservée sur le parking. L'homme monta jusqu'à son bureau sans dire bonjour à ses collègues et aucun ne leva les yeux dans sa direction. Torsky avait toujours dégagé cette impression sur les autres ; la mine renfrognée, les cicatrices sur son visage, la barbe

déséquilibrée et les cent vingt kilos qui enrobaient son mètre quatre-vingt-dix n'étaient pas une invitation à la plaisanterie. L'unique chose qui pouvait faire sourire chez lui était ses chaussures Repetto de danse, les seules que ses pieds supportaient, mais personne ne se risquait à émettre la moindre remarque là-dessus. Torsky alluma un cigarillo Cohiba et allongea son fauteuil. La porte s'ouvrit à cet instant sur une femme dont le teint de porcelaine contrastait avec la noirceur des yeux. Helena Landen fit un geste pour qu'il se redresse.
- Torsky, j'ai du travail pour toi.
- J'ai autre chose à faire.
- Tu vas faire une pause de quelques heures. Le commandant Gunther Zeim veut qu'on enquête sur une affaire particulière.
- Qu'est-ce que tu veux que ça me fasse ?

Hans tira une bouffée sur son cigarillo puis il recracha la fumée en ronds.
- Son ami Nicolas Vasel, directeur de l'entreprise Paradise, est menacé de mort. Ça a l'air sérieux.
- Est-ce qu'il y a des preuves tangibles ?
- Un appel de l'homme d'affaires chinois Xi Yang informant Vasel qu'un individu voulait le tuer. Zeim veut qu'on enquête rapidement et il a placé deux agents devant son domicile, en face du Zoologischer Garten.
- Comment peut-on être sûr qu'il ne s'agit pas d'un canular ?

- Vasel répond entièrement de Xi Yang, qui a reçu le mail d'un corbeau...
- C'est sûrement simplement une histoire de maîtresse jalouse ou de pute...
- Merci pour ta finesse.
- On appelle ça du bon sens.
- Apparemment Vasel n'a pas d'ennemi connu, pas de maîtresse, une vie rangée... On a très peu d'éléments pour identifier le suspect. Je t'ai amené un dossier complet sur son entreprise Paradise.
- Merci d'avoir pensé à moi mais il vaut mieux laisser ça à quelqu'un de plus frais et de plus observateur.
- Ce n'est pas une demande, c'est un ordre.
- On va encore perdre une nuit à s'occuper d'une affaire minable. Avec des flics comme toi Landen, les vrais salopards peuvent dormir tranquillement...
- C'est sûr que tu es un flic modèle. La mère de Marco Dacht doit penser cela chaque fois qu'elle se rend sur la tombe de son fils...
- Tu continues sur ce ton et je réduis ce commissariat en miette.
- Tu penses effrayer qui Torsky ? C'est fini le temps où tu bossais pour la Stasi. Alors tu vas enquêter rapidement si tu ne veux pas que je te vire sur-le-champ.

Helena Landen se dirigea vers la porte puis elle fit volte-face.
- Et tu m'éteins ce cigare. C'est fini les passe-droits.

Friedrichshain semblait sans âge en pleine nuit, avec la neige et ses immeubles aux accents soviétiques. Kayla Brinks regardait par la fenêtre de sa chambre d'hôtel tout en nettoyant l'arme qu'elle venait d'acquérir.
Trois ans auparavant, elle avait perdu en trente secondes et quelques balles son amour, sa passion et son travail. Le braconnage durant lequel étaient morts Peter Merthens et le garde André Habana avait fait céder les dernières digues de l'État, qui s'était résigné à vendre la réserve Letibush. Trois braconniers avaient été reconnus coupables et emprisonnés, l'affaire semblait classée mais des incohérences demeuraient. Comme si le braconnage avait été mis en scène pour obliger l'état à vendre. Kayla se mit à enquêter pour retrouver les meurtriers de Peter. Elle s'inventa un double de chair, un avatar qui espionna et traversa les parcs nationaux, les villes et les continents. L'appât du sexe rend les hommes vulnérables et Brinks fit de son ventre une arme. Elle trouva la trace d'un Ranger complice qui avoua sous la menace. Elle séduisit un homme d'affaires chinois qui ramenait fréquemment de l'ivoire à Shanghai et prit en photo une note qu'il avait en sa possession, la proposition chiffrée d'un homme d'affaires allemand... La photographe monta un dossier mais ni la police, ni les juges, ni les journalistes n'enquêtèrent. Ils la renvoyèrent dans les cordes en prétextant que ses preuves n'étaient pas étayées. Seul un web média sud-africain relaya son témoignage, qui se perdit rapidement dans les tréfonds de la sphère internet.

Kayla demeurait inconsolable, elle n'arrivait plus à se battre, à aimer, à rêver. Pendant des années elle avait utilisé la photographie pour alerter, pour sensibiliser, pour échanger. L'échec de son combat lui sautait maintenant à la figure, comme les remarques sur sa négritude, les sourires vicieux des rédacteurs en chef et l'utilisation de ses clichés pour des raisons uniquement esthétiques. Alors devant l'inoffensivité de ses tentatives, elle décida de se faire justice. Elle s'entraîna au tir, aiguisa son corps, travailla sa respiration, retrouva la trace du commanditaire à Berlin.
La nuit avançait et Kayla ne fermait pas l'œil. Sa grand-mère ne quittait pas son esprit.
- Les puissants retournent la mort de leur côté, Kayla, le point d'impact doit se chercher ailleurs.
- Tu veux me persuader, mais dis-moi Angèle, votre pacifisme a-t-il offert un monde plus juste à notre génération ? Les salopards ont-ils perdu le pouvoir de tout massacrer ?

La jeune femme ne se prenait pas pour une héroïne mais plutôt pour la réplique à un tremblement de terre. Elle avait fait de sa vengeance une survie, mais au moment de l'assouvir Kayla se sentait étrangère à elle-même. Elle allait tuer. Une pourriture, un fossoyeur, le salopard qui l'avait plongé dans un cauchemar permanent. Mais un homme tout de même, de chair et de sang.

Hans Torsky éplucha la vie de Nicolas Vasel, qu'il trouva inintéressante au possible. Sa société Paradise alliait tourisme de luxe et défense de l'environnement et certaines associations la soutenaient en se retranchant derrière la formule « Mieux vaut un espace naturel privé plutôt qu'un cimetière d'éléphants ». Vasel était récemment devenu propriétaire du parc Letibush situé en Afrique du Sud.
Torsky sortit la bouteille de Diplomatico qui patientait sagement dans la corbeille à papier. Hans buvait au sein des locaux de la police, il fumait ses cigarillos à l'odeur âcre, il détestait ses collègues, il détestait le système dans lequel il végétait. C'était sa revanche et même si elle paraissait minable, elle lui appartenait. Le jour de ses vingt ans, Hans avait dû faire un choix. Délinquant récidiviste, un inspecteur lui avait proposé deux options, la taule pour cinq ans ou un engagement dans la police. Le profil de Torsky intéressait la Stasi et le régime déclinant, qui avait besoin de nouveaux éléments. Hans avait opté pour l'uniforme. Les années passèrent, le mur tomba, il se retrouva père célibataire, puis devint l'un des meilleurs flics de sa génération, jusqu'à l'affaire Dacht... Maintenant que sa fille avait terminé ses études, il pourrait démissionner mais en réalité le colosse ne savait rien faire d'autre. Et puis couvait cette envie de montrer à tout le monde qu'il pouvait revenir au sommet et effacer la bavure.
En fouillant sur internet, l'inspecteur tomba sur un article qui relatait un double homicide dans le parc Letibush

quelques mois avant la vente. Le vétérinaire Peter Mehrtens et le garde André Habana avaient été retrouvés morts près de deux carcasses de rhinocéros. En poursuivant ses recherches, Torsky tomba sur une tribune écrite par la photographe Kayla Brinks sur un web média. Elle y accusait les nouveaux repreneurs du parc d'être à l'origine du drame. Hans changea la puce de son téléphone et composa un numéro. Une voix ensommeillée répondit.
- Oui j'écoute...
- On se retrouve dans quinze minutes au bar.

Le flic traversa la Podzdamer Platz déserte puis s'engagea dans une ruelle. Il entra dans un bar aux néons clignotant ; la loi sur le tabac ne semblait pas avoir franchi la porte. Torsky s'approcha du comptoir, le patron posa son journal et lui fit un signe de la tête. Il commanda un café et un gin, prit les boissons sans un merci et s'installa face à un gamin qui n'avait pas vingt ans. Yeni portait une chemise à carreaux rouge, une casquette Sankt Pauli et pianotait sur un ordinateur.
- Alors qu'est-ce qu'il se passe, inspecteur ?
- J'ai besoin que tu me sortes quelques mails.
- Tu pouvais pas me le dire au téléphone ! Il est trois heures du mat, t'avais besoin de compagnie ou quoi ?
- J'ai surtout besoin que ça se fasse en direct et mon téléphone est peu fiable par les temps qui courent...
- De qui s'agit-il ?

- Une photographe sud-africaine, Kayla Brinks. Il me faudrait aussi les messages qui ont été effacés.
- OK je suis déjà dessus.

Torsky avala son café d'un trait, puis son gin par-dessus. De l'autre côté du bar cinq hommes disputaient une partie de poker. Le colosse observa l'air passionné et concentré des joueurs. Il trouvait ce manège ridicule, mais les joueurs avaient au moins le mérite d'être animés par quelque chose. Lui ne croyait plus en rien. Yeni l'interpella dix minutes après avoir démarré ses recherches et lui tendit une clé USB.
- Voilà tous les mails sont là-dessus.
- Merci, je te revaudrai ça.
- Je rajoute le service à ton ardoise, inspecteur.

Torsky avait sauvé la mise au hacker quelques mois auparavant. Ce dernier lui rendait quelques services en échange mais il avait aujourd'hui largement remboursé sa dette...
Kayla avait la fenêtre du bureau de Nicolas Vasel en ligne de mire. Les lumières étaient encore éteintes dans l'appartement et le jour commençait à poindre. Elle aperçut un flic devant l'hôtel particulier. Brinks avait conscience d'avoir fait une erreur en envoyant ce mail à Yang. Elle avait voulu qu'il ait peur, à défaut de pouvoir le tuer lui aussi. Mais elle avait sous-estimé le lien qui l'unissait à Vasel ; il l'avait apparemment prévenu...

Kayla grelottait de froid dans son blouson d'aviateur. Novembre au petit matin à Berlin, il fallait être fêlée, plus encore que pour tuer quelqu'un. Elle avait choisi le meilleur endroit pour tirer plusieurs jours avant. Personne ne rôdait dans le Zoologisher Garten, qui était encore fermé au public à cette heure matinale. Calée dans un recoin au-dessus de la ménagerie, Kayla Brinks revoyait la scène si souvent imaginée. La savane se dessinant dans le lointain, quelques rhinocéros se rafraîchissant dans un marigot, au rythme des chants d'oiseaux, Peter et le garde postés un peu plus haut sur la colline. Puis soudain un bruit de moteur brisant la quiétude des lieux, les tirs de kalachnikovs, les corps qui tombent dans la poussière. Ce matin la photographe n'allait pas venger uniquement Peter. Elle allait punir les assassins de la planète, les trafiquants d'ivoire et les massacreurs d'espoirs en tranchant l'une des têtes de ce macabre manège, celle du directeur de Paradise.

La nuit perdait la partie au moment où Hans Torsky quitta Potzdamer Platz. Les anges de Wim Wenders avaient laissé place à des hommes d'affaires et à des fenêtres de bureaux scellées pour empêcher les sauts du désespoir. Torsky roula devant l'endroit précis où il avait tué Marco Dacht quelques années plus tôt. Il avait pris un pistolet en plastique pour un vrai et abattu le gamin de seize ans qui venait de dérober 400 euros au tabac du coin. Hans n'avait plus jamais été le même. La maison lui avait de plus fait porter le chapeau, il avait été dégradé et mis au ban. Mais il tenait peut-être enfin

le moyen de remonter dans l'estime de la hiérarchie, en sauvant l'un des proches du patron.
Les mails de Kayla Brinks renfermaient deux informations importantes : elle avait contacté un vendeur d'arme longue portée sur le darknet et elle avait menacé de mort l'ami chinois de Vasel. En relisant les articles, Hans s'était également aperçu que ce 20 novembre était la date anniversaire des meurtres de la réserve...
Landen l'appela alors qu'il approchait de Charlottenburg.
- Tu as avancé sur le dossier cette nuit, Torsky ?
- Rien de vraiment concluant mais ton client n'a pas que des amis. Certains écolos le considèrent comme un rempart face aux braconniers, mais d'autres comme un pourri de capitaliste chronophage. Je suis tombé sur quelques mails de menaces...
- Zeim a rajouté une patrouille qui surveille les toits et les alentours de chez lui.
- OK, je vais continuer les recherches de mon côté...

Hans raccrocha sans en dire plus, la proie était pour lui seul. La photographe allait frapper ce jour, il en était convaincu.
Kayla vit une lumière s'allumer dans l'appartement de Vasel mais ce n'était pas celle du bureau. Elle regarda autour d'elle en tremblant. Depuis le départ Brinks était décidée à se donner la mort après s'être fait vengeance. Maintenant à l'heure fatidique, elle se surprenait à chercher une issue pour sauver sa peau après les tirs...

Torsky sortit de son véhicule et regarda en l'air pendant de longues minutes, un toit, un arbre ou un échafaudage c'était les lieux les plus adéquats pour tuer quelqu'un chez lui. Surtout quand on possédait un fusil longue portée. Des policiers étaient stationnés devant l'hôtel particulier. Le regard de Dovski dériva vers le zoo, plusieurs bâtiments étaient suffisamment bas pour qu'on puisse facilement s'y hisser. Hans escalada une grille ; il n'avait pas remis les pieds au Zoologischer Garten depuis des décennies. Des souvenirs d'enfance lui sautèrent d'un coup à la figure. Gamin il voulait protéger les animaux et les humains déshérités, faire le bien autour de lui, être heureux, croire en ses rêves. Peut-on trahir à ce point ce qu'on envisageait d'être ?
Kayla aperçut Nicolas Vasel qui s'asseyait à son bureau, une tasse de café à la main. Elle prit une grande inspiration et cala le fusil à lunette contre son épaule. La position du tireur couché. Brinks allait tirer quand elle sentit le froid d'un canon contre sa tempe.
Après l'avoir désarmé, les policiers la tirèrent sans ménagement dans l'escalier de la coursive. Torsky tomba nez à nez avec le trio devant l'espace des guépards. Les deux flics en civils escortant Kayla se ressemblaient comme deux gouttes d'eau. Hans fixa la photographe et à cet instant une réminiscence de fraternité lui broya le cœur. Son besoin de la capturer et de remonter aux yeux de la hiérarchie s'envola soudainement. Maintenant il voyait seulement la détresse d'une jeune femme perdue dans la folie d'une vengeance.

Hans sentait battre en lui le cœur du gosse de dix ans qu'il était jadis.
- Merci Messieurs, je vais prendre la suite. Le lieutenant Landen m'a chargé de la ramener.
- T'es un marrant Torsky. Allez dégage de mon chemin maintenant.

Hans sortit son Mauser et le braqua sur le second policier qui était resté en retrait.
- Je pense que vous avez mal entendu ma demande.

Aussitôt le flic qui avait parlé braqua son pistolet sur la tête de Torsky. Un silence glacial emplit l'air et Kayla profita du flottement qui suivit pour se jeter dans l'enclos en contrebas. Elle s'effondra sur le sol à quelques pas des guépards. Les trois hommes essayèrent de la suivre du regard sans cesser de se braquer mutuellement. Les animaux se mirent à tourner autour de Brinks mais ne la touchèrent pas. Torsky aperçut la photographe qui disparaissait en boitant dans les buissons.
Helena Landen et trois policiers en uniformes découvrirent cet étrange tableau en pénétrant dans le zoo quelques minutes plus tard. Hans tenait toujours l'un des flics en joue et le second lui pointait son arme dessus.
- T'es encore plus cinglé que je pensais Torsky, tu braques un collègue.
- J'allais la capturer avant que tes abrutis n'interviennent.

- Bien sûr, je te fais entièrement confiance.

À cet instant une matraque vint s'écraser sur le crâne de Hans et la nuit tomba.
Une pâle lumière embrassant la savane, quelques rhinocéros s'abreuvant à un marigot. Torsky retourna la carte que sa fille avait trouvée dans la boîte aux lettres de l'ancien flic et qu'elle lui avait apportée la veille. Kayla n'avait rien écrit derrière, peut-être parce qu'il n'y a parfois rien à dire. Hans avait donné sa liberté pour cette inconnue projetant d'assassiner un homme, mais il était traversé par un sentiment qu'il n'avait plus connu depuis des décennies : la sérénité. Torsky s'allongea sur la couchette de sa cellule, tira la couverture sur ses jambes et regarda une encore une fois la savane dans le jour naissant.

Estelle Le Gallic

La jeune fille aux cheveux bleus

Emma se sentait bien dans sa ville de Condom, petite cité typique du Gers, qui était telle une bulle protégée, elle ne pouvait imaginer vivre autre part un jour. Elle aimait faire de longues balades le long de la Baïse qui traversait la ville, cet endroit était à ses yeux le plus merveilleux du monde. Elle était assez solitaire et souvent habillée de noir ou de couleurs sombres, ses cheveux étaient également noirs avec des reflets bleus, elle les teignait, elle ne supportait que cette couleur. Un compagnon ne lui manquait absolument pas, son fidèle chat Astro était bien suffisant. Inconsciemment c'était parce qu'elle pensait en réalité qu'aucun homme ne lui valait. Une vie tranquille, à faire ce que bon lui semble, voilà ce qu'était le bonheur... Elle avait mis un soin tout particulier quand elle avait acheté la boutique non loin de la magnifique cathédrale, à faire la décoration elle-même. D'autres n'auraient pas aimé et pas eu d'idées pour un tel magasin mais pour Emma cela avait été une vraie joie et une vraie occasion de créer ! Son magasin était disposé telle une boutique de décorations de Noël à la différence près que ses décorations à elles étaient faites de marbres et d'autres pierres mortuaires et de couleurs moins clinquantes. Quand les clients rentraient, ils ne savaient plus où donner de la tête et peut-être trouvait-il leur situation moins pénible ? Tout

était plus original, Emma en avait « sa claque » de tous les ornements de tombes hyperclassique : les mêmes matériaux, les mêmes couleurs, les mêmes messages tristes. Ici on trouvait des bougeoirs de couleurs vives, des petits bibelots vraiment gais, et tous les messages sur les plaques étaient possibles, elle y encourageait même ses clients : « quelle était sa qualité première ? Quel plus beau souvenir avez-vous de lui ? Et son défaut au fait ? » Elle avait imaginé ceci avant même d'avoir fini ses études de commerce, quand elle avait remarqué que le seul magasin offrant ces objets était vraiment vieillot et tenu par des personnes vieilles elle aussi... Peut-être auraient-elles besoin d'ici peu de leurs propres services... Emma n'avait jamais eu peur de la mort, aucun sentiment ne l'animait quand elle y pensait. C'était la fin, c'est tout, à quoi bon y penser puisque de toute façon on ne serait plus là ? De ce fait, côtoyer des familles plongées dans la douleur d'un décès ne la perturbait aucunement et le magasin ne pouvait s'en porter que mieux.
Malgré tout, depuis quelques jours, quelque chose la tourmentait, le commerce ne tournait plus aussi bien, les finances baissaient et si cela continuait elle ne pourrait plus assouvir correctement sa passion pour les livres fantastiques et plutôt noirs eux aussi. C'était ce qui représentait la plus grosse dépense dans son budget et elle n ' aurait pu s'en passer. Elle qui avait toujours réussi à se suffire à elle-même ne pouvait s'imaginer moins dépenser ou encore pire devoir demander une aide. Oh non, ô grand jamais ! On était

encore loin de cette situation mais la prudence et la prévoyance avaient toujours été ses qualités principales. Mais pourquoi diable les personnes du coin ne mourraient plus depuis le début du mois ??? Pas une visite depuis le 1er, que se passait-il donc ? Le magasin de pompes funèbres avait pourtant toujours bien marché...
Emma se leva, très tôt comme à son habitude, avec ses magnifiques cheveux noirs ébouriffés qu'elle releva immédiatement en chignon. « Astro où es-tu » ? Astro arriva en courant, son merveilleux chat noir, elle l'adorait ! Lui aussi avait l'air préoccupé ses derniers temps, il mangeait moins, elle savait qu'il comprenait tout, pas comme ces imbéciles de chiens ! Après les caresses rituelles, elle se dirigea vers la cuisine pour prendre un bon petit-déjeuner de pain grillé et de fromage bien fort... Et oui, son petit-déjeuner n'était pas vraiment classique, mais le « classique » plaisait pas à Emma... Ce fut une matinée encore bien calme, seulement un client ! Elle fit de son mieux pour vendre ses merveilleux objets mortuaires, mais la famille ayant peu de moyens, cela avait été vain. Cela lui coupa l'appétit, elle qui dévorait le midi, ne mangea qu'un peu de légumes et des fruits, en se forçant qui plus est.
Dans l'après-midi, Mme De Nonega passa devant la boutique et lui fit un petit signe de la main « Oh non, pas elle, quelle plaie ! » se dit Emma. Mme De Nonega était une femme d'environ 90 ans d'origine espagnole, habitant non loin de là, Emma était la seule avec qui elle pouvait discuter

(hormis son mari, la caissière du supermarché du coin, la boulangère, etc..) et elle ne s'en privait pas. Emma n'en pouvait plus d'écouter jour après jour, semaine après semaine, (année après année !!!) ses histoires à dormir debout, mais comme à son habitude elle sortit pour faire un brin de causette. Trois quarts d'heure après, Emma rentra dans la boutique en se disant que cette fois c'était fini, elle ne se forcerait plus jamais à aller lui parler ou plus exactement à « l'écouter » : « Et mon frère blablabla, et le chien de mon oncle et ma belle-sœur s'est cassé le col du fémur !!!..... » Autant de choses qu'Emma ne voulait plus jamais entendre !!! En effet, la majorité de la famille de Mme De Nonega était encore en Espagne, et le fait de parler d'eux lui faisait croire qu'ils étaient près d'elles un petit moment. Mme De Nonega était bien malheureuse loin de sa famille et de ce fait elle était aussi insupportable pour Emma et sûrement pour son pauvre mari qui devait aspirer bien souvent à quelques minutes de silence... Emma pensa : « n'y a-t-il pas un moyen de rendre tout le monde heureux ? » Par tout le monde elle entendait elle-même, le mari de me De Nonega et cette dernière (par ordre de priorité évidemment !).
Le lendemain, au réveil, elle se souvenait encore très bien de son rêve comme si elle l'avait vraiment vécu à l'instant. Tout était si net, elle n'avait qu'à le reproduire. La solution était là ! Enfin un peu d'action et sûrement d'argent dans cette période si terne ! Cette fois-ci, elle attendit impatiemment

Mme De Nonega et sortit tout sourire, prête à tout écouter. Elle lui proposa même d'entrer dans la boutique prendre le thé et quelques biscuits. Emma perdit deux heures et demie de son temps mais qu'importe ! Aucun client n'était passé pendant ce temps. Elle remplit même un petit sachet des quelques biscuits qui restaient pour que la vieille dame puisse les grignoter devant la télévision en soirée. Vers 17 h 10, Mme De Nonega rentra chez elle. Le lendemain, vers 9 h 30 M. de Nonega téléphonait à la boutique : il passerait en fin de matinée, sa femme était morte dans son sommeil. Quoi de plus naturel et de plus beau à cet âge ? Emma retrouva enfin son sourire...

M. De Nonega n'avait pas lésiné sur la pierre tombale et autres objets funéraires. Par chance, Madame De Nonega se faisait enterrer en France, dans ce village du Gers où elle avait vécu la grande majorité de sa vie. Toute sa famille s'était évidemment déplacée pour ce triste événement. Ce fut un bel enterrement, Emma était heureuse... et libre. Quelques membres de la famille décidèrent de s'installer dans ce même village où avait grandi un des leurs et pour soutenir le mari devenu veuf si brusquement. Emma trouve cela tout de même un peu bizarre, de tout quitter comme ça... Ils étaient tous âgés de la soixantaine et avaient l'air d'avoir les moyens. Ils décidèrent de vendre la maison afin d'abandonner ce douloureux souvenir et d'en acheter une beaucoup plus grande afin de finir leur vie paisiblement tous ensemble, s'occupant des uns et des autres...

Tel fut le malheur d'Emma, la plupart des femmes de cette famille étaient comme Mme De Nonega, bavardes et collantes, ne vous lâchant jamais la grappe ! La ritournelle de la discussion devant le magasin recommença mais celle-ci avec cinq femmes donc avec cinq fois plus de sujets de conversations et de voix stridentes !!! Mme De Nonega était bien calme par rapport à ses cousines et sœurs. « Elle nous parlait tellement de toi, l'adorable femme du magasin funéraire, elle t'appelait la jeune fille aux cheveux bleus ». La torture était telle qu'Emma regrettait d'avoir eu ce rêve qui
l'avait tant inspiré. Cinq Mme De Nonega pour le prix d'une, c'était trop ! De plus, ce petit attroupement tous les après-midi devant son magasin devait faire fuir le client, depuis l'enterrement de Mme De Nonega, les moribonds ne courraient pas les rues... Mais pour quoi diable le sort s'acharnait ? Emma était nerveuse en oubliant même de se teindre les cheveux au point que les cheveux blancs qu'elle avait déjà en quantité malgré son jeune âge se voyaient de plus en plus. Ce détail la frappa un matin face au miroir, elle se dit que ce n 'était plus possible, qu'il allait falloir encore réfléchir afin de faire face à cette crise de la mort.
Quelques jours plus tard, elle accepta enfin l'invitation de la famille Nonega à prendre le thé ou un verre d'Armagnac au choix... Elle se dit que c'était une bonne occasion d'en apprendre sur les uns et les autres. Ils s'empressaient tous autour d'elle, à ses petits soins lui présentant un délicieux thé

et des gâteaux divins. « Nous sommes très heureux de vous accueillir » disaient-ils, « vous êtes la dernière personne à avoir eu une conversation avec notre chère Teresa, nous sommes sûrs qu'elle tenait beaucoup à vous, il est normal qu'on vous rende la pareille » Il parlait sans arrêt et avait l'air en très bonne santé, tous comme Mme De Nonega. Emma se força à sourire, à manger. Elle adorait le pudding, d'ailleurs elle seule s'en était servie. Il était délicieux malgré le fait que ce soit assez étrange qu'un dessert typiquement anglais soit cuisiné par des Espagnols, elle se laissa emporter par ce goût et s'exclama de tant de plaisir ! Une des sœurs lui répondit que c'était en partie grâce à elle car le pudding était fait des restes de gâteaux rassis. Ils s'étaient servis du petit sachet de biscuits qu'ils avaient trouvé dans le petit sac en plastique avec le prénom Emma écrit dessus. « C'est bien vous qui lui aviez offert Emma ? ». Emma avait presque fini sa part de pudding... Personne n'y avait touché à part elle... Elle sentit des sueurs s'emparer d'elle... Un brouillard passa devant ses yeux. Non elle n'avait pas peur de la mort...

Joëlle Laurencin

La liste

Les feuilles mortes qui jonchent le sol, craquent comme des allumettes à mesure que je m'éloigne de la scène de crime. Le vent frais qui se lève, balaie dans les airs, l'odeur d'hémoglobine présente sur mes vêtements. Je m'arrête un instant, appuyé contre un vieil arbre, sourire en coin et sors de ma poche arrière, un paquet de cigarettes bien entamé. Cet instant de plénitude, clope au bec, est le début de mon chef-d'œuvre. Un de moins, plus que quatre à effacer de la surface de la terre. Ceux-là risquent d'être plus difficiles à attraper, ce sont tous des lâches, des monstres qui ne méritent pas de respirer une seconde de plus. Je n'ai pas le temps d'y songer plus longtemps, j'aperçois au loin une pluie de véhicules qui semblent se diriger vers ma position. J'écrase rapidement ma cigarette contre la sève de l'arbuste, la glisse dans ma poche et cours dans la direction opposée à la leur.
Il est hors de question qu'ils me choppent maintenant alors que je viens tout juste de commencer la liste.
Une heure plus tard
La police de Denver vient de retrouver à son domicile, le corps d'un avocat influent de la ville. Prévenus par un appel anonyme, les officiers ne s'attendaient pas à découvrir le cadavre de cet homme, dépourvu de ses organes génitaux. Au même moment, je viens tout juste de rentrer chez moi. Je

retire un à un mes vêtements couverts de sang, les jette dans la cheminée qui brûle ardemment et file dans la salle de bains sans perdre de temps. La vapeur qui commence à s'accumuler sur les vitres du pare baignoire, me rappelle ses moments de joie et de bonheur partagés avec elle. Une larme se dépose délicatement sur ma joue mouillée, reflet implacable de la dure réalité. Le temps n'est pas propice aux souvenirs fragiles et douloureux, je vais me ressaisir avant que ne me rattrape la tristesse de l'avoir perdue.

Le lendemain
La mort de ce gros porc fait la une des journaux télévisés qui le qualifie d'un nom que je n'ai aucune envie de prononcer. Ces journalistes sont des bons à rien, ils feraient mieux d'investiguer dans les sujets qu'ils diffusent, au lieu de complimenter cet enfoiré. D'ailleurs, il est temps que je me mette en route, le deuxième sur ma liste ne peut attendre plus longtemps.
Dépêchée sur les lieux du drame qui s'est produit hier soir, Julie Mordors profiler au F.B.I, inspecte avec attention les environs, qui semblent d'ores et déjà lui avoir transmis une once d'indice.
— L'assassin est sorti de la maison, puis s'est appuyé contre un arbre pour fumer une cigarette, suivez-moi je vais vous montrer.

Les inspecteurs sont dubitatifs, mais suivent la jeune femme jusqu'à cet arbuste désigné et remarquent avec étonnement

une légère trace de cendres à sa base. Comment pouvait-elle savoir ? C'est la question ultime qui trotte dans l'esprit de ses officiers de police, qui voit d'un très mauvais œil l'arrivée de cette agent du gouvernement, venu empiéter dans leurs enquêtes.
— En quoi votre agence est-elle prioritaire sur cette enquête ? Ose prononcer tout haut l'un d'eux. Je vous signale que l'homme retrouvé est sous notre juridiction, alors à moins d'avoir un document officiel émanant de vos supérieurs, jeune demoiselle, je vous demanderai de quitter sur-le-champ ma scène de crime.

La jeune femme souriante sort de son attaché-case, un document qu'elle remet aussitôt à ce dernier.
— Pourquoi avoir ce papier en votre possession et ne pas nous l'avoir transmis avant, vous êtes une jeune recrue ou ignorez-vous la procédure ?
— Votre expression faciale au moment même où vous m'avez aperçue est représentative du machisme dont vous faites preuve à l'égard des femmes. Sachez que je suis enquêtrice et profiler bien avant que vous ne décidiez de porter votre uniforme officier. Si vous ne souhaitez en aucune façon que je dépose plainte contre vous pour discrimination, retenez vos mots et vos préjugés à la con à l'avenir. Sur ce, Messieurs, je vous laisse, j'ai du travail qui m'attend.

Julie Mordors la trentaine, vient de corser de par sa présence les activités du jeune homme. En effet, cette femme grande

et élancée, est dotée d'un flegme et d'une intuition impressionnante, qui lui vaut au sein de son équipe, le surnom de sentinelle. Rien ne peut échapper à sa vigilance, le meurtrier ne va pas tarder à s'en apercevoir.
La porte entrouverte, je pénètre à l'intérieur avec précaution et la referme délicatement. J'aperçois cet enfoiré affalé sur son transat, qui se dore la pilule comme si de rien n'était. J'avance à tâtons dans sa direction, mon arme bien en évidence et pousse avec délicatesse la porte vitrée. Me voilà face à ce gringalet décoloré qui va subir à son tour mes représailles. Le temps qu'il se rende compte que cette ombre n'est pas celle du soleil, il est déjà trop tard !
— Arrêtez je vous en prie… grr… argh… ça fait mal… grr…
— Est-ce que vous et vos amis vous êtes arrêtés lorsqu'elle vous l'a demandé ? Non, vous l'avez traité de la pire des manières, enfoiré !
— Je… je vous reconnais… vous êtes Zackary… son copain… je…

La gorge tranchée, ce monstre ne pourra plus déblatérer ses excuses à la con. Je n'aurais pas dû échanger la moindre parole avec cet énergumène, je suis en train de me disperser. Si je continue dans ce sens, je risque de les conduire à moi. Je ramasse sans attendre mon couteau, lorsqu'un bruit muet de porte qui s'ouvre attire mon attention. Je me faufile discrètement à proximité et l'observe attentivement. D'un pas aussi léger que celui d'un chat, elle marche en direction du cadavre, sans prêter une attention particulière à ma présence, tapi derrière un arbre. Elle s'abaisse sur le corps, c'est le moment de la prendre par surprise. Je bondis sur elle et plaque la lame contre sa nuque.

— Je ne sais pas qui vous êtes, mais vous devez être extrêmement intelligente pour être venue jusqu'ici sans renfort.

— Je n'en ai pas besoin, mais dites-moi plutôt pourquoi cette vendetta, parce qu'il s'agit bien d'une vengeance n'est-ce pas ? Pourquoi ne pas faire confiance à la justice, au lieu de jouer les justiciers sanguinaires ?

— La justice à laquelle vous faites allusion n'existe pas ! Un flic, un juge et j'en passe, commettent des crimes atroces sans avoir à se soucier de répondre de leurs actes. Ne me parlez pas d'une chose dont vous ignorez tous les stratagèmes qui se mettent en place pour protéger vos politiques. Je n'ai pas de temps à perdre avec vous, j'ai un conseil à vous donner si vous souhaitez réellement cogiter sur cette affaire, éplucher donc leurs points communs et vous aurez certainement la réponse que vous attendez de ma part !

Je disparais aussi rapidement que possible avec l'envie soudaine de me gifler. Je n'ai pas été vigilant et viens de lui donner le bâton pour me battre au lieu de me muer dans le silence. Quelle andouille !

Je vais devoir finir le travail beaucoup plus vite que prévu, avec cette femme collée à mes baskets, elle risque de me poser un énorme problème.

De retour au poste après avoir attendu l'arrivée de ses collègues sur le second lieu du crime, Julie assise sur sa chaise, potasse dans son esprit de génie, les propos du tueur. Cette deuxième victime était liée à la première, de surcroît pense-t-elle, il y en aura certainement d'autres. Mon intuition m'a conduite chez ce journaliste, mais je suis arrivée trop tard !
Ce type à l'allure baraqué, semble être un ancien militaire et ce qu'il m'a raconté tout à l'heure n'est pas dénué de sens, je vais potasser tout ça au plus vite. Cette histoire semble beaucoup plus complexe qu'elle n'y paraît, ce n'est pas de simples meurtres au hasard, mais bien une vengeance personnelle.
Après de multiples recherches intensives, Julie parvient à regrouper les profils d'intérêts des deux premières victimes, ce qui la conduit à trois autres victimes potentielles. Tandis qu'elle s'approche à grands pas de la vérité, l'assassin vengeur nommé Zackary Jones surplombe la propriété du troisième sur sa liste. La demeure du juge Barjo complice dans cette sombre histoire, est beaucoup plus sécurisée qu'il ne le pensait. Plusieurs caméras à infrarouges sont installées un peu partout dans les environs, ce qui va lui demander une extrême précision pour parvenir à ses fins. Zackary enfile un gilet pare-balles et saute à travers le mur sans aucune difficulté, avant de plonger tête la première au fond de la piscine. C'était moins une et la caméra le prenait sur le fait accompli. Heureusement ce militaire entraîné pour réagir face à de telles éventualités a encore plus d'un tour dans son

sac. Il patiente durant de longues minutes au fond de l'eau, alimenté par une fine bouteille d'oxygène, qu'il porte dans son sac à dos et attend patiemment son hôte, qui ne devrait pas tarder à pointer le bout de son nez. Le voilà qui arrive, cigare au bec, vêtu de son peignoir blanc. Il marche d'un pas fier et lourd en direction de la piscine et s'assied sur le rebord. Quand soudain, Zackary bondit hors de l'eau, coupe la gorge de Barjo dans un geste net et précis, puis commence à courir en direction de la sortie. Julie débarque juste à ce moment précis et lui emboîte le pas.
Manque de bol, Julie perd sa trace une fois de l'autre côté du mur.
— Merde, putain mais c'est qui ce mec, un ninja !

Minuit sonne, lorsque Zack est enfin de retour chez lui. Il s'assied sur le canapé face à la cheminée, allume une clope déjà bien entamée et souffle un court instant. Éreinté, le jeune homme à la barbe naissante, s'octroie quelques instants de repos bien mérité, lorsqu'il entend comme un léger cliquetis qui semble provenir de la cuisine. Il sort une arme à feu de sous un coussin et marche dans cette direction. Lorsque surgit Max, son fidèle compagnon à quatre pattes, disparu de la maison il y a deux semaines. Zack le congratule d'une longue caresse sur le poil et s'empresse de remplir son bol de croquettes, puis s'avance vers le frigo, lorsqu'il entend des bruits de pas provenant de l'extérieur.
Son arme en évidence, il éteint les lumières et reste tapi dans l'ombre.

L'adrénaline commence à monter en lui, lorsque la porte arrière fermée de l'intérieur s'ouvre lentement et laisse apparaître sur le seuil, Julie. Cette dernière pénètre dans la cuisine sans difficulté, lorsque surgit de sa cachette Zackary, qui la plaque contre le mur. La jeune femme tente de se débattre mais le jeune homme ne compte pas se laisser avoir et use de sa force physique avantageuse pour contrecarrer ses attaques.
— Comment avez-vous réussi à me retrouver ?
— Ma réponse importe peu, évitez de me serrer trop fort contre vous, je ne suis pas du genre à me familiariser avec l'ennemi !
— Je ne vous relâcherai pas inspecteur, il est hors de question que vous m'arrêtiez maintenant, je n'ai pas encore terminé ce que je dois faire. Alors soit vous rester dans l'ombre et vous observez ce qui se passe, au mieux ce que je vous propose, je me rendrais moi-même à vos services sans opposer de résistance. Mais en aucun cas, je ne vous laisserais mettre à mal tout ce que je me suis donné du mal à construire.

La jeune femme est perplexe face à ses propos, mais refuse catégoriquement de laisser le jeune homme commettre à nouveau des crimes. Une bagarre éclate entre eux, éclats de verre qui volent dans toute la pièce, coups de pied par-ci, coups de poing par-là, Julie est un sacré bout de femme qui tente le tout pour le tout, malgré le désavantage évident qu'elle a vis-à-vis de Zackary. Ce dernier barre ses coups et

finit par l'envoyer valdinguer à l'autre bout de la pièce, avant de prendre la fuite par la porte d'entrée. La jeune femme lui emboîte le pas, mais encore une fois le jeune homme a une longueur d'avance et disparaît dans l'obscurité.
— Fais chier ! hurle-t-elle mécontente, je sais ce qu'il me reste à faire, il ne me laisse pas le choix.

La jeune femme prend en main son portable et prévient aussitôt le poste de police, afin de lancer un mandat d'arrêt à l'encontre de Zachary. C'est le seul moyen auquel elle pense afin de mettre un terme à ce massacre. Une heure plus tard, le dispositif est en marche. Les barrages commencent à être installés un peu partout dans la ville, les contrôles des véhicules à proximité s'accélèrent, de quoi freiner le jeune homme dans sa poussée meurtrière, mais en vain. Zackary ne perd pas le fil conducteur de son action qu'il compte bien mener à son terme. Le cœur rongé par les multiples crimes commis, le jeune homme se rappelle avec émotion, l'événement traumatisant qui l'a conduit à débuter cette vendetta. Le drame s'est déroulé il y a cinq ans. Zackary était posté en Afghanistan avec son équipe, lorsqu'il a appris ce qui est arrivé à Melody sa petite amie. Le jeune homme a été dévasté par la perte tragique de la personne qu'il chérissait plus que tout au monde. À partir de ce moment, Zackary a mis un terme à son travail au sein de l'armée, s'attirant les foudres de son supérieur qui ne comptait pas le laisser s'en aller de cette manière. Le commandant de la base a tout tenté pour le retenir, mais le jeune homme dont la haine commencer à grandir en lui, à déjouer toutes tentatives et s'en aller aussi rapidement que possible. Toutes les alertes possibles avaient été données à cette époque, barrages aux frontières, contrôles renforcés par l'armée au sein des aéroports, malgré tout cela, Zachary leur a filé entre les doigts. C'est un peu le même schéma qui se reproduit de nos jours, hormis la présence dangereuse de Julie qui ne compte pas le laisser poursuivre sa quête. Les yeux rivés sur la stèle face lui, Zackary se souvient avec tristesse les circonstances affreuses qui lui ont arraché sa copine. Melody était l'assistante du commissaire du poste de police, ses fonctions lui permettaient d'assister à toutes les réunions dites classées confidentielles, c'est au cours de l'un de ses entretiens que la jeune femme a été abusée sexuellement par ce dernier, ainsi que par sa bande d'amis dont il n'en reste à présent que deux membres. Comme si cela ne suffisait pas à leurs crimes atroces, les cinq amis ont tenté de la dissuader de porter plainte, mais Melody allait tout balancer et risquait de nuire à leurs carrières respectives. Les cinq hommes sont devenus fous, c'est ce qui les a conduits à l'étrangler ce soir-là, dans le bureau même où ils venaient tout juste de la violenter. Chacun des protagonistes a alors joué son rôle, les preuves du viol ont disparu en même temps que le corps de la jeune femme, qui a été retrouvée une semaine plus tard, par des randonneurs en pleine forêt, tout a été effacé afin que rien ne puisse les relier à elle. C'était bien sûr sans compter la

présence de Zackary qui a tout de suite établi le rapprochement entre sa copine et la bande. Ce qu'ils ignoraient, bien entendu, c'est que la veille de sa mort, Melody a appelé son petit ami et s'est plainte des regards vicelards permanents de son patron ainsi que celle de sa clique. Tous ne s'attendaient pas a être traqués par le meilleur officier de l'armée américaine, que tous ses collègues décrivent comme le meilleur d'entre eux. À présent, alors que sa vengeance est sur le point de prendre fin, Zackary n'a plus rien à perdre, coûte que coûte il mènera sa vendetta à son terme.
— Je dois y mettre un terme mon amour, ce n'est qu'un au revoir, bientôt nous pourrons enfin être de nouveau réunis, je t'en fais la promesse !

Les larmes commencent à couler sur son visage à mesure qu'il s'éloigne du cimetière. Rien ne sera plus comme avant, il le sait pertinemment. La personne qu'il était, est morte il y a cinq ans en même temps qu'elle. Peu importe s'il doit terminer sa vie en prison, Zachary préférait mourir plutôt que renoncer à cette liste inachevée.
Pendant ce temps, les esprits s'échauffent au commissariat. Le commissaire est sur les dents, il sait à présent qu'une épée de Damoclès est au-dessus de sa tête, mais il est loin de se douter de la surprise qui l'attend. L'atmosphère devient pesante pour Julie qui peine à mettre la main sur Zachary, malgré les moyens colossaux déployés. Mais lorsqu'elle

l'aperçoit dans le couloir face à elle, elle bondit de son siège et accourt vers lui.
— Ne bougez pas dit-elle mettez-vous face contre sol et aucun geste brusque.

Devant l'étonnement général, Zachary se fait passer les menottes et conduit en cellule. Le commissaire n'a rien loupé de cette opération et s'empresse d'aller le voir, demandant à être seul avec le suspect. Arrive à son tour, le cinquième sur la liste, ce fameux officier qui avait plus tôt tenu des propos sexistes vis-à-vis de l'agent Mordors. Tous deux rient, le voilà enfin derrière les barreaux.
— Petite merde s'écrie le commissaire, tu pensais réellement pouvoir nous choper et terminer ta putain de liste à la con. Tu plaisantes j'espère !
— Nous devrions lui montrer commissaire, réplique alors l'officier Jones, ce qui arrive aux types de son espèce. Une bonne raclée suffira à lui faire fermer sa grande bouche, Monsieur, à moins qu'il ne préfère terminer comme sa pute de copine !

Zachary reste silencieux et recroquevillé dans le fond de la pièce. Sans aucune protection supplémentaire, tous deux ouvrent la grille et la referment derrière eux, sans se douter une seconde qu'ils viennent tout juste d'entrer son jeu. Ils s'avancent d'un pas léger dans sa direction, sourire en coin, lorsqu'il bondit de sa place, se rue sur eux et d'un geste brutal

et rapide coupe leur gorge d'un trait net. Leurs corps s'écrasent sur le sol, juste au moment où Julie débarque dans la pièce et découvre ce qu'ils restent d'eux.
— C'est fini Zachary, les mains en l'air, je vous arrête !

Ce dernier ne résiste pas à son interpellation, c'est enfin terminé.
Assis dans un fourgon bien gardé en direction du tribunal, Zachary peut enfin relâcher cette pression de ses épaules. Il a réussi à venger l'honneur de celle qu'il aimait, quitte à y perdre la vie et malgré le fait que cela ne la ramènera pas auprès de lui, le jeune homme est serein. Seulement, il ne compte pas finir sa vie en prison, l'agent Mordors va très vite le comprendre à ses dépens.
Le fourgon s'arrête à un feu rouge, à cinquante mètres du tribunal, les officiers sont aux aguets, prêts à dégainer et déguerpir en cas de pépin, lorsque plusieurs hommes cagoulés font irruption dans la cabine du conducteur et explosent la porte arrière en simultané. L'agent mordors et les officiers ne peuvent rien faire contre ce commando hyperentraîné, qui libère aussitôt Zachary.
— Si vous aviez un commando à votre botte depuis tout ce temps, pourquoi ne pas avoir fait appel à eux pour éliminer vos cibles ? Cela vous aurait évité d'être mis en lumière et votre évasion risque de me contraire à vous pourchasser à quatre coins de la planète et je...

— Je ne répondrais pas à cette question qui me paraît pourtant logique, je vous souhaite une bonne journée, allons-y les gars !

Le commando s'éloigne au loin, laissant l'agent et les officiers muets.
Le soir même, quelque part en Amérique du Sud
— Cette flic a un sacré mordant quand même, tu sais qu'elle ne va te lâcher Zack ?
— Je sais Jimmy, en attendant je suis ravi que vous ayez surveillé mes arrières les mecs, sans vous je n'aurais sans doute pas eu les ressources nécessaires pour terminer la liste et... je sais que Mel est vengée, je peux enfin dormir sur mes deux oreilles.

Les cinq hommes se fixent un instant, la jungle face à eux et se rappellent ce serment pris il y a bien longtemps. Ces cinq amis de longue date ont vécu le pire comme le meilleur durant la guerre en Afghanistan, à jamais soudés les uns avec les autres, ils ont juré un soir, de ne jamais laisser un frère d'armes dans le désarroi. C'est pour cette raison qu'ils sont venus en aide à leur ami, en lui apportant un soutien financier conséquent, malgré le fait qu'ils seront dès à présent connus de toutes les autorités internationales.
Au même moment, Julie réalise combien elle a sous-estimé son adversaire qui a toujours eu un coup d'avance sur elle. Cette fois-ci elle n'a pas été de taille face à lui, mais la chasse

ne fait que commencer. La jeune femme n'a aucune intention de le laisser errer dans la nature, quelles que soient les motivations qui l'ont conduit à massacrer ces cinq hommes, elle est bien décidée à lui mettre la main dessus.
À suivre...

ne fait que commencer. La jeune femme n'a aucune intention de le laisser errer dans la nature, quelles que soient les motivations qui l'ont conduit à massacrer ces cinq hommes : elle est bien décidée à lui mettre la main dessus.

A suivre...

Quarante auteurs aux Cordeliers

Publié le 28/11/2018 à 03:51 , mis à jour à 07:56

Fêtes et festivals, Littérature, Auch

Le samedi 1er décembre de 9 heures à 18 heures aux Cordeliers, l'association «Le 122» organise avec le soutien de la Ville d'Auch, du Conseil régional Occitanie, de l'ONAC et du Crédit Agricole, la cinquième édition du Festival du roman policier, avec une quarantaine d'auteurs (Diego Arrabal ; Mathieu Azais ; Gilles-Marie Baur ; Bruno Bouzounie ; Lucie Brasseur ; Jean-Marie Calvet ; Claudine Candat ; Yves Carchon ; Patrick Caujolle ; Patrick Chereau ; Daniel Contel ; Dominique Delpiroux ; Céline Denjean ; Éliane Duffaut ; Dominique Esclarmonde ; Beryl Eastern ; Gisèle Gonneau ; Joëlle Helissen ; Bruno Jacquin ; Philippe Jarzaguet ; Émilie Kah ; Joelle Laurencin ; Jean-Louis Le Breton ; Antoine Leger ; Pierre Léoutre ; Christian Louis ; Hario Masarotti ; Delphine Montariol ; Gérard Muller ; Raymond Nart ; Gilbert Nogues ; Bud Rabillon ; Guy Rechenmann ; Alain Roumagnac ; Sandrine Roy ; Emmanuel Siaux ; Jean Tuan ; Corinne Vanes ; Gilles Vincent ; Anne Waddington ; Philippe Ward). À 10 heures, l'historien Laurent Mauras présentera une conférence sur le thème : «Les chaudières du docteur Petiot». À 13 heures, ce sera une intervention de la blogueuse Nathalie Glévarec sur ses coups de cœur polars, puis à 15 heures une conférence de Raymond Nart sur «le groupe de résistants La Forge, instrument du NKVD». À 18 h 30, la troupe de l'Éphémère de l'Isle Jourdain et celle de l'Épingle de Samatan présenteront une pièce de théâtre originale, «Pourquoi le Wyoming ?» (participation libre). Toute la journée, les visiteurs pourront découvrir l'exposition «Désobéir pour sauver, des policiers et gendarmes français Justes parmi les nations» et trouver des stands de l'Espace culturel Leclerc d'Auch, du Ministère de l'Intérieur, de l'UNICEF, la Ligue des Droits de l'Homme, les Éditions YakaBooks et les Éditions Cairn. Seront également proclamés les résultats du concours de nouvelles policières édition 2018.

Le Journal du Gers
https://lejournaldugers.fr/article/31368-franc-succes-populaire-pour-la-deuxieme-edition-du-festival-du-roman-policier

Franc succès populaire pour la deuxième édition du festival du roman policier

Grand Auch cœur de Gascogne - Auch

Jean-Bernard Wiorowski - Le 2 décembre 2018

Quelques centaines de visiteurs sont venues découvrir cette littérature populaire

À l'entrée de la salle des Cordeliers, les nombreux visiteurs, venus pour découvrir ce samedi 1er décembre le Festival du roman policier, eurent un mouvement de recul à la vue d'un corps d'homme allongé et assassiné. Une entrée en matière pour le moins originale pour se mettre dans l'ambiance du lieu où ce sont une quarantaine d'écrivains qui présentaient leur littérature.

Parmi ceux-ci, l'ariégeois **Patrick Caujolle**, ancien fonctionnaire de police, qui a écrit ses premiers récits en

s'appuyant sur le terroir, « cela demande beaucoup de travail de recherche sur des lieux et des faits bien réels », révèle-t-il. Ce qui semblait plaire au public qui lui fit honneur en lui achetant de nombreux livres dont bien sûr le best-seller, « Les mystères du Gers » et son nouveau roman « Haine noire ». Un autre auteur qui connaît parfaitement les rouages pour bien mener une enquête criminelle, Gisèle Gonneau, était aussi présente avec son nouveau livre « Coupe amère », un polar ésotérique, qui est la suite de son premier bouquin « A flanc de Coteau », un polar poétique.
Parmi les visiteurs, le Conseiller Régional, Ronny Guardia-Mazzoleni, qui rappelle que la Région Occitanie soutient la Culture pour la faire vivre en subventionnant certaines manifestations comme ce Festival du roman policier, mais aussi en octroyant, dans le cadre de la carte Jeunes, une somme de 20 € pour acheter des livres.
De son côté, Pierre Léoutre de l'association « Le 122 » se félicite de la présence des 40 auteurs et de deux éditeurs, YakaBooks et les Éditions Cairn. Et de souligner « que le polar fait bouger l'ensemble de la littérature en la rendant plus vivante et populaire ».

Le procureur Pierre Aurignac et la procureure Charlotte Beluet étaient présents au salon du polar.

Pierre Léoutre entouré du Conseiller Régional, Ronny Guardia-Mazzoleni et de la présidente de l'office du tourisme du Grand Auch, Joëlle Martin.

loisirs

Festival du polar : Laurent Mauras et le docteur Petiot

Conférence : ce samedi 1er décembre, à 10 heures, dans le cadre du Festival du polar d'Auch, l'historien Laurent Mauras présentera une conférence aux Cordeliers sur le thème : « Les chaudières du docteur Petiot » : le 31 octobre 1944, à Paris, la police arrête le docteur Marcel Petiot. Il est recherché depuis mai. On a découvert en effet dans son hôtel particulier de la rue Lesueur des monceaux de cadavres qui brûlaient dans des chaudières. La fumée avait alerté les voisins. Il avait eu le culot de venir voir sur place, se faisant passer pour son frère, puis pour un résistant. Sa défense deviendra d'ailleurs celle-ci : ce ne sont que des collaborateurs et des Allemands qu'il a tués... Oui mais l'enquête prouvera qu'il n'y avait pas que cela, loin de là... Connaissez-vous beaucoup de meurtriers qui lors de leur procès réclameront plus de victimes que l'acte d'accusation ? Petiot est jugé pour 27 assassinats, et il en réclame 63 ! Nous suivrons le parcours de ce criminel qui a fait date, et nous tenterons de comprendre où se cache la folie dans toute cette histoire. Entrée libre. www.facebook.com/salondupolarethistoiresdepolice. Contact : 06 51 08 36 90.

Dédicaces d'auteurs de polars ce vendredi : de 15 heures à 18 heures, l'Espace Culturel Leclerc organise une séance de dédicaces avec 4 auteurs du Festival polar : Bruno Jacquin, Philippe Jarzaguet, Pierre Léoutre et Gilles Vincent.

Christian Laprébende, maire d'Auch, au stand de l'Unicef.

auch

littérature

Joli succès pour le salon du roman policier

Le corps d'un homme assassiné gît au beau milieu de la salle des Cordeliers. Mais que les âmes inquiètes se rassurent, cette scène de crime est tout simplement factice. Elle n'est qu'un élément de décor du salon du roman policier qui s'est tenu, hier. C'est Pierre Léoutre, correspondant à Lectoure de *La Dépêche du Midi*, qui s'est chargé de l'organisation de cet événement, qui a fait venir une quarantaine d'écrivains dans la capitale de la Gascogne.
Un événement qui a attiré de nombreux amateurs de polars. À l'image de Charlotte Beluet, procureure de la République d'Auch, qui n'a manqué d'y faire un tour. Elle s'est longuement arrêtée devant le stand de Gisèle Gonneau, l'une des premières femmes à avoir endossé le costume d'officier de police. Mais après avoir mené l'essentiel de sa carrière à Cannes et Antibes, cette ancienne de la criminelle vient de signer son deuxième ouvrage, « un polar ésotérique », précise-t-elle.
En début d'après-midi, c'est au centre culturel de Leclerc, que les amateurs de romans policiers ont pu se faire dédicacer les derniers livres de leurs écrivains favoris.

N.G.

La salon du roman policier a attiré de nombreux amateurs./Photo DDM

Dimanche 2 décembre 2018 . La Dépêche du Midi . 23

La Dépêche du Midi

Beau succès pour le spectacle présenté par la troupe de l'Éphémère de l'Isle Jourdain et celle de l'Épingle de Samatan, la pièce de théâtre originale, « Pourquoi le Wyoming ? ». Une cinquantaine de spectateurs dans la soirée du samedi 1er décembre 2018 aux Cordeliers à Auch.

Table des matières

Éditeur :
Books on Demand GmbH
12/14, rond-point des Champs Élysées 75008 Paris
www.bod.fr

ISBN : 9782322171033

Dépôt légal : mars 2018

Impression :
Books on Demand GmbH, Norderstedt, Allemagne

Mise en page et corrections :
Pierre Léoutre et Ingrid Marquier

Les textes sont publiés
sous l'entière et unique responsabilité de leurs auteurs.

Réalisation de l'affiche :
Gilbert-Djebel Noguès

Association « Le 122 »
15 rue Jules de Sardac 32700 Lectoure (Gers – France)
Président : M. Pierre Léoutre
http://pierre.leoutre.free.fr